U0001131

愛經典

閱讀經典，成為更好的自己。

Jane Austen

珍·奧斯汀 著

許佳 譯

傲慢與偏見

PRIDE AND PREJUDICE

緣起

愛經典

卡爾維諾說：「『經典』即是具影響力的作品，在我們的想像中留下痕跡，並藏在潛意識中。正因『經典』有這種影響力，我們更要撥時間閱讀，接受『經典』為我們帶來的改變。」因為經典作品具有這樣無窮的魅力，時報出版公司特別引進大星文化公司的「作家榜經典文庫」，期能為臺灣的經典閱讀提供另一選擇。

作家榜經典文庫從二〇一七年起至今，已出版超過一百本，迅速累積良好口碑，不斷榮登各大暢銷榜，總銷量突破一千萬冊。本書系的作者都經過時代淬鍊，其作品雋永，意義深遠；所選擇的譯者，多為優秀的詩人、作家，因此譯文流暢，讀來如同原創作品般通順，沒有隔閡；而且時報在臺推出時，每部作品皆以精裝裝幀，質感更佳，是讀者想要閱讀與收藏經典時的首選。

現在開始讀經典，成為更好的自己。

目次

第一卷

第二卷

第三卷

第一卷

Chapter 1

他來看房子

有個道理舉世公認：但凡有錢的單身漢，肯定缺個太太。

世人對這個道理深信不疑，一旦有這樣的男士搬來，附近環伺的家家戶戶，即便對他的心境和看法都還一無所知，卻已把他看作了自家女兒的合法財產——不是這個的，就是那個的。

「我親愛的班內特，」一天，有這麼位太太對先生說，「你聽說了嗎？內瑟菲爾德莊園總算租出去了。」

班內特先生答道他沒聽說。

「真的租出去了，」她回道，「朗格太太剛來過這兒，她全都告訴我了。」

班內特先生一聲不吭。

「你難道不想知道是誰租的嗎？」他太太性急地嚷嚷起來。

「是你想告訴我的，我聽聽也無妨。」

要請她往下說，有這句話就足夠了。

「哎，我親愛的，你一定得知道，朗格太太說，內瑟菲爾德給一位從英格蘭北邊來的闊少爺租下了。他禮拜一坐著一輛駟馬大轎車[1]來看房子，看得滿意之至，當場跟莫里斯先生商定，要在米迦勒節[2]前住進去。有幾個傭人最晚下週末就會到。」

「他大名是？」

「賓利。」

「有沒有家室呢？」

「哎呀！他單身，我親愛的，千真萬確！一個有錢的單身漢，一年四五千鎊的收入。真是咱家幾個女兒的福氣！」

「這是什麼意思？和她們有什麼關係？」

「我親愛的班內特先生，」太太回答說，「你怎麼這麼討厭！你自然曉得，我想讓他從她們當中娶一個啊。」

「他搬到這兒住，打的是這個主意？」

「打主意！胡說，這怎麼說的！不過，很有可能他會愛上她們誰呢。所以說，等他一來，你就趕

1 駟馬大轎車（chaise and four），chaise是一種為旅行而設計的廂式轎車，可以載兩到三名乘客，通常配兩匹或四匹馬。馬的數量越多，車行駛得越快。而馬匹的數量更是體現出車主人的經濟實力。

2 米迦勒節（Michaelmas），紀念基督教天使長米迦勒的節日，日期為每年的九月二十九日，恰逢秋收季節，是英國四個四分節（Quarter Days）中的第三個。按照英國和愛爾蘭的傳統，四分節是訂立雇用合約、支付租金和學期開始的日子。

緊去拜訪拜訪。」

「我看不出這有什麼必要。你和幾個女兒可以去，要不你打發她們自己去，也許這樣還更好，因為你長得跟她們一樣漂亮，說不定賓利先生到頭來看上的反而是你。」

「我親愛的，你在捧我。我過去確實是個美人，但事到如今，我可不會再裝了不起了。一個女人有了五個長大成人的女兒，就不該老想著自個兒漂不漂亮。」

「這麼說來，女人能想想自個兒漂不漂亮的時間可真沒多少。」

「話說回來，我親愛的，你真該拜訪一下賓利先生，他一搬過來你就去。」

「告訴你，這可不是我的分內事。」

「為女兒考慮考慮吧。你就想想，她們誰要能嫁給他，那是多大的好處。威廉爵士和盧卡斯夫人打算去，他們無非也是這個心思。要知道，他們通常可不會拜訪新鄰居的。真的，你非去不可，否則我們誰都去不成了。[3]」

「你過慮了。我相信賓利先生見到你們會很高興的。我寫封短信讓你捎去，向他保證，無論他選中我哪個女兒，我都全心全意地贊成。不過，我得為小麗綺[4]多說兩句好話。」

「希望你別這樣。麗綺跟哪個都比不過。我打包票，論長相，她不及珍的一半；論性子，她不及莉迪亞的一半。你老是偏心她。」

「她們哪個都沒什麼好誇口的，」他答道，「全都像別的姑娘一樣，又愚蠢又沒見識。倒是麗綺比她幾個姊妹伶俐些。」

「班內特先生，你怎麼這樣糟踐親生女兒？惹得我著惱，你倒取樂。你根本一點兒也不體諒我可憐的神經[5]。」

「你錯怪我了，親愛的。我對你的神經是必恭必敬。它們是我的老朋友。我聽你鄭重其事地談論它們，少說也有二十年了。」

「啊，你不明白我受了多少苦。」

「但願你這個毛病能好起來，讓你親眼看著好些個年收入四千鎊的年輕人一個個搬到附近來。」

「要是你不肯去拜訪他們，哪怕一下子來二十個這種人，那也毫無用處。」

「放心吧，我親愛的，要是真來了二十個，我就把他們拜訪個遍。」

班內特先生生性古怪。他才思敏捷，愛挖苦人，卻又生就一副拘謹內向、自行其是的脾氣。太太積三十二年之久的生活經驗，仍舊摸不透他。相比之下，班內特太太就沒那麼難懂。她是個才智平庸、見識狹窄、喜怒無常的女人，一不稱心，就自以為犯了神經衰弱的毛病。她一輩子的營生是嫁女兒。說起她生平的安慰，則是走親訪友、探聽小道消息。

3 按照當時英國的風俗，對於男性鄰居，必須由男主人率先前往拜訪，兩家之間才能開始交往。
4 麗綺（Lizzy）是伊麗莎白（Elizabeth）的暱稱。
5 班內特太太常說自己神經衰弱，事實上是為了強調自己是個嬌弱敏感的女性，意在要求他人順著她的意思辦事。

Chapter 2

脆弱的神經

班內特先生是最早拜訪賓利先生的客人之一。在太太面前，他始終一口咬定不去，事實上早就打算好了。她對此一無所知，直到當晚才發現實情。事情是這樣敗露的。排行第二的女兒正在裝飾一頂帽子，班內特先生打量著她，突然說：

「但願賓利先生喜歡這頂帽子，麗綺。」

「我們壓根兒沒法知道賓利先生喜歡什麼，」她的母親氣呼呼地說，「反正我們不準備去看他。」

「你忘了，媽媽，」伊麗莎白說，「我們會在公共舞會[1]上跟他見面，朗格太太答應把他介紹給我們的。」

「我才不信朗格太太會做這種事。她自己也有兩個侄女。她是個自私自利、假仁假義的女人，我看不上她。」

「我也是，」班內特先生說，「你不指望她來出力，我很高興。」

班內特太太不屑理他，但又按捺不住，於是轉頭罵起了女兒。

「看在上帝分上，別那麼咳嗽了，凱蒂[2]！稍微體諒體諒我的神經吧。你鬧得它們快斷了。」
「凱蒂咳得真不識相，」她父親說，「選錯了時機。」
「我又不是咳著玩的。」凱蒂不耐煩地回答。
「下次跳舞會是幾時，麗綺？」[3]
「從明天算起，再過兩個禮拜。」
「是了，正是如此，」她母親嚷嚷道，「朗格太太到舞會前一天才回得來，所以她不可能把他介紹給我們了，她自己還不認識他呢。」
「那麼，親愛的，你正可以占這位朋友的上風，把賓利先生介紹給她。」
「不可能，班內特先生，不可能，我根本不認識他。你何苦這麼取笑我？」
「你想得這樣周到，令我肅然起敬。短短兩週的瞭解當然微不足道。跟一個人相處兩個禮拜，不可能認識他的真面目。但我們不去冒險，別人也會去。說到底，朗格太太和她的兩個侄女一定會把握良機。要是你不肯出手，我就自己來，她會明白我們的一片好意的。」
姑娘們瞪著父親。班內特太太則說：「胡說！胡說！」

1 公共舞會（assemblies），在城鎮的大旅店等公共場所召開的舞會，附近居民都可以參加。
2 凱蒂（Kitty）是凱薩琳（Catherine）的暱稱。
3 在第一版和此後的諸個版本中，這句話都是凱蒂說的。但在一九二三年編輯的版本中，編者R．W．查普曼（Robert William Chapman）指出這句話顯然出自班內特先生之口，因為凱蒂不可能不知道下一次舞會的日子。

「說話幹嘛這麼激動？」他大聲說，「你認為講究禮節，給她們引薦[4]，替她們效勞，是胡說的事情嗎？這我可不同意。你說呢，瑪麗？我知道你是很有想法的姑娘。你讀書多，還會做讀書筆記。」

瑪麗想說幾句睿智的話，但說不上來。

「讓瑪麗整理一下思路吧，」他往下說，「我們再來談談賓利先生。」

「我煩透了賓利先生。」太太叫道。

「你這麼說我很遺憾。不過你先前怎麼不說？早知道，我今天白天就不去拜訪他了。太不巧了，既然已經拜訪過了，我們少不了得和他結交一下。」

如他所願，女士聽了都大吃一驚，班內特太太尤其驚詫。然而，在歡天喜地地吵嚷了一陣之後，她卻宣稱自己打從一開始就料到了。

「你心腸真好，親愛的班內特先生！我就知道，到頭來一定能說服你的。我就知道，你這麼愛你的女兒，不可能放過結交這種朋友的機會。哎呀，我多高興啊！你一聲不出，今天上午去拜訪他，直到現在才告訴我們，這玩笑開得真有意思。」

「現在，凱蒂，你高興怎麼咳就怎麼咳吧。」班內特先生一邊說，一邊走出房間，太太那欣喜若狂的樣子叫他看了生厭。

「你們的父親多好呀，姑娘們！」門一關上，她就說道，「我不曉得你們要怎麼回報他的恩德；還有我的，我的功勞和他一樣大。告訴你們吧，到了我們這種年紀，誰也不喜歡成天出去結交朋友，可為了你們，我們做什麼都願意。莉迪亞，親愛的，你年紀最小，但我敢說，下次開舞會，賓利先生會請你跳舞的。」

「哦！」莉迪亞乾脆地說，「我可不擔心。我年紀最小，但個子最高。」

她們一邊猜測賓利先生什麼時候會上門回訪，一邊盤算著什麼時候可以請他來吃飯，傍晚剩下的時間就這麼給打發過去了。

4 在當時英國的上流社會，陌生人之間交往，必須經過他人正式引薦，自行結交被視作粗魯的行為。

Chapter 3

他騎著黑駿馬

即使有五個女兒幫腔，班內特太太想問清賓利先生的情況，卻終究沒能從丈夫口中挖出什麼說法來。她們使出種種伎倆——從直接詢問，到巧妙地套話，再到彎來繞去地猜測，然而他就是不上鉤。她們無法可想，最後只好退而求其次，去仰賴鄰居盧卡斯夫人的二手消息。她報告的全是好話。威廉爵士很喜歡他。他相當年輕，外表英俊，極好相處，而且他還打算請一群朋友一起去參加公共舞會，真是錦上添花。再好也沒有了！愛好跳舞是談情說愛的道路上必不可少的一步，大家熱切盼望著討賓利先生的歡心。

「但願我有個女兒能住進內瑟菲爾德，幸福美滿。」班內特太太對丈夫說，「希望另外那幾個也能嫁得那麼好。除此之外我別無所求了。」

不出幾日，賓利先生就上門來回拜班內特先生。他們在書房坐了大約十分鐘。他聽說幾位年輕小姐十分美貌，原本期望一睹芳容，可惜只見到了她們的父親。那幾個小姐就幸運多了，透過樓上的一扇窗戶，她們看得清清楚楚，他穿的是藍色外套，騎了一匹黑馬。

此後不久，班府就向他發出邀請。班內特太太已經開始設計菜色，要一展持家的才華，此時回話傳來，說是賓利先生這幾日必須進城[1]一趟，不幸無法接受邀請云云，整件事只得擱置。於是班內特夫人大為心煩。她想像不出，他才剛到赫特福德郡[2]，又有什麼事弄得非走不可。她擔憂起來，不知他會不會老是行蹤飄忽，不能謹守本分，好好住在內瑟菲爾德。盧卡斯夫人的話讓她稍微放心了些，她猜測，他到倫敦去，應該只是為了請人一起來參加舞會。很快消息傳來，說賓利先生準備帶十二位女士和七位紳士一同赴會。幾位小姐聽說有這麼些女客，不免有些不快。不過，到了舞會的前一天，她們又聽說隨他一起從倫敦來的女客不是十二位，而只有六個——其中五個是他的姊妹，一個是他表親。等到這群人走進舞廳，大家才發現他們總共才五個人——賓利先生、他的一對姊妹、一位姊夫，外加另一個年輕人。

賓利先生相貌堂堂，一派紳士風度，和顏悅色，舉手投足不端架子。他的姊妹也是高雅的女士，顯見得相當時髦。他的姊夫赫斯特先生平平無奇，給人印象不深。而他那位朋友，個子高䠷、相貌英俊、氣質高貴的達西先生，很快就獲得了全場矚目。他抵達還不到五分鐘，消息就不脛而走，說他一年有一萬鎊收入[3]。男士稱讚他一表人才，女士宣稱他比賓利先生更英俊。差不多有半個晚上，滿屋的人都以愛慕的眼光望著他。可是後來，他那可惡的舉止卻令輿論急轉直下。大家發現他為人傲慢、

1 此處「進城」指的是去倫敦。本書中的「城裡」，均指倫敦。

2 赫特福德郡（Hertfordshire），位於英格蘭東部，今距倫敦約二十五英里。

高高在上，誰都取悅不了。哪怕他在德比郡[4]擁有一座大莊園，也沒法彌補他那看來令人生畏、惹人不快的面貌，大家認為他根本比不上他的朋友。

賓利先生不久就和舞廳裡所有有頭有臉的人打成了一片。他興致勃勃，為人坦率，每支舞都少不了他。他還抱怨舞會結束得太早，說打算在內瑟菲爾德開場舞會。態度這麼友好，自然招人喜歡。這和他那朋友形成了多麼鮮明的對比！達西先生只跟赫斯特夫人跳了一支舞、跟賓利小姐跳了一支舞，別人想介紹他認識其他女士，他一概謝絕。當晚的其餘時間，他光是在舞廳裡踱步，不時和同來的熟人談兩句話。大家斷定，他是世上最傲慢、最討厭的人，只求他別再來了。其中態度最激烈的要數班內特太太。她原本只是不滿於他的舉止，後來發現他竟敢看不上她的女兒，不由得更為光火。

舞會上女多男少，有兩支舞的工夫，伊麗莎白．班內特不得不乾坐著。[5]達西先生當時站在近處，所以她剛巧聽見他和賓利先生講話。賓利先生走出舞池，花了幾分鐘遊說他這位朋友下場。

「來吧，達西，」他說，「我一定要你跳。我不想看到你像這樣一個人傻站著。還是來跳吧。」

「我堅決不跳。你曉得我有多討厭跳舞，除非舞伴跟我特別熟。在這種場合跳舞，實在叫我受不了。你的姊妹都被約走了，要和別的女人做舞伴，我覺得是活受罪。」

「你這麼挑剔，我可不要像你這樣！」賓利先生大聲說，「絕對不要！不瞞你說，我從小到大還沒哪次像今晚這樣，看到這麼多可愛的姑娘。其中有幾位真是美得驚人。」

「全場唯一算得上相貌端正的姑娘，就是跟你跳舞的那個。」達西先生望著班內特家最年長的小姐說。

「哦，她是我見過最美的人！不過她有個漂亮的妹妹就坐在你後頭，我覺得她也很討人喜歡。我來請我的舞伴給你們介紹一下吧。」

「你說的是哪位？」他邊說邊轉身把伊麗莎白打量了一會兒，直到碰上她的目光，才收回視線，冷冷地說：「她還可以，但還不至於漂亮得令我動心。眼下我可沒心思去解救被其他男士晾在一邊的小姐。你還是回去找你的舞伴，好好欣賞她的笑容吧，別和我在這兒浪費時間。」

賓利先生聽從他的建議，走了。達西先生也走了。剩下伊麗莎白坐在原地，心裡對他一點好感也沒有。不過，後來她就興致勃勃地去把這個故事講給朋友聽。她性情活潑調皮，碰上滑稽好笑的事，總是樂不可支。

整體來說，這一晚班內特家過得很開心。班內特太太發現，內瑟菲爾德那班人特別喜歡她的大女兒。賓利先生請她跳了兩支舞，他的兩個姊妹很看重她。珍自己心裡也像母親一樣高興，不過她沒有張揚。伊麗莎白發覺珍很開心。瑪麗聽到賓利小姐在別人面前誇她，說她是這一帶最有才華的姑娘。

3 達西先生的年收入高達一萬鎊，這說明他家屬於當時英國最富有的四百個家庭之一。（參見 G. E. Mingay, *English Landed Society in the Eighteenth Century*, London, 1963）有關一八一一年的一萬鎊在今天相當於多少錢，當代有許多討論。例如加州大學柏克萊分校的經濟學教授布萊德・德隆（Brad DeLong）在二〇〇三年根據拿破崙戰爭後的英國人均產值計算出，一萬鎊年收入在今天大約相當於六百萬鎊。不過，考量到如今的生活水準比十九世紀初高得多，德隆推測今天擁有三十萬鎊年收入，轉換到十九世紀即可過上達西那樣的生活。

4 德比郡（Derbyshire）位於英格蘭中部，風光秀美，峰區（Peak District）的大部分便在德比郡北部。

5 當時舞會通行的規矩，要求最多跳完兩支舞就交換舞伴，除非徵得舞會主人的允許，否則同性之間不能跳舞。若在場的小姐和紳士人數相等，也不准許同性在一起跳舞。在這場舞會上女多男少，因此達西拒絕上場跳舞，是非常不友善的行為。

凱薩琳和莉迪亞在舞會上相當走運，從頭到尾都有舞伴，她們也只關心這點事。一行人興高采烈地回到了朗博恩。在這個村子裡，她們家算是有頭有臉的人物。她們發現班內特先生還沒休息。只要拿起一本書，他就不知時間為何物了。再說，眼下他也十分好奇，想知道大家朝思暮想的盛會，經過情形到底如何。他本來期望太太會對這個新朋友斷了念頭，但很快發現情況根本不是那樣。

「哦，我親愛的班內特先生，」她一進屋就說，「我們度過了最愉快的一個晚上，舞會真是再好不過。要是你在那兒就好了。珍太吃香了，那種場面真沒法形容。人人都說她是多麼好看。賓利先生也覺得她很美，跟她跳了兩支舞！[6]想想吧，親愛的，千真萬確，他跟她跳了兩支舞呢！全場這麼多女賓客，只有她一個兩次受到他的邀請。頭一支舞，他請的是盧卡斯小姐。看到他跟她一起上場，我都動了氣！不過，反正他根本不喜歡她，要知道誰也不會喜歡她的，後來他在舞池裡看到了珍，可就著迷了。他打聽她是誰，請人替他引薦，緊接著下一支舞就請她跳。第三支舞他和金小姐跳，第四支舞和瑪麗亞·盧卡斯跳，第六支舞和麗綺跳，還有布朗榭舞[7]……」

「假使他有一點點同情我，」她的丈夫不耐煩地嚷嚷起來，「他跳的舞就該少一半多才對！看在上帝分上，別再嘮叨他那些舞伴了。他跳第一支舞的時候就把腳踝扭了才好！」

「哦！親愛的，我很喜歡他。他真的好俊！他的兩個姊妹也都很迷人。我這輩子都沒見過那樣雅致的衣服。我敢說，赫斯特夫人長裙上的蕾絲是……」

她又一次被打斷了。班內特先生不想聽她說什麼衣服有多華麗的事。她只好把話題岔到另一邊，尖刻並帶點誇大地聊起了達西先生那可怕的粗魯行徑。

「我敢保證，」她接著說，「不能中他的意，麗綺也沒多少損失。這種討厭的人根本不值得奉承。這麼傲慢、這麼自負，誰也受不了他！他走到這裡、走到那裡，自以為有多了不起！嫌人家不夠漂亮，沒資格跟他跳舞！要是你在那裡就好了，親愛的，但願你能殺殺他的威風。我太煩這個人了。」

6 如前注指出的，舞會上一對舞伴最多跳兩支舞，賓利的舉動說明他對珍情有獨鍾。

7 布朗榭舞（Boulanger），一種發源於法國的節奏輕快的舞蹈，由眾多舞伴排成一列共舞。在十九世紀，它通常是晚間最後的「結束舞」。

Chapter 4

可心的人

珍一直等到和伊麗莎白獨處，才向妹妹傾訴了自己對賓利先生的傾慕之情。在此之前，她始終克制著，沒有流露出來。

「年輕人就該像他那個樣子，」她說，「有見識，有幽默感，又有活力。我從來沒碰到過像他那麼可心的人！這麼隨和，教養也沒得挑。」

「長得也很帥，」伊麗莎白回道，「年輕人就該長得帥，前提是他辦得到。這樣一來，他這人就齊全了。」

「他第二次來請我跳舞，我真是受寵若驚。沒想到他這麼抬舉我。」

「你沒想到？我替你想到了。這正是我和你大不相同的地方。別人抬舉你，你老料不到，我可不會。他兩次請你跳舞，不是再正常不過嗎？他不可能看不出來，你比那屋子裡任何別的女性都好看五倍左右。用不著感激他的殷勤。嗯，當然了，他非常親切，你可以喜歡他。比他蠢得多的人，你也喜歡過不少呢。」

「好麗綺！」

「哎呀！知道嗎，你總是太容易對人有好感，看不到別人的壞處。在你眼裡，全世界的人都是善良可親的。我活到現在還沒聽見你說過誰的不是。」

「我不想輕易否定別人。不過我是有什麼說什麼。」

「我知道你是這樣，正是這一點讓我覺得不可思議。像你這麼聰明，對別人的愚蠢荒唐卻無知無覺！假厚道的人很常見，哪裡都碰得到。但是，一點都不裝腔作勢，毫無用心的厚道——能看到每個人性格上的優點，還能把那優點想得比實際上更好，而且對缺點絕口不提——這種人只有你一個。這麼說，你也喜歡他的姊妹了，對嗎？她們的作風可不能和他相提並論。」

「當然不能。一開始我也這麼想。不過一旦聊上了，你就會發現她們很可愛。賓利小姐會和哥哥住在一起，幫他料理家務。她肯定是個討人喜歡的鄰居，我敢保證。」

伊麗莎白不出聲地聽著，心裡卻不信。她們在舞會上的行為舉止，一望而知並不稀罕別人的好感。她的觀察力比姊姊來得敏銳，脾氣卻不像姊姊那麼溫和，加之她本人沒受她們什麼照應，可以冷眼旁觀，所以心裡一點也不喜歡她們。她們確實是高雅的淑女，不過太高傲自大。只要心裡高興，她們也不是不會談笑風生；只要自己樂意，她們也不是不會和顏悅色。她們外表漂亮，在城裡最好的學校上過學[1]，擁有兩萬鎊的財產，花錢大手大腳慣了，交往的都是有錢有勢的人物，因此各方面都自視甚高，不把別人放在眼裡。她們出身於英格蘭北部的一個體面家庭，對自己優越的生活條件如數家珍，卻差點忘了，兄長和她們自己的財產，都是家裡人做生意賺的[2]。

賓利先生從父親那裡繼承了將近十萬鎊的財產。他父親本來打算購置一處地產，可惜還沒來得及買，就去世了。賓利先生也有這個打算，一度想在家鄉選地。[3]不過，眼看他現在住進了一幢好房子，還獲得了狩獵權[4]，那些熟知他脾氣性格的人就開始疑心，像他這麼個隨遇而安的人，說不定會在內瑟菲爾德度過餘生，置辦地產的事情，恐怕要交由下一代去辦了。

姊妹倒都替他著急，盼望他早日購置地產。他現下入住新居，雖說只是個房客，賓利小姐倒很樂意替他管理家務。再說那位赫斯特太太，嫁的丈夫徒有其表，卻無財產，既然弟弟的房子住起來合意，她也樂得把這兒當自己家。賓利先生成年還不滿兩個年頭，他偶然聽人推薦內瑟菲爾德莊園，就來看房子。他裡裡外外地看了半個鐘頭，房子的地段和幾間正房都很叫他喜歡，房東對這棟房子大加吹捧，他聽了也滿意，於是當場就談定了租約。

他和達西的性格大相徑庭，兩人之間的友誼卻十分深厚。達西喜歡賓利隨和、坦誠、溫馴的脾氣。雖然他本人的性格與之迥然相異，他倒也從不覺得自己這方面有什麼不好。達西對賓利十分看重，賓利則對他極為仰賴，對他的意見也是信任之至。論悟性，達西更高明些。賓利也不笨，但不如達西聰慧。他性情傲慢矜持，愛吹毛求疵，待人處世雖說很有教養，卻不能討人歡心。在這方面，他的朋友就強得多了。賓利走到哪裡都受歡迎，達西卻始終得罪人。

看看兩人怎樣談論梅里頓跳舞會，就能瞭解他倆的性格。賓利說他這輩子都沒見過這麼親切的人、這麼漂亮的姑娘；人人對他殷勤和氣，不講客套，態度也不生硬；他很快就和全場的賓客混熟了；說起班內特小姐[5]，他想不出這麼美的天使還能上哪裡去找。恰恰相反，達西認為這幫人既沒有姿色，穿得又老土，沒有一個人能引起他半點興趣，他不覺得他們殷勤好客，也感受不到什麼趣味。他承認班內特小姐挺好看的，可惜笑容多了點。

赫斯特太太和她妹妹同意達西的看法——不過她們還是很喜歡她，把她叫作甜姐兒，也不反對跟她多多來往。於是班內特小姐被蓋章認定為甜姐兒，她們的兄長聽到她們讚美她，便認為自己得到了認可，從此可以對她盡情展開遐想了。

1 從十八世紀到十九世紀，英國的女子寄宿學校數量大增。這些學校的收費從每年十二鎊至一百鎊不等。課程設置主要針對女性的修養，科目包括英語、法語、地理、歷史、寫作、繪畫、舞蹈和音樂。一些出身較低社會階層（如商人家庭）的年輕女性，在接受這類教育之後，往往會產生不切實際的生活願景，同時也可能接觸到更多品行不佳的老師和同學。（參見Thomas Gisborne, *An Enquiry into the Duties of the Female Sex*, 1797）

2 在珍．奧斯汀的時代，商賈即便再富有，也不能跟貴族和領主相提並論。經商獲得的財富，不如透過繼承所得的地產和財產早澇保收，商人也沒有資格進入議院。

3 賓利一家相當富裕。賓利從父親那裡繼承了十萬鎊，這意味著他的年收入高達四千至五千鎊。賓利姊妹則有兩萬鎊財產，保證她們一年有一千鎊收入。（而班內特家的小姐在父親去世後每人只能得到一千鎊遺產，一年只有四十鎊收入。）賓利家的財富是經商所得，他們來自英格蘭北部，當時這一地區集中了英國的礦產、造船、航海和進出口產業。因此，作為「新富」階層的賓利家打算購置田產，以鞏固資產、提升社會地位。

4 打獵是英國貴族階級的娛樂活動。一般人未得到允許就無權進入莊園狩獵。賓利租賃了豪華莊園，應當也包括這項權利。他既然尚未購置產業，那麼，透過租賃獲得狩獵權，就是最為便捷的方式。

5 班內特小姐即班內特家的長女珍．班內特。按照當時的習慣，一家中未婚且年紀最長的女兒以姓氏稱呼為某某小姐，如珍被稱為「班內特小姐」。其餘女兒則以名字稱呼，如「伊麗莎白小姐」。

Chapter 5

他的傲慢

離朗博恩不遠的地方住著一戶人家，和班內特家是至交。威廉・盧卡斯爵士從前在梅里頓做生意發家，當上了市長，並在任期內上書國王[1]，榮膺騎士頭銜。地位的飛升令他大感今非昔比，以至於討厭起做生意來了，連帶著也討厭他那個安在小市鎮上的家。他歇了生意，搬出老屋子，闔家遷往距梅里頓約莫一哩地外的一幢房子，將它命名為盧卡斯別墅，從此自居顯貴，樂在其中。沒有生意俗務纏身，他盡可以全身心地客氣待人。他以自己的頭銜為傲，卻並不目空一切。正相反，他待每個人都禮貌周到。他生性溫和，不得罪人，待人友善，又助人為樂，自從在聖詹姆士宮[2]受勳以來，就變得更加彬彬有禮。

盧卡斯夫人是個好女人，沒有聰明過頭，因而正好能當班內特太太寶貴的鄰居。他們有好幾個孩子。其中最年長的一位已經二十七歲，與伊麗莎白交好，是個聰慧懂事的姑娘。

兩家的小姐非得當面聊聊舞會上發生的事不可。所以舞會後的第二天白天，盧卡斯家的小姐來到了朗博恩，和班內特家的小姐交換意見。

「你開了個好頭，夏洛特，」班內特太太對盧卡斯小姐客套地說：「賓利先生頭一個就請你跳。」

「對，不過看起來他更中意第二位舞伴。」

「噢！我猜你是說珍吧，因為他跟她跳了兩支舞。看起來他確實很喜歡她——我真這麼想的。我聽到別人在談這件事——但我也說不清楚——似乎提到了羅賓森先生。」

「你是說我無意中聽見他和羅賓森先生說的話吧？我沒對你說起過嗎？羅賓森先生問他喜不喜歡我們梅里頓的跳舞會，覺不覺得舞廳裡有好些個美人，還問他覺得其中哪一個最美。他直接回答說：『啊！毫無疑問，班內特家的大小姐是最引人矚目的。』」

「肯定的！好啦，那是確鑿無疑的，看起來的確像是……不過說到底，要知道到頭來也可能是一場空。」

「我聽到的可比你知道的要真切得多，伊麗莎[3]，」夏洛特說，「不過達西先生講話就不像他朋友那麼中聽了，是不是？——可憐的伊麗莎！他說你只不過『還可以』。」

「求你別再叫麗綺想起他那些冷言冷語了吧，他真是個討人厭的傢伙，誰叫他喜歡上了才叫倒

1 此處的國王是喬治三世（一七六〇年至一八一一年在位）。身為商人的威廉爵士因在本地擁有一定的影響力和地位，獲得了王室敕封的下級勳位爵士（即騎士）稱號，於是他便認為自己不該繼續經商，而要做一個體面的鄉紳。當時英國的紳士都是不從事特定職業，靠年金便能維持體面生活的。

2 聖詹姆士宮（St. James's），自一七一四年起，喬治一世、喬治二世和喬治三世均使用聖詹姆士宮作為在倫敦的主要居所。

3 伊麗莎（Eliza）也是伊麗莎白的暱稱。

楣。朗格太太昨晚告訴我，他在她附近坐了足有半個小時，一次都沒開口過。」

「你肯定嗎，媽媽？——沒弄錯吧？」珍說，「我肯定我看到達西先生跟她說話了。」

「是的——因為她最後問他喜不喜歡內瑟菲爾德，那他也只好搭腔。據她說，看他那怒沖沖的樣子，似乎不喜歡人家跟他講話。」

「賓利小姐告訴我，」珍說，「他從來不大說話，除非跟特別熟的人在一起。他跟熟人是非常和氣的。」

「我一個字也不信，親愛的。要是他真有那麼和氣，就會跟朗格太太談天了。我猜得出這是怎麼回事。人家都說他傲慢得不得了，我猜他不知怎麼聽說朗格太太沒有馬車，是雇車子來參加舞會的。」

「他不跟朗格太太說話，我覺得也無所謂，」盧卡斯小姐說，「不過我希望他跟伊麗莎跳舞。」

「下一次，麗綺，」她母親說，「如果我是你，我才不會跟他跳。」

「媽媽，我可以向你保證，我絕對不會跟他跳舞的。」

「他雖然傲慢，」盧卡斯小姐說，「卻不像一般傲慢的人那樣讓我覺得受冒犯，因為他自有他的理由。一個那麼高貴的年輕人，有家世，又有財產，什麼都比別人強，沒得挑，他當然會自以為是。我想說的是，他有權覺得驕傲。」

「那倒沒錯，」伊麗莎白說，「要不是他冒犯了我的驕傲，我本來是很容易原諒他的驕傲的。」

「我認為驕傲是一般人的通病。」瑪麗指出。她自詡見解高明，一副興致勃勃的樣子，「就我讀過的眾多書籍看來，我堅信事實就是如此。人類生來就受制於它，誰身上有個把地方強過別人，就很難不沾沾自喜，也不管這優點是確實存在的，還是自己想像出來的。虛榮和驕傲是截然不同的，儘管兩者常被當作相似詞。一個人可以驕傲但不自大。驕傲更牽涉到我們怎麼看待自己，虛榮則牽涉到我們希望別人怎麼看待我們。」

「要是我像達西先生那麼有錢，」盧卡斯家一個跟著姊姊一同來訪的小男孩大喊道：「我才不在乎什麼驕傲不驕傲。我要養一群獵犬[4]，還要每天喝一瓶葡萄酒。」

「那你可就喝多了，」班內特太太說，「要讓我看到，我就立馬把酒瓶沒收。」

小男孩抗議說她不能那麼做。她再三說非要那麼做。這場辯論一直持續到客人告辭，才總算有個了結。

4 飼養一群獵犬，說明有實力進行獵狐活動，這是當時富裕階層流行的生活方式。小男孩的話反映了當時社會男性的消費喜好。

Chapter 6

遮遮掩掩的愛

沒隔多久，朗博恩的女士就前去拜望內瑟菲爾德的女士。很快，人家也按例來回拜她們。班內特小姐那可愛的舉止，加深了赫斯特太太和賓利小姐對她的好感。儘管她的母親叫人受不了，幾個小妹妹也不值得攀談，赫斯特太太和賓利小姐還是表示，她們很想跟班內特家兩位年紀最大的小姐多多交往。珍欣然接受了她們的一片好意，但伊麗莎白還是認為她們盛氣凌人，哪怕待她姊姊也不外如是，因此對她們始終喜歡不起來。不過，她們之所以待珍好，多少也是因為看見兄弟愛慕她的緣故。每每碰面，旁人都看得出，他明顯很愛慕她。但只有伊麗莎白看得清楚，珍對他一見鍾情，可以說已經深深愛上了他。伊麗莎白心中暗想，幸好珍性子安穩，待人始終和顏悅色，所以能把內心的強烈感情遮掩起來，不被外界發現，免得招來那班多管閒事的人的猜疑。她還對盧卡斯小姐聊起了這一節。

「在這種情形下，能夠掩人耳目可能還不錯，」夏洛特說，「可是這麼嚴防死守，有時也不一定是好事。要是一個女人老用這種伎倆來隱藏真實的感情，她說不定就要錯失時機，到頭來反而搞不定他了。到時她也只有自我安慰說，還好大家都蒙在鼓裡。兩個人交往，總歸有些感激或者虛榮的成分，要是完全順其自然，可不太保險。一開頭可能的確隨隨便便——對一個人稍微看得入眼，那再自然不過。但是，要說誰能用不著對方鼓勵，一廂情願墜入愛河，這麼大膽的人真的不多。女人表現出來的愛，十之八九要比真實的情感誇張。賓利無疑是喜歡你姊姊的，不過假使她不肯替他加把勁，他說不定喜歡喜歡也就算了。」

「她確實盡量替他加把勁了。連我都看得出她對他有好感，要是他還看不出，那他一定是個蠢貨。」

「伊麗莎，別忘了，他可不像你那麼清楚珍的性子。」

「可是，女人心裡中意一個男人，又沒特意掩飾，男人肯定能看出來吧。」

「要是他對她更瞭解些的話，說不定可以。不過，儘管他們兩個常常見面，每次待在一起的時間卻都不長。況且他們每次相見，都是跟一大堆人在一起，沒法子好好地單獨談談心。所以說，珍應該充分利用每一次短暫的會面，抓緊機會把他吸引住。到時候對他十拿九穩了，再來從從容容地談情說愛也不遲。」

「要是只想結一門好親事，那你的計畫不錯，」伊麗莎白答道，「假設我一心只求嫁個有錢的丈夫，或者說一心就想找個丈夫吧，那我覺得確實應當採納你的建議。但珍不是這樣想的，她沒什麼圖謀。事實上，她還弄不清楚自己究竟有多喜歡他，喜歡得又有沒有道理。她認識他才剛半個月。他倆在梅里頓跳了四支舞，有天上午在他家裡會了一次面，後來又跟其他人一起吃了四次正餐。就這麼些往來，哪裡夠讓她好好瞭解他的性情呢？」

「不是你說的那樣。如果說她只不過跟他一塊兒吃吃飯，那她也許只能知道他胃口好不好。但你得記住，他們在一起過了四個晚上——四個晚上是大有文章可做的。」

「沒錯。在這四個晚上，他們發現比起『康梅斯』牌來，他倆都更喜歡打『二十一點』。[1]至於其他要緊的特質，我覺得他們瞭解的還很少。」

「好吧，」夏洛特說，「我全心全意地祝福珍能大功告成。再說，無論她是明天就嫁給他，還是花上一年半載的工夫，等把他徹底摸透之後再嫁給他，我認為她都是很可能過上幸福生活的。婚姻幸福與否，完全是碰運氣的事。就算彼此在婚前瞭解得夠多、就算兩個人本來個性就很像，也不能保證婚姻幸福。結婚以後，他們很快就會變得越來越話不投機，隨後就各煩各的去了。既然要跟這個人共度餘生，事先對他的缺點還是知道得越少越好。」

「你真叫我好笑，夏洛特，但這麼說不可行。你知道這是不可行的，你自己也不可能真那麼做。」

伊麗莎白全心全意地關注著賓利先生對她姊姊如何，一點都沒發現，自己已經成了賓利那位朋友中意的對象。達西先生剛開始只勉強承認她還算好看。在舞會上，他根本沒看上她。第二次碰面，他看她那幾眼，也是為了吹毛求疵。無論是在自己心裡，還是在朋友面前，他都一口咬定，她那張臉毫無動人之處。然而沒過多久，他卻發現她那對烏黑的明眸閃耀著美麗的神采，令她的面容顯得格外聰慧。惱人的發現還不止這一個。他眼光挑剔，本已看出她的身材有好幾個地方不夠勻稱，可又不得不承認，她體態輕盈，惹人喜愛。他還一口咬定說她的舉止有點土氣，可看到她那落落大方、生機勃勃的風采，又不由得著了迷。然而伊麗莎白本人對此一無所知。在她心裡，他只是個到處討人厭的傢伙，他嫌她長得不夠漂亮，還說她不配跟他跳舞。

他開始希望對她多些瞭解，為了跟她攀談，只要聊天的人當中有她在場，他就湊到一旁去聽。這一舉動引起了她的注意。那是在威廉．盧卡斯爵士家，當時正有好多客人齊聚在他府上。

「達西先生那樣偷聽我和福斯特上校的談話，算什麼意思？」她對夏洛特說。

「這個問題只有達西先生能回答。」

「他要是再這樣，我就非得叫他知道，我已經發現他的把戲了。他這人眼光特別刁鑽，我得強硬點，否則要不了多久就得怕了他啦。」

不一會兒，達西先生走到她們這邊來了，看樣子不像有聊天的打算。盧卡斯小姐卻慫恿朋友，說她一定不敢跟他把事情說清楚。伊麗莎白被她一激，就轉向他說道：

「達西先生，我剛才開玩笑叫福斯特上校在梅里頓辦個舞會，你覺得我那番話是不是說得特別好啊？」

「你說得很起勁。不過女士聊起這個話題向來都很起勁。」

「你對我們真苛刻。」

「這可輪到她被人耍了，」盧卡斯小姐說道，「我去把琴打開，伊麗莎，你曉得該怎麼做吧。」

「你這種朋友真怪！不管當著什麼人的面，老是要我彈琴唱歌！要是我有心在音樂上出風頭，你就是個難能可貴的朋友。可是，眼前這班人都見慣了一流的表演，我實在不想在他們面前獻醜。」然而到頭來，她還是抵不過盧卡斯小姐的再三要求，只得說，「好吧好吧，非要我獻醜不可，那我也只

1「康梅斯」和「二十一點」都是撲克牌遊戲，在十九世紀十分流行。「康梅斯」起源於波蘭，後來在法國等地流行開去，後世演變為「三十一點」等牌戲。「二十一點」比「康梅斯」更投機，今天依然在全世界流行。

有獻獻醜了。」她板起臉，瞟了達西先生一眼，「有句古話說得好：『各留各的氣，自吹自的粥。』[2] 我就把我的氣用來好好唱歌吧。」

她唱歌談不上驚豔，但還算悅耳。聽她唱了一兩曲，有幾名聽眾請她再來幾首。她還沒來得及答話，琴卻被妹妹瑪麗搶走了。瑪麗是班內特家姿色最平凡的一個，所以她在才藝學問上格外用功，老是急著一展才華。

然而瑪麗既沒天分，也沒品位。她野心勃勃地勤學苦練，卻沾染了一身學究氣，而且自視甚高。如此一來，水準再高，演奏的水準也會打折扣。伊麗莎白技巧上還不及她的一半，但態度輕鬆自如、落落大方，大家聽得反而高興。一支冗長的協奏曲彈完，兩個妹妹跑過來，要求瑪麗彈幾首蘇格蘭和愛爾蘭小調。她為了要人家讚美她、感謝她，也樂意照辦。於是兩個妹妹和盧卡斯家的小姐一道，和兩三個軍官結成了舞伴，在屋子那頭興高采烈地跳起舞來。

達西先生站在不遠處，什麼話都不想跟人聊，他看見一個晚上就這樣打發過去，正自滿腹不悅，一門心思轉著自己的念頭，根本沒察覺到威廉・盧卡斯爵士走到了身邊。忽聽盧卡斯爵士說：

「達西先生，這種玩法對年輕人來說多麼吸引人啊！什麼都比不上跳舞。我認為這稱得上是上流社會的頭等雅事。」

「當然，先生。好就好在，在次一等的社會裡，跳舞也很流行。哪怕野蠻人也都會跳舞呢。」

威廉爵士聽了，微微一笑，沒有作聲。沉默了片刻，他看見賓利加入了跳舞的行列，就說：「你朋友跳得很好啊。達西先生，我敢說你也一定精通此道吧。」

「我相信你在梅里頓已經見過我跳舞了，爵士。」

「確實確實。我看得非常高興。你常去聖詹姆士宮跳舞嗎？」

「我從沒在那兒跳過，爵士。」

「在宮裡你也不肯賞光嗎？」

「在什麼地方我也不賞這份光，總是能免則免。」

「我想你在城裡一定有宅子吧？」

達西先生點了點頭。

「我一度也考慮過住到城裡去——因為我喜歡上流社會。不過我不確定盧卡斯夫人能不能適應倫敦的空氣。」

說到這裡，他停下來，等著對方的回答，誰知他的同伴壓根懶得答話。這時，剛巧伊麗莎白向他們走來，他靈機一動，決定獻個殷勤，於是叫住她說：

「親愛的伊麗莎，你怎麼不去跳舞呢？達西先生，請務必允許我介紹這位年輕女士給你，她是一個非常理想的舞伴。在這樣一位美人面前，我想你總不會拒絕了吧。」他抓起她的手遞給達西先生。達西先生十分意外，但也沒有不肯的意思。不料她一下抽回手去，驚慌地對威廉先生說：

「說實在話，我一點也不想跳舞，先生。我往這邊走，不是為了尋找舞伴，請你千萬別這麼想。」

達西先生鄭重其事地邀請她賞光共舞一曲，結果白費力氣。伊麗莎白堅決不肯，任憑威廉爵士在

2「各留各的氣，自吹自的粥。」（Keep your breath to cool your porridge.），英國諺語，意為管好自己，不要多管閒事。

一旁好說歹說，也不能動搖她的決心。

「你舞跳得這麼好，伊麗莎小姐，這麼把我拒絕了，不讓我飽飽眼福，未免太冷酷。這位紳士通常不喜歡這種活動，不過，要他賞區區半個小時的光，我想他也不會不肯。」

「達西先生只是為人客氣罷了。」

「他真的很客氣。不過，親愛的伊麗莎小姐，他這麼殷勤備至，不是沒有原因的——誰會拒絕像你這樣的舞伴呢？」

伊麗莎白調皮地瞧了瞧他，就轉身走開了。她不肯奉陪，那位先生非但沒被得罪，反而心滿意足地回味著她的模樣，這時賓利小姐走來對他說道：

「我猜得到你腦子裡現在在想什麼。」

「我覺得你猜不到。」

「你在想，已經好多個晚上了，就跟這班人一起照這麼過，實在吃不消。我深有同感。我從來沒覺得這麼煩悶過！枯燥乏味，還吵吵鬧鬧的——都是沒頭沒臉的人，個個還自以為了不起！我真想聽你批評他們幾句。」

「說實話，你想得大錯特錯。我頭腦裡的事可要美妙多了。我剛才正在思忖，漂亮女人的一雙美目，竟然能帶給人那麼大的快樂。」

賓利小姐的一雙眼睛立馬緊盯在他臉上，她要他告訴自己，究竟是哪位女士，竟喚起了他如此這般的感受。達西先生鼓起勇氣答道：

「伊麗莎白・班內特小姐。」

「伊麗莎白・班內特！」賓利小姐重複道，「我太震驚了。她得到你的垂青有多久了？——請告訴我，我什麼時候可以向你道喜啊？」

「我正等著你問這個問題呢。女人的想像力可真敏捷，一下從欣賞跳到愛慕，一下又從愛慕跳到結婚，全都發生在短短一瞬間。我就知道你要向我道喜了。」

「喲，既然你這麼當真，那我就把這件事看成勢在必行了。你會找到個惹人愛的丈母娘呢，而且她會住到彭伯里去，永遠和你在一起。」

她自顧自說得起勁，他卻在一旁充耳不聞。見他如此安之若素，她就安下心來，越發口若懸河地往下說。

Chapter 7

一刻不停的夜雨

班內特先生的全部家當差不多在一宗產業上，他每年藉此獲得兩千鎊的收入。可是因為這宗產業限定男性繼承人，將來只好傳給一名遠方親戚，他的五個女兒不幸與之無緣[1]。班內特太太名下的財產，就她娘家而言著實不少，但還是不能彌補班內特先生那頭的損失。她父親生前在梅里頓當事務律師，死後留給她四千鎊的遺產。

她妹妹嫁給了菲力浦先生。他當年是她們父親的書記員，後來也就繼承了丈人的業務。她還有個弟弟住在倫敦，生意做得很好[2]。

朗博恩村和梅里頓之間只隔著一哩地，幾位年輕小姐往來十分便利。一個禮拜，她們總要上梅里頓三、四次，既探望阿姨，又能順道去那兒的一家女士百貨店[3]看看。家裡年紀最小的兩個姑娘，凱薩琳和莉迪亞尤其熱衷於此。比起幾個姊姊，她們沒多少心事，每當無所事事的時候，就愛上梅里頓走一趟，把白天那幾個小時打發過去，到晚上也能多些談資。村裡一般也沒多少新鮮事，但她們總能想方設法從阿姨那兒打聽出點什麼來。附近最近開來了一個民兵團，這下她們的消息源源不斷，可有得樂了。兵團會在這兒駐紮一整個冬天，司令部就設在梅里頓。[4]現如今她們一拜訪菲力浦太太，就總能得到最有趣的消息。每一天，她們都會多聽見幾個長官的姓名，外加其親友關係。沒過多久，那些軍官的住址也叫大家知道了，於是小姐就和他們結交起來。菲力浦先生挨個拜訪了那幾位軍官，為外甥女打開了一座前所未知的幸福寶庫。她們現在開口閉口全是軍官。她們的母親每一提起賓利先生的巨額家產就眉飛色舞，可是在她們眼中，比起一套少尉[5]制服來，那份財產簡直一錢不值。

班內特先生聽她們整天滔滔不絕地談這些事，不禁冷冷地說：

「看你們聊天這副樣子，我覺得你們絕對是村裡最傻的兩個丫頭。我已經疑心了一陣，現在總算確定了。」

凱薩琳聽了覺得很窘，一時不知怎麼回答。不過，莉迪亞卻完全不把爸爸的話當回事，仍舊滿口

1 十八、九世紀的英國依然有許多地產遵循從諾曼王朝沿襲下來的限定繼承制度。凡是限定繼承的地產，均不得變賣，而且嚴格指定繼承人。班內特家的地產是限定男性後嗣繼承的，因此只能傳給遠親柯林斯先生，卻不能留給親生女兒。

2 班內特太太出身於一個上升中的職業階級家庭。她的弟弟經商，妹夫是律師，都依靠職業技能賺錢。她的父親和妹夫的職業，原文作「attorney」，是辦理日常法律手續的代理事務律師，不同於上庭訴訟的律師，社會地位不高。

3 這裡的女士百貨店在原文中叫「milliner's shop」，本意是米蘭人的商店。這類店鋪銷售女性的各種時髦花稍的衣飾用品，包括女帽、時裝、緞帶、手套等等，其中許多貨品來自手工藝發達的米蘭，故名。

4 珍．奧斯汀成年後的大部分時期（一七九三—一八一五），歐洲都處於拿破崙戰爭中。在英國南部多有民兵團駐紮，以防備法國軍隊入侵。與固定駐軍的正規軍不同，民兵團會在不同地區流動駐紮。

5 少尉是陸軍部隊裡最低的軍銜。

講著自己多麼愛慕卡特上尉，今天真想跟他見上一面，因為他明天一早就要動身去倫敦了。

「你竟然認為自己的孩子傻，真叫我吃驚，親愛的。」班內特太太說，「誰的孩子我都可以看不起，但我絕不會看不起自己的孩子。」

「孩子真要是傻，我只求心裡有個數。」

「說得沒錯——但事實上她們一個個都很聰明。」

「我真高興，咱倆只在這一件事上意見不同。我本來一心指望你我事事默契一致呢，可惜，現在我只好說，我不同意你的觀點，我覺得我們這兩個小女兒簡直傻透了。」

「親愛的班內特先生，你總不能指望這些年輕姑娘的見識能趕得上父母吧。等她們到了咱們這個年紀，我敢說她們就會像我們一樣，不再對軍官感興趣了。我還記得自己年輕時有多喜歡『紅軍裝』[6]——老實說，事到如今，我心裡還喜歡著呢。一個俊俏的年輕上校，一年有五六千鎊收入[7]，要是他看上了我哪個女兒，我可不會拒絕。那天晚上我在威廉爵士家裡看到福斯特上校，他穿那身制服真是一表人才。」

「媽媽，」莉迪亞嚷嚷說，「姨媽說，福斯特上校和卡特上尉現在去沃特森小姐家不像剛來時那麼勤了。她最近常常在克拉克圖書館[8]看見他們。」

班內特太太正要答話，男僕忽然走進來，送給班內特小姐一封短箋。短箋是從內瑟菲爾德來的，來人還等著帶話回去。不等大女兒讀完信，班內特太太就兩眼放光，迫不及待地喊起來：「珍，這是誰送來的？寫了什麼？怎麼說的？哎呀，珍，趕緊告訴我們。快點，好女兒。」

「是賓利小姐寫來的。」珍說，接著就大聲讀道：

親愛的朋友：

今天你要是不肯發發慈悲，來跟我和路易莎一塊兒吃飯的話，我們兩個很可能就要結下一輩子的仇怨了。兩個女人整天面對面談這談那，總不免吵架收場。收到字條請即刻前來。我哥哥和他那幾個朋友今晚要去軍官那裡吃飯。

你永遠的朋友
卡洛琳・賓利

「和軍官吃飯！」莉迪亞嚷嚷起來，「姨媽怎麼沒告訴我們呢？」

「出去吃飯，」班內特太太說，「那太不湊巧了。」

「我可以用馬車嗎？」珍問。

「不要，親愛的，你最好是騎馬去。天看起來像要下雨，那樣他們就會留你住一夜了。」

「這法子倒不錯，」伊麗莎白說，「只要你敢保證他們不會送她回家。」

「哦！先生他們要坐賓利先生的馬車去梅里頓，赫斯特夫婦又沒有馬。」

6 紅色是當時英國民兵的制服顏色。
7 班內特太太顯然誇大了一名上校的收入。
8 一種流通圖書館，只要支付會員費，即可借閱圖書。

「我還是寧願坐車去。」

「不過親愛的，你爸爸肯定勻不出馬來，馬兒都得在農場上耕作。是不是這樣，班內特先生？」

「農場上倒是用得到馬，不過馬兒平時也難得到我手裡。」

「要是今天那些馬到了你手裡，」伊麗莎白說，「媽媽就能如願以償了。」

班內特夫人軟硬兼施，總算逼得班內特先生承認，拉車的馬今天給占用了。如此一來，珍只好騎馬前往，母親把她送出門，興高采烈地再三說道，看來今天天氣會很糟糕。她真是心想事成。珍出發才一小會兒，就下起大雨來了。她的妹妹都替她擔心，只有母親滿心歡喜。雨一刻不停地下了一整晚，看樣子珍肯定是回不來了。

「我這個主意可真不賴！」班內特太太說了又說，倒好像這場雨全是拜她所賜。不過，她一時還沒意識到，自己這一招引來了多大的喜事。第二天一早，他們早餐還沒吃完，內瑟菲爾德莊園就派人給伊麗莎白送來一張字條：

親愛的麗綺：

我今早覺得很不舒服，大概是昨天淋了雨的緣故。這裡的朋友好心地要我留下，等病好了再回來。他們還非要讓瓊斯醫生來給我看病——如果你聽說他給我看過病，可別驚訝——其實我只是喉嚨痛和頭痛，沒有什麼大事。

你的……[9]

伊麗莎白把字條上的內容讀給大家聽。班內特先生說：「好了，親愛的，你女兒要是得了重病——要是一病不起，至少她是奉你的命令，為了追求賓利先生才得病的，這也算一種安慰吧。」

「噢，我才不擔心她死呢。得個小感冒才不會死人。他們會妥善照料她的。只要她住在那兒，就萬事大吉。要是馬車能得空，我也想去看看她。」

伊麗莎白卻十分擔憂姊姊，不管有車沒車，她立時就非去不可。她不會騎馬，因此只好步行。她把自己的打算說了出來。

「你怎麼這麼蠢！」她媽媽嚷嚷說，「外面這麼泥濘，虧你想得出來！一路走到那兒，你那樣子可沒法見人。」

「我只要見到珍就成。」

「麗綺，你的意思是讓我找幾匹馬來駕車嗎？」她父親問。

「完全不用。我不怕走路。只要存心想去，這點路算不了什麼，才三哩而已。我吃晚飯前一定能到家。」

「我讚賞你的善舉，」瑪麗說，「不過，就算一時感情衝動，到頭來也該理智行事。而且我認為，肯出力雖然好，但還是不要逞強。」

9 本書中，許多信件的結尾以「Yours, &c.」或「Your's, &c.」落款。「&c.」即「etc.」，表省略義。在奧斯汀的時代，這是較為熟悉親近的人之間通信時的落款方式，以「等等」來縮略取代各類致意用詞和關係稱謂，同時也是為了節省筆墨和信紙空間。此譯本對這類落款一律翻譯成「你的……」。

「我們陪你走到梅里頓為止吧。」凱薩琳和莉迪亞說。伊麗莎白同意了，於是三位小姐一同動身出門。

「我們要是走快一點，說不定能在卡特上尉出發前再跟他見個面。」莉迪亞邊走邊說。

三個人在梅里頓道了別。兩個妹妹轉去一個軍官太太借住的人家，伊麗莎白一個人接著往前走。她腳步匆匆地穿過一片片田野，迫不及待地越過柵欄、跳過水坑，最後終於看到了那棟房子。她兩腳發軟，襪子也髒了，經過一番劇烈運動，兩邊臉蛋熱得發燙。

她給帶到早餐室去，除了珍以外，所有人都在那兒。看見她那副樣子，他們大吃一驚。聽說她這一大早趕了三哩的路，一個人踩著泥濘走過來的，赫斯特太太和賓利小姐都感到不可思議。伊麗莎白心裡很明白，他們一定看不起她這種舉動。沒想到他們還是很客氣地招待了她，尤其那位兄長，不但對她以禮相待，還照應得友善周到。達西先生不大開口，赫斯特先生則一言不發。達西先生見到她那奔波之後光彩照人的氣色，心裡又是愛慕，又是不解，覺得她孤身一人這麼大老遠趕來，實在沒有必要，兩種念頭弄得他內心顛三倒四。赫斯特先生呢，滿心想的只有吃早飯[10]而已。

她打聽姊姊的病情，得到的答覆並不樂觀。班內特小姐病倒在床，現在雖然醒了，但發燒得厲害，還不能起床出房間。好在他們立刻就帶她過去探視。珍見到她很高興。她怕讓家裡人擔心，不想麻煩他們，雖然很希望有人來看看自己，寫字條時卻沒提起。但她目前沒精神聊天。等賓利小姐告辭出去，屋裡只剩下姊妹倆，她只說這裡的人待她實在太好了，她心裡著實感激，此外沒再說別的。伊麗莎白就靜靜地照料著她。

賓利姊妹吃過早餐後也來了。看到她們這麼喜歡珍，如此關心她的病情，伊麗莎白對她們也多了些好感。藥劑師[11]來給病人做了檢查，不出所料，他說她得的是重感冒，囑咐他們一定要對她精心照料。他建議她上床靜養，還開了些藥水。大家立即照醫囑辦了，因為病人又燒了起來，頭也痛得厲害。伊麗莎白一步都不肯離開姊姊的房間，其他幾位小姐也不大走開。幾個先生都出門去了，反正他們在那兒也幫不上忙。

到下午三點，伊麗莎白覺得非走不可了，於是依依不捨地向他們道別。賓利小姐讓她坐馬車回去，她本想先稍作推辭，就接受這番好意，誰知珍一副依依惜別的樣子，實在捨不得她走，於是賓利小姐只得改口，請她在內瑟菲爾德小住一陣。伊麗莎白感激不盡地答應了。於是他們派人到朗博恩去知會班內特家，再替伊麗莎白帶些換洗衣服過來。

10 伊麗莎白吃過早餐之後走了三英里路趕到內瑟菲爾德，而賓利他們還在吃早餐。當時一般鄉紳家庭會在上午九點吃早餐，而內瑟菲爾德的早餐時間更晚。這是當時時髦的富裕階層的生活方式。

11 當時的藥劑師可以替患者開藥方並出售藥品，不收取診金，只收醫藥費。

Chapter 8

擔憂

五點鐘，兩位女士告辭去換衣服。到六點半時，伊麗莎白被請下去吃正餐[1]。大家都問她珍的病情如何，賓利先生問得格外關切。這令伊麗莎白十分高興，可惜她給不出令人寬心的答覆。珍的情況一點也沒好轉。姊妹倆一聽，就口口聲聲地說她們是多麼難過，說重感冒有多可怕，又說她們自己有多討厭生病。一番話講完，她們就把這件事拋諸腦後了。伊麗莎白見她們背著珍表現得這麼漠然，起初對她們看不慣的心情又死灰復燃了。

事實上，這家人裡頭也只有那位哥哥叫她滿意。一望而知，他真的很關切珍的病情，對伊麗莎白也十分照應。她覺得其他人都把她當不速之客看待，好在有賓利的殷勤，能讓她自在一些。除他以外，別人對她幾乎都是視而不見。賓利小姐的全副精神都在達西先生身上，她姊姊也是半斤八兩。至於坐在伊麗莎白旁邊的赫斯特先生呢，他是個懶散的人，人生在世，只關心吃喝和玩牌，一聽伊麗莎白喜歡家常便飯超過法式蔬菜燉肉[2]，自然和她聊不到一塊。

吃完飯，伊麗莎白趕緊回珍那兒去了。她剛走出房間，賓利小姐就說起了壞話，說她的行為太不像樣，為人傲慢無禮，既不會講話，又缺少風度，既沒品位，長得又難看。赫斯特太太也是這麼認為，還補充說：

「簡而言之，她根本沒有優點，唯一擅長的只有走路。我永遠也忘不了她今天早上那副樣子。看上去真像個瘋子。」

「路易莎，她的確很像瘋子。我差點忍不住笑出來。她跑這一趟，根本毫無必要嘛！姊姊害了傷風，就非得像這樣匆匆忙忙地滿地亂跑？她的頭髮多髒，多亂啊！」

「對，還有她的襯裙[3]，你真該留意一下她的襯裙。那上面沾滿了爛泥，我保證有六英寸高。她把罩裙放低，想蓋住裡頭的襯裙，但根本遮不住。」

「你描述得可能很準確，路易莎，」賓利先生說道，「不過我一點也沒注意到。我覺得伊麗莎白小姐今天早上進屋的時候看起來很漂亮。我沒看見她的髒襯裙。」

1 按照從十八世紀起形成的習慣，當時的英國人一天通常吃兩頓飯：早餐（breakfast）和正餐（dinner）。正餐的時間，起初是在中午十二點，後來漸漸推遲。像班內特家這樣的鄉紳家庭，早餐通常在上午九點吃，正餐在下午三到四點。從十八世紀後期開始，城市裡的富裕階層開始按照時髦的作息習慣，把正餐時間推遲，比如賓利家就在傍晚六點半吃正餐。正餐之後，大家會玩牌、演奏音樂及聊天，此後還會用宵夜。看來伊麗莎白當天吃過早餐後，直到六點半都沒有再進餐。

2 法式蔬菜燉肉（ragout），一道法式料理，把小塊的肉和各種蔬菜放在一起燉煮，並添加多種佐料，製作步驟繁瑣、用料眾多。赫斯特先生喜歡這一類菜餚，看得出他的品味是貴族化的，和伊麗莎白截然不同。

3 在奧斯汀的時代，英國女性的日常外出服裝是一條外罩的裙服，內襯由棉布、細棉紗或麻紗布製成的襯裙（petticoat）。裙服前部開襟，露出襯裙的下部分。考究的裙服通常以絲織品製成，頗為昂貴，因此伊麗莎白為了不把裙服弄髒，就把裙襬提起來，導致襯裙上沾滿了汙泥。

「我相信你一定看見了，達西先生。」賓利小姐說，「而且我想，換作是你的妹妹，你不會願意看她出這種醜吧。」

「當然不願意。」

「走了三哩，還是四哩，要嘛五哩吧，總之別管總共多少哩，路上爛泥沒過腳踝，而且只有她一個人，孤零零的一個人！她這麼做算什麼意思呢？我覺得這正體現了她自高自大、獨來獨往的討厭脾氣，還有不講究禮節的鄉下人作風。」

「這說明她對姊姊是一片深情，我看了很高興。」賓利說。

「達西先生，我恐怕她這麼冒冒失失，會干擾了你對她那雙美目的愛慕之情吧。」賓利小姐放低聲音問道。

「沒這種事。」他答道，「經過一番奔波，那雙眼睛更顯得明亮了。」他這話說完，大家都頓了頓，接著，赫斯特太太又開口了。

「我十分欣賞珍·班內特，她真是個可愛的姑娘。我衷心希望她能嫁個好人家。不過，看看她的父母，再看看她那些低俗的親戚，我只怕她沒多大指望。」

「我記得聽你說起過，她們的姨父在梅里頓當律師。」

「是的。她們還有個舅舅住在齊普賽德[4]附近。」

「那可好極了。」她妹妹說，接著兩個人同聲大笑起來。

「就算她們的舅舅多得把整條齊普賽德街填滿，她們的可愛也分毫不會減少的。」賓利嚷嚷道。

「但她們嫁個如意郎君的機會可確實大大減少了。」達西回應說。

賓利先生沒有答話，姊妹倆對這番話卻是大加贊成，她倆恣意嘲笑著好朋友家的下等親戚，樂了好半天。

然而一離開餐廳，她倆就換上一副溫柔體貼的樣子，到珍房間裡陪著她，一直坐到喝咖啡的鐘點[5]才走。珍看起來還是很虛弱，伊麗莎白寸步不離地守著她，直到夜已深了，看著她睡著，她才放下心來。這時她想到，雖然眼下沒什麼心情，但哪怕出於禮貌，也該下樓一趟。她出了房間，走進客廳，發現大家正在玩盧牌[6]。他們立刻邀請她加入，不過她猜測他們輸贏的賭注很大，就推說還要照看姊姊，婉言謝絕了。她說她只想稍許放鬆一會兒，坐著看看書就好。赫斯特先生聽了，詫異地望了她一眼。

「你寧可看書，也不想玩牌？」他說，「這可真少見。」

賓利小姐說：「伊麗莎．班內特小姐看不上打牌。她是個了不起的讀書人，什麼別的事情都引不起她的興致。」

「這話是誇獎也好，是責難也罷，我都受不起。」伊麗莎白大聲說，「我不是什麼了不起的讀書

4 齊普賽德（Cheapside），這條商業街位於倫敦東南部，不屬於時髦上流的地段。伊麗莎白的舅舅嘉丁納先生家在恩典堂街（Gracechurch Street），雖然也是商業區，距離齊普賽德其實卻不算近。賓利姊妹倆故意拿Cheapside中的cheap（意為廉價）一詞來嘲諷班內特家。

5 當時在吃過正餐之後，女士會先離開餐廳。到了喝咖啡或喝茶的鐘點，男士從餐桌邊起身，加入女士當中，開始此後的娛樂活動。

6 盧牌（loo），一種撲克牌遊戲，規則接近惠斯特，但可有更多人參與。「盧」指的是在遊戲中輸錢的玩家所付的罰金。

人，好多事情我做起來都有興致。」

「你肯定有興致照顧令姊，」賓利說，「但願她很快能好起來，這樣你就會更有興致了。」

伊麗莎白誠心謝過他，就朝一張桌子走去，那上頭擺著幾本書。賓利立即要再拿些書給她——凡是藏書室裡有的都可以拿過來。

「要是我的藏書再豐富些就好了，既能滿足你的需要，也能讓我臉上有光。不過我是個懶人，存書就不多，讀過的更少。」

伊麗莎白向他保證說，屋裡現有的這些已經足夠了。

賓利小姐說：「我想不通，我父親竟然只留下這麼一點藏書。達西先生，你們彭伯里的藏書室可真棒啊！」

「那是該當如此，」他答道，「是一代代積累下來的。」

「你自己也購置了不少吧。你老是在買書。」

「在這個年頭，我覺得沒有理由放著家裡的藏書室不管。」

「放著不管！我覺得只要是能給那個高貴的地方增光添彩的東西，你一件也沒疏忽。查爾斯，哪天要是你想建造宅邸的話，但願它有彭伯里一半漂亮就夠了。」

「我也希望如此。」

「不過我真要建議你，就在那兒附近買房子吧，照著彭伯里打理好了。全英國哪裡的鄉村風光都比不上彭伯里。」

「我完全贊成。要是達西願意賣，我就把彭伯里買下來。」

「我是在講辦得到的事情，查爾斯。」

「老實說，卡洛琳，我覺得與其照著彭伯里去蓋房子，還是直接把它買下來的可能性更大。」

伊麗莎白只顧聽他們說話，聽得入了神，手上那本書反而沒看進去多少。她乾脆把書放在一邊，挪到牌桌旁，坐在賓利先生和他的姊姊之中，看他們打牌。

「開春以來，達西小姐是不是又長高了不少？」賓利小姐說，「她是不是快和我一般高了？」

「我想快了。她現在差不多有伊麗莎白·班內特小姐那麼高，說不定還要再高一點。」

「我真巴不得再跟她見面呀！我從來沒見過比她更叫我喜歡的人。長得那麼漂亮，舉止又那麼優雅，小小年紀就多才多藝！她的古典鋼琴真彈得出神入化啊。」

賓利先生說：「我真覺得不可思議，為什麼年輕女士都這麼有心思，個個這麼多才多藝？」

「年輕女士個個多才多藝！親愛的查爾斯，你這話是什麼意思？」

「沒錯，我覺得她們每個人都是這樣。人人都會裝飾桌子、翻新畫屏，還會編織手袋[7]。我簡直不知道誰不是樣樣精通。我很確信，別人只要說起一位年輕姑娘，就沒有不說她多才多藝的。」

「你列出的這套通行標準，倒很能說明問題。」達西先生說，「多少女人不過會編織手袋，或者是翻新畫屏，就被誇獎多才多藝。可是你這樣評價廣大女士，我卻完全不能苟同。我不想誇張，在我認識的所有女士當中，真正談得上多才多藝的，應該不會超過六個。」

7 裝飾桌子（在桌子上畫裝飾圖案）、翻新畫屏、編織手袋都是當時判定女性「多才多藝」的標準技能，但這些技能瑣碎且不實用。

「我也是，我可以肯定。」賓利小姐說。

伊麗莎白說：「那麼，談到多才多藝的女性，你的標準一定很高了。」

「沒錯。我的標準確實很高。」

「哦！當然啦，一個人如果不是出類拔萃，就不算真正的多才多藝。」他那忠實的幫手叫了起來，「一個女人非得具備音樂、聲樂、美術、舞蹈、現代語言方面的完備知識，才配得上多才多藝的美名。不單這樣，她的神情舉止、走路的姿態，還有說話的語調、態度和措辭都要富於涵養。如若不然，她就根本沒那個資格。」

達西補充說：「不但要具備這些素養，還要博覽群書，增長見識，做個有內涵的人。」

「你說你只認識六個有才能的女性，我現在一點也不奇怪了。我反倒懷疑你是不是一個也不認識。」

「你對你們女人自己竟然這麼苛刻，覺得女人不可能擁有這些條件嗎？」

「我可從沒見過這樣的女人。像你說的這種集才學、品位、勤勉、優雅於一身的人，我真沒見過。」

赫斯特太太和賓利小姐齊聲大叫，反對伊麗莎白這種不公正的質疑。她倆言之鑿鑿地說，她們認識好些女子都符合以上條件。這時赫斯特先生打斷了他們，催促他們趕緊下注，責怪他們對打牌一點也不上心。於是這場談話到此為止，過了不一會兒，伊麗莎白就走了。

她剛關上門，賓利小姐就開口說：「伊麗莎．班內特這種女孩子，老是用貶低女性的伎倆，去吸引異性的注意。我敢說有好多男人吃這一套。不過，在我看來，這是一種下三濫的手段，是卑鄙的辦法。」

達西聽出這番話主要是說給他聽的，便回應道：「毫無疑問，女士為了俘獲人心，有時會不擇手段。這類行徑都很卑鄙。男女之間交往，只要誰想玩弄手段，就會叫人看不上。」

賓利小姐對他的話不太滿意，於是這個話題沒法往下說了。

誰知伊麗莎白又跑了回來，只是想告訴他們一聲，她姊姊病得更厲害了。賓利堅決主張要立刻派人去找瓊斯醫生。他的姊妹勸他說，鄉下的藥劑師不中用，還是趕緊送急信到城裡，請最有名的大夫[8]來。伊麗莎白聽不進她們的意見。不過對她們兄弟的提議，她接受起來倒不是很勉強。最後大家決定，如果班內特小姐到明天清早還沒有好轉，就請瓊斯醫生過來。賓利大為不安。他的姊妹也自稱擔憂極了。然而吃過晚餐後，她倆合奏了幾支曲子，就把愁情慘意排遣一空。至於賓利，他沒法寬心，唯有叮囑女管家說，一定要盡心盡力，好生照管那位生病的小姐，連帶她的妹妹。

8 此處的「大夫」（physicians）是擁有行醫執照的醫生，與前文的藥劑師（apothecary）相比，更具專業性。但這樣的大夫一般都在倫敦等大城市開業。

Chapter 9

一首詩

伊麗莎白大半夜都在姊姊房裡。第二天大清早，賓利先生就派了一個女僕來打聽珍的病情。過了一會兒，他那兩位姊妹也打發了兩位高雅的貼身女僕過來。她總算能聊以自慰地答覆他們說，珍的病好轉了一些。儘管如此，她還是請求他們派人送封信去朗博恩，叫她的母親過來看看珍，讓她對珍的病情有個瞭解。信立刻就送過去了，班內特太太也立刻照辦，帶著兩個小女兒來到了內瑟菲爾德。大家用過早餐不久，她們就到了。

要是班內特太太發現珍病勢危急，一定會悲痛欲絕。不過，一看她的病不怎麼要緊，她就放了心，只盼她好得慢點兒，因為一旦恢復健康，她也就得離開內瑟菲爾德了。女兒要求家裡人把她接回去，班內特太太卻聽也不想聽。藥劑師和她前後腳到，他也說最好別搬回去。班內特太太陪珍坐了一小會兒，賓利小姐就來請她們了，於是她帶著三個女兒一同去了早餐室。賓利見到她們，說他希望班內特小姐的病情不像班內特太太想的那麼嚴重。

「我真覺得她病得很重，先生，」她答道，「她太難受了，禁不住搬動。瓊斯先生叫我們千萬別試著給她挪地方，只好打擾你們多照顧幾天了。」

「挪地方！」賓利嚷嚷道，「想也別想。我相信我妹妹不會同意她搬走的。」

「太太，你儘管放心。」賓利小姐客客氣氣、冷冷淡淡地說道，「班內特小姐在這兒跟我們在一起，會受到盡心盡意的照料的。」

班內特太太連連稱是。

她補充說：「我敢保證，要不是有你們這些好朋友，真不知道她會怎樣，她實在病得很重，難受得不得了。好在她向來最耐得住性子，她一直都是那個樣子，我從沒見過比她脾氣更溫柔的人。我常跟另外幾個女兒說，她們跟她沒法比。賓利先生，你們這間屋子真是可愛，外面那條石子路上的景色也很宜人。我覺得這一帶沒有哪個地方比得上內瑟菲爾德。你簽的是短租約，但我想你不會很快搬走吧。」

「我做事總是很性急的，」他答道，「要是打算從內瑟菲爾德搬走，那我可能只要五分鐘就能動身。不過眼下我打算在這兒住下來。」

「我猜得一點都沒錯。」伊麗莎白說。

「你開始瞭解我了，是吧？」他轉過去對她大聲說。

「哎，是的！我完全瞭解你。」

「希望你這是誇獎我。不過，那麼容易就讓人看穿了，我只怕自己有點可憐。」

「那也不一定。一個心機深沉複雜的人，倒也未必比你更難看穿。」

她母親嚷嚷道：「麗綺，記著你這是在哪裡，可別像在家裡那樣放肆。」

賓利趕緊接著麗綺的話說：「我從前不知道你對人的性格這麼有研究。這種研究一定很有意思。」

「是的。不過性格複雜的人研究起來特別有意思。起碼他們還算有這麼個優點。」

達西說：「一般說來，在鄉下找不到什麼適合這類研究的對象。在鄉下，大家的社交圈很窄，而且變動很少。」

「但人本身就在不斷變動，你永遠能從他們身上找到值得觀察的地方。」

「就是的，的確如此。」班內特太太被達西先生談論鄉村的口吻激怒了，大聲說道，「我向你打包票，在鄉下可供觀察的對象就像在城裡一樣多。」

大家都吃了一驚。達西朝她看一會兒，默不作聲地把頭掉開了。班內特太太一看自己大獲全勝，感到洋洋自得，想要乘勝追擊。

「我看不出倫敦比起鄉下來有什麼大不了的好處，只不過商店和公共場所多些罷了。鄉下可要舒服得多呢，不是嗎，賓利先生？」

「我在鄉下住下來就不想走，」他答道，「住城裡時也一樣。鄉下和城市各有各的好處，我在兩邊都覺得一樣愉快。」

「沒錯——那是因為你個性好。不過那位先生似乎覺得鄉下一無是處。」她邊說邊望向達西。

「媽媽，你真的弄錯了。」伊麗莎白為母親羞紅了臉，說道，「你誤解了達西先生的意思。他只是說，在鄉下不像在城裡那樣能見到各色人等。這你也得承認。」

「當然，親愛的，誰也沒說這兒有各色人等。不過，要說在這兒碰不到多少人，那我覺得比我們這兒更大的村子也沒幾個了。算算平時和我們一塊兒吃過飯的人家，就有二十四戶呢。」

要不是顧慮伊麗莎白的心情，賓利先生就要忍不住發笑了。他妹妹不像他那麼體貼，只見她露骨地笑著，兩眼直勾勾地望向了達西先生。為了轉移母親的注意力，伊麗莎白問她，自己不在朗博恩這兩天，夏洛特．盧卡斯有沒有來過。

「來過，她昨天和她父親一塊兒來的。賓利先生，威廉爵士真是和藹可親啊——不是嗎？而且他風度又那麼好！還那麼彬彬有禮，那麼隨和！他跟每個人都聊得來。我認為這才叫有教養。有的人自以為顯要，老不肯開口說話，他根本不懂什麼是教養。」

「夏洛特跟你們一起吃飯了嗎？」

「沒有，她得回家去。我猜家裡等她去做百果餡餅。賓利先生，我請的傭人都能各司其職。我的女兒受的教養可不一樣[1]。不過各家有各家的情況，我向你擔保，盧卡斯家的姑娘還是相當不錯的，只可惜她們長得不漂亮！我自己倒不認為夏洛特相貌平平——畢竟她是我們家的好朋友。」

「她看起來是個很討人喜歡的年輕姑娘。」賓利說。

「哎！確實是的。不過你也不得不承認，她長得真的很普通。盧卡斯夫人自己也常這麼說，她還羨慕我們珍長得美。我不想誇耀自己的孩子，不過說真的，很少看見比珍更好看的姑娘。人人都這麼說。可不是我偏心。那年她才十五歲，在我那住城裡的兄弟嘉丁納家做客，當時就有個先生深深迷上

1 班內特太太這番話表明，她是把女兒作為有閒階級教養長大的。

了她，我弟媳當時還以為，在我們走之前，他肯定會向她求婚呢。誰知他沒有。可能覺得她年紀太小了吧。但他給她寫了幾首很美的情詩。」

「他的戀愛就到此為止了，」伊麗莎白不耐煩地說：「我猜想不少人是這樣斷送自己的愛情的。寫詩還能趕走愛情！不知道這種功能是誰頭一個發現的。」

「我一直以為詩歌是愛情的糧食[2]呢。」達西說。

「在一段美好、堅固、健康的愛情裡，可能的確如此。任何事物，只要本身牢靠，就能得到萬物的滋養。要是本就只有一點點苗頭，那我覺得只需要一首動聽的十四行詩，就能把愛情徹底趕跑了。」

達西只是笑了笑，接著大家都沉默了片刻，伊麗莎白只覺得不寒而慄，就怕母親又要出醜。她想開口講話，卻想不出說什麼。過了一會兒，班內特太太又開了口，感謝賓利先生對珍的一片好心，還說麗綺叨擾了他們，實在抱歉。賓利的回答既誠懇又禮貌，他妹妹也只得客氣客氣，說了些必需的場面話。客氣歸客氣，她的態度卻並不親切，不過班內特太太聽了已經心滿意足。一會兒工夫，她就吩咐傭人去預備馬車。她的小女兒見狀跳了出來。兩個姑娘到這兒之後，始終湊在一塊兒竊竊私語，她們決定，由最小的那個出面提醒賓利先生，他剛來村裡那時，可是承諾過在內瑟菲爾德舉辦一場舞會的。

莉迪亞是一個身強體壯、發育良好的十五歲姑娘，面若桃花，笑口常開，是她母親最喜愛的孩子。因為太受溺愛，她小小年紀就進入了社交圈。她有著虎虎的生氣，又生就一種妄自尊大的性格，那些上她姨丈家赴宴的軍官，一看她舉止輕浮，就對她大獻殷勤，惹得她越發肆無忌憚起來。因此她認為自己有這個資格跟賓利先生談談舞會的事，還唐突地提醒他務必信守諾言。她說，要是他說話不算話，那真要算全天下最丟人的事了。面對這種突然襲擊，他的答覆在她母親聽來大為悅耳——

「我向你保證，我已經準備好實踐諾言了。等你姊姊的病一好，我就請你擬定舞會的日期。現在她還生著病，你總不會想跳舞吧。」

莉迪亞表示滿意。「哦！是的——等珍好起來之後當然更好，而且到那時，卡特上尉也很可能回到梅里頓了。」她說，「等你辦完舞會，我要敦促他們也辦一場。我要對福斯特上校說，不辦一場就太丟人了。」

班內特太太帶著兩個女兒前腳剛走，伊麗莎白後腳就到珍那兒去了，留下兩位小姐和達西先生在那兒對她和她的家人評頭論足。不過，就算賓利小姐拿著「美目」的話題做盡了文章、說盡了俏皮話，達西先生也不肯和她們一起編派伊麗莎白的不是。

2 愛情的糧食（the food of love），出自莎士比亞《第十二夜》第一幕第一場：「假如音樂是愛情的糧食，那麼奏下去吧。」

Chapter 10

陷入愛河的危險

第二天過得和前一天沒什麼不同。上午，赫斯特太太和賓利小姐陪病人待了幾小時，病人的病情正在好轉，只是好得很慢。傍晚，伊麗莎白到客廳去和大家碰面。牌桌沒有擺開，達西先生正在寫信，賓利小姐就坐在他身旁，一邊看他寫，一邊翻來覆去地請他在信裡替她問候他妹妹。赫斯特先生和賓利先生在打皮克牌[1]，赫斯特太太在旁邊觀戰。

伊麗莎白一面做著針線活，一面細聽達西先生和那位同伴之間的談話，只覺得很有意思。賓利小姐不住地恭維達西，不是說他字寫得好，就是說他一行行寫得很勻稱，要不就說他的信長度得當。然而不管她說什麼好話，對方一概置之不理，就這樣造就了一段奇特的對話，恰好印證了伊麗莎白對他們兩位的看法。

「達西小姐收到這樣一封信，該有多高興啊！」

他沒有回答。

「你寫得這麼快，可真少見。」

「你錯了。我寫得實在很慢。」

「你一年到頭得寫多少封信啊！還有生意上的信件往來！換作是我，肯定煩死了！」

「幸好這些信碰到的是我，不是你。」

「請告訴令妹，我盼望著和她會面。」

「我已經按照你的要求告訴過她一次了。」

「我恐怕你這支筆不大好用吧。我幫你修理修理吧。我修筆特別在行。」

「謝謝你——不過我習慣自己修。」

「你怎麼能寫得這麼工整呀？」

他沒作聲。

「告訴令妹，聽說她彈豎琴進步了，我很開心。還請對她說，她替我畫的那個用來裝飾桌子的優美的小圖案，太叫我驚喜了，我覺得她的設計比格蘭特利小姐的要高明得多。」

「請允許我在下一封信上轉達你的驚喜好嗎？眼下沒地方寫這麼多了。」

「哦！那也沒關係。我到一月就能和她見面了。你老是寫這麼動人的長信給她嗎，達西先生？」

「我的信一般都挺長。不過，寫得是否動人，那不是我自己說了算的。」

「我始終覺得，一個人要是能輕易寫出一封長信，就不可能寫得不好。」

1 皮克牌（piquet），一種規則複雜的雙人撲克牌遊戲，總共使用三十二張紙牌。

「這個恭維不適合達西，卡洛琳。」她的兄弟大聲說，「因為他寫得一點兒也不輕易。他對那些四個音節的詞[2]推敲太過了。是不是這樣，達西？」

「我的寫作風格跟你迥然不同。」

「啊呀！」賓利小姐叫道，「查爾斯寫信要多隨便就有多隨便。他總是漏掉一半的詞，再塗掉一半的詞。」

「我的念頭轉得太快，簡直來不及寫出來——所以有時候收信人會覺得我的信上什麼都沒說。」

「賓利先生，」伊麗莎白說，「你這麼謙虛，別人都不忍心責備你了。」

「再沒有什麼比謙虛的外表更蒙蔽人的了，」達西說，「那往往只是因為不在意自己的看法，有時候則是一種拐彎抹角的自誇。」

「那你認為，我剛才那番謙虛的表現算是這兩種當中的哪一種呢？」

「是拐彎抹角的自誇。其實你為自己寫作上的缺點沾沾自喜，覺得這說明你腦子轉得快，只不過寫得漫不經心而已。就算這不值得稱道，至少在你看來很有意思。大家總愛自誇做事動作快，卻不去看看，這樣做的結果並不完美。今天白天，你告訴班內特太太說，一旦決定離開內瑟菲爾德，你只消五分鐘就能動身。你這話是自誇自讚——可是，像這樣匆匆忙忙地行動，肯定會落下幾件要緊事，於己於人，其實都談不上真有什麼好處，這又有什麼可誇讚的呢？」

「啊呀，」賓利叫道：「都到晚上了，還記著白天說的雞毛蒜皮的小事，這也太過頭了。再說，我以名譽擔保，我說的句句屬實，我現在還是這麼想的。我可不是為了向小姐炫耀自己，才故意擺出一副不必要的匆忙樣子。」

「我相信你真是這麼想的。但我不信你真能如此神速地搬走。你跟我認識的所有人一樣，都是見機行事。打個比方，你正跨上馬背準備走，這時有個朋友說：『賓利，你最好還是待到下個禮拜吧。』你可能就會聽他的，可能就不走了——萬一他再說了句什麼，你說不定還要多待一個月。」

「說來說去，你也不過說明了賓利先生做事不會由著性子來。」伊麗莎白大聲說：「你這更是誇獎他了，比他的自誇還要強得多呢。」

「我朋友那番話，經你這麼一說，反而變成誇我了。」賓利說道：「我聽了真高興。不過只怕你這樣解釋，一點也不符合那位先生的本意。碰到他說的那種情況，要是我能一口謝絕，翻身上馬，即刻告辭，那他對我也許還更推崇幾分。」

「難道達西先生認為，即便你一開始便做了輕率的打算，只要一意孤行，就也算情有可原嗎？」

「這種事我可解釋不清楚。還是讓達西自己說明吧。」

「你把這些意見強加給我，還要我承認這是我說的，我可不認。不過，班內特小姐，你別忘了，假設真有其事，照你的說法，就算那位朋友希望他回轉來，還請他把行期延後，他也不過是提出了一個請求而已，沒有強制他。」

「聽了朋友的請求，就能開開心心、隨隨便便地讓步，你可沒有這種優點。」

「這種沒主意的讓步，於人於己都不是臉上有光的事。」

2 四個音節的詞（four syllables），指拼寫複雜的詞語。賓利的意思是，達西先生寫信時用詞格外文雅講究。

「達西先生，我覺得你完全否定了友誼和感情對人的影響力。一個人要是看重提出請求的人，那多半會輕輕鬆鬆地讓步，根本不用人家費事去說服。我說這番話，不是針對你給賓利先生做的假設。不妨等到真發生這種事的時候，再來探討他做得是否慎重，也未嘗不可。不過，按照常理，朋友之間，在不怎麼要緊的事情上，一個人請另一個人改改主意，不用囉唆什麼，對方就心甘情願地照辦了，難道你覺得他這麼做有問題？」

「在探討這個問題之前，我們是不是應該先明確界定一下這個請求本身有多重要，外加雙方交情有多好呢？」

「當然應該。請把所有細節都告訴我們吧，可別把他們誰高誰矮、誰胖誰瘦給漏了。」賓利叫道：「因為，班內特小姐，一旦爭論起來，這些因素能有多大影響，你可能想都想不到。我擔保，假如達西的個頭不是比我高大得多，我對他就不會那麼敬重了。我告訴你吧，在有的場合、有的地點，達西是個再可惡也沒有的同伴，尤其是禮拜天晚上在他自己家，當他沒事做的時候。」

達西先生笑了笑。但伊麗莎白猜想他心裡已經很不快了，就忍住沒笑出來。賓利小姐見達西受了非議，趕緊為他鳴不平，怪哥哥幹嘛說這些沒意思的話。

「我明白你的用意，賓利，」他那朋友說，「你不喜歡辯論，想息事寧人。」

「可能是吧。辯論太像吵架了。只求你和班內特小姐行行好，等我不在這屋裡的時候，你們再接著辯論吧。到時候隨你們怎麼議論我都可以。」

「聽你的，反正我沒什麼損失。」伊麗莎白說，「達西先生最好也先把信寫完吧。」

達西聽從她的建議，去把信寫完了。

完事之後，他請賓利小姐和伊麗莎白賞臉彈幾首曲子。賓利小姐有些急切地走到鋼琴前，先跟伊麗莎白客氣了一下，問她想不想帶頭，伊麗莎白一方面出於客氣，一方面更是發自內心地謝絕了，於是賓利小姐就坐下彈了起來。

赫斯特太太替妹妹伴唱，兩人無暇他顧。伊麗莎白翻看著擺在鋼琴上的幾本樂譜，卻發現達西先生的雙眼不時盯著她看。一個像他這麼尊貴的人，竟會把她當作愛慕對象，這她可不敢奢望。不過，要說他那麼望著她是因為討厭她，那就更說不通了。她只好認為，自己之所以能引起他的注意，是由於在他看來，在場所有人當中就數她最不對勁、最礙眼。她根本不為這種設想難過。反正她一點也不喜歡他，所以不在乎他認不認可自己。

賓利小姐彈奏了幾首義大利歌曲，接著改彈一支活潑的蘇格蘭小調。不一會兒，達西先生湊到伊麗莎白身邊說：

「班內特小姐，你會不會很想趁這個機會跳一圈里爾舞[3]？」

她笑了笑，沒有作答。見她不發話，他有點詫異，就又問了一遍。

「哦！」她說，「我聽見你的話了，不過我一下拿不定主意，不知該怎麼回答才好。我明白，你希望我回答『是的』，這樣你大概就能好好蔑視一番我的興趣了吧。可是碰到這類陰謀詭計，我一向喜歡戳穿，碰到存心羞辱人家的人，我一向要以牙還牙。所以，我決定告訴你，我根本一點也不想跳

3 里爾舞（reel），一種輕快的舞蹈，起源於蘇格蘭，在愛爾蘭也可以見到。通常由一對舞伴面對面跳出八組動作。

里爾舞——現在你不敢蔑視我了吧。」
「確實不敢。」
伊麗莎白本來想好要叫他難堪，沒想到他卻如此彬彬有禮。不過，她的作風向來有點可愛、有點調皮，別人不容易覺得受冒犯。達西過去還從沒對哪個女人如此著迷。他真心覺得，要不是她那些親戚出身低微，那他就有陷入愛河的危險了。
賓利小姐看在眼裡，或不如說是揣摩在心，不免妒火中燒。她一心想把伊麗莎白攆走，所以愈加急切地盼著好朋友珍能夠早日康復。
為了挑動達西對這位客人的厭惡之情，她常常編派說，有朝一日他們成了婚，這門良緣會給他帶來多少幸福。
「等這樁好事成了，希望你能稍稍提醒一下你那位丈母娘，勸她管好自己的口舌。」第二天，兩人正在灌木叢中散步，她說道：「要是能做得到，也千萬把那幾個小姑娘老跟在軍官後頭跑的毛病給治好。還有，請允許我再提出一樁微不足道的小事，尊夫人身上有點小毛病，像是狂妄自大，又像是粗魯無理，也請盡量管一管吧。」
「對於我的家事，你還有別的建議要提嗎？」
「哦！有的。請一定把你的菲力浦姨丈和姨母的畫像掛到彭伯里的畫廊去。就掛在你那當大法官的伯祖父旁邊好了。要知道，他們是同行，只不過職責不同罷了。至於你的伊麗莎白的畫像，還是千萬別叫人去畫了，因為，什麼樣的畫家才能不偏不倚地描繪出那樣一雙美目呢？」
「要抓住那雙美目的神韻著實不易，不過它們的色彩和形狀，外加那雙睫毛，都那麼精緻美麗，還是有可能描摹的。」

正說到這兒，赫斯特太太和伊麗莎白從另一條路走過來，和他們遇上了。

「我不知道你們也要出來散步。」賓利小姐說道。她有點慌亂，只怕剛才說的話給她們聽到了。

「你對我們太不夠意思了。」赫斯特太太答道，「自己出來，說都不說一聲，就偷偷地跑了。」說著，她就挽起達西先生另一邊的手臂，讓伊麗莎白獨自走在後面。小徑只能容三個人並排走。達西先生覺得這樣做很無禮，就趕緊說：

「這條路對我們這麼多人來說不夠寬。我們還是到大路上去吧。」

可是伊麗莎白本來就一點也不想和他們走在一起，所以笑著說：

「不用，不用。你們就留在這裡吧。你們這個組合很美，而且高貴極了。要是再加入第四個人，這美麗的畫面就給破壞了[4]。再見。」

於是她快活地跑開了，獨自溜達著，想到再過一兩天就能回家，不由滿心歡喜。珍已經好多了，正打算當天晚上到房外消磨幾小時。

4 伊麗莎白在開玩笑。在這裡，奧斯汀應該引用了她很喜歡的藝術家及作家威廉・吉爾平（William Gilpin）提倡的構圖法則：「兩個人的組合不盡如人意……但有了三個人，基本上就保證是一個好的組合……四個人會造成新的困境……唯一讓他們搭配得好一點的方法，就是組三個人……把第四個人去掉。」（參見 William Gilpin, *Observations, Relative Chiefly to Picturesque Beauty ... particularly the Mountains, and Lakes of Cumberland, and Westmorland*, 1786）不同於講究對稱、工整的古典主義審美，吉爾平宣導的，是著重自然、沒有修飾痕跡的園林和風光。奧斯汀的哥哥亨利曾在一八一八年出版的《諾桑覺寺》和《勸服》的作者簡介中回憶說，作者早年曾對吉爾平的「如畫之美（Picturesque）」理論十分入迷。

Chapter 11

傲慢的分寸

晚飯之後，女士離開餐桌，伊麗莎白就跑上樓去找她姊姊，看著珍穿戴好，確保她不會著涼，隨後陪她走進客廳。珍那兩位朋友在那兒迎候她，滿口說著她們有多高興。在男士過來前那一小時，她們表現得實在親熱，伊麗莎白之前從沒見過她們這副模樣。她們健談得驚人，事無巨細地講述著宴會見聞，充滿風趣地談論著時聞軼事，還繪聲繪色地嘲笑著相熟的人。

不過，幾位男士一進門，珍就不再是頭號關注的對象了。賓利小姐立刻把目光轉向達西，隔著老遠就開始跟他說話。達西走到班內特小姐面前，客氣地祝賀她病體康復。赫斯特先生也向她微微鞠了一躬，說是「十分高興」。但最親熱、最貼心的問候還是來自賓利。他歡欣鼓舞，對珍關懷備至，一進屋就花了整整半小時添柴生火，唯恐她換房間後身體不舒服。珍遵照他的請求，挪到了壁爐的另一頭，那兒離門遠些。隨後，他就緊挨著她坐下，對別人簡直毫不理會。伊麗莎白在房間的對角做針線活，眼見這番光景，心裡大為欣慰。

喝過茶，赫斯特先生提醒小姨子擺好牌桌——但他的話不起作用。她私底下已經聽說，達西先生不想打牌。赫斯特先生挑明自己想打打牌，不過他的要求也被謝絕了。她說沒人想玩牌。其他人都一聲不吭，顯見得她說得沒錯。無所事事的赫斯特先生只好平躺在沙發上，打起盹來。達西拿起了一本書，賓利小姐就依樣學樣。赫斯特太太一邊專心致志地擺弄著她那些手鐲和戒指，一邊聽著弟弟和班內特小姐的談話，有一搭沒一搭地聊上幾句。

賓利小姐的心思一半在自己的書上，一半在達西先生的書上，老想知道他讀到哪兒了。她一會兒問他句什麼，一會兒湊過去看看他那一頁，沒有消停的時候。可惜她怎麼也沒法引得他開口聊天。她問一句，他只答一句，答完就繼續往下讀書。她看清他在讀什麼，就選了他那部書的第二冊去讀，結果實在讀不懂意思，於是就打了個長長的哈欠，說道：「像這樣消遣一個晚上，是多麼愉快啊！我得說，再也沒有比讀書更好的娛樂活動了！幹別的事情，很快就會厭倦，讀書卻不會！有朝一日等我有了自己的宅子，一定要安排一間很棒的書房，否則我會難受死的。」

沒人回應她。她又打了個哈欠，把書扔到一邊，兩眼在房間裡轉來轉去找樂子。聽見哥哥對班內特小姐說起舞會的事，她趕緊轉向他說道：

「說起來，查爾斯，你當真考慮在內瑟菲爾德開舞會嗎？我建議你還是先問問在座諸位的想法，再作決定。要是我沒說錯的話，我們中有些人覺得舞會沒多少樂趣，反而是種刑罰。」

「你指的是達西吧。」她哥哥大聲說，「他盡可以在舞會開始之前就上床睡覺，隨他高興好了——至於開舞會，是已經說定了的。只等尼科爾斯把招待客人的白湯[1]備齊，我就發請帖。」

「假如舞會能換個花樣來開，我會更加喜歡的，」她說，「這類聚會總是老一套，真乏味得叫人受不了。要是聚會的節目不是跳舞，而是談心，那當真有意義得多呢。」

「親愛的卡洛琳，我同意，那樣是更有意義，不過那就不大像開舞會了。」

賓利小姐沒搭理他。過了不多久，她站起身在屋裡踱來踱去。她的身形很美，步態也好看，她這樣走動，壓根兒就是為了吸引達西的目光，然而他始終只顧自己讀書。她絕望之餘，決定再作一次努力，於是轉向伊麗莎白說道：

「伊麗莎・班內特小姐，我勸你像我這樣在房間裡走動走動。我跟你說，保持一個姿勢坐久了，走動一下可以提提神。」

伊麗莎白感到意外，但立刻接受了她的提議。賓利小姐這番獻殷勤的真正目的達到了，達西先生終於抬起了雙眼。和伊麗莎白一樣，他完全不知道賓利小姐出此新招是為了引人注意，於是不知不覺地合上了書本。她倆立刻邀請他加入，但他謝絕了，說是據他想來，她倆之所以在房間裡一起走來走去，無非是出於兩個動機，一旦他加入進去，對這兩個動機都會有礙。

「他是什麼意思？」賓利小姐太想搞清楚了，就問伊麗莎白懂不懂他的意思。

伊麗莎白答道：「一點也不懂。不過聽起來他是想挖苦我們。要讓他掃興，我們最好的辦法就是不去問他。」

然而，賓利小姐無論如何都沒法掃達西先生的興。她一再追問，要他解釋一下那兩個動機究竟是什麼。

「我完全可以解釋，」達西先生等她閉了嘴，就開口說道：「你們之所以用這種方式消磨晚上的時間，不是因為你們倆是心腹之交，有什麼祕密的事情要商量，就是因為你們自詡走路的樣子特別好看。如果是出於第一種動機，那我會妨礙你們聊天。如果是出於第二種動機，那我坐在火爐旁邊反倒更能欣賞你們的姿態。」

「噢！真可怕！」賓利小姐叫道，「我從來沒聽過這麼可惡的話。我們要怎麼教訓他一下呀？」

「只要你想，這不是再簡單不過嗎？」伊麗莎白說，「大家就互相折磨，互相教訓好啦。捉弄他呀——嘲笑他呀。你們這麼熟，你肯定知道應該怎麼做。」

「我以名譽擔保，我不知道。告訴你吧，我跟他熟歸熟，但還不至於熟到連怎麼教訓他都知道的地步。他性格這麼冷靜，頭腦這麼聰明，我還能戲弄他！不行，不行。我覺得他會叫我們落得一場空。至於嘲笑他，他又沒什麼能叫我們嘲笑的地方，還是請你別自討沒趣了。就讓達西先生去自鳴得意好了。」

「達西先生是不能嘲笑的！」伊麗莎白大聲說：「這種優點真少見啊。我只希望有這種優點的人別再多了，因為假使我認識的人裡有好多這樣的，那我的損失就大了。我最喜歡笑話人啦。」

達西說：「賓利小姐對我過譽了。碰到那種把笑話人當成人生第一要務的人，哪怕是最聰明、最善良的人——不，哪怕是最聰明、最善良的舉動——也會被說得愚蠢可笑的。」

伊麗莎白答道：「當然有這種人，不過我但願自己不在其列。對聰明和善舉，我希望自己永遠不去嘲笑。愚蠢無聊、異想天開、出爾反爾，這些的確叫我覺得可笑，我承認，而且我會盡可能地去嘲笑。不過我想，這些毛病你身上恰好沒有吧。」

1 白湯（white soup），一道從中世紀起就出現在貴族社交舞會筵席上的菜，在肉湯中加入蛋黃、杏仁和奶油烹調而成，佐以尼格斯酒（negus，一種兌水的熱甜酒），是舞會上的一道暖場菜。

「要想一點都沒有，我想誰也做不到。但我一輩子都努力避免這些弱點。哪怕是頭腦聰明的人，有了這種毛病也會遭到恥笑的。」

「比如虛榮和傲慢。」

「對，虛榮確實是一種缺點。不過傲慢嘛——一個人只要智力超群，也可以傲慢得很有分寸。」

伊麗莎白轉過臉偷偷發笑。

「我想你對達西先生的考察就到此為止了吧。」賓利小姐說道，「結論如何呢？」

「我十分確信，達西先生是沒有缺點的。他本人也毫不掩飾地承認了這一點。」

「不，我沒有說過這種自命不凡的話。我有不少缺點，不過，我想這些缺點不屬於智力範疇。說到脾氣，我不敢自誇。我覺得我的脾氣是不肯順從別人的——不會為了遷就大家而委屈自己。對別人的愚蠢和錯誤，我不能很快忘記，受了冒犯，我也不會輕易原諒。我的情緒不會說散就散。我的脾氣可能是叫人討厭。我對人的好感一旦去了就不會復還。」

「那可真是個缺點！」伊麗莎白大聲說，「不肯化解怨氣，確實是一種性格缺陷。不過你這個缺點挑得還不賴。我真沒什麼可譏笑的。在我這兒你安全了。」

「我認為任何一種性格都可能往某個討厭的方向發展——生來的缺陷，哪怕受到最好的教育，也不能克服。」

「那你的缺陷就是討厭所有人了。」

「至於你，」他微笑著回答，「你的缺陷是故意曲解別人。」

「拜託，讓我們來點音樂吧。」賓利小姐一看自己根本插不上嘴，就不耐煩起來，大聲嚷嚷道，

「路易莎，我吵醒赫斯特先生，你不介意吧？」

她姊姊一點也不反對，於是鋼琴便打開了。達西把先前的談話回味了一番，覺得到此為止也好。他開始擔心起來，怕自己太把伊麗莎白放在心上。

Chapter 12

歸期將至

班內特姊妹商量好歸期，第二天一早就由伊麗莎白寫信給母親，請她當天派馬車過來接她們。可是，班內特太太原本打算讓兩個女兒在內瑟菲爾德待到下個星期二，這樣珍就剛好住滿一星期。她不想看到她們提早回家。所以她的回信不遂人願，至少沒有遂伊麗莎白的願——她可是等不及要回家了。班內特太太在信裡說，馬車現下沒空，得等到下星期二才能去接她們。她還在末尾加了幾句，說要是賓利先生和他的姊妹執意挽留，她也可以同意。然而伊麗莎白已經打好了主意，不肯再待下去——她不指望人家挽留，而且唯恐他們以為她倆有意賴著不走。於是她催珍這就向賓利先生借馬車。最後兩人議定，要告訴主人家，她們打算按原計畫，在當天白天離開內瑟菲爾德，也提出借馬車一用。

聽了她們的打算，大家表示萬般關切，還再三挽留她們，要她們起碼再多待一天。珍被說服了，決定推遲到明天回去。賓利小姐見狀又懊悔起來，覺得不該挽留她們，這對姊妹倆當中，有一個太叫她妒忌和討厭，哪怕對另一個有好感，她也顧不上了。

主人賓利一聽她們這麼忙著走，心裡十分難過，再三勸說班內特小姐，說她的身體還沒完全復原，這麼做恐怕不保險。不過，珍對正確的主張還是很堅持的。

達西先生倒覺得這是個好消息——伊麗莎白在內瑟菲爾德已經待得夠久了。他想不到自己竟會對她著迷到這個地步，而且賓利小姐待她很無禮，還總是變本加厲地打趣他。他決定保持理智，格外小心行事，別流露出什麼愛慕之意，免得叫她看了出來，到時自以為可以操縱他的人生幸福。他很清楚，假設她已經有所察覺，那麼他在最後一天的表現就很關鍵了，不是叫她就此認定，就是叫她打消念頭。他拿定了主意，禮拜六一整天裡和她說的話連十個詞都不到。那天他倆單獨待過半小時，他自始至終堅持埋頭讀書，看都不看她一眼。

星期天一早做過晨間禱告，客人就告辭了。幾乎人人都很高興。眼看告別在即，賓利小姐對伊麗莎白忽然變得禮貌周到起來，對珍的喜愛之情也空前高漲。她跟她們道別，信誓旦旦地說，她盼著再次見面，在朗博恩也行，在內瑟菲爾德也行。她溫柔地擁抱了珍，甚至和伊麗莎白握了握手。伊麗莎白興高采烈地和在場的每一個人道了別。

姊妹倆回到家，並沒有受到母親的熱烈歡迎。班內特太太說，真搞不懂她們為什麼要回來，她覺得她們這麼麻煩別人，實在不應該，再說珍肯定又要傷風感冒了。不過，父親嘴上是沒什麼表示，心裡卻很樂意見到她們。這段日子以來，他感受到了她倆在家中的重要性。晚上全家坐在一起聊天，沒有珍和伊麗莎白在，總是死氣沉沉的，簡直無聊透頂。

她們發現瑪麗還是一如往常地鑽研著和聲學以及有關人性的問題。她拿出了一些札記，給她們見識見識，還發表了一番有關舊道德的新見解。凱薩琳和莉迪亞分享的消息就完全不同了。自從上星期三以來，兵團裡又出了好些事，傳出了好些話。最近姨丈跟好幾位軍官吃過飯，有個二等兵遭了一頓鞭子，還有消息說，福斯特上校真的要結婚了。

Chapter 13

締造和平的先生

第二天吃早餐時，班內特先生對太太說：「親愛的，希望你已經吩咐下去，今天正餐能做些好菜，我預計會有客人來訪。」

「你指的是誰，親愛的？我可真不知道有誰要來。除非是夏洛特・盧卡斯湊巧來串門。我覺得我們的家常便飯用來招待她也夠好了。我可不信她在家總能吃得這麼好。」

「我指的是一位先生，而且是個生客。」

班內特太太的眼睛開始發亮。「一位先生，還是個生客！我猜一定是賓利先生。咦，珍——你一句也沒提起。你這個狡猾的孩子！哎呀，能見到賓利先生，我當然高興極啦。可是——老天爺啊！今天根本買不到魚啊。莉迪亞，親愛的，快打鈴。我這就吩咐希爾[1]。」

1 希爾是朗博恩的女管家。

「不是賓利先生。」她丈夫說，「這個人我自己這輩子都還沒見過呢。」

他的話讓太太和五個女兒吃了一驚，惹得大家迫不及待地追問起來，叫他頗為得意。

他先拿她們的好奇心逗了一會兒樂子，這才解釋說：「我在大約一個月前收到這封信，半個月前我寫了回信。我覺得這件事有點棘手，要早做打算。信是我侄子柯林斯先生寫來的。哪天等我歸了西，他高興什麼時候把你們趕出這棟房子，就什麼時候把你們趕出去。」

「唉！老天爺，」他太太嚷嚷道，「聽你提起這件事我就受不了。求你別再講那個討厭的人了。明明是自己的產業，卻不能由你自己的孩子來繼承，這實在是全天下最不能忍的事。換成我，我肯定早就會想辦法了。」

珍和伊麗莎白試著向她說明限定繼承權是怎麼回事，但沒有說通。她們過去也向她說明過好多次，然而在這個問題上，班內特太太根本就不講理。她老是破口大罵，說家裡有五個女兒，卻要把她們的財產奪走，去便宜一個八竿子打不著的人，真是沒人性。

「這件事當然很不公平，」班內特先生說，「柯林斯先生要繼承朗博恩，這樁罪無論如何也洗脫不掉。不過，你要是聽聽他這封信，聽他如何表明心跡，說不定也會有點心軟。」

「不會的，我肯定不會。我覺得他竟敢給你寫信，這就十分無禮了，而且還很虛偽。我討厭這種假惺惺的朋友。他幹嘛不像他爸爸那樣乾脆跟你鬧翻呢？」

「啊，說真的，在這件事上，他作為一個孝子，還真有些顧慮呢，你來聽聽。

親愛的先生：

家父生前與您不和，我深感不安久矣。自痛失慈父以來，我時常想要彌補這個裂痕。然猶豫再三，慮及你們既有不睦，我卻來與您修好，恐有背棄先人之嫌。

「仔細聽好，太太。

不過，如今我主張已定，蓋因我在復活節期間已有幸獲授神職。承蒙已故的路易斯・德・包爾爵士之遺孀、尊貴的凱薩琳・德・包爾夫人之照拂，她大恩大德，提拔我擔任教區長之榮耀職責。我定將盡心竭誠，必恭必敬地侍奉在夫人左右，恪盡職守，嚴格行使英國教會之道統。此外，身為神職人員，我深感責任在肩，當盡力將和睦友愛播及家家戶戶。是以我不揣冒昧，相信您定會嘉許我的一番好意，於我未來繼承朗博恩之地產一事，亦可不復掛懷。在此遞出橄欖枝，望切莫拒絕。此事損及令嬡諸位，我深感不安，萬分抱歉，願許諾盡力給予她們一切可能的補償——此事且容來日詳談。若蒙不棄，我計畫於十一月十八日，禮拜一午後四時前後登門拜訪，或將在貴府暫作盤桓，叨擾到下禮拜六為止。此行於我並無不便，因凱薩琳夫人毫不反對我禮拜日偶爾離開，只消由其他教士代行職責即可。

敬向尊夫人及令嬡致以問候。

您的祝福者及友人

威廉・柯林斯

漢斯福德，韋斯特勒姆左近，肯特郡

十月十五日

「那麼，四點鐘，我們就等著這位締造和平的先生大駕光臨吧。」班內特先生一邊折起信紙一邊說，「要我說，他看起來是個很有良心、很懂禮貌的年輕人呢。我相信他一定會成為一個寶貴的朋友，只要凱薩琳夫人肯開開恩，今後還讓他上我們這兒來。」

「他提到我們幾個女兒的那幾句話，說得倒還不錯。他要補償她們，我不反對。」

珍說：「他究竟打算怎樣補償我們，這很難說，不過有這片心也不錯了。」

伊麗莎白聽到他對凱薩琳夫人表現出如此異乎尋常的愛戴，還有他時刻準備為教區居民主持洗禮、婚禮、葬禮等儀式，不由大為震驚。

「我覺得他一定是個怪人。」她說，「我真搞不懂他。──他的文筆那麼浮誇。──他說很抱歉成為繼承遺產人，這算什麼意思？──就算放棄繼承權是可以的，我們也不相信他真的會放棄吧。他是個頭腦清楚的人嗎，爸爸？」

「啊，親愛的，我覺得他不是。我認為極有可能恰恰相反。他寫信的口吻既卑躬屈膝又自高自大，這很能說明問題。我等不及要見見他。」

「就文章而言，他的信倒寫得沒什麼毛病。」瑪麗說，「橄欖枝的說法雖說算不上新鮮，但我認為用得也很恰當。」

凱薩琳和莉迪亞對這封信和寫信的人都不感興趣。她們這個堂哥不太可能穿著紅色制服登門造訪，幾個星期來，凡是穿其他顏色外套的男人，她們都看不上。至於母親，聽了柯林斯先生信上的內容，怨氣消了不少，準備心平氣和地迎接他，反叫丈夫和幾個女兒吃了一驚。

柯林斯先生準時抵達，全家人客氣至極地接待了他。班內特先生不太講話，但女士都很健談，柯林斯先生看起來既用不著人家鼓勵他開口，也沒有閉嘴的打算。他個子高高的，身量肥胖，約莫二十五歲上下。只見他一副煞有介事的神情，舉手投足顯得循規蹈矩。落座不一會兒，他就開口恭維班內特太太，說她膝下有五個千金，真是幸福的一家，還說他對她們的美貌早已有所耳聞，今日親眼見到，才知道百聞不如一見。他又說，相信她一定會看著她們一個個嫁入好人家。這種話別人不一定愛聽，但只要是恭維話，班內特太太是照單全收的，於是她欣然答道：

「我相信你是個好人，先生。衷心希望能借你吉言，如若不然，她們就一無所有了。這事實在太不合情理。」

「您指的大概是有關此處產業的繼承權吧。」

「啊！先生，我說的正是這件事。你得承認，對我可憐的女兒來說，這真是太不幸了。我不想指責你，因為我明白，世上這類事情都是機緣湊巧。在確定繼承人之前，誰也不知道產業最終會落到誰的手裡。」

「太太，我深知美麗的堂妹她們面臨的難處。關於此事，我想說的話很多，但只怕現在提起太過唐突。我可以向各位小姐保證，我是為了愛慕她們才來的。目前我不打算說得太多，也許等到我們更熟的時候——」

說到這兒，傭人來請大家移駕就餐，他的話就此被打斷了。小姐彼此相視而笑。在這兒，柯林斯先生愛慕的可不只有她們。大廳、餐廳，以及裡頭擺的每一件家具，他無不仔細檢視、大加讚美。這一句句好話，按說都講到了班內特太太的心裡，但與此同時，她也不由想到，這裡每件東西都被他看作了自己將來的財產。正餐也大獲褒揚。他求主人家告訴他，如此精湛的廚藝究竟出自哪位漂亮的堂妹之手。班內特太太嚴詞糾正他說，一名像樣的廚子，他們家還是請得起的，她的女兒從來都不進廚房。他趕緊道歉，請她寬宥。於是她放緩了語氣，說自己根本沒有生氣。儘管如此，他還是不停地道歉，說了整整十五分鐘才肯作罷。

Chapter 14

可笑的才能

班內特先生在飯桌上幾乎沒怎麼開口。等傭人收拾完桌子，他覺得該是和客人談談天的時候了，於是起了個頭，說柯林斯能有那麼一位女贊助人，真是太幸運了，凱薩琳・德・包爾夫人既看重他的意願，又體貼他的感受，實在難能可貴。這個話題選得再好不過。柯林斯先生果然滔滔不絕地讚美起那位夫人來。他本來就一本正經，這會兒更顯得道貌岸然了，只見他一臉鄭重地宣稱，他有生以來見過不少地位顯赫的人，但沒有一個能像凱薩琳夫人那樣的和藹親切、禮賢下士。他有幸兩度在她面前講道，兩次都得到了她的盛讚。她請他前往羅欣斯莊園吃過兩次飯，上禮拜六傍晚還把他叫去，湊成一桌闊錐[1]。在他認識的人中，有不少人認為凱薩琳夫人很傲慢，但就他本人所見，卻只覺得她和藹可親。她和他交談時，完全把他當一個有頭有臉的紳士看待。她絲毫不反對他在教區裡和鄰居往來，

1 闊錐（quadrille），一種四人玩的撲克牌戲，使用四十張牌。

也不反對他偶爾離開一兩個禮拜去走親訪友。她甚至紓尊降貴，建議他及早成家，但擇偶一定要慎重。她還曾探訪他那寒酸的牧師宅邸，對他在家中所作的一應改造十分贊許，還親身賜教，建議他在樓上的壁櫥裡添置幾個架子。

「我覺得這些事的確做得很得體，很合禮節。」班內特先生說，「我敢說她是一位非常令人喜愛的夫人。很遺憾，身分顯赫的夫人通常卻不是這樣。先生，你們住得近嗎？」

「寒舍的園子和夫人所住的羅欣斯莊園之間，僅有一條小徑相隔。」

「我記得你提起過她正孀居，先生？她有什麼親屬嗎？」

「她有一個獨生女，正是羅欣斯莊園外加一大筆財產的繼承人。」

「啊！那她的命就比許多姑娘好多了。」班內特太太搖著頭說，「她是怎樣的一位小姐呢？長得漂亮嗎？」

「她確實是個相當迷人的年輕女士。凱薩琳夫人自己也說，要論真正的美人，德．包爾小姐比同性當中最漂亮的那些還強許多。她的面貌已彰顯了她高貴的出身。只可惜她生來體弱多病，在才藝上無力深造，否則一定能出落得多才多藝，這是她的家庭教師告訴我的。她特別平易近人，常常乘著她那輛小小的輕便馬車[2]路過寒舍。」

「她覲見過國王嗎？我不記得進宮覲見的仕女裡頭有她的名字。[3]」

「她的健康狀況欠佳，不能待在城裡。我曾對凱薩琳夫人說，不列顛的宮廷因此損失了一個最耀眼的點綴。夫人看來很喜歡這種說法。你們想像得到，我在一切場合都很樂於說上幾句巧妙的恭維話，叫太太小姐聽了高興高興。我不止一次向凱薩琳夫人說起，她女兒太迷人了，生來注定要當公爵夫人，再崇高的爵位，也無法為她平添魅力，反而是她本人會給爵位增光添彩。這些小事情總能讓她老人家高興，所以我覺得應該在這上頭盡盡心。」

「你想得很對，」班內特先生說，「而且，你有這種才能，懂得巧妙地給人捧場，可真是一種幸運。容我問一聲，這些討人喜歡的奉承話是你當場靈機一動想出來的呢，還是事先冥思苦想準備好的？」

「大多數是臨時想到的，不過我有時也會自娛自樂，構思幾句得體的奉承話，這樣平時不管在什麼場合都可以用上。說出來的時候，我會盡量做出不假思索的樣子。」

班內特先生的設想統統得到了印證。他這位侄子荒唐可笑，跟他想的一模一樣。他聽得大有興味，表面上卻不露聲色，他不需要別人來分享這份樂趣，只要偶爾朝伊麗莎白瞥上一眼就夠了。

到了喝茶的時間，班內特先生總算聽夠了，於是高高興興地把客人帶回客廳。等大家喝完了茶，他又高高興興地請柯林斯先生念書給女士聽。柯林斯先生一口答應，於是別人拿了一本書給他。他定睛一看，卻嚇得連連倒退（那本書一看就知道是從流通圖書館借來的），說是請大家原諒，他從來不讀小說。凱蒂直勾勾地看著他，莉迪亞大驚小怪地叫了起來。大家又給他拿來幾本別的書，經過一番斟酌，他選定了福代斯的《傳道書》[4]。他才剛把書翻開，莉迪亞就打了個哈欠。只聽他平鋪直敘、一板一眼地讀了起來。連三頁都還沒讀完，莉迪亞就插嘴說道：

「媽媽，你知道嗎？菲力浦姨丈正打算把理查[5]打發走。真這樣的話，福斯特上校就會雇理查了。

2 輕便馬車（phaeton），一種只供一位乘客乘坐的四輪敞篷馬車。德・包爾小姐的馬車套的是矮種馬，格外小巧，專供女士使用。
3 從十八世紀末起，英國的女王或皇后每年五月會在王宮接見年滿十六歲的未婚貴族少女。

姨媽星期六告訴我的。我明天想走到梅里頓去再打聽打聽，也好問問丹尼先生幾時能從城裡回來。」

兩位年紀最長的姊姊叫莉迪亞住嘴。不過，柯林斯先生已經大為震怒，立刻放下書說道：

「我時常看到年輕小姐對正經書毫無興趣，哪怕這些書是專為她們的福祉而寫的。坦白說，這真叫我吃驚。因為毫無疑問，對她們最有裨益的事情，莫過於聖賢的教誨。不過，我不會再勉強這位年輕的堂妹的。」

說完這番話，他轉向班內特先生，提議一起下雙陸棋[6]。班內特先生接受了挑戰，又指出他做得相當明智，還是讓姑娘自己去找她們那種不上檯面的樂子好了。班內特太太和幾個女兒客氣地向他道歉，保證說如果他能把書接著讀下去，一定不會有人打斷。然而柯林斯先生請她們放心，說他一點也不怪小堂妹，也絕對不會對她的冒犯之舉懷恨在心。說完之後，他就和班內特先生坐到另一張桌子前面，著手準備下棋。

4 福代斯的《傳道書》，完整書名為《給年輕女子的傳道書》（*Sermons to Young Women*），為蘇格蘭長老會牧師詹姆斯・福代斯（James Fordyce，一七二〇—一七九六）的一本兩卷布道集。福代斯是出色的演說家，這本布道集在一七九〇年至一八一〇年間多次再版。他指導婦女在穿著和行為上都要恭順、賢慧。與此同時，敏感也是女性的優良品格，「優秀的女性」在「耳聞目睹苦難時會熱淚漣漣」。此外女性的外表應該盡可能美麗動人，因為這是上帝的禮物。福代斯特別不贊成讀小說。他寫道：「無害的小說少之又少，讀之有所裨益的小說尤其稀少。我們確信（因為我們沒有讀過）這些書籍的本質是無恥的、動機是邪惡的，包含大量離經叛道的內容，嚴重地踐踏了道德規範，能把這種書讀下去的女子，內心一定是個娼婦，就任由她糟蹋名譽吧。」（*Sermons to Young Women*, 3rd edition 1766）

5 理查應該是菲力浦姨丈家的傭人。

6 雙陸棋（backgammon），一種兩人對弈的棋類遊戲。雙方各執十五枚棋子，一方白子、一方黑子。以杯子裝兩個骰子，手持杯子擲出的點數，即為走棋的步數。先把所有棋子走出棋盤的一方獲勝。

Chapter 15

陌生人的風度

柯林斯先生並非通情達理之人，無論後天教育還是社會環境，都未能彌補他生來的不足。有生以來，他的大部分年月是跟著無知無識而又心胸狹窄的父親度過的。他總算上過大學，但也不過勉強混夠幾個學期而已，並沒有結交上什麼有用的朋友。父親對他自幼嚴加管束，因此他的為人原本十分恭順。然而如今他過上了清閒安逸的生活，加之年紀輕輕就飛黃騰達，愚蠢的頭腦裡不免生出了自高自大的想法。適逢漢斯福德教區有個牧師空缺[1]，他一時走運，獲得了凱薩琳·德·包爾夫人的舉薦。他仰慕夫人的高貴身分，一心將她奉為恩主。得到了牧師的威望和教區長的特權後，他又不禁自命不

1 獲得一份牧師空缺，就意味著擁有了一個有固定收入和住所的終身職位。在上層階級家庭，那些沒有財產繼承權的男性子嗣常常會把牧師當作一個職業選擇，因為這份職業無須從事實質上的工作。十八世紀末，在英格蘭及威爾斯境內共有一萬一千六百個牧師職位，其中超過一半屬領主和皇室支配。奧斯汀對此非常瞭解，因為她的父親和兩個兄弟都是牧師。一份牧師空缺包含一座宅邸、一份從一百鎊到一千鎊不等的年薪，通常抽自教區什一稅，或來自教堂名下的土地收入。許多牧師擁有不止一個堂區的職位。一些富裕的牧師可以躋身「準紳士」行列。

凡，於是弄得集傲慢與諂媚、自大與謙卑這兩種性情於一身。

如今他既有不錯的住宅，又有不菲的收入，就考慮結婚成家。他之所以前來和朗博恩這一家重修舊好，正是為了找個夫人。設若他家的小姐真如傳言所說那般既貌美又溫順，他就打算從她們當中挑選一位。說什麼對繼承她們父親財產一事有心補償、贖清罪過，其實他打的是這麼個主意。他認為這實在是個絕妙的辦法，既妥善得體，又能顯得他本人慷慨無私。

一見到她們的面，他的主意就打定了。班內特小姐那甜美的容貌堅定了他的想法，而且他一向古板地認為婚事當以長女為先，這麼做也正好合他的心意。頭一個晚上，他就選定她做妻子。不過到第二天早晨，他又更改了初衷。因為在吃早餐前，他和班內特太太私底下談了一刻鐘。他從自己的牧師宅邸談起，順理成章地說明了心願，說是希望在朗博恩找一位女主人。班內特太太滿臉堆著殷勤的微笑，對他大加鼓動，但只提醒了一句，說他看中的珍已經另有去向。「至於幾個小的女兒，她還不能貿然說什麼——她也說不準——不過確實沒聽說她們目前有什麼方向；大女兒嘛，有必要也有責任提一句：她很可能快要訂婚了。」[2]

柯林斯先生只得把珍換成了伊麗莎白——主意變得很快。趁著班內特太太撥火的那刻，他就想好了。論美貌，伊麗莎白僅次於珍，年紀也正排在珍之後，第二個輪到的自然就是她。

班內特太太聽了他的意思，只覺如獲至寶。她相信很快就能把兩個女兒嫁出去了。短短一天前，她連這個人的名字都不情願提起，現在卻把他看得十分珍重了。

莉迪亞仍舊盼著到梅里頓去。除了瑪麗，姊姊都願意陪她一起前往。班內特先生急於擺脫柯林斯先生，好讓自己清清靜靜地待在書房，因此請他也跟著去一趟。用過早飯之後，柯林斯先生就跟著他進了書房，名義上是在拜讀那本最大的對開本[3]，實際上卻在班內特先生面前喋喋不休，淨在談論他在漢斯福德的住宅和花園，弄得對方心煩意亂。班內特先生躲在書房，一向是圖個清靜安生。他對伊麗莎白說，在家裡隨便哪個房間都可以招待愚蠢自大的傢伙，唯獨要把他們擋在書房門外。因此他立即抓住機會，客客氣氣地請柯林斯先生陪女兒一同出去走走。柯林斯先生本就更適合動動腿，不適合做個讀書人，他興高采烈地合上那本大部頭的書，一走了之。

一路上，他誇誇其談，廢話連篇，堂妹也就禮貌周全地隨聲附和，就這樣一路走到了梅里頓。一到那兒，幾位年紀小的堂妹就顧不上搭理他了。她們的眼光立刻滿街轉，搜尋著軍官的身影，只有櫥窗裡的式樣頂好看的帽子，或是最時新的細棉布[4]，才能把她們吸引過去。

不一會兒，全體女士的注意力都被街對面的一名年輕男子抓住了。這人氣派高雅，她們過去沒見過他。他正和一位軍官從街道對面往這兒走過來。那名軍官正是丹尼先生，莉迪亞跑來就是想打聽他的下落，看他從倫敦回來了沒有。從她們對面經過時，丹尼躬了躬身。大家都被那位陌生人的風度鎮住了，心裡納悶著，不知道他是誰。凱蒂和莉迪亞決心設法打聽一下，便帶頭穿過街道，假裝要去街對面那家商店買東西。剛巧那兩位先生掉過頭來，和她們在人行道上撞了個正著。

丹尼先生馬上招呼她們，還請她們賞臉，讓他把朋友威克漢姆先生引見給她們。他說威克漢姆

2 這句話本身是間接引語，但使用了雙引號。
3 對開本（folio），一種用大尺寸的紙張印製裝訂的昂貴書籍。
4 細棉布（muslin），一種平紋棉織物，格外輕薄柔軟，原產於印度，從十七世紀起被引進歐洲。

先生是昨天和他一起從城裡回來的，而且說來開心，威克漢姆已經收到了他們軍團的任命。這真是再好不過，因為以這個小夥子的模樣，只要穿上軍裝，就十全十美了。長相為他加分不少。他渾身上下沒有一處不出眾，只見他相貌英俊，身姿優美，談吐更是討人喜歡。一經介紹，他就立刻高高興興地和她們攀談起來——說話既熱情，又不失分寸，而且態度自然，一點都不做作。大家站在當街，正聊得起勁，忽然一陣馬蹄聲傳來。他們一看，只見達西和賓利騎著馬過來了。他倆認出了班內特家的小姐，逕直朝這邊走來，照例寒暄了一番。說話的主要是賓利，他的話主要對班內特小姐說。他說自己這會兒正打算去朗博恩探望她。達西先生在一旁鞠了個躬，證實他說的沒錯。他正想轉開目光，別老望著伊麗莎白，雙眼卻突然被那個陌生人攫住了。雙方都是大吃一驚，面面相覷，那神情碰巧讓伊麗莎白看了個清清楚楚。只見兩人一個滿面煞白，一個一臉通紅。片刻之後，威克漢姆先生觸了觸帽簷，達西先生也勉強回了個禮。這是什麼意思呢？真叫人想不明白，也真叫人忍不住想弄個明白。

賓利先生看樣子一點也沒注意到這個場面。過了一會兒，他便向大家告辭，和同伴一起騎馬往前走去。

丹尼先生和威克漢姆先生陪著幾位小姐走到菲力浦先生家門口。莉迪亞小姐硬是想請他們進去，菲力浦太太甚至打開了客廳的窗戶，大聲發出邀請，不過兩人還是鞠躬告辭了。

菲力浦太太見到外甥女向來很高興。最年長的兩位最近沒有露臉，因而特別受到她的歡迎。她熱切地說，她倆突然回家去，可真叫她吃了一驚，家裡還沒派馬車去接她們呢。她本來蒙在鼓裡，幸而遇上了瓊斯先生藥店裡的夥計，他告訴她說，店裡不用再送藥去內瑟菲爾德，因為班內特家的兩位小姐已經走了。趁她說到這個節骨眼上，珍趕緊介紹柯林斯先生給她認識，於是她極盡客氣地向他表示歡迎。他也加倍客氣地還禮，並且道歉說，他與菲力浦太太素昧平生，本不該貿然登門，幸而他和這幾位小姐是親戚，既有她們介紹，總算不至於唐突太過。菲力浦太太見他禮數如此周到，不由肅然起敬。不過，她還沒來得及把這位新朋友好好打量一番，外甥女就打斷了她，嘰嘰喳喳地打聽起另一位新朋友來。有關那個人，她也不比她們知道得多。她說他是丹尼先生從倫敦帶來的，要在某郡擔任中尉一職。她說那位先生一直在街上走來走去，她剛才已經觀賞了一個鐘頭。要是威克漢姆先生此時再露面的話，凱蒂和莉迪亞肯定也要如法炮製。不過看看這會兒從窗前走過的那幾個軍官吧，相比那位新朋友，他們可就成了「傻頭傻腦，惹人討厭的傢伙」了。他們中有幾位明天會來菲力浦家吃飯。姨媽答應幾個外甥女說，倘若她們一家明晚能從朗博恩過來，她就叫丈夫去拜訪威克漢姆先生，請他也來。大家都贊同這個主意。菲力浦太太表示，明天要安排一場精彩又熱鬧的摸彩遊戲[5]，再吃一頓熱乎乎的宵夜。想到賞心樂事在即，大家都很興奮，道別時也是興高采烈。臨出門時，柯林斯先生又再三道歉，主人則不厭其煩、彬彬有禮地請他千萬不要這麼客氣。

回家路上，伊麗莎白把剛才看見的，發生在那兩位先生之間的一幕說給珍聽。看起來他們之間似乎有什麼宿怨。要是珍瞭解內情的話，她一定會為其中一方或雙方說幾句好話，可惜眼下她和妹妹一樣，說不清他們這番舉動究竟是怎麼回事。

到家以後，柯林斯先生對菲力浦太太的殷勤好客大加讚美，班內特太太聽了十分滿意。他宣稱，

5 摸彩遊戲（lottery tickets），用紙牌代替骰子的賭博遊戲。

除了凱薩琳夫人母女之外，他生平還沒見過這麼優雅的女性，儘管和他素昧平生，卻周到之至地款待他，還特意請他明天一起去吃飯。他認為這可能要歸功於他們之間的親戚關係，不過如此殷勤的待客之道，這輩子他還是頭一遭遇見呢。

Chapter 16

失意之人

年輕小姐和姨媽之間的約定沒有遭到反對。柯林斯先生再三表示，他來府上做客，卻把班內特先生和太太整晚撇在家裡，實在過意不去。班內特夫婦叫他千萬別有顧慮。出發的鐘點一到，馬車載著他和五個堂妹向梅里頓出發。走進客廳，女孩立即聽說威克漢姆先生接受了姨丈的邀請，此刻已經抵達，不由得欣喜萬分。

大家獲知了這個消息，便各自落座，柯林斯先生這時得了空，正好把身旁的陳設環顧欣賞一番。房間之寬敞、家具之精美令他驚訝不已，他聲稱自己彷彿正坐在羅欣斯莊園的那間夏季早餐室裡。主人家聽了他這番比較，剛開始還不見得滿意，但一等菲力浦太太弄清楚羅欣斯莊園是何等地方、主人又是何等樣人，她便感受到了這份恭維的分量。她聽他描述凱薩琳夫人的眾多客廳中的一間，單是裡頭的壁爐架就值八百鎊[1]。現在，就算拿她的客廳比作羅欣斯的管家太太的房間，她也不反對了。

柯林斯先生把凱薩琳夫人其人及其府邸向菲力浦夫人一一詳加描述，不時還穿插著對自己寒舍的誇耀，介紹自己正在做些什麼修繕，談得興致勃勃，直到男賓進來為止。他發覺菲力浦太太是個十分專心的聽眾，她聽得越多，對他就越是敬重，只等一有機會，她就打算把這些事統統告訴左鄰右舍。至於幾位女孩，她們根本不想聽堂哥嘮叨，百無聊賴之中，想彈琴又沒琴可彈，只好漫不經心地照著壁爐架上那幾件瓷器塗塗畫畫，只覺得等待的時間實在太過漫長。最後她們總算等到了。男客來了。一見威克漢姆先生走進屋，伊麗莎白便覺得，無論是之前與他初見的時候，還是此後把他想起的時候，都沒有錯愛了他。某郡的軍官本就聲名卓著、彬彬有禮，參加這次聚會的，更是他們當中的頂尖人物。而無論是長相、風度，還是步態，威克漢姆先生在各方面又遠遠勝過他們，正如他們這群人遠勝於那位方頭大耳、大腹便便的菲力浦姨丈——他跟在他們後面走了進來，滿嘴散發著波特酒的氣味。

威克漢姆先生是在場最得意的男子，差不多每個女人的眼睛都跟著他轉。末了，他在伊麗莎白身邊坐了下來，於是伊麗莎白成了在場最得意的女子。剛一落座，他馬上起了個話頭，不過是說今晚天氣多麼潮溼，語氣卻那樣使人愉快，她聽在耳中，只覺得哪怕是最平凡、最無味、最老套的話題，只要說話的人有技巧，也會變得妙趣橫生。

有了像威克漢姆先生等一眾軍官這樣的競爭對手，柯林斯先生就變得無足輕重，很難分得眾人的青睞了。幾個女孩根本不把他看在眼裡。好在菲力浦太太不時好心好意地聽他聊幾句，還留心著不斷請他喝咖啡、吃鬆餅。等牌桌擺好，他總算抓住機會回報她的好意，坐下來和她玩起了惠斯特[2]。

「我對這種牌戲一竅不通，」他說，「不過我很樂意學一學，因為就我的地位來說……」菲力浦太太很感激他陪她玩牌，但她急於開局，等不及聽他講完來龍去脈。

威克漢姆先生沒有玩惠斯特，他高高興興地來到另一張牌桌前，坐在伊麗莎白和莉迪亞當中。一開頭形勢有些不妙，莉迪亞談興特別濃，簡直要把他據為己有。不過，她對抽彩的興致也一樣濃，不久就玩得興奮起來，一心撲在下注上頭，贏了就大喊大叫，誰也顧不上了。這遊戲規則很簡單，威克漢姆先生可以一邊玩，一邊從容不迫地和伊麗莎白聊天。伊麗莎白也很樂意聽他說話，不過，她心裡最希望打聽的還是他和達西先生之間的瓜葛，但猜想他不會講。她連提一提那位先生的名字都不敢。誰知她的好奇心意外地得到了滿足。威克漢姆先生竟然自己談到那個話題上去了。他先問她內瑟菲爾德距離梅里頓有多遠。她告訴了他，接著他便吞吞吐吐地問，達西先生在那兒待了多久。

「大概一個月吧。」伊麗莎白說。她生怕錯過這個話題，又加上一句：「據我所知，他是德比郡的一個大領主。」

「是的。」威克漢姆先生答道，「他在那兒的產業非常可觀。每年至少有一萬鎊的收入。說起這方面的消息，誰也沒有我知道得清楚，因為我從小就跟他們家族有特殊關係。」

伊麗莎白不禁露出吃驚的表情。

「難怪你吃驚，班內特小姐。你昨天大概看到我和他碰面時那種冷淡的樣子了吧。你和達西先生熟嗎？」

1 售價八百鎊的壁爐架確實昂貴得出奇。在珍・奧斯汀的時代，一般的壁爐架造價僅兩三鎊。

2 惠斯特（whist），一種四人牌戲，十七世紀初起源於英國，十八世紀起在英國的時髦階層風靡一時。玩惠斯特時，四名牌手分成兩組對陣，將一副五十二張的紙牌發出，每人十三張牌。每人每次出一張牌，牌大者得墩，贏墩者獲出牌權，如此循環打完所有的牌，贏墩數量多的一方得勝。

「熟到這個分上已經夠了，」伊麗莎白激動地大聲說道，「我跟他在一幢房子裡待了四天，覺得他非常討厭。」

「要說他是不是討厭，我無權發表意見，」威克漢姆說道，「也沒資格發表意見。我認識他太久，太瞭解他了，沒法作出公正的判斷。我不可能說得不帶一點偏見。但我覺得你對他的看法讓一般人聽見了應該會意外——可能換了其他場合，你還不至於說得這麼激烈吧。畢竟這裡都是你們自家人。」

「老實說，除了在內瑟菲爾德之外，在這兒附近的任何人家裡，我都會這麼說。在赫特福德郡根本沒人喜歡他。他這麼傲慢，人人見了都煩。你不會聽到有誰說他好話的。」

「我說句實話，對他也好、對任何其他人也罷，都不該過分抬舉。」威克漢姆停下來出牌，接著又往下說，「不過說到他這個人嘛，我想大家很難實事求是的。天底下的人要嘛被他的財富地位蒙蔽了雙眼，要嘛被他那高高在上、盛氣凌人的架勢嚇破了膽子，他做出什麼樣子，他們就以為他真是那個樣子。」

「我跟他不算太熟，但我覺得他脾氣很壞。」威克漢姆聽了這話，只是搖了搖頭。

再逮著說話的空隙時，他說：「不知道他是不是打算在這個地方再多住一陣。」

「我一點也不知道。不過在內瑟菲爾德時，我沒聽說他有動身的打算。他待在這附近，應該不會影響你在某郡的任職計畫吧。」

「哦！不會的——我可不會被達西先生趕走。要是他不想見我，那他就得走。我們兩個人關係不好，跟他碰面，我也不舒服，但我犯不著避開他。或許我會告訴這世上的人，他是如何虧待了我，他的所作所為著實令我痛心。班內特小姐，他的父親、已故的老達西先生，是世間最好心的人，是我最真摯的朋友。每當我和現下這位達西先生在一起，總難免從心底勾起千絲萬縷美好的回憶，因而感到黯然神傷。他待我太壞了。然而我從內心覺得，他做的任何事情，我都可以寬恕，但就是不能原諒他辜負了他父親的期望，辱沒了他父親的聲名。」

伊麗莎白發現事情越來越有趣，於是專心致志地往下聽。然而這事的內情似乎頗為複雜，她倒也不便細問。

這時威克漢姆先生談起了一些平平常常的話題，比如梅里頓的情形，還有這裡的街坊鄰居、社交圈子之類，看來他對迄今為止所見的一切都十分滿意。談到社交活動，他的口氣更顯得溫文爾雅，又明顯帶上了獻殷勤的味道。

「我之所以要加入某郡的民兵團，」他說，「主要因為這裡來往的人靠得住，品行也好。我知道這支部隊聲名卓著、廣受擁戴。我的朋友丹尼勸我說，他們目前的營房條件很好，而且梅里頓這裡的人待他們格外殷勤，他們還結交了不少朋友。我承認，我不能沒有社交生活。我是個失意的人，精神上忍受不了寂寞。我非得有事做、有交際不可。我原本並沒打算過部隊生活，但是環境所迫，現在看來從軍也是可行的。我本應從事神職工作——家裡從小就培養我做牧師，假如我們剛才談到的那位先生當初行行好的話，我現在應該已經獲得了一份相當可觀的牧師俸祿。」

「真的嗎！」

「是的——已故的老達西先生在遺囑中說明了，在他贊助的牧師職位當中，要留一個待遇最優厚的空缺給我。他是我的教父，對我特別疼愛。他待我真好得沒法形容。他想讓我過著富裕的生活，而且滿以為已經安排妥當了。誰想得到，空缺一出來，卻給了別人。」

「老天爺啊！」伊麗莎白嚷嚷道，「怎麼會這樣呢？怎麼能不遵照他的遺囑辦事呢？你幹嘛不依法控告？」

「遺囑上的相關條款寫得不太正式，所以我很難訴諸法律。一個人如果品格高尚，是不會質疑先人的打算的，但達西先生偏要質疑——或者說，他認為遺囑上對我的提拔是有附加條件的，他斷定我揮霍無度、行為輕佻，沒有資格受到提拔。總之把我說得一無是處。兩年前，那個牧師職位空了出來，我也正好到了接受任命的年紀，但職位卻給了別人。我實在想不出來自己犯了什麼過錯，竟然活該丟掉那份俸祿。我脾氣急躁、口無遮攔，可能在人前說過他的不是，還當面頂撞過他。但我想不起自己還做過什麼更惡劣的事情。不過實情就是這樣，我們是截然不同的人，他討厭我。」

「真是太令人驚訝了！他應當公開受到譴責。」

「總有一天他會的——不過譴責的人不會是我。只要我還念著他的父親，就絕不會和他作對，不會揭他的底。」

他這麼重感情，叫伊麗莎白十分欽佩。她覺得他看起來越發英俊了。

「不過，他究竟是何居心呢？」停了一會兒，她說道，「他為什麼把事情做得這麼狠心？」

「因為他著實對我恨之入骨——他這麼討厭我，我只能歸結於嫉妒。要是已故的老達西先生不那麼喜愛我，那他兒子也許就會待我好一些。可惜他父親待我太過親熱，我覺得達西從小對此著了惱。他氣量狹小，受不了我跟他搶風頭——他的風頭常常是被我搶了去。」

「我沒想到達西先生竟會這麼壞——我一直不喜歡他，但沒把他想得特別惡劣。我以為他不過是看不起人，想不到他會卑鄙下作到這種地步，這麼睚眥必報、這麼不講理、這麼沒人性。」

她思索了幾分鐘，又接著往下說：「我確實記得有一天在內瑟菲爾德，他曾經自鳴得意地說自己愛記仇，絕不輕易饒恕別人。他這個人的性格一定很可怕。」

「在這件事上，我的想法不一定靠得住。」威克漢姆答道，「我很難對他作出公正的評價。」

伊麗莎白又一次陷入了沉思，片刻之後，她大聲說：「居然這樣對待他父親的教子、朋友——他父親最器重的人！」她還差點說出下面的話：「況且是一個像你這樣的年輕人，光看長相就知道你是個好人。」不過她到底沒說出口，而是改口說道：「況且你是他兒時的玩伴，從你的話裡聽得出來，你們的關係非常密切。」

「我們生在同一個教區、同一所莊園，小時候大部分時間都在一起。我們住在同一幢房子裡，一同玩耍，一樣受到了家人的關愛。我父親起初是你舅舅的同行，看菲力浦先生現在發展得多好。不過，為了替已故的老達西先生效勞，先父放棄了原有的一切，終其一生照料著彭伯里的產業。他極受老達西先生的器重，是先生最親密的心腹朋友。老達西先生常說先父恪盡職守，管家有方，令他深受其惠，先父去世後，他立即主動提出要負擔我的生活費。我相信他之所以這麼做，一方面是出於對先父的感激，一方面也是出於對我本人的疼愛。」

「太離奇了！」伊麗莎白大聲說，「太可惡了！我真想不通，達西先生自視如此之高，怎麼就不能對你公平點呢！就算不是出於什麼高尚的理由，僅僅為了他自己的驕傲，按理說他也不屑於做出這麼奸詐的事情啊——這也只能用『奸詐』來形容了。」

「確實讓人意想不到，」威克漢姆回答，「因為他差不多一舉一動都是出於驕傲。驕傲往往是他最好的朋友。恰恰是驕傲讓他做一個有道德的人。不過我們大家做事都很難一以貫之，他這樣對待我，主要應該是出於意氣用事，而不是驕傲自大。」

「這種討人厭的驕傲對他有什麼好處呢？」

「有的。他常常因此顯得慷慨大方，出手闊綽，殷勤好客，又是扶持佃戶，又是接濟窮人。他做這些事情，是出於家族自豪感，還有身為孝子的自豪感——他對父親的成就是十分驕傲的。不要辱沒家聲、不要讓家族失去擁戴、不要破壞彭伯里家族的威望，就是他行事的主要動機。他還有一種身為哥哥的驕傲，這種驕傲，再加上一點兄長之愛，使他成為了一個對妹妹極其關愛的監護人。你會聽到大家稱讚他是一個最體貼、最好的哥哥。」

「達西小姐是個什麼樣的姑娘呢？」

他搖了搖頭，「我倒想誇她可愛。說達西家人的壞話，我總是很難受。但她太像哥哥了——非常非常傲慢。小時候她很乖巧，討人喜歡，而且她特別喜歡我。我經常陪她一玩就是好幾個小時。不過現在她在我心目中不值一提。她是個漂亮的姑娘，約莫十五六歲，據我所知十分多才多藝。自從父親去世之後，她就住在倫敦，有位女士陪伴著她，負責她的教育。」

他們又斷斷續續地聊起了許多話題，最後伊麗莎白還是忍不住拾回原先的話頭，說道：

「他和賓利先生這麼要好，真叫我吃驚！賓利先生性格這麼隨和，我真覺得他是個可親的人，他怎麼會和這麼一個人成為朋友的？他們怎麼會合得來？你認識賓利先生嗎？」

「完全不認識。」

「他是個脾氣隨和，討人喜歡的人。他不可能瞭解達西先生究竟是怎樣一個人。」

「也許是吧。達西先生要想取悅別人，還是辦得到的。他不缺這種本事。只要認為對方配得上，他就能做一個健談的朋友。在和他地位相當的人中間，他是一副樣子，在不如他有錢有勢的人面前，他又是另一副樣子。他始終是傲慢的，但是和富人相處時，他就表現得胸懷坦蕩、公正誠實、富於理性、令人尊敬，說不定還很和氣——這就得取決於對方的財富和形象了。」

玩惠斯特的那桌不久就散了，大家聚到別的牌桌前。柯林斯先生就在他的伊麗莎白堂妹和菲力浦太太中間找了個位置。菲力浦太太按慣例問他有沒有贏錢。他說自己手氣不好，全輸光了。菲力浦太太聽了就表示惋惜，於是他鄭重其事地向她擔保說，這算不了什麼，錢對他來說只是區區小事，請她千萬不要為此不安。

「夫人，我深知人一旦在牌桌前落座，一切就全憑運氣，」他說，「好在就我的經濟情況而言，輸掉五先令根本不算什麼。當然，許多人沒條件這麼說。多虧了凱薩琳·德·包爾夫人，我現在已經無須為這些雞毛蒜皮的小事掛懷了。」

這番話引起了威克漢姆先生的注意。他打量了柯林斯先生一會兒，就壓低聲音問伊麗莎白，她這位親戚是不是和德·包爾家走得很近。

「凱薩琳·德·包爾夫人最近給了他一個牧師職位。」她答道，「我不太瞭解柯林斯先生是怎麼被引薦給她的，不過他認識她的時間顯然不長。」

「你一定知道凱薩琳·德·包爾夫人和安妮·達西夫人是姊妹吧。所以說，她就是那位達西先生的姨媽。」

「不，我真的不知道。我對凱薩琳夫人的親戚關係一無所知。我是直到前天才聽說有她這麼一個人的。」

「她的女兒，德・包爾小姐會得到一筆非常龐大的財產，大家都認為，她和她的表哥將來會把兩份家產併到一處。」

伊麗莎白聽了微笑起來，因為她想到了可憐的賓利小姐。要是他已然跟別人定下了親事，那麼她再怎麼獻殷勤也是枉然，她對他妹妹的喜愛，連同她對他本人的奉承，全是白費工夫。

「柯林斯先生對凱薩琳夫人和她的女兒都讚不絕口，」她說，「不過從他談起她老人家的種種細節來看，我懷疑他被感恩之情蒙蔽了眼睛。就算她贊助了他，說到底還是個傲慢無禮、自高自大的女人。」

「我相信她這兩種毛病都很嚴重，」威克漢姆答道，「我好多年沒見過她了，但我記得很清楚，我一直不喜歡她。她的作風霸道無禮。大家素來讚美她聰慧明理，但我認為她自詡有本事，一方面是仗著有錢有勢，一方面是因為擺出了盛氣凌人的做派，外加又有個叫她引以為傲的外甥，畢竟不是上等人就不可能攀得上他。」

伊麗莎白表示他說得很有道理。他們接著談下去，彼此都很盡興，一直談到宵夜開出來、牌局散場為止。直到這時，其他太太小姐才總算分到了威克漢姆先生的殷勤。菲力浦太太的夜宴吵吵鬧鬧的，沒法聊天，不過單憑舉手投足，他已博得了眾人的歡心。他每句話都說得動聽，每件事都辦得漂亮。告辭時，伊麗莎白一心只想著他。在回家路上，她滿腦子全是威克漢姆這個人，還有他告訴她的事。然而一路上，她壓根兒沒機會提到他的名字，因為莉迪亞和柯林斯先生一刻也安靜不下來。莉迪亞沒完沒了地談論著摸彩的事，說她輸了多少「魚」[3]，又贏了多少「魚」。柯林斯先生則大談菲力浦夫妻有多麼殷勤周到，還再三強調說，他一點也不在乎打惠斯特輸了的那點錢，又是逐項列舉宵夜的每一道菜，同時反覆嘮叨說，他恐怕擠到了幾個堂妹。他要說的話實在太多，直到馬車停在朗博恩府的門口，也還沒能說完。

3 此處的「魚」（fish），指的是牌桌上的魚形籌碼。

Chapter 17

是舞會啊

第二天，伊麗莎白把威克漢姆先生告訴她的話都說給珍聽。珍聽得既詫異又關切。她感到難以置信，達西先生怎麼會如此不堪，竟當不起賓利先生的器重。可是威克漢姆這個年輕人，外表看來如此可親，按著珍的性子，又不會疑心他說話不實。一想到他可能遭受了這麼刻薄的對待，她心裡就對他憐惜起來。她做不了什麼，唯有認為他們雙方都是好人，各有各的苦衷，把所有解釋不通的地方都歸結為意外或誤解。

「我敢說他們兩個多多少少受了蒙蔽。」她說，「至於到底是怎麼回事，我們也搞不清楚。也許有人別有用心，在他們當中挑撥離間。總之，我們如果非要猜測是什麼原因、什麼情形造成了他們之間的不合，那就一定會怪罪其中某一方。」

「你說得真對。那麼，親愛的珍，說到那些可能捲入這件事的別有用心之人，你有什麼可替他們說的呢？也為他們辯白一下吧，否則我們就只好把他們想成壞人了。」

「你愛怎麼取笑就怎麼取笑吧。但我不會為了怕你取笑就改變想法的。最親愛的麗綺，請好好想想，要是父親生前最器重這個人，還承諾要供他生活，達西先生卻還這麼對待他，那得有多惡劣啊。這是不可能的。但凡一個人有起碼的人性、但凡他還懂得自重，就不可能這麼做。難道他最親近的朋友會被他蒙蔽到這種地步？哦！不會的。」

「我寧願相信賓利先生被騙了，也不信威克漢姆先生昨天晚上能對我編造出那麼一段往事。一個個名字、一樁樁事實，細枝末節都說得那麼自然。假如實情不是這樣，就讓達西先生自己來辯白吧。再說，只要看看威克漢姆的表情，就知道他所言不假。」

「這確實很難說——真叫人為難。不知道該怎麼想才好。」

「真不好意思，別人完全知道該怎麼想。」

然而珍能肯定的只有一點——假設賓利先生確實被蒙在鼓裡，那一旦真相敗露，他一定會痛心不已。

兩位小姐正站在灌木叢裡聊天，忽然被家裡叫了回去。原來是她倆談論的那個人來了。賓利先生和兩個姊妹上門來送請帖，大家企盼已久的內瑟菲爾德的舞會，已經定在下個星期二舉辦。兩位女士和好友重逢，高興極了，都說自上次一別，真是恍若隔世。她們再三打聽珍一別以來都在做些什麼。至於班內特家的其他人，她們簡直不理不睬。她們盡量避開班內特太太，和伊麗莎白只聊了沒幾句，跟其他人則一句話也沒說。沒過多久，她們就從座位上一躍而起，準備告辭，她們走得如此迅捷，把他們的兄弟嚇了一跳。一行人就這樣匆匆忙忙地逃脫了班內特太太的盛情款待。

想到要去內瑟菲爾德參加舞會，整家的太太小姐都感到快活極了。班內特太太深信這場舞會是為討好她的大女兒才開的，何況賓利先生親自上門邀請，而不是派人來送請帖，更叫她受寵若驚。珍想像著那天晚上的情形，有兩個朋友相陪，又有她們那位兄弟殷勤款待，一定會過得很開心。伊麗莎白滿心歡喜地打算和威克漢姆先生好好跳幾場舞，順便還能瞧瞧達西先生的神情舉止，看看她聽到的那些事是真是假。至於凱薩琳和莉迪亞，她們的快樂跟某件事或某個人無關，儘管她們像伊麗莎白一樣，也想跟威克漢姆先生跳上大半夜的舞，但說到叫她們稱心滿意的舞伴，卻絕不止他一個，再說無論如何，那畢竟是舞會啊。就連瑪麗也告訴家裡人說，她對此不覺得反感。

「只要每天上午的時間歸我自己就夠了，」她說，「我覺得偶爾參加幾次舞會，也沒什麼損失。我們大家都應該有社交生活。我本人認為，時不時來點娛樂和消遣，是每個人都需要的。」

伊麗莎白這會兒太興奮了，她本來不怎麼跟柯林斯先生多嘴，此刻卻忍不住問他會不會接受賓利先生的邀請，如果接受的話，他覺得參加當晚的娛樂活動是否合適。她意外地發現，他非但毫無顧慮，而且還膽敢跳舞[1]，根本不怕遭到大主教或凱薩琳．德．包爾夫人的責備。

「請你放心，」他說，「像這樣一場舞會，主人是個有名望的青年，賓客又都是體面人，我絕不認為會有什麼不正當。我自己不反對跳舞，而且我希望在那天的舞會上，能有幸請我的每一位漂亮的堂妹共舞。趁此機會，我想特別請求您，伊麗莎白小姐，和我跳頭兩支舞。我想珍堂妹不會怪我對她失禮吧，她應該明白我這樣做有正當的理由。」

伊麗莎白覺得自己上了大當。她本來一心想跟威克漢姆先生跳那兩支舞，沒想到舞伴卻變成了柯林斯先生！她活潑得太不是時候了。然而事已至此，無法挽回。威克漢姆先生的快樂，連同她的快樂，都只好先耽擱一陣子。她盡量和顏悅色地接受了柯林斯先生的邀請。一想到他請她是別有用心的，她就再也高興不起來了。她大吃一驚，幡然醒悟，原來在一眾姊妹當中，他選中她去漢斯福德牧師宅邸當女主人，而且在羅欣斯莊園缺少夠格的貴賓時，還要她去填補牌桌上的空缺。這個猜測很快得到了證實，因為她留意到他對自己越發殷勤，還聽到他再三讚美自己才華出眾、活潑可愛。自己的魅力取得了這樣的成果，她卻得意不起來，反而只覺得詫異。不久之後，她母親竟又暗示她說，想到他們兩個可能成婚，真令她開心極了。伊麗莎白明白，只要跟母親一搭腔，就不免大吵一場，所以她只當沒聽見。柯林斯先生說不定不會提出求婚呢，只要他沒提，就沒必要為他吵架。

虧得有一場內瑟菲爾德的舞會可以準備準備、談論一下，否則班內特家那幾個小女兒這幾天就太可憐了，因為從收到邀請那天直到舉辦舞會那天，雨一直下個不停，害得她們一次也沒法到梅里頓去。見不到姨媽，見不到軍官，也打聽不到消息——就是舞鞋上的玫瑰[2]也是找人跑腿去買的。連伊麗莎白也開始受不了這種天氣了，因為幾天以來，她和威克漢姆先生的友誼毫無進展。總算禮拜二可以跳舞，要不是有了這個指望，凱蒂和莉迪亞真不知該如何熬過如此這般的禮拜五、禮拜六、禮拜天和禮拜一。

1 十八世紀的新教教會是反對神職人員跳舞打牌的，然而假正經的柯林斯先生一點也不遵循這些清規戒律。
2 此處的玫瑰（shoe-roses）是一種裝飾品，並非真正的鮮花。

Chapter 18

如意算盤

伊麗莎白走進內瑟菲爾德的客廳，在一群身穿紅色制服的軍官當中尋找威克漢姆先生，看來看去都找不到，這時她才開始擔心，怕他也許不來。她本以為一定能遇上他，雖然想起過去那些事情，感到有點擔心，但仍然沒太往心裡去。她比以往打扮得更精心，滿心期待，打算把他那還沒完全被收服的心徹底收服。她深信今晚一定能大獲全勝。然而此時此刻，一種可怕的懷疑忽然向她襲來：說不定賓利先生為了讓達西先生高興，在邀請軍官時故意把威克漢姆漏掉了。實際情況倒並不是這樣。莉迪亞急切地追問威克漢姆的朋友丹尼，叫他說出威克漢姆缺席的原因，原來他前一天進城辦事去了，現在還沒回來。他帶著意味深長的微笑補充說：

「要不是為了回避這兒的某位先生，我想他也不會這麼湊巧，偏偏在這個節骨眼上有事出去。」

他這個暗示，莉迪亞沒聽進去，伊麗莎白卻聽懂了。她由此斷定，儘管她起初沒有猜對威克漢姆缺席的原因，但這事說到底還是要落在達西身上。她大失所望，對達西先生也越發討厭，後來他走到她面前寒暄，她答話的時候，簡直連基本的禮貌都做不出來。對達西殷勤、寬容和忍耐，就是對威克漢姆的傷害。她拿定主意，一句話都不跟他說，氣鼓鼓地轉身就走。就連跟賓利先生說話時，她也難掩不快，因為他盲目偏袒達西先生，叫她義憤填膺。

不過伊麗莎白生來不愛置氣。儘管這天晚上的所有期待都已落空，她倒也不會為此心煩太久。她先把滿心的不快告訴了一星期沒見面的夏洛特．盧卡斯，接著很快就主動把話題轉到她那古裡古怪的堂哥身上，還把他指出來讓她好好看看。然而跳完頭兩支舞，她的心情又低落了下去，那舞跳得真令人難受。柯林斯先生笨手笨腳、煞有介事，根本不懂配合，只知道一味道歉，踏錯了舞步還渾然不覺，真是最差勁的舞伴，叫她又是丟臉，又是受罪。從他手裡逃脫出來的那一刻，她只覺得欣喜若狂。

接著和她跳舞的是一名軍官，她聽他說起威克漢姆，說他到哪裡都受歡迎，於是心情又振奮起來。跳完這幾支舞，她回到夏洛特．盧卡斯身邊，正在和她說話，忽然發覺達西先生已出其不意地來到面前。他請她跳舞，她一驚之下，竟不知不覺地答應了。他立刻轉身走了開去，留下她在原地懊惱不已，怪自己怎麼這樣沒腦子。夏洛特盡力安慰她說：

「也許你會發現，他是很討人喜歡的。」

「千萬不要！那才叫倒大楣呢！你打定主意討厭的人，卻又叫你喜歡！別咒我。」

跳舞重新開始了，達西走過來拉起她的手，這時夏洛特忍不住輕聲告誡她說，千萬別犯傻，別因為她對威克漢姆有好感，就去得罪一個比他顯要十倍的人物。伊麗莎白沒理會她，她走進舞池，心裡覺得很意外：自己竟這麼有面子，能和達西先生面對面跳舞，從鄰座臉上的表情看得出，他們也是一樣詫異。兩人一言不發地跳了一會兒，她覺得說不定兩支舞都要像這樣默不作聲地跳完了。一開始，她決意不開口，後來她忽然想到，要逼得舞伴開口說話，才更叫他受罪吧。於是她輕描淡寫地就這支舞說了幾句。他答了話，接著又不出聲了。停了幾分鐘，她重起話頭說：「現在輪到你說幾句了，達西先生。我談了談跳舞的事，那你就該談論談論舞廳的大小，或者是舞伴的多少之類的話題。」

他笑了笑，告訴她說，她想要他說什麼他就說什麼。

「非常好。這個回答眼下也說得過去。說不定我等會兒會談談私人舞會比公共舞會更愉快的話題。不過現在我們可以靜一靜了。」

「看來你跳舞時說的話是要按規則說的？」

「有時候要的。你知道，總得說幾句吧。默不作聲地在一起待半個小時，好像有點彆扭。不過為了某些人著想，還是少說點話，越少麻煩他們開口越好。」

「那現在你是照顧自己的感受呢，還是想滿足我的感受？」

「都是。」伊麗莎白調皮地答道，「因為我老覺得我倆的思考方式十分相近。我們都不善交際，沉默寡言，不愛開口說話，除非真能語驚四座，說出流傳後世的妙語格言來。」

「我認為這不大像是你的性格，」他說，「至於我的性格是不是像你說的這樣，我也不好說。你一定覺得自己說得很準確吧。」

「這當然不能由我自己說了算。」

他沒有作答，兩個人又陷入了沉默，直到走下舞池，他才問她是否常和姊妹一同散步去梅里頓。她回答說是的，說到這裡，實在按捺不住添了一句：「你那天遇上我們的時候，我們剛結交了一位新朋友。」

這句話立刻發揮了效果。一層傲慢的陰影籠罩了他的臉龐，但他一句話也沒說，於是伊麗莎白也說不下去了，她只恨自己太軟弱。沉默了許久，達西先生以一種不自然的語氣說道：「威克漢姆先生的言談舉止生來討喜，特別容易交上朋友——至於他能不能長久地把友誼維持下去，那就說不準了。」

「他失去了你的友誼，實在太不幸了。」伊麗莎白加重語氣答道，「看來他會因此吃一輩子的苦。」

達西沒有回答，看樣子他很想換個話題。恰在此時，威廉．盧卡斯爵士走了過來，他正穿過舞池到屋子另一頭去。看到達西先生，他停下來必恭必敬地鞠了個躬，開口對他的舞技和舞伴大加恭維。

「我真太盡興了，親愛的先生。像這樣高超的舞技可不常看得到。一望即知你是上流社會出身。不過，請允許我說一句，你這美麗的舞伴沒有給你丟臉，我真希望能經常飽這種眼福，尤其等那件好事有一天成真的時候，我親愛的伊麗莎（他邊說邊把目光投向她的姊姊和賓利）。到那時候，該有多少人趕來道賀啊！我請求達西先生——不過我還是別再打斷你們了，先生。你正和這位小姐談得入迷，我這麼耽擱你，你可不會感激我。小姐那雙明亮的眼睛也在責備我呢。」

這番話的後半段達西幾乎沒聽見。威廉爵士暗示他朋友的那件事，看來令他大為震動，他表情極為嚴肅地望向賓利和珍，正好看到他們一起跳舞。不過他很快就回過神來，轉向他的舞伴說道：「威廉爵士插了幾句話，我都記不起剛才在聊什麼了。」

「我不覺得我們聊過什麼。威廉爵士不可能打斷我們，因為這屋裡就數我們兩個談得最少。我們已經試著聊了兩三個話題，但總是話不投機，我想不出接下去能聊些什麼。」

「你覺得聊聊書怎麼樣？」他笑著說。

「書——唉！不行。我想我們讀的書不一樣，讀書的感想也不會相同。」

「你這麼想，我真遺憾。但如果真是那樣，至少我們不缺話題。我們可以把各自不同的見解比較一下。」

「不行——我不能在舞廳裡聊書本。我腦袋裡總想著別的事。」

「在這種場合，眼前的情形就夠你想的了——是這樣嗎？」他帶著疑惑的神情說。

「對，總是這樣。」她答道。其實她根本不知道自己在說什麼，因為她的思緒已經飄到了很遠的地方，只聽她突然大聲說：「達西先生，我記得有一次聽你說過，你很難寬恕別人，一旦產生了憤恨，就不會平息。那麼我想，在結下怨恨的時候，你是很謹慎的吧。」

「的確是。」他肯定地說。

「絕不會讓自己受偏見的蒙蔽吧？」

「我想是的。」

「凡是堅持己見的人，在事情發生時就該格外慎重，務必拿個對的主意。」

「我可否請教，這些問題的用意何在？」

「只是想弄清楚你的性格而已，」她說著，盡量顯得若無其事，「我正試著把它弄個明白。」

「那你弄明白了嗎？」

她搖了搖頭，「我一點也不明白。我聽到的有關你的說法都大相逕庭，實在叫我困惑極了。」

「別人對我的看法可能有很大差異，這我相信。」他嚴肅地答道，「我只希望你暫時不要急著對我的性格下定論，我擔心這麼做對你我都沒有好處。」

「可是，假如我現在不去瞭解你，那可能就再也沒機會了。」

「我絕不會妨礙你的興致。」他冷冷地答道。她沒再說什麼，他們又跳了一支舞，接著便默默分開了。兩個人都悶悶不樂，但程度有所不同。達西內心對她頗有好感，不一會兒就原諒了她的冒犯，一腔怒火全都投向另外那個人身上。

他倆剛分開不久，賓利小姐便朝伊麗莎白走來，客客氣氣，但又有些輕蔑地對她說：

「伊麗莎小姐，我聽說你跟喬治．威克漢姆處得很好！你姊姊剛才跟我談起他，問了我一千個問題。我發現這個年輕人雖然跟你說了不少，卻完全忘了告訴你，他是已故的老達西先生的管家——老威克漢姆的兒子。作為一個朋友，我奉勸你，不要輕易相信他說的話。說什麼達西先生待他不好，那根本就是胡說。恰恰相反，儘管喬治．威克漢姆以極為無恥的手段對付達西先生，達西先生卻待他仁至義盡。我不瞭解細節，但我知道得很清楚，在這件事上，達西先生沒什麼可指摘的，我也知道他不願意聽人提起喬治．威克漢姆，我哥哥覺得要邀請軍官來參加舞會，很難把他繞開，聽說他自己躲開了，我哥哥真高興極了。他跑到這個地方來，本身就是十分無禮的行徑。真搞不懂他怎麼做得出來。伊麗莎白小姐，揭發了你最中意的人的罪行，我很抱歉。不過說真的，想想他的出身吧，你怎麼能指望他幹出什麼好事來呢？」

「照你這麼說，他的出身好像就定了他的罪。」伊麗莎白氣憤地說，「在我聽來，除了指責他是老達西先生管家的兒子，你也沒說出什麼別的罪過。至於那一點嘛，告訴你吧，他已經主動告訴我了。」

「對不起你了，」賓利小姐一邊回答，一邊冷笑著轉身走開，「請原諒我多管閒事——我是一番好意。」

「目中無人的小妞！」伊麗莎白自言自語地說，「你指望用這種卑鄙的人身攻擊來影響我的看法，真是大錯特錯。我只看到你自己的任性無知，還有達西先生的惡毒。」她轉身就去找姊姊。她知道姊姊也向賓利先生問起了這件事。珍和她碰頭了，只見她臉上掛著志得意滿的笑容，快活得容光煥發，顯見這個晚上過得很如意。伊麗莎白立即讀懂了她的心情，霎時間，對威克漢姆的掛念、對他那位仇人的怨恨，以及其餘種種情緒，統統打消一空，她一心只盼望珍能順順當當地走上幸福之路。

「我想問問你打聽到了什麼有關威克漢姆先生的事情。」她露出和姊姊一樣燦爛的笑容說，「不過你大概太開心了，沒空去想旁的人吧。即便如此，我也會原諒你的。」

「沒有啊，」珍答道，「我可沒把他忘了。可是我沒什麼令人滿意的消息能說給你聽。賓利不瞭解他的全部底細，至於他主要是在什麼事情上得罪了達西先生，他也一無所知。但他可以擔保他的朋友行事端正、品性正直、值得敬重，他深信達西先生對威克漢姆先生是好過了頭。很遺憾，從他和他妹妹的話聽來，威克漢姆先生絕不是一個值得器重的年輕人。我懷疑他可能行事太不慎重，達西先生看不上他，也是他咎由自取。」

「賓利先生自己都不認識威克漢姆先生？」

「不認識。他那天在梅里頓才第一次見到他。」

「那他說的話都是從達西先生那裡聽來的了。我滿意了。有關那個牧師職位，他怎麼說呢？」

「這件事他聽達西先生提過好幾次，但此刻想不起確切情形了，他只知道，那個職位傳給威克漢姆先生，是有先決條件的。」

「我確信賓利先生是誠實的。」伊麗莎白激動地說，「不過請你原諒，光憑他的幾句擔保，也說服不了我。賓利先生維護朋友的那些話，也許說得很有說服力，但既然他對事情的一些細節有所不知，另一些細節又是聽他那位朋友自己說的，那我不妨還是堅持我此前對兩位先生的看法好了。」

她隨即換了個話題，新的話題令雙方都更愉快，而且她倆在這上頭的意見也沒有出入。伊麗莎白開心地聽珍說到，她對賓利先生滿懷著幸福的期待，只不過還不敢太過奢望。她極力鼓舞珍，勸她要有信心。過了一會兒，賓利先生走到她們之中來了，於是伊麗莎白就走開去找盧卡斯小姐。盧卡斯小姐問她，剛才和舞伴相處得是否愉快，她還沒來得及回答，柯林斯先生就走了過來，喜不自勝地告訴她說，他剛剛有幸獲得了一個重大發現。

「真是出乎意料，」他說，「我發現此刻在這屋裡有一位客人是我那女恩主的親戚。我湊巧聽到這位先生向主人家的小姐提起他的堂妹德．包爾小姐，外加她的母親凱薩琳夫人。真是太巧了！誰能想到，我會在這場舞會上與凱薩琳．德．包爾夫人的外甥會晤！謝天謝地，我發現得正是時候，還來得及去向他問個好。我這就去。我沒有及早去，相信他一定會原諒我的。我根本不知道他們是親戚，所以還算情有可原。」

「你不會是想去搭訕達西先生吧！」

「我確實想去。我得請他原諒我沒有早些去問候。我相信他正是凱薩琳夫人的外甥。我可以告訴他，上個星期我見到夫人時，她老人家的身體十分康健。」

伊麗莎白極力勸他別這麼做，她告訴他說，像這樣未經人介紹就找上門去，達西先生不會認為是對他姨媽的奉承，反而會覺得他這人行事莽撞造次。她又說，他們雙方其實根本沒有認識的必要，還說就算有必要認識，也該由達西先生首先出面，因為他是地位較高的一方[1]。柯林斯先生聽她說著，

1 這是當時的社交禮儀，陌生人之間攀談，應由地位較高的一方發起。

看他臉上的表情，就知道他心意已決，打算一意孤行。一等她說完，他便如此這般地答道：

「親愛的伊麗莎白小姐，在你理解力所及的範圍內，你對一切問題都有卓越的判斷力，使我欽佩之極。不過，恕我直言，俗人的禮節和神職人員的禮節大不相同。請允許我這麼說，一個教士和一國之君是同樣尊貴的——只要他的舉止同時還能保有適當的謙遜。所以，在這種情況下，你應該讓我遵從良心的指示，去盡我的職責，做好分內的事情。請原諒我沒有聽從你的指教，換作其他問題，我一定把你的建議當作金科玉律，不過眼前這件事嘛，我認為有了之前所受的教育，加上平素的研習，我比你這樣一位年輕小姐更有資格作出正確的決斷。」他深深鞠了一躬，就離開伊麗莎白，去向達西先生發起進攻。她急切地觀察著達西先生的反應，顯然，這番問候令他大為吃驚。作為開場白，她堂哥鄭重其事地鞠了一躬，儘管伊麗莎白一個詞也聽不見，從他嘴唇的蠕動，卻能看出他說的無非是「抱歉」、「漢斯福德」、「凱薩琳·德·包爾夫人」，她就覺得已經聽得一清二楚。看到他在那樣一個人面前出乖露醜，她又急又怒。達西先生帶著毫不掩飾的詫異目光打量著他，等到柯林斯先生總算住了嘴，他就以一副敬而遠之的神氣敷衍了幾句。然而柯林斯先生沒有因此氣餒，反而再度張嘴說了起來。他嘮叨得越久，達西先生那副輕蔑的表情就顯得更加露骨，最後，他微微躬了躬身，走開了。柯林斯先生這才回到伊麗莎白身邊。

「告訴你，我受到那樣的接待，實在沒理由覺得不滿意，」他說，「看起來，達西先生對我的問候十分受用。他極其客氣地向我回禮，而且還恭維我說，他十分信賴凱薩琳夫人識人的眼光，只要是她提拔的人，一定不會德不配位。他這想法著實有道理。總而言之，我對他相當滿意。」

既然再沒什麼事情能引起伊麗莎白的興趣，她就差不多把全副注意力都集中到了姊姊和賓利先生身上。她把他倆相處的情形看在眼裡，不由浮想聯翩，簡直像珍一樣開心。她彷彿已經看到珍在這座府邸安頓下來，幸福地過著兩情相悅的婚姻生活。假設這一切真能實現，她甚至覺得自己可以盡力喜歡上賓利那一對姊妹。她看得出，她母親也在轉著同樣的念頭，因此她打定主意，還是別離她太近，省得又聽她嘮叨個沒完。坐下吃宵夜時，她發現她倆的座位正巧被安排得很近，不由大感倒楣。及至聽見母親滔滔不絕地和那個人（盧卡斯夫人）大談特談，她的焦慮又加深了一層，因為母親滿口說的只有一件事，就是她多麼盼望珍不久就能和賓利先生成婚。這個話題讓班內特太太特別感興趣，她不知疲倦地數說著這門親事的種種好處。賓利先生是這麼個可愛的年輕人，而且這麼富有，再說他的住處和他們家只隔著三哩，單只這些就夠令人高興了。其次，看到他的姊妹這麼喜歡珍，她也特別欣慰，她相信她們肯定像她一樣，真心希望促成這門親事。再說，珍嫁得這麼好，她的幾個妹妹也前途無量，可以高攀其他貴婿了。最後說到她那幾個小女兒，既然在她的有生之年，可以把她們一個個託付給大姊姊，那她自己應該就用不著整天陪她們出去應酬了[2]，這也令她很滿足。對這類應酬，還是有必要當作樂事看待，因為在社交場合，這是基本的禮數。[3]但事實上呢，班內特太太生來就不是那種喜歡清清閒閒待在家裡的人。最後她又連連祝願盧卡斯夫人，表面上祝她早日撞上這樣的好運，實

2 當時在英國，社交場上的未婚女性需由年長女性陪同，比如家人或家庭教師。女兒出嫁前，班內特太太需要承擔這個職責，一旦長女結了婚，陪護的角色就可轉交給她。

3 這是一句間接引語，引用了班內特太太的話。表面上她裝作不喜歡社交，是出於禮數、照顧女兒的利益，才無奈地把應酬說成好事。但作者在緊跟著的一句話中加以說明：她實際上在家裡待不住，是真的喜歡出門應酬。

際上卻是趾高氣揚，心裡料定了她不可能有這種福分。

伊麗莎白想方設法，試圖勸說母親別那麼口無遮攔，起碼在表達喜悅時把聲音放小一點，因為達西先生就坐在她們對面，她知道母親說的話他差不多全聽見了，這真令她懊惱得說不出話來。然而她是白費工夫，母親反而罵她莫名其妙。

「我請問你，達西先生和我有什麼關係，難道我還要怕他？我覺得我們沒必要給他特殊禮遇，他不喜歡聽，難不成我們就說不得了？」

「看在上帝分上，媽媽，聲音輕點吧。得罪達西先生對你有什麼好處？你這麼做，他的朋友也不會看得起你的！」

但她說什麼都沒用。她母親還是用誰都聽得見的聲音繼續高談闊論。伊麗莎白又羞又惱，臉紅了又紅。她忍不住時時用眼睛瞟達西先生，每次都證實她害怕的事情正在發生。雖說他並不總看著她母親，但她覺得他的目光始終聚焦在自己身上。他臉上的表情一開始顯得氣憤而輕蔑，慢慢變得冷靜和凝重起來。

最後班內特太太總算把想說的都說完了。盧卡斯夫人聽她翻來覆去地講自己有多高興，眼看沒份沾光，早就打起了哈欠，這下總算可以舒舒服服地享用些冷雞和冷火腿了。伊麗莎白也鬆了口氣。可惜她清靜不了多久。宵夜吃完，大家提議唱唱歌，瑪麗禁不起別人稍一慫恿，就答應上場露一手，伊麗莎白看了覺得很丟臉。她頻頻向瑪麗使眼色、比手勢，竭力勸她別這樣言聽計從，但還是白費力氣。瑪麗巴不得有個機會一展身手，所以對姊姊根本不加理會，已經唱了起來。伊麗莎白難受地瞪著她，好不容易聽她唱完了那幾首曲子，焦慮的心情卻沒法緩解，因為在一片道謝聲中，瑪麗聽到有人請她賞臉再來一首，於是她只歇了半分鐘，就開口唱起了一支新的曲子。以瑪麗的唱功，是勝任不了這種表演的，她嗓音細弱，唱歌拿腔拿調。伊麗莎白真是痛不欲生。她朝珍望去，想看看她受不受得了，誰知珍正從從容容地和賓利聊天。她又看了看賓利兩姊妹，只見她倆正面帶嘲諷交換著眼神，又向達西擠眉弄眼的。而達西依舊是一副一本正經的面孔。她看了看父親，想求他插插手，免得瑪麗這麼唱一晚上。他心領神會，等瑪麗唱完第二支歌，就大聲說道：「這就夠啦，孩子。你叫我們高興好一會兒了。把剩下的時間讓給別的小姐去表現吧。」

瑪麗假裝沒聽見，但難免有點尷尬。伊麗莎白既為她難受，也為父親的那番話過意不去，心裡只怕自己焦慮過了頭，反而沒什麼好處。幸好，此時大家開始請其他人唱歌了。

「要是我有幸懂得唱歌，那我肯定很樂意給大家獻歌一首，我認為音樂是一種非常正當的娛樂，和牧師的身分也完全相稱。但我不是說我們可以在音樂上花費太多時間，因為牧師確實有其他事情要操心。教區長的事務繁忙。他首先要擬定什一稅[4]條例，擬得既於己有利，又不至於惹惱了贊助人。他得自己撰寫布道詞。剩下的時間還要處理教區事務，外加照管和修繕牧師宅邸——他責無旁貸，應當把住宅收拾得盡可能舒舒服服——這樣算來，時間就真不算多了。還有一點我覺得也十分重要，他必須周到親善地對待每一個人，尤其是那些有恩於他的人。我認為這是他不可推卸的責任。我還認

4 什一稅（tythes），歐洲基督教會向居民徵收的宗教捐稅，規定堂區內土地的農牧產品中有十分之一屬於教會。英國的什一稅一直徵收到一九三六年。什一稅是牧師的主要收入來源，但如果徵收太多，令堂區農民不滿，則很可能發生鬧事甚至暴動，這樣一來，便會冒犯堂區贊助人。因此柯林斯先生說，他擬定的什一稅條例，既要於己有利，又不能惹惱贊助人。

為，要是遇到了恩主家的親戚，他絕不能錯失了表示敬意的時機，否則就太不像話了。」說罷，他朝達西先生鞠了個躬。他這番話說得很大聲，半個屋子的人都聽得清清楚楚。許多人目瞪口呆，又有許多人忍俊不禁，可是沒有一個人像班內特先生那樣聽得樂不可支。他太太呢，卻鄭重其事地誇獎柯林斯先生，說他講得句句在理。她還壓低聲音對盧卡斯夫人說，他真是個極其聰明、特別優秀的年輕人。

在伊麗莎白看來，就算她全家人事先商量好了要在今晚盡量地出乖露醜，他們也不可能比目前表現得更起勁、更出色了。還好有些場面逃過了賓利的眼睛，她一心為賓利和姊姊著想，只覺得慶幸，至於那些難免給他看見的醜事，她覺得以他的性子，應該不會放在心上。然而，他那兩個姊妹和達西先生可算抓住機會了，這一來他們一定會大肆嘲笑她那班親戚的，太氣人了。至於哪一樣更令人難以忍受，是那位先生那種不聲不響的輕蔑呢，還是兩位女士那傲慢無禮的冷笑呢？她也說不上來。

這天晚上剩下的時間對她而言索然無味。柯林斯先生總在身邊纏著她不放，雖說到底沒能請動她再跳一次舞，但也鬧得她沒辦法和別人跳[5]。她勸他去找別的舞伴，還提議把屋裡的其他女孩介紹給他，他卻不肯。他告訴她說，他對跳舞根本沒興趣，他的主要目標，就是要殷勤地伺候她、討她的歡心，所以他準備整晚不離左右地陪在她身邊。這件事再怎麼跟他爭也是徒勞。好在她的朋友盧卡斯小姐時不時加入他們之中，親切地和柯林斯先生聊上一陣，總算能讓伊麗莎白鬆口氣。

起碼達西先生沒再來氣她。儘管他老是站在不遠的地方，也不找人聊天，但也沒有走近來向她搭話。她猜測可能是因為她之前提到了威克漢姆先生的緣故，心裡不禁得意。

朗博恩一家是當晚最後告辭的。班內特太太略施小計，藉口等馬車，賴到大家全都走光之後，還多待了十五分鐘。在這段時間裡，他們見識到主人家有的人是多麼迫不及待地想把他們送走。赫斯特太太和妹妹兩個人二話不說只顧滿口喊累，顯見得在下逐客令。班內特太太一再試圖跟她們攀談，她們卻老是愛答不理，弄得大家都無精打采。柯林斯先生沒完沒了地奉承賓利先生和他的姊妹，說他們的舞會辦得多麼高雅，對待賓客也是禮貌周全。他這番冗長的談話並沒能緩和現場的氣氛。達西根本默不作聲。班內特先生也是一言不發，只顧欣賞眼前這齣好戲。賓利先生和珍站在一起，跟其他人隔著點距離，只管聊他們的。伊麗莎白像赫斯特太太和賓利小姐一樣，不肯打破沉默。連莉迪亞也已經累得不想開口，只是時不時叫一聲：「老天爺，我太累了！」說完還打個大大的哈欠。

末了他們總算起身告辭了。班內特太太萬分熱切地說，希望不久後能在朗博恩招待賓利一家。她還特意對賓利先生強調說，要是他能賞光，上他們家吃頓便飯，隨便哪一天都行，用不著等什麼正式邀請，那全家人都會很高興的。賓利樂意之至地接受了邀請。他第二天有事要去倫敦幾天。他答應回來之後會盡快前去拜望。

班內特太太心滿意足，一邊往外走，一邊打著如意算盤。她算計雙方要定下婚約，還要準備新馬車和結婚禮服，那差不多再有三四個月，她就一定能看著大女兒嫁到內瑟菲爾德來。另外她也拿得準，另一個女兒一定會嫁給柯林斯先生，雖然這樁婚事不如大女兒的那麼叫她喜出望外，卻也相當令人滿意了。所有孩子當中，她最不喜歡伊麗莎白。柯林斯先生那樣一個人，也算配得上她，不過比起賓利先生和內瑟菲爾德莊園，他自然是沒法相提並論的。

5 如果一位女性在舞會上拒絕和某位男性跳舞，此後又答應讓別的男性當舞伴，根據當時的社交禮儀，這無異於對被拒一方的羞辱。

Chapter 19

欲擒故縱

次日朗博恩又有一齣好戲上演。柯林斯先生正式提出了求婚。他已經拿定主意，不想浪費時間，因為他的假期到禮拜六將告結束。加之他信心滿滿，毫無顧慮，於是就有條不紊地行動起來，凡是想得到的常規步驟，他都一一照辦。早飯用完後不久，他看見班內特太太、伊麗莎白和一個小堂妹正在一處，就對那位當母親的說道：

「太太，鑒於你是美麗的伊麗莎白的至親，可否請你賜予我這個榮幸，准我今天白天和她私下談談？」

伊麗莎白一驚之下，臉脹得通紅，還沒反應過來，立馬就聽班內特太太答道：「啊，親愛的！可以，當然可以。我相信麗綺也會很樂意的——她肯定不會反對。過來，凱蒂，跟我上樓去。」說著，她趕緊收拾了針線，起身要走。伊麗莎白大聲說道：

「親愛的媽媽，你別走啊。求你別走。請柯林斯先生一定要原諒我。他要跟我說的話，沒有什麼別人不方便聽的。那我也走啦。」

「別別，別傻了，麗綺。我要你留在這兒別動。」班內特太太看到伊麗莎白又羞又惱，當真想要逃走，就趕緊說道，「麗綺，我一定要你留下來聽聽柯林斯先生說的話。」

伊麗莎白不好違抗她的命令。她想了想，意識到當前最明智的做法，就是盡可能悄悄地把這事做個了結。於是她又坐了下來，兩手不停地做著針線活，想掩飾自己又氣又好笑的心情。班內特太太和凱蒂走了出去，一等她們離開，柯林斯先生就起頭說：

「請相信我，親愛的伊麗莎白小姐，你的羞澀絲毫沒有損及你的形象，反倒助長了你的魅力。要是少了這一份不情願，那你在我眼中就不夠那麼可愛了。不過請允許我向你保證，我的求婚已經事先徵得了令堂的允許。我這番表白，背後的心意不容置疑，不過當然，你生來羞怯，也許會裝不明白。我對你的好感已經表達得一清二楚，你不可能聽錯。差不多從剛一踏入府上起，我就選中了你做我未來的人生伴侶。說起這個話題，我最好還是趁著自己現在還控制得住感情，先談談我打算結婚的理由，以及為什麼會來赫特福德郡物色妻子——我確實就是這麼打算的。」

一想到如此一本正經的柯林斯先生竟會控制不住感情，伊麗莎白簡直忍不住要笑出來了，因此雖然他停頓了片刻，她卻沒能及時掐住他的話頭，只聽他繼續說道：

「我之所以想成家，原因有那麼幾點：第一，我認為凡是像我這樣境況寬裕的牧師，都應當為他的教區樹立一個婚姻生活的榜樣；第二，我確信婚姻將會大大促進我的幸福；第三——我也許應當把這個理由提前講，那位尊貴至極的夫人，我有幸能叫她一聲『贊助人』，她也特意勸告我成個家。她曾經兩次屈尊向我提出這方面的意見。（並非我主動請教！）就在我動身離開漢斯福德前的那個禮拜六晚上，我們一起玩闊錐，當時詹金森太太正替德．包爾小姐安放腳凳。只聽見夫人對我說：『柯林斯先生，你得結婚了。像你這樣的牧師，是非結婚不可的。為我著想，你得好好挑選一位好人家的女兒。為你自己著想，你得找個勤勞能幹的人，不求她教養高貴，只求她能妥善地料理一份小小的家業。這就是我的忠告。趕緊物色一個這樣的女人吧，把她接到漢斯福德來，我會去拜訪她的。』美麗的堂妹，請允許我說明一下，凱薩琳·德·包爾太太對我非常關心和照顧，可以說這也是我能提供給妻子的一大優越條件。你自會發現，她的為人好得我根本不能用言語形容。我覺得你這麼聰慧活潑，一定很合她老人家的意，而且見到了像她那樣身分高貴的人，你勢必還會變得穩重恭敬一些。

「以上就是我對成家的大體想法。接下來還要講講我為什麼直接把目標放到了朗博恩，而不是我自己所在的那一帶村莊，我可以肯定地告訴你，那兒也有不少溫柔嫻雅的年輕姑娘呢。事情是這樣的，由於我將在令尊去世之後（不過他還能活很多年呢）繼承這所宅子，如果不能從他的女兒當中選一位做我的太太，那我一定會良心不安的。這樣一來，今後那件傷心事一旦發生，我就可以把她們的損失盡可能減到最小——當然，我已經說過了，那應該還有幾年呢。美麗的堂妹，這就是我的意圖所在，我想你應該不會因此看不起我吧。現在，我的話差不多說完了，接下來我只想用最熾熱的言語，向你傾訴我強烈的感情。我對嫁妝根本不在乎，絕不會就這些事情向你父親提什麼要求，因為我十分明白，提了他也辦不到。你能夠繼承的所有財產，只有那年息四厘的一千鎊存款[1]，而且要到令尊過世之後才歸你所有。請你放心，等我們結了婚，我一句小氣話也不會說出口的。」

這一來可非打斷他不可了。

「你太心急了，先生，」她大聲說，「你忘了我根本還沒答覆你呢。別再浪費時間了，這就讓我做個回答吧。感謝你的讚美。對你的求婚，我深感榮幸，可是除了謝絕之外，我別無他法。」

「我可不是現在才知道，小姐收到男士的頭一次求婚，就算心裡已經答應，表面上卻總還要拒絕。」柯林斯先生煞有其事地擺擺手說，「有時候還要拒絕兩三次。所以聽了你的話，我一點也不灰心。希望不久以後，我就能把你領到神壇前去完婚。」

「老實說，先生，我已經表過態了，你卻還抱有這種希望，實在太奇怪了。」伊麗莎白大聲說，「我向你保證，我可不是那種大膽的小姐，竟敢拿自己的幸福冒險，等人家再來求一次婚（要是世上真有這種小姐的話）。我嚴正拒絕。你不可能給我幸福，而且我很確信，全世界最不可能給你幸福的人就是我了。要是你的朋友凱薩琳夫人真的認識了我，我相信她一定會發現，我根本就不配做牧師太太。」

「即便凱薩琳夫人真那麼認為，我想她老人家也絕不會把你徹底否定的。」柯林斯先生鄭重地說道，「請放心，等我有幸再和她見面時，一定會在她面前把你的謙遜、持家，還有其他優秀的品行大大誇獎一番。」

「說真的，柯林斯先生，你沒必要誇獎我。請務必容我自己拿主意，只要你能相信我的話，就是對我賞臉了。我祝你幸福美滿、財運亨通，我拒絕你的求婚，就是盡我所能去成全你的前程。你既已向我求過婚，那麼對我的家人一定也沒什麼好過意不去的了，一旦朗博恩落到你的手裡，你大可毫不愧疚地收下。說到這裡為止吧，這事就算了結了。」她邊說邊站起身，正準備走出去，柯林斯先生卻

1 此處的年息四厘，指的是以一千英鎊購買政府債券的年息；一年只能得到四十鎊，投資報酬率確實很低。

又說道：

「下次我有幸再和你談起這個話題時，希望能得到比這次更令人滿意的答覆。我不怪你現在對我冷酷無情，因為我知道，你們姑娘家在男人第一次求婚時照例是拒絕的。你說的這番話，正合乎女性多愁善感的天性，鼓勵我下定決心繼續追求你。」

「真是的，柯林斯先生。」伊麗莎白激動地嚷嚷道，「你太叫我搞不懂了。我都說到這個分上了，你還覺得我在鼓勵你，那我真不知道要怎麼說才能讓你相信，我真的是在拒絕你。」

「請允許我說句自大的話，親愛的堂妹，我覺得你拒絕我的求婚，只是照例說說罷了。我之所以這麼想，主要有下面這些理由：在我看來，我的求婚還不至於不值得你接受，我能提供的生活條件，於你而言也應當是十分稱心的。我的個人情況、我和德·包爾家族的交情，加上我和貴府的親戚關係，都是極為優越的條件。你應當長遠考慮，就算你各方面都很有魅力，但以後能不能碰上合意的親事，這可說不準。你的嫁妝不幸太過微薄，差不多把你本人的美貌和其他可愛的優點全盤抵消了。綜上所述，我得出結論，你對我不是真心拒絕，我認為你是想用欲擒故縱的手法，叫我更加愛你，高貴的女士通常都是這麼做的。」

「我向你保證，先生，我完全不想假裝高貴，去故意折磨一位可敬的先生。我倒寧可你行行好，相信我說的都是真話。蒙你不棄，向我求婚，我感激不盡，但是要我接受，那絕對不可能。我感情上完全不能接受。我說得還不明白嗎？請別把我當作一位故意折磨你的高貴女性，還是把我當作一個實話實說的理性動物[2]吧。」

「你一向這麼可愛！」他尷尬極了，卻還是作出一副殷勤的樣子，大聲說道，「我相信只要令尊令堂應允了我，你就會接受我的求婚的。」

見他打定了主意自欺欺人，伊麗莎白啞口無言，當即閉上嘴，走出房間。她已經決定，假如他非要把她的再三拒絕當作挑逗和鼓勵，她就只好求助父親，由父親出面，將他一口回絕。再說，柯林斯先生總不能把父親的拒絕當成什麼高貴淑女的裝腔作勢、賣弄風情吧。

2 在十九世紀的歐洲社會，當時人普遍認為男性是理性動物，女性是感性動物。柯林斯先生顯然把女性當作毫無理性、矯揉造作的人，在此，伊麗莎白反駁了他。

Chapter 20

不愉快的抉擇

柯林斯默默回味著他這場成功的愛情，不過，他被一個人撇在那兒的時間並不太久，因為班內特太太一直在門廳轉來轉去，等待他倆結束談話。看見伊麗莎白開門從她身旁經過，匆匆向樓梯走去，她就趕緊進早餐室去，向柯林斯先生熱烈道賀，又祝賀自己，祝賀他們雙方親上加親。柯林斯先生欣然接受了她的祝賀，還反過來祝賀她。他詳詳細細地告訴她，自己剛才和伊麗莎白談到些什麼，說他有充分理由相信，談話的結果是令人滿意的，儘管堂妹一直表示拒絕，但這無疑是出於靦腆害羞、多愁善感的緣故。

然而這消息叫班內特太太嚇了一跳。假使女兒真是欲擒故縱地拒絕柯林斯先生的求婚，她倒也會滿意。但她不敢這麼想，而且忍不住說了出來。

「柯林斯先生，你放心吧。」她補充說，「麗綺會明白過來的。我親自跟她談。她是個特別任性的傻姑娘，不明白什麼對她有利。我會叫她弄明白的。」

「抱歉打斷你，太太，」柯林斯先生嚷嚷道，「如果她真那麼任性愚蠢的話，我可不確定了，不知道她配不配給我這樣地位的人做妻子。不必說，我很期待在婚姻中得到幸福。所以，假如她當真是堅決拒絕我的求婚，那也許還是別強迫她的好，因為既然性格上有這種問題，那她是不可能給我幸福的。」

「先生，你完全搞錯了，」班內特太太焦急地說，「麗綺只是在這類事上有些任性而已。在別的事上，她都是個性子再好也沒有的姑娘。我這就直接去找班內特先生，我能保證，很快我們就能和她把這件事談妥的。」

她不給他機會答話，趕緊跑去找丈夫，一走進書房就喊了起來：「哎呀！班內特先生，你快來。有麻煩了。你快勸勸麗綺，讓她嫁給柯林斯先生吧。她賭咒發誓不肯嫁他，要是你還不趕緊，他就會改變主意，不想娶她了。」

打她剛一進門，班內特先生就從書本上抬起雙眼，用一種平心靜氣、事不關己的眼神盯著她看，任由她說三道四，一點不動聲色。

「很遺憾，我聽不懂你的意思，」等她說完，他開口道，「你在講什麼？」

「我在講柯林斯先生和麗綺的事啊。麗綺說她不想嫁給柯林斯先生，現在柯林斯先生又說他不想娶麗綺了。」

「那這種事我又能怎麼辦？看樣子這事根本指望不上啊。」

「你親自跟麗綺談談吧。跟她說，你非要她跟他結婚不可。」

「叫她下來吧。她確實應該聽聽我的意見。」

班內特太太打了鈴，吩咐人把伊麗莎白小姐叫到書房來。

「來吧，孩子。」她一來，她父親就大聲說，「我叫你來，是為了一件要緊的事。聽說柯林斯先生向你求婚了。是真的嗎？」伊麗莎白回答說是的。「很好——那麼這門婚事叫你給回絕了？」

「我回絕了，爸爸。」

「很好。現在我們說到重點了。你母親非要你接受求婚不可。是這樣吧，班內特太太？」

「是的，否則我就再也不想見她了。」

「你面臨了一場不愉快的抉擇，伊麗莎白。從今天起，你的雙親之中勢必有一位要與你形同陌路。要是你不和柯林斯先生成婚，你母親就不想見你，要是你和他結婚，我就不想見你了。」

這番話開頭那樣說，結尾又這樣說，聽得伊麗莎白忍不住笑了起來。不過，班內特太太本來滿以為丈夫會照她的意願來辦，聽到這裡，不由大失所望。

「你這麼說是什麼意思，班內特先生？你答應我非叫她嫁給他不可的。」

「親愛的，我有兩件小事想請你幫忙。」她丈夫答道，「第一，對這件事，請你允許我自行理解；第二，請允許我自由使用我的書房。趕緊讓我清清靜靜地一個人在書房待著吧。」

班內特太太對丈夫的表現十分失望，但她還沒放棄。她翻來覆去地跟伊麗莎白嘮叨，又是哄她，又是嚇她。她想方設法把珍拉過來幫忙說話，可是珍極其委婉地謝絕了，不願意插手。伊麗莎白應對著她的再三進攻，一會兒真心實意，一會兒嬉皮笑臉，態度雖然多變，心意卻始終如一。

與此同時，柯林斯先生獨自回想著剛發生的事情。他自視甚高，根本想不通堂妹到底為什麼拒絕他。他的自尊心受了傷害，但除此之外也沒什麼可難過的。他對她的好感都是憑空想出來的，想到她母親剛才罵她罵得十分有理，他也就不再遺憾了。

這家人正鬧得一團亂，夏洛特．盧卡斯卻上門來拜訪了。她正好在前廳碰上莉迪亞。莉迪亞飛跑上前，壓低了聲音，激動地說：「真高興你來了，這兒正鬧得好玩呢！你猜今早發生了什麼？柯林斯向麗綺求婚了，可是她不肯嫁給他。」

夏洛特還沒來得及回答，凱蒂就湊了過來，把消息重新報告了一遍。兩人剛一踏進早餐室，本來正一個人待在那裡的班內特太太就立刻開口說起了這件事。她要盧卡斯小姐可憐可憐她，還求她去勸勸她的好朋友麗綺，讓她遂了全家人的心願。「求你了，親愛的盧卡斯小姐，」她悲悲切切地說道，「誰也不肯站在我這邊，誰也不為我說話。他們對我太狠心了，誰也不體諒體諒我可憐的神經。」

夏洛特正要作答，卻見珍和伊麗莎白走了進來。

「哎，她來了，」班內特太太接著說，「看起來這麼滿不在乎，只要她能為所欲為，她就一點也不會把我們放在心上，好像我們都遠在約克郡[1]似的。告訴你吧，麗綺小姐——要是你拿定了主意，誰向你求婚你都一口回絕的話，你就永遠也找不到丈夫了——等到你父親一命歸西，我可不知道誰還能養著你。我沒本事養你——我提醒你。從今往後，我就和你斷絕關係。我在書房就告訴過你，我再也不想和你說話，你看我說到做到。我不高興跟忤逆的女兒說話。說真的，我跟誰也不想說話。像我這種神經有病痛的人，是沒什麼說話的興致的。誰也不知道我有多痛苦！世上的事老是這個樣。人要是不抱怨，就沒人可憐你。」

1 約克郡位於英格蘭北部，今距赫特福德郡約一七九英里。班內特太太是說，伊麗莎白只當他們在天高皇帝遠的地方，管不到她。

她那幾個女兒默不作聲地聽著她大發牢騷，心知此刻無論是跟她講道理也好，還是試著安撫她也好，都只會火上澆油。所以她們誰也沒插嘴，只管讓她往下說。這時柯林斯先生走了進來，一副比平時更加煞有介事的樣子。班內特太太一看到他，就對女兒說道：「我現在非叫你們住嘴不可，讓我跟柯林斯先生聊兩句。」

伊麗莎白一聲不響地走出房間，珍和凱蒂緊隨其後，然而莉迪亞仍舊站在原地，打定了主意要聽聽他們說些什麼。夏洛特起先被柯林斯先生留住了，因為他周到細緻地把她和她的每個家庭成員都問候了一遍。等他寒暄完，她又好奇起來，於是她走到窗邊待著，假裝沒在聽他們講話。班內特太太用沉痛的聲音開始了這場打算好的談話：「唉！柯林斯先生！」

「親愛的夫人，」他答道，「這件事我們從此都別再提起了吧。我絕對不會，」說到這裡，他立刻轉換了一種不快的語氣，接著往下說，「怨恨令媛的所作所為。碰上避免不了的不幸，我們大家都應當逆來順受，對我這樣年少得志的人來說，更是該當如此。我相信自己已經想開了。即便蒙美麗的堂妹不棄，接受了我的求婚，說不定我也會疑心，不知道是不是真能得到幸福。因為我時常發現，一旦我們在追求幸福時遭到拒絕，即便對方後來首肯了，這份首肯的分量在我們心目中也會貶值，如此看來，只有順勢而為才是最好的辦法。親愛的太太，我沒有請你和班內特先生出面代為斡旋，就收回了對令媛的求婚，希望你別以為我對貴府有絲毫不敬。我不是被你，而是被令媛拒絕，我恐怕我這件事做得不太妥當。不過我們都難免犯錯。自始至終，我都是一片好意。我原本的目的，是想替自己找一個可親的伴侶，同時適當地照顧貴府的利益。要是我的做法有什麼得罪之處，請允許我在此表示歉意。」

Chapter 21

她可沒這麼蠢

有關柯林斯先生的求婚，現在大家總算討論得差不多了。伊麗莎白被捲入其中，難免有些不痛快，偶爾還要忍受母親的幾句指桑罵槐。至於那位先生本人，倒看不出尷尬或沮喪，也不曾表現出回避她的樣子，最多是板著一張面孔，氣鼓鼓的一聲不吭。他幾乎不去跟她說話，在那天剩下的時間裡，他把先前的一腔熱情都轉移到了盧卡斯小姐身上。她客客氣氣地傾聽著他的談話，這讓大家、尤其是她那位朋友，都大大鬆了口氣。

到了第二天，班內特太太那惡劣的心情和糟糕的身體都沒有任何起色，柯林斯先生也依舊是一副氣呼呼的清高樣子。伊麗莎白本指望他一氣之下會早些告辭，誰知他的計畫看來根本沒有受影響。他此前始終說要待到禮拜六，那就非得待到禮拜六不可。

吃過早餐，小姐散步去梅里頓，想打聽威克漢姆先生回來了沒有，好為他沒能參加內瑟菲爾德的舞會表表惋惜。一走進鎮子，她們就遇到了他，他陪她們走到姨媽家去，在那兒暢談了一番，說到他有多麼遺憾和懊惱，又說對每個人都十分掛念。不過，他主動告訴伊麗莎白，那場舞會他是自己不想參加的。

「眼看舞會日子臨近，我覺得最好還是別和達西先生碰面。跟他參加同一場派對、同處一室好幾個小時，我覺得自己可能受不了，那種場面，說不定會弄得大家都不痛快。」

她對他的氣度大加讚揚。威克漢姆和另一位軍官陪她們走回朗博恩，一路上他對她格外殷勤，兩人時間充裕，正好就此事大談特談，還客客氣氣地互相恭維了一番。他這趟陪她們回家，可謂一箭雙鵰，一來能好好抬舉抬舉伊麗莎白，二來也能利用這個機會，去拜會她的雙親。

到家後不久，班內特小姐就收到了一封信。信是從內瑟菲爾德送來的。信封裡裝著一張精美小巧的熱壓紙[1]，上頭的字跡娟秀流利，是出自一位小姐的手筆。伊麗莎白看到姊姊讀信時變了臉色，還注意到她對其中的幾段話揣摩得格外仔細。很快，珍就恢復了常態，把信放在一邊，極力表現得一如往常，快快活活地跟大家一同聊天。可是伊麗莎白心裡卻對這封信牽腸掛肚，就連和威克漢姆聊天也專心不起來。他和同伴兩人一告辭，珍就對她使了個眼色，示意她一起上樓去。待得兩人回到房間，珍便拿出那封信，說道：

「這是卡洛琳．賓利寫來的。裡頭的內容叫我大大吃了一驚。此刻他們所有人都已經離開內瑟菲爾德，動身進城去了——而且也不打算再回來。你該聽聽她是怎麼寫的。」

她隨即念出了第一句，說是她們剛剛拿定主意，要隨兄弟一同上城裡去，打算當天就去格羅斯溫那街[2]赫斯特先生的住所吃晚飯。後面是這麼寫的：

親愛的朋友，這次離開赫特福德郡，我不想裝出遺憾的樣子，唯一捨不得的就只有你。不過我們期待著，未來有朝一日還能重拾相聚的愉快，此外也希望可以多多通信，言無不盡，或許能藉此消滅離別之苦。我等著你。

這些言過其實的漂亮話，伊麗莎白既不相信，也不在乎。她們走得這麼突然，她難免意外，但毫不傷感。姊妹倆不住在內瑟菲爾德，也不妨礙賓利先生繼續住下去。就算跟她們斷了來往，她認為只要還能跟賓利先生常常見面，珍對此也就不會再介懷了。

「沒能在朋友離開村子之前跟她們見個面，真是遺憾。」她稍許停了停，開口說道，「不過，賓利小姐所期待的那種重逢的快樂，我們就不能盼它比意料之中來得更早些嗎？到那時候，你們可不只是朋友，更是姑嫂了，那樣不是更叫人心滿意足嗎？賓利先生是不會和她們一同留在倫敦的。」

「卡洛琳很肯定地說，他們沒人會在今年冬天回到赫特福德郡來的。我讀給你聽。

我哥哥昨天和我們告別時，以為他這次去倫敦，只要三四天就能把事情辦妥。但我們都很清楚這是不可能的。同時我們也確信，查爾斯一旦進了城，就不會急著走。因此我們決定緊隨其後，過去找他，以免他空閒時只好待在不稱心的旅館裡消磨時間。我有好多熟人已經去那裡過冬

1 熱壓紙（hot pressed paper），當時的紙張使用切碎的布片手工製成，售價昂貴，根據不同工藝和質地，價格還有很大區別。熱壓紙經過熱壓工藝處理，表面光滑細緻，是其中尤為昂貴的一種。

2 格羅斯溫那街（Grosvenor Street），位於牛津街（Oxford Street）南面，地處倫敦最時髦的居住區。

了，親愛的朋友，我真想聽到你也打算進城的消息——但我對此不抱希望。衷心祝福你在赫特福德郡能過一個充實快樂的耶誕節，也希望有許多追求者圍繞在你身邊，讓你無須為了那三個人的離去而失落。

「很顯然，」珍補充說，「他今年冬天是不會回來的。」

「很顯然賓利小姐不想讓他回來。」

「你怎麼這麼想？這一定是他自己的意思。他可以自己拿主意。不過你還不瞭解全部情況。我想把底下那段特別叫我傷心的話讀給你聽。我什麼都不瞞著你。

達西先生急著去見他妹妹。說真的，我們也迫不及待地想跟她會面。我真覺得在美貌、優雅、才情各方面，都鮮有人可以與喬治亞娜．達西媲美。路易莎和我都很喜歡她，而且這種喜歡之情還多了一層意思，因為我們都大著膽子期望她今後能成為我們的嫂嫂。我不記得此前有沒有對你說過我對此事的看法，總之現在離別在即，我非一吐為快不可，相信你不會認為我在胡思亂想。我哥哥已經深深愛上了她，現在他看她的機會多了，可以和她密切往來。雙方的親戚都企盼著結成這門親事。我作為妹妹，或許有點偏心，但我覺得，如果說查爾斯能博得任何女人的歡心，也不算言過其實。既然萬事俱備，而且沒有任何阻礙，那麼，親愛的珍，我對這樣一樁皆大歡喜的姻緣抱有期待，難道有錯嗎？

「親愛的麗綺，你覺得這句話是什麼意思？」珍讀完之後問道，「這說得還不夠明白嗎？這不是已經明確表示了，卡洛琳既不認為，也不期待我會做她的嫂子嗎？她不是已經徹底認定了，她哥哥對我毫不在乎嗎？要是她疑心我對他有意思，這不是特意勸我當心嗎？（真是太好心了！）對這件事還能有別的解釋嗎？」

「是的，有別的解釋啊，我的解釋就全不是這麼回事。你想聽嗎？」

「再想不過了。」

「三言兩語就能給你說明白。賓利小姐看出她哥哥愛上了你，她卻希望他娶達西小姐。她跟在他後頭上城裡去，是想把他絆在那裡，還想叫你相信，他根本一點也不在乎你。」

珍搖了搖頭。

「說真的，珍，你要相信我。凡是見過你們在一起的人，都不會懷疑他對你的感情。我確信賓利小姐也不會懷疑。她可沒這麼蠢。但凡她發現達西先生對她的愛意及得上這麼一半，她早就把結婚禮服訂好了。情況是這樣的：我們不夠有錢，也不夠有勢，高攀不上他們。她急著撮合達西小姐和她哥哥，以為只要一樁婚事做成，第二樁婚事也就水到渠成了。她這做法還真聰明，要是德・包爾小姐不擋道的話，我敢說她是可以得逞的。但是，親愛的珍，你千萬別因為賓利小姐告訴你她哥哥深深愛上了達西小姐，就以為他自從禮拜二和你分別以後，對你的愛慕之情有過一絲一毫的減退。也別以為她真有那個本事說服她哥哥，叫他相信自己愛的不是你，而是她那個朋友。」

「要是我們兩個對賓利小姐的看法是一致的，」珍回答說，「那我聽了你這番話就如釋重負了。可惜我知道你的論據存在偏見。卡洛琳不可能有意騙人，說到這件事，我只能希望她是自欺欺人。」

「這就對了。既然我的話你不信，也不能叫你放心，好歹你自己能這麼想，也算再好不過。就相信她是自欺欺人吧。現在你盡到了朋友的責任，不用再煩惱了。」

「但是，好妹妹，就算往好裡想，想到這個男人的姊妹和朋友都巴不得他娶另一個人，我又怎麼高興得起來呢？」

「這只有問你自己，」伊麗莎白說，「要是經過慎重考慮，你認為得罪他那兩姊妹所帶來的痛苦，要超過做他的太太所帶來的幸福，那我建議你乾脆拒絕他算了。」

「你怎麼能這樣說話呢？」珍勉強笑了笑說，「你肯定知道，她們要是反對，我的確會萬分難過，但即便如此，我也不會猶豫的。」

「我想你也不會。既然如此，我也就用不著為你擔憂了。」

「不過假如他這個冬天不回來，我這麼左右為難就顯得多餘了。六個月裡會發生多少事啊！」

對於他不會回來的想法，伊麗莎白是嗤之以鼻的。在她看來，這只是卡洛琳自私的一廂情願而已，她覺得這種想法，不管是開誠布公地說出來，還是拐彎抹角地說出來，都不可能對一個凡事自己做主的年輕男子產生絲毫影響。

她強而有力地向姊姊講述了自己對這個問題的看法，一下子就收到了很好的效果，這令她很高興。珍的性格，本來就不會輕易消沉，儘管她對這段感情還是沒自信，有時難免感到灰心，但還是漸漸拾起希望，盼著賓利回到內瑟菲爾德，達成她的心願。

姊妹倆商量好，只告訴班內特太太說這家人已經走了，別對她提起那位先生走的原因。然而單單聽到這點消息，就夠她擔驚受怕的了。她唉聲歎氣，說兩位女士剛跟大家處熟就走了，實在是不幸至極。不過，在惋惜了好一陣之後，她又安慰自己說，賓利先生不久就會回來，還要到朗博恩吃飯。想到這裡，她大為寬慰，於是宣布說，哪怕只是請他來吃頓家常便飯，她還是要多花些心思，準備上足兩輪菜[3]。

3 正餐的一輪菜不單有前菜、主菜、甜點，還包括好幾道更替的菜餚。上兩輪菜，即在從前菜到甜點的全部菜色上齊之後，由僕人把剩菜撤走，接著從頭到尾再上一輪，顯見得相當豐盛和隆重。

Chapter 22

滔滔不絕的表白

這天班內特一家受邀去盧卡斯家吃飯，盧卡斯小姐又大發善心，一整天都陪著柯林斯先生說話。伊麗莎白找了個機會向她道謝。「你這樣做，叫他很高興。」她說，「我對你真是說不出的感激。」夏洛特向她保證說，能為朋友效勞，她十分樂意，犧牲這麼點時間也是值得的。夏洛特待人可真好，不過這份好意，伊麗莎白萬萬料想不到——為了幫伊麗莎白擺脫柯林斯先生再次求婚，她竟想引得他把矛頭轉向自己。這就是盧卡斯小姐的計畫，看樣子進行得十分順利，當晚和他們告別時，她已經感覺到，要不是柯林斯先生這麼快就要離開赫特福德郡，那她這事可算是十拿九穩了。但她還不瞭解他的性子有多風風火火、獨斷獨行，第二天一早，他就耍了個手腕，從朗博恩的宅子溜出來，趕往盧卡斯府上，拜倒在她裙下。他提防著不叫堂妹發覺，因為他深信，一旦她們看到他出門，就肯定會猜到他的打算，而他絕對不想在事情敲定之前走漏了風聲。他已經滿有把握，因為夏洛特表現得對他頗有情意，但經過禮拜三的那場冒險，他的信心畢竟稍有折損。人家倒是極盡討好地接待了他。盧卡斯小姐從樓上窗口看到他正朝家裡走來，就趕忙跑到那條小徑上去，裝作偶然相逢的樣子。她一點也沒想到，在那兒等待著她的，居然是一番滔滔不絕的表白。

雖然柯林斯先生要發表長篇大論，兩人還是在最短時間裡把一切談妥了，各自心滿意足。進屋時，他懇切地求她定下婚期，好讓他成為最幸福的男人。按理說，這種要求是不能在這個時候答應下來的，可是這位小姐不想怠慢他的幸福。上天賜他生就一副蠢樣，不管向哪個女人求愛，都毫無魅力可言，很難獲得人家的垂青。盧卡斯小姐之所以答應他，只是純粹希望找個歸宿，至於這歸宿來得嫌不嫌太快，她也無所謂。

他們立即去找威廉爵士和盧卡斯夫人，求他們准許。夫妻倆二話不說，歡天喜地地答應了。他們本來就給不了女兒多少嫁妝，考慮到柯林斯先生目前的條件，這樁婚事真是再合適不過，更何況他將來還能發一筆大財。盧卡斯夫人開始盤算班內特先生還有多少年可活，以往就算她想過這個問題，也從不曾像今天這樣興致勃勃。威廉爵士則斷言說，將來一等柯林斯先生得到朗博恩的地產，他們夫妻倆就大有去聖詹姆士宮出頭露面的希望了。簡而言之，全家人聽了這個消息都欣喜若狂。小妹妹都燃起了希望，期盼著比原本提早一兩年進入社交界[1]。男孩子也都鬆了口氣，再不用擔心夏洛特會當一輩子老姑娘了。夏洛特本人倒十分平靜。她的目的已經達成，而且也前後思量過了。想來想去，她大體上覺得滿意。柯林斯先生當然既無聰明才智，也不討人喜歡，相處起來很煩人，至於他對她的感情，也肯定是杜撰出來的。但她仍舊想要他做丈夫。對男人、對婚姻，她都不抱多大期待，但嫁人卻

1 當時的閨中少女在正式進入社交界之後才能談婚論嫁。英國向來有長女先嫁的觀念，家中的長女未出嫁時，妹妹如果守規矩，是不應該戀愛的，年齡較小的女兒也不能過早進入社交界。

是她一直以來的人生目標。對受過良好教育，財產卻很菲薄的年輕女子而言，嫁人是唯一體面的出路，儘管嫁人不一定能帶來幸福，但總歸能給女人提供稱心如意的保障。活到二十七歲，從不曾覺得自己漂亮，現在能得到這種保障，她已是萬分慶幸。這件事只有一點叫人想起來不舒服：伊麗莎白．班內特要是知道了，肯定會大吃一驚，而她對這份友情又最為看重。伊麗莎白會起疑心，說不定還會責怪她。雖說她的決心不會為此動搖，但受到非議，心裡還是會難受。她打定主意，要親自把這個消息告訴伊麗莎白，於是囑咐柯林斯先生，叫他回朗博恩吃晚飯時，別在他們家任何人面前透露一點風聲。對方自然謹遵上意，答應保守祕密，不過這祕密可不容易守住，他好長時間不見人影，當然引起了全家的好奇，因此他一回去，大夥立刻一擁而上，向他問長問短，他不得不耍些花槍，才混過了盤問。其實他自己也在拚命克制，心裡著實很想把情場得意的捷報張揚張揚。

柯林斯先生計畫第二天清早就動身，屆時來不及向全家人當面告辭，因此這天晚上太太小姐離席就寢前，他便與大家話別。班內特太太極其客氣、極其熱忱地說，不管幾時，要是他有空再來朗博恩做客，和大家見見面，那就太叫人高興了。

「親愛的太太，」他答道，「承蒙邀請，感激不盡，這正合我的心意。你可以放心，我會盡快再來探望你們的。」

眾人聽了大吃一驚。班內特先生絕不希望他這麼快就回來，趕忙說道：

「尊敬的閣下，你不怕凱薩琳夫人反對嗎？你最好對親戚疏遠些，免得擔上冒犯女贊助人的風險。」

「尊敬的閣下，」柯林斯先生答道，「非常感激你好心提醒我，請你放心，如此重大的事宜，不得到她老人家的允准，我絕不會自作主張。」

「再謹慎小心也不為過。怎麼都沒關係，千萬別冒險惹她不高興。要是你發現再來拜訪我們會叫她不快——我覺得那是相當可能的——那就好好在家待著吧，放心，我們不會見怪的。」

「尊敬的閣下，請你相信，承蒙如此親切關照，真令我感懷不盡。很快你就會收到我的一封謝函，感謝你這番關照，也感謝我在赫特福德逗留期間你們的種種好意。至於我迷人的堂妹，雖說我這趟可能去不了多久，說這種話不一定有必要，但我還是要在此不揣冒昧地祝福她們幸福康健，連伊麗莎白堂妹也不例外。」

太太小姐於是行禮如儀，告辭回房。聽說他打算不日返回，她們全都十分吃驚。班內特太太一廂情願，以為他想向她的哪個比較小的女兒求婚，覺得說不定可以說服瑪麗答應他。她比別的姊妹更看重他的才能。他言談舉止中透露出的穩重令她印象深刻，他自然不如她那麼聰明，但她認為，有了像她這樣的榜樣去鼓勵他讀書上進，他還是很可能成為一個可人心意的伴侶的。可惜到了第二天早晨，諸如此類的設想就全盤化為泡影。早餐過後不久，盧卡斯小姐就來串門，私底下把前一天發生的事情告訴了伊麗莎白。

伊麗莎白這兩天曾想到，柯林斯先生可能會異想天開，自以為愛上了她這位朋友。但是，要說夏洛特會慫恿他，那似乎不可能，就好比她自己不可能去慫恿他一樣。因此，一聽說這件事，她驚訝得連禮貌都顧不上，忍不住叫了出來：

「和柯林斯先生訂婚！親愛的夏洛特——這怎麼可能！」

夏洛特本來一臉鎮定地講述著事情的原委，聽到這麼不加掩飾的非議，也不由得面色一變。不過她對此並不意外，因而很快就恢復了沉著的態度，冷靜答道：

「親愛的伊麗莎，你幹嘛這麼吃驚？你是不是認為，柯林斯先生既然追不到你，就不可能得到任何女人的青睞？」

伊麗莎白這時也已經冷靜下來，她竭力克制著自己，盡可能肯定地對夏洛特說，她很高興看到他倆結為連理，還要祝她將來幸福無邊。

「我明白你的感受，」夏洛特答道，「你一定很吃驚，非常吃驚——畢竟柯林斯先生前不久才剛向你求過婚。不過，等你得空時把整件事想一想，我覺得你就會贊成我的做法。我不是浪漫的人，你知道，從來都不是。我想要的不過是一個舒舒服服的家。考慮了柯林斯先生的個性、社會關係和身分地位，我認定自己如果和他過日子的話，應該是有希望過得幸福的，差不多就是大部分人結婚時所指望的那種幸福吧。」

伊麗莎白平心靜氣地說了句「那是當然」。一陣尷尬的靜默之後，她倆回到家裡其他人那裡，坐了下來。夏洛特沒待多久就告辭了，留下伊麗莎白獨自回想著剛才聽到的事。她花了好長時間，才總算接受了這場看起來一點也不般配的婚姻。柯林斯先生在短短三天裡接連求婚兩次，這事已經夠稀奇了，更稀奇的是，竟會有人答應他的求婚。一直以來她就明白，夏洛特對婚姻的期待和她有所不同，然而她萬萬沒想到，一旦事到臨頭，她竟會為追求世俗利益而把美好的情感全盤拋棄。夏洛特成了柯林斯先生的太太，這真是最丟人現眼的事！她又是為朋友自取其辱、自貶身價的行為而惋惜，又是痛心地認定了，這位朋友抓了這麼一個鬮，將來絕不會獲得多大的幸福。

Chapter 23

胡說八道！

伊麗莎白正與母親和姊妹坐在一處，回想著剛才聽到的那件事，不確定能不能說出去。這時威廉．盧卡斯爵士親自登門，受女兒之託，向這家人宣布訂婚的大好消息。他先把他們大大恭維了一番，接著又沾沾自喜地說了好些話，說是兩家聯姻，真令他高興，如此這般把事情講了出來。聽眾不僅大為詫異，甚至覺得難以置信。班內特太太連禮貌也顧不上，一口咬定說他肯定搞錯了。莉迪亞本就一直毛毛躁躁、不講禮節，此時更是高聲說道：

「老天爺！威廉爵士，你怎麼能這樣亂編故事？你難道不知道柯林斯先生想娶麗綺嗎？」

遭到這種對待，只有像朝廷弄臣那樣曲意逢迎的人才能忍住不發作。虧得威廉爵士涵養好，竟然挨了過去。他懇請他們相信，他帶來的消息是確鑿的，但他們還是在那兒出言不遜，他只有拿出最好的涵養，耐起性子靜靜聽著。

伊麗莎白感到有責任把他從這種不快的境地解救出來，於是主動站出來說，他說得沒錯，她自己先前已經從夏洛特那兒聽到了這個消息。她真誠地向威廉爵士道賀，珍也同聲附和，極力叫母親和妹妹別再大驚小怪。她倆滿口誇讚這段姻緣，說兩人是多麼般配，柯林斯先生的人品是多麼傑出，而且漢斯福德往返倫敦又很方便。

威廉爵士在場時，班內特太太實際上已經氣得說不出話了。他告辭沒多久，她的怒氣就一下子爆發出來。剛開始她仍舊堅決不肯相信，接著一口咬定說，柯林斯先生肯定受了矇騙。隨後，她信誓旦旦地斷定他們不可能幸福，又說這門親事說不定會不歡而散。透過這件事的來龍去脈，她直接得出了兩個結論：第一，伊麗莎白是一切不幸的始作俑者；第二，他們對待她實在太沒人性了。她把這兩點窮追不捨地說了一整天，怎麼都不能釋然，怎麼都沒法消氣。第二天，她的怨氣還是無法平息。直到一星期後，她見到伊麗莎白才不至於破口大罵，過了整整一個月，她跟威廉爵士和盧卡斯夫人講話才不再惡聲惡氣，好幾個月之後，她才總算寬恕了他們那個女兒。

班內特先生的心情則平靜得多，他甚至宣稱這件事叫他感到再舒暢不過。他說，他本以為夏洛特·盧卡斯還算得上聰明，這一來卻發現她就跟他自己的老婆一樣蠢，和他女兒一比，就更顯得蠢了！這叫他十分開心。

珍坦言這門親事有些令她意外，不過詫異的話她沒有多說，而是真心祝他們幸福。伊麗莎白總說這不太可能，但怎麼也說服不了她。凱蒂和莉迪亞壓根兒一點都不嫉妒盧卡斯小姐，因為柯林斯先生不過是個牧師而已。這事對她們算不了什麼，頂多就是一則能帶到梅里頓去聲張的八卦新聞。

盧卡斯夫人有個女兒嫁到了好人家，自然滿心快慰，她不會想不到，這是個對班內特太太反唇相稽的好機會。她上朗博恩串門比往日更勤了，口口聲聲說自己如今是多麼開心，只不過，班內特太太滿臉鬱悶，滿腔怒氣，真夠叫她掃興的。

這一來，伊麗莎白和夏洛特之間產生了隔閡，兩個人都沒再提及此事。伊麗莎白覺得，再也不能像從前那樣和她無話不談了。既然對夏洛特大失所望，她就把一腔熱情轉投到姊姊身上，因為她相信，在她心目中，珍的正直善良是絕對不會改變的。如今賓利已經走了整整一個星期，還沒聽到任何他要回來的消息，她天天憂心珍的幸福，越來越覺得心焦。

珍早就給卡洛琳寫了回信，現在正數著日子，估算還有多久才能再收到她的信。禮拜二，柯林斯先生的謝函到了，是寄給她們的父親的，信上連篇累牘，寫滿了言過其實的感謝之辭，好像他在他們家叨擾了整整一年似的。他先為此深表謝意，接下去便寫了一大套歡欣鼓舞的話，知會他們說，他幸甚至哉，已經贏得了他們那位芳鄰盧卡斯小姐的心。接著又解釋說，之前他們好心邀請他再到朗博恩做客，他之所以急忙答應，主要是為了和盧卡斯小姐會面，因此他計畫在兩週後的禮拜一再度登門。他又補充說，凱薩琳夫人對他這門親事極其認可，希望他能盡早締結婚約，他深信親愛的夏洛特對此一定不會反對，只等她盡早定下佳期，讓他成為最幸福的男人。

柯林斯先生要重返赫特福德郡，如今可不再叫班內特太太高興了。相反，她變得跟丈夫一樣怨聲載道。——他要到朗博恩來，卻不去盧卡斯別墅，真是太奇怪了。這樣既不方便，又給人添了好些麻煩。——她近來身體不好，不喜歡在家款待客人，再說，談戀愛的人是天下最惹人討厭的。班內特太太像這樣不停地咕咕噥噥，只有在想起賓利先生依舊毫無音信時，才暫時忘卻眼前的不滿，陷入更大的悲痛之中。

說到賓利先生，珍和伊麗莎白都感到不安。他走後不久，梅里頓就傳開了話，說他今冬都不會回內瑟菲爾德，此後一天天過去，再也沒聽到他一星半點的消息。班內特太太對傳言大為惱火，向來斥之為可惡的胡說八道。

連伊麗莎白也擔心了起來——她不怕賓利不愛珍，就怕他的姊妹終於得逞，把他絆住。要真是這樣，珍的幸福就會煙消雲散，她那位心上人忠貞不渝的形象也會四分五裂，她不情願承認，卻常常禁不住往那裡想。她擔心，有了他那兩個無情無義的姊妹，還有那位強勢的朋友，再加上迷人的達西小姐，以及倫敦的種種享樂，哪怕他對珍心有掛念，最後難免會繳械投降。

至於珍自己，眼下一切懸而未決，她的焦慮痛苦自然遠勝伊麗莎白。可是，不管內心有多難受，她都不想流露出來，因此她從來不對伊麗莎白提起此事。但她的母親可沒這麼體貼，差不多每個小時，她都要談到賓利，說她等他回來等得多麼心焦，甚至非要珍承認，萬一他當真不再回來，她肯定會覺得自己遭到了狠心的辜負。珍的性格本就溫柔平和，受到母親接二連三的打擊，只得竭盡全力地忍耐，勉強裝作若無其事的樣子。

兩週之後的禮拜一，柯林斯先生如期回轉，然而這一次，他在朗博恩受到的待遇可就遠不如頭一遭了。好在他本就興高采烈，用不著人家照應。他既徜徉在愛河之中，旁人就沾了光，省得老是要應酬他。一天中的大部分時間，他都待在盧卡斯別墅，有時直到班內特全家預備就寢時才趕回朗博恩，向大家說聲抱歉，請他們諒解他整天都不在。

班內特太太實在可憐。一有人提及這門親事，她就會冒火，而不管她走到哪裡，必定會聽到別人議論這事。她也討厭看見盧卡斯小姐。繼她之後，盧卡斯小姐將成為這幢宅邸的女主人，她想起來又妒又恨。每當夏洛特上門做客，她總認為她在算計著再過多久會入住此地。但凡看到夏洛特和柯林斯先生低聲說話，她總確定他們在談論朗博恩的產業，商量一等班內特先生歸西，就要把她們母女幾個趕出去。她氣呼呼地向丈夫抱怨著這些事。

「說真的，班內特先生，」她說，「夏洛特．盧卡斯有朝一日要當上這棟房子的女主人，到時我非得給她讓道不可，還要眼睜睜地看著她搶走我的位置，想到這些事，可真叫人太不好受了！」

「親愛的，別老想這些不開心的事了。我們還是期待好事發生吧。想一想，說不定我活得比你久呢，我們就這樣聊以自慰吧。」

班內特太太一點也沒感到安慰。她不理會丈夫的話，而是自顧自往下抱怨：

「一想到他們會占有這份產業，我就受不了。要不是因為繼承權的問題，我根本就不用為這事操心。」

「你不用為什麼操心？」

「我根本什麼事都不用操心。」

「那我們真該謝天謝地，幸好你沒有糊塗到這種地步。」

「凡是跟繼承權有關的事情，我都不可能感謝。我搞不懂，一個人怎麼能忍心不把遺產傳給自己的親生女兒。而且還全便宜了柯林斯先生！——他有什麼資格繼承這份財產？」

「這種事情，你還是自己去研究吧。」班內特先生說。

第二卷

Chapter 1

希望破滅了

賓利小姐的回信到了，大家再也不用猜東猜西。信上頭一句話就明確地說，這個冬天他們大家都會待在倫敦，結尾則代她哥哥道歉，說離開鄉下前沒來得及向赫特福德郡的朋友辭行，實在深感遺憾。

希望破滅了，徹底破滅。珍好不容易安下心神往下讀，卻發現除了寫信人假惺惺的甜言蜜語之外，再也找不到什麼可聊以自慰的內容。信上寫滿了對達西小姐的讚美之詞。卡洛琳再次一一細數她的種種魅力，還興高采烈地誇口說，她倆一天比一天更親熱，上一封信中提到的願望，現在眼看就要實現了。她又喜不自勝地說起，她哥哥住在達西先生家裡，還歡天喜地地說，達西先生打算添置些新家具。

珍立刻把事情的大概情形告訴了伊麗莎白，她聽了氣得說不出話。一方面，她很擔心姊姊，另一方面，她又恨透了那夥人。至於卡洛琳那麼肯定地說什麼她哥哥對達西小姐情有獨鍾，她根本不信。他是真的喜歡珍，她從來不曾懷疑過這點。此前她一向對他抱有好感，如今看他這麼缺乏主見，任人擺布，做了那幾個詭計多端的朋友的傀儡，被他們任意妄為地牽著鼻子跑，把自己的幸福也葬送了，她不免覺得生氣，又有點看不起他。如果葬送的不過是他本人的幸福，那倒可以隨他自由處置，可是這還牽涉到姊姊啊，她覺得他心裡不可能一點數都沒有。簡而言之，這件事她反覆琢磨，前思後想，到頭來還是束手無策。其他事她根本想不進去。可是，不管賓利對珍的感情是煙消雲散了，還是受到朋友的干涉而暫且止步，不論他知道珍對他情有獨鍾，還是根本沒察覺——雖說內中的曲直會大為影響伊麗莎白對他的看法，但無論如何，姊姊的處境終究改變不了，總是一樣的傷心難過。

過了一兩天，珍才終於鼓起勇氣，向伊麗莎白傾吐愁腸。當時班內特太太又數落起內瑟菲爾德和它的主人來了，而且數落的時間比以往還要久，等到她終於走開了，珍忍不住說：

「唉，但願我的好媽媽能控制一下自己！她不知道自己這麼喋喋不休地議論他，會叫我感到多麼痛苦。不過我不想去怨誰。這種情形是不會長久的。我會忘記他，然後我們又能像從前一樣了。」

伊麗莎白帶著懷疑而關切的神情看著姊姊，什麼也沒說。

「你不相信我！」珍大聲說，臉色微微發紅，「說真的，你沒理由不信我。回想起來，他也許會是我認識的最可愛的男人，但也就到此為止了。我沒什麼可期待的，也沒什麼可擔心的，我對他也無從責備。感謝上帝！我還不至於承受那樣的痛苦。所以說，只要給我一點時間，我一定會好起來的。」

接著她又用更堅定的語氣補充說：「我眼下就感到寬慰，因為我所犯下的錯處，不過是想入非非而已，我沒有傷害別人，不過是害了自己。」

「親愛的珍！」伊麗莎白大聲說，「你太善良了。你這麼溫柔，這麼無私，真像個天使。我不知道該向你說些什麼。我只覺得，我以前待你還不夠好，愛你還不夠深。」

班內特小姐忙不迭地推說這是把她誇過頭了，反過來又用同樣的話誇獎妹妹的熱情。

「行啦，」伊麗莎白說，「這不公平。你總覺得全天下人都值得敬重，要是我說了誰的壞話，你就不舒服。我只不過覺得你完美無缺，你就跳出來反對。別擔心我走極端，你有權對全天下人好心好意，我不會干涉你的。用不著顧慮這一點。我真心喜愛的人本來就很少，看重的人更是少之又少。經歷的世事越多，我越是對世事不滿。我一天比一天更相信，所有人都會出爾反爾，不能光憑別人表面上的優點，或是他們隨口說說的話，就相信他們。最近我就遇到了兩個例子，其中一個不提了，另一個就是夏洛特的婚事。莫名其妙！怎麼看都覺得莫名其妙！」

「親愛的麗綺，你可別滿腦子這樣想。這只會讓你不開心。每個人的處境、脾氣都不一樣，你不夠體諒他們。想想柯林斯先生的身家地位，再想想夏洛特那種成熟精幹的性格。別忘了她生在一個子女眾多的大家庭，從財產上看，這門婚事是再相配不過的。哪怕為大家的面子過得去，好歹也請你相信，她對我們這位堂哥還是有幾分仰慕和敬重的。」

「只要你開心，我什麼事都可以試著相信，可是就算我信了，對別人也沒好處啊。你看，我現在是覺得夏洛特心眼不好，但如果我相信，她真對他有幾分仰慕，那我只能認為她頭腦不好了。親愛的珍，柯林斯先生是個自以為是、誇誇其談、腦筋狹隘的蠢貨。他就是這樣的人，你像我一樣，對此心知肚明。你也一定像我一樣覺得，要是哪個女人肯委身於他，那她的腦子不可能正常。你可別為她辯護，就算她是夏洛特．盧卡斯。你可不要為了替某個人著想，就不守原則、不講誠實，別強迫自己，也別強迫我把自私當成謹慎，把不計後果當成幸福快樂。」

「我認為你對他們兩個都責之過甚了，」珍答道，「但願以後你看到他們生活得很幸福，會相信我的話。不說這些了。你剛才提到了別的事。你說有兩個例子。我應該不會弄錯你的意思，可是我請求你，親愛的麗綺，別責怪那個人，別說你看不起他，這叫我聽了難受。我們千萬別輕易假設別人是故意來傷害我們。不能指望一個活生生的年輕人始終謹言慎行。我們往往只是被自己的虛榮心蒙蔽了。女人總把男人的愛慕往不切實際的方向想。」

「男人是存心叫女人往那方面想的。」

「假如他們是存心的，那肯定不應該。但在這世界上，是否真像有些人設想的那樣，有這麼多陰謀詭計呢，我可說不好。」

「我不認為賓利先生是故意耍陰謀，」伊麗莎白說道，「但就算沒有存心使壞，也不是故意傷人的心，他也可能行差踏錯，造成不幸。性子輕率、對人家的情感不夠體貼、遇事缺乏主見，也會造成一樣的後果。」

「你把事情歸咎於這幾個原因？」

「是的，歸根結柢就是如此。不過，要是讓我再往下說，我就會說到，我對你看重的那幫人是什麼想法，肯定會弄得你不高興的。趁現在來得及，還是叫我住口吧。」

「這麼說，你堅持認為是他的姊妹操縱了他？」

「是的，她們還和他那位朋友串通一氣。」

「我可不信。她們幹嘛要操縱他呢？她們只不過希望他幸福。要是他真喜歡我，那別的女人也沒法叫他幸福。」

「你一開始的設想就錯了。她們就是不可能希望他幸福。她們可能希望他更有錢有勢，可能希望他娶一個既有豐厚財產，又有顯赫親朋的豪門千金。」

「毫無疑問，她們希望他娶達西小姐，」珍答道，「但她們的動機也許不像你想的那麼不堪。她們認識她比認識我的時間要久，自然更喜歡她。可是，不管她們自己心裡怎麼想，總不太可能和她們的兄弟唱反調。什麼樣的姊妹會以為自己有權這麼做？除非事情本身大逆不道。要是她們覺得他愛的是我，就不會想拆散我們。再說要是他真的愛我，她們也無法得逞。你假設他對我有感情，這就顯得他們每個人的做法都違背常理、不講道德，還會令我萬分難過。別這麼想啦，我會傷心的。是我自作多情，我不怕承認——起碼這樣還難受得好些，比起對他和他的姊妹懷恨在心，這份難受根本算不上什麼。就讓我盡量往好處去想，往容易想通的方向去想吧。」

伊麗莎白不好反對她這種心願。從此以後，賓利小姐的名字就再也不曾在她倆之間提起了。

班內特太太仍舊搞不懂賓利先生幹嘛不回來，整天怨聲載道，伊麗莎白幾乎天天都要把這件事澄清一遍，但還是不能叫她納悶得少些。伊麗莎白竭力想勸母親相信，賓利對珍的感情，不過是尋常而短暫的好感而已，一旦不再和她相見，也就淡下去了——儘管她自己也相信不了。然而，就算班內特太太承認此話或許不假，卻還是天天重提舊事。她最大的寬慰是，到了夏天，賓利先生一定會回來的。

班內特先生對此事的態度截然不同。「說起來，麗綺，」有一天，他說道，「我發覺你姊姊的戀情告吹了。我要向她道賀。一個姑娘，除了嫁人之外，最歡喜的莫過於時不時來一場小小的失戀。這事既能拿來回味，也能叫她在同伴中顯得與眾不同。什麼時候輪到你呢？你可不想落得太遠吧。現在就是時候。在梅里頓有的是軍官，足夠叫這一帶的年輕小姐傷心失意的。就讓威克漢姆成為你的那一位吧。他是個討人喜歡的小夥子，會漂漂亮亮地把你甩掉的。」

「謝謝你了，先生，不過我的要求可沒那麼高。不能誰都指望有珍那樣的好運氣。」

「也對。」班內特先生說，「不過，不論發生什麼事情，你那愛女心切的母親都會盡量去促成，想到這點，真是令人寬慰。」

近來的一連串煩心事，在朗博恩家好幾個人心頭籠罩了一層陰雲，與威克漢姆先生的往來，實實在在地把這層陰雲驅散了。她們和他時常見面，本就對他的種種優點讚賞有加，如今又大讚他為人坦率。他對達西先生的種種控訴，說到自己曾吃了他多大的虧，伊麗莎白此前已經聽說了，如今更是人盡皆知，還公開地被拿出來議論。大家想到，過去對這些毫不知情時，自己就已經很討厭達西先生了，不禁志得意滿。

只有班內特小姐一個人覺得，這件事可能有些尚待解釋的隱情，只不過在赫特福德郡沒人知曉。她的性情溫柔，胸襟坦蕩，老是請求大家寬以待人，可別錯怪了好人——然而別人已經一口咬定，達西先生是這世上最最可惡的人。

Chapter 2

一絲指望

柯林斯先生花了整整一星期去宣揚他的柔情蜜意、策畫他的幸福生活，禮拜六一到，他不得不與可愛的夏洛特分別。離別雖然痛苦，但他既然要忙著為迎接新娘子作準備，也就挨得過了。他深信，只等下次回到赫特福德郡，就能定下大婚的日子，從此成為世上最幸福的男人。離開朗博恩時，他像上次一樣鄭重其事地和親戚一一話別，照例祝福美麗的堂妹健康快樂，又許諾她們的父親說，他還會再度來函致謝。

到了下禮拜一，班內特太太高興地迎來了弟弟和弟媳的來訪，他們照例是來朗博恩過耶誕節的。嘉丁納先生是個通情達理、文質彬彬的紳士，無論性情還是教養，都比姊姊要高明得多。內瑟菲爾德那幾位小姐可能都不敢相信，一個生意人，整天不外乎經營他那幾家商行，為人竟是如此溫文爾雅、富於魅力。嘉丁納太太比班內特太太和菲力浦太太都年輕幾歲，是個親切聰慧，十分優雅的女子，朗博恩這幾個外甥女對她都喜歡得不得了。尤其是兩個大的女兒，和她格外有默契。她們常常進城上她那裡小住一陣。

嘉丁納太太一來，頭一件事就是邊分發禮物，邊向大家講述最近時興的服裝樣式。這些都講完，她就安心坐定下來。現在輪到她當聽眾。班內特太太可是有一大堆苦水要倒，有好些埋怨要訴呢。自從上回和她分別以來，他們所有人都慘遭欺侮。她有兩個女兒差點就能成婚，到頭來卻落得一場空。

「我不怪珍，」她接著說下去，「如果辦得到的話，她是想贏得賓利先生的。可是麗綺！哎呀，弟媳啊！想起來就叫人難受，要不是她一意孤行，現在可能已經做了柯林斯先生的太太了。他就是在這間屋子裡向她求的婚，她呢，把他給拒絕了。結果盧卡斯夫人的女兒反而比我女兒嫁得早，而且朗博恩的地產仍舊要落到別人手裡。盧卡斯這家人真是太精明了，我的弟媳。只要能撈進的，他們就都要撈——我不想說他們壞話，但事實的確如此。我在自己家裡說話不管用，鄰居又是這樣只顧自己、不顧別人，把我鬧得心神不寧、無精打采。不過你能在這時候過來，對我是莫大的寬慰，聽你說說時下流行的長袖那些事，真令我開心。」

嘉丁納太太此前跟珍和伊麗莎白通信時，對這件事已經知道了個大概，因此她只是輕描淡寫地應付了幾句，為照顧幾個外甥女的心情起見，轉而聊起了其他話題。

等到只剩她和伊麗莎白兩個人時，她才又說到那上頭。「那門親事看來好像很合珍的意呢，」她說，「可惜沒有成功。不過這類事情太常見了！一個像你口中的賓利先生那樣的年輕人，在短短幾星期裡隨隨便便地愛上了一個漂亮姑娘，一旦事出意外，叫他們分開，他就隨隨便便地把她拋諸腦後。這種始亂終棄的事多得是。」

「要真是這樣的話，倒也能叫人安慰，」伊麗莎白說，「但這說法對我們不成立。我們沒遇到什麼意外。一個可以自由支配財產的年輕人，短短幾天前還熱戀著一個姑娘，只因為朋友插手，就把她給忘記了，這種事可不常見。」

「可是，『熱戀』這種說法太老套、太飄忽，也太含糊了，我聽了沒什麼概念。它有時是指強烈的真感情，有時卻也指那些認識才不過半小時的人之間所產生的好感。請告訴我，賓利先生的戀情到底有多熱烈？」

「我沒見過誰表現得比他還明顯。他根本不把別人放在心上，全副注意力都在她身上。他們見面的次數越多，事情看起來就越確實、越明顯。在他自己舉辦的舞會上，他沒有請別的小姐跳舞，得罪了兩三個人。我自己也和他搭過兩次話，但他總是不理我。還能有比這更好的證明嗎？為了一個人，不惜怠慢大家，這不就是愛情的實質嗎？」

「噢，這樣啊！那我猜想他確實是愛上她了。可憐的珍！我真替她難過，因為以她的性子，是不太可能立刻把這件事放下的。換作你倒會好些，麗綺。你會哈哈大笑，早點把事情忘記。你看能不能說服她跟我們一塊兒回城裡去？換換環境也許對她有幫助——離開家透透氣，說不定比什麼都有用。」

伊麗莎白聽到這個建議非常開心，而且相信姊姊一定會同意的。

「我希望她不會因為怕見這個年輕人而有所顧忌。我們在城裡住的區域完全不同，來往的朋友圈子也全不一樣，再說，你也知道，我們很少出門交際，他倆實在不太可能撞見，除非他特地來探望她。」

「那也真不太可能。因為他現在是在他那個好朋友的監管之下，達西先生可不會允許他受累跑到倫敦的另一區去拜訪珍！親愛的舅媽，你怎麼想得出？達西先生也許聽說過一個叫恩典堂街[1]的地方，但要是叫他踏足一次，那他大概足足要受上一個月的洗禮，才能清除在那兒沾上的汙穢。再說，你放心好啦，賓利先生是不會離開他單獨行動的。」

「那就更好了。但願他倆別碰面。不過珍不是在和他的妹妹通信嗎？她說不定會來拜訪吧。」

「她會和珍徹底斷絕往來的。」

儘管伊麗莎白嘴上說得這麼確鑿，堅信賓利給人絆住了，不可能再和珍見面，但內心依然存著一絲指望，覺得這件事尚未徹底告吹。說不定——有時她還覺得很可能——賓利心底的愛意會再被喚起，珍對他那種天然的吸引力，能夠擊潰他那班朋友的影響力。

班內特小姐高興地接受了舅媽的邀請。她倒是沒怎麼顧慮賓利一家人，只不過希望卡洛琳別和她哥哥住在一處，這樣她偶爾還能跟她待個一上午，不用擔心撞見他。

嘉丁納夫婦在朗博恩待了一個禮拜，每天都有應酬，要嘛是和菲力浦家會面，要嘛是和盧卡斯家會面，再不然就是和軍官會面。班內特太太盡心盡力地為弟弟和弟妹安排了各種應酬，弄得他們連一頓家常便飯也沒吃到。每次在家設宴，總有幾個軍官來參加——威克漢姆先生自然躋身其間。嘉丁納太太注意到伊麗莎白對威克漢姆格外推崇，不由起了疑心，在這些場合總是留心地觀察他們兩個。就她所見的情形看來，她認為他們還算不上真正的戀愛，但是雙方都表現出了明顯的好感，讓她有點不安。她打算在離開赫特福德郡之前跟伊麗莎白談一談這件事，告訴她，縱容這種關係繼續發展，是很

1 恩典堂街（Gracechurch Street），位於倫敦城內的商業區，在赫斯特家居住的時髦地段東面大約兩英里。

輕率的行為。

對嘉丁納太太，威克漢姆自有一套與討好旁人不一樣的辦法。大約十來年前，嘉丁納太太還尚未出閣那陣，曾在德比郡某地住過很長時間，而那兒正好是他的出生地。所以他倆有許多共同的熟人。儘管從達西的父親去世之後，威克漢姆就很少再上那兒去了，他卻自有能耐，可以向嘉丁納太太報告一些老朋友的近況，比她自己打聽到的還要新鮮。

嘉丁納太太曾親眼見過彭伯里，對已故的老達西先生也是久聞大名。於是從這上頭就發掘出了說不完的話題。她把自己對彭伯里的印象和威克漢姆細緻入微的描述兩相對照，又把它已故主人的德行盛讚了一番，雙方都談得很得趣。聽說如今這位達西先生是如何對待威克漢姆的，她便竭力回想在他還小的時候，大家對他的性格有過什麼風評，看看是否能與他後來的作為互相印證。最後她到底確鑿地記了起來，從前聽人說過，菲茨威廉·達西先生生來是個傲慢惡毒的孩子。

Chapter 3

美男子也要謀生

一等有機會和伊麗莎白獨處，嘉丁納太太立刻向她發出了善意的忠告。開誠布公地發表看法之後，她接著往下說：

「你是個聰明的女孩，麗綺，不會因為人家警告你別談戀愛，你就偏要去談。正因為這樣，我才敢直言不諱。說真的，我想叫你當心一點。別愛上他，也別讓他愛上你，跟一個沒有財產的人談情說愛，實在太冒失了。我對他沒什麼意見。他是個最吸引人的年輕人。要是他能擁有他應得的那份財產的話，那我覺得你做得再好不過了。但事已至此，你可千萬別想入非非。你是有腦子的，我們大家都希望你能動動腦子。我知道你父親也很倚重你的判斷力和品行。你千萬別讓他失望。」

「親愛的舅媽，你這話說得可真一本正經啊。」

「的確。我也希望你能正經起來。」

「好吧，你其實用不著擔心。我會當心自己的，也會當心威克漢姆先生。只要避免得了，我絕不會叫他愛上我。」

「伊麗莎白，你現在這態度可不正經。」

「真對不起，我重來一遍。目前我並沒愛上威克漢姆先生。絕對沒有。不過在我認識的人裡頭，他確實是最讓我有好感的，要是他真的愛上我的話——我覺得他最好還是別愛上我吧。我明白那是太草率了。哎呀！那個可恨的達西先生！父親對我器重，我感到無上光榮，可不忍心辜負他。反正父親也不太喜歡威克漢姆先生。長話短說，親愛的舅媽，如果惹得你們任何人不高興，我都感到很抱歉。不過，年輕人一旦相愛，哪怕沒有財產，也不太會因此退縮，這種事我們也見得多了。那要是我動了心，又怎能保證自己比同齡人高明呢？所以我唯一可以向你保證的，就是不匆忙行事。我不會急著以他的意中人自居。和他相處時，我不會抱那種幻想。總之，我會盡力的。」

「你最好別老攛掇著他上這兒來。起碼不該提醒你母親去邀他上門。」

「像我前兩天那樣，是吧？」伊麗莎白說著，不好意思地笑了起來，「的確，我最好別那麼做。不過你可別以為他來得真有那麼勤。這星期請他請得勤，也是因為你們在這兒的緣故。你也知道我媽媽的想法，她總覺得親友來了，得一直有人做伴才好。不過說真的，請相信我，我會盡可能按我認為最明智的辦法行事。這下我想你該滿意了吧。」

舅媽表示這下她滿意了，於是伊麗莎白謝過她的好意提醒，兩人就此告別。在這種事上給人提意見，到頭來卻沒遭到怨恨，她們也算樹立了一個絕佳的範本。

嘉丁納夫婦帶著珍離開赫特福德郡以後不久，柯林斯先生就回來了。不過這回他住在了盧卡斯家，因此沒給班內特太太造成多少不便。他現在好事日近，班內特太太總算看清事實，承認一切是不可挽回了。她怨恨地嘮叨著，說「但願他們幸福吧」。婚禮定在禮拜四。禮拜三，盧卡斯小姐登門前來道別。母親飽含怨氣、不情不願地向她道賀。伊麗莎白看了她那樣子，一方面感到很不好意思，另一方面自己心裡也是百感交集，因此夏洛特起身告辭時，她便送她出去。兩人一起下樓的時候，夏洛特說道：

「我盼著能多收到你的來信，伊麗莎。」

「那是當然。」

「我還想求你一件事。你能來看看我嗎？」

「希望我們能常在赫特福德郡見面。」

「恐怕我暫時不能離開肯特郡。所以請答應我，到漢斯福德來吧。」

伊麗莎白能預見，這趟拜訪不會有多大意思，可是她沒法拒絕。

「我父親和瑪麗亞會在三月分去看我。」夏洛特補充說，「我希望你答應和他們一道來。伊麗莎，我會像迎候他們一樣地迎候你。」

婚禮如期舉行。新娘和新郎直接從教堂門口動身前往肯特郡，而大家都照例對這事有很多話可說、或聽。伊麗莎白不久就收到了朋友的來信。她倆又像從前一樣頻繁地書信往來，沒有中斷。然而要想像從前那樣無話不談，卻是再無可能了。伊麗莎白每每給她寫信，總覺得那種親密無間的暢快之感已經一去不返。儘管她拿定主意，不要把通信懈怠下來，但那與其說是為了當下的友誼，還不如說是為了過往的交情。一開始，她還挺盼著夏洛特來信。那完全是出於好奇，想知道她怎麼描述她的新家、怎麼描述凱薩琳夫人，想知道她能把自己說得多幸福。然而，讀過信之後，伊麗莎白覺得夏洛特對每件事的講述都不出她的預料。她的筆調歡快，看來沉浸在欣喜之中，寫到每一件事都是讚不絕口。房子、家具、鄰居、道路，樣樣都合她的意，凱薩琳夫人待人也格外親切和善。她只不過把柯林斯先生口中的漢斯福德和羅欣斯，描述得稍微收斂一點而已。伊麗莎白意識到，想瞭解實際情況，只有等她自己去那裡拜訪了。

珍已經寫來短信，報告平安抵達倫敦。伊麗莎白盼著她下一封信能寫點賓利他們的事。她等得心焦，結果越急越慢，在第二封信上，珍只說事情毫無進展。她在城裡待了一個禮拜，既沒見到卡洛琳，也沒收到她的信。不過她認為，自己先前從朗博恩寫給友人的信，有可能不巧寄丟了。

接下去她寫道：

舅媽明天要上那一區去，我打算趁機上格羅斯溫那街登門造訪一下。

那次拜訪過後，她又來了一封信，說她見到了賓利小姐：

我覺得卡洛琳沒什麼精神。

不過她很高興見到我，還責備我到了倫敦為什麼不通知她。這麼看來，我想得對，她沒收到我的上一封信。自然，我也問到了她們兄弟的近況。他很好，只不過，他常常跟達西先生待在一塊兒，所以她們都很少跟他見面。我聽說達西小姐今天會過來吃晚飯。真希望見見她。我拜訪的時間不算長，因為卡洛琳和赫斯特太太正要出門。相信她們很快就會來這兒看我了。

讀了這封信，伊麗莎白只是搖頭。她確信，除非發生什麼意外巧合，否則賓利先生絕不會聽說她姊姊正在城裡。

四個禮拜過去了，珍連他的影子也沒見到。她竭力安慰自己不必在意。然而，賓利小姐的冷淡，她卻再也無法視而不見了。半個月來，她每天白天都在家等她造訪，每天晚上都替她想出一個新的來不了的藉口。最後貴客到底來了，但只逗留了一小會兒工夫，態度也與過去大相逕庭，珍再也不能自欺欺人了。她給妹妹寫信講了當時的情形，字裡行間流露著情緒。

我相信，最親愛的麗綺聽了我下面這番話，是不會洋洋自得的。你的判斷力確實勝過我，賓利小姐對我虛情假意，把我徹底矇騙了。不過，好妹妹，就算事實證明你是對的，我仍然認為，看到她此前的所作所為，我相信她也是很理所當然的，正如你懷疑她是很理所當然的一樣。你可別說我固執。我還是不明白她以前為什麼要與我交好。要是同樣的情形再發生一遍，我一定還是會受騙上當。

卡洛琳直到昨天才來回訪我，而且我連她一張便條、一行字也沒收到過。她來了呢，那樣子一看就知道根本不樂意。她簡慢而客套地說，沒能早點來看我，真是抱歉，隻字不提今後再見面的話，舉手投足判若兩人。她告辭時，我已經決定不再和她往來了。

我忍不住要怪她，但也可憐她。她當初對我另眼看待，是做錯了。我可以問心無愧地說，我們的關係發展得這麼親密，全程都是她採取主動。我可憐她，因為她一定是覺得自己做錯了，也因為我很確信，她之所以這麼做，純粹出於對哥哥的關切。我用不著再為自己解釋下去了。我們都知道，她這麼擔心，實在沒有必要，不過，要是她確實關心哥哥，那她的行為對我來說也就解釋得通了。他是個至親至愛的兄長，無論她對他的一舉一動關切到什麼地步，也是很自然、很親切的。我只是忍不住覺得奇怪，不知道她眼下怎麼還會存這種擔心，但凡他對我有些在意，那我們一定早就見面了。從她言語之間，我能確定他知道我在城裡。然而聽她說話的口氣，好像她還弄不清他是不是當真鍾情於達西小姐似的。我想不明白。我不想妄下論斷，否則真要斗膽說一句，事情看起來絕對大有蹊蹺。

不過我會盡量擺脫這些叫人痛苦的念頭，只去想讓我開心的事——比如你的一片真情，還有親愛的舅舅、舅媽對我始終如一的關愛。快讓我收到你的回信吧。

賓利小姐提到說，他再也不會回內瑟菲爾德了，說他打算不要那所宅子了，但她說得也不怎麼肯定。我們最好還是不要提及此事。聽說我們在漢斯福德的朋友給你傳去了不少愉快的訊息，我感到特別開心。趕緊和威廉爵士及瑪麗亞一起去探望他們吧。我相信你在那兒一定會過得很開心的。

你的……

讀完這封信，伊麗莎白有些難受。不過，想到至少珍再也不會受那個妹妹的愚弄，她的心情又有所好轉。對她們那位兄弟的指望，現在是徹底完了。她甚至不再期待他還會回心轉意。她越想越覺得他不是好人。她現在倒真心希望他趕緊娶達西先生的妹妹，這是對他的懲罰，而且對珍也許還有好處，因為照威克漢姆的話看，娶了她，他將來一定會為拋棄了原先的感情而後悔的。

嘉丁納太太這時來信提醒伊麗莎白，別忘記她上次有關那位先生的許諾，還詢問她近況如何。伊麗莎白回信的內容，舅媽讀了一定會很滿意，不過她自己就不見得滿意了。他對她已不像先前那麼另眼相看，也不再獻殷勤，他喜歡上了別人。伊麗莎白留心地看到了這些變化，好在，她看在眼裡、寫在信上，都不是特別難過，無非稍微有點傷感。她相信，只要她有財產，他一定會一心一意選擇她的。他眼下追求的那個女孩有個最顯著的魅力，就是突然得到了一萬鎊的橫財。不過，伊麗莎白看待這件事，也許不像對夏洛特的婚事那麼清醒。威克漢姆一味追求經濟獨立，她卻並不質疑。相反，她認為這再自然不過。據她猜想，他也經過了一番糾結，才決心捨她而去，她覺得這麼做很明智，對雙方都有好處，還真誠地祝他幸福。

她把這些都告訴了嘉丁納太太。說明情況之後，她接著寫道：

親愛的舅媽，我現在確信自己沒怎麼愛上他。因為假如真的體會過那種純潔崇高的情感，那我現在提起他的名字就會覺得可憎，還會說盡壞話去詛咒他。但我內心不但對他十分友好，連對他追求的那位金小姐也毫無怨言。我一點也不討厭她，而且非常願意把她看作一個很好的姑娘。這麼看來，我對他是沒有愛意的。我的小心提防還是奏效了。要是我對他深深著迷，那親朋好友一定會拿我當作一個有趣的話題，不過，我並不介意做個無足輕重的人。受人關注的代價有時未免太高。說起他的背叛，凱蒂和莉迪亞要比我更生氣。她們年紀尚小，涉世未深，還不知道一個惱人的道理：美男子就和普通人一樣，也是要謀生過日子的。

Chapter 4

重逢

朗博恩再沒發生什麼大事。大家不時結伴步行去梅里頓，有時路上泥濘，有時天氣寒冷，除此之外，就沒什麼值得一談的話題了。一月和二月就這樣過去，到了三月，伊麗莎白就要啟程去漢斯福德。她本來並不真心想去，但她很快發現，夏洛特對此滿懷期待，於是慢慢地，她也開始用更加積極正面的態度去想這件事了。和夏洛特分別已有一段時間，如今她越發盼望與她會面，而且對柯林斯先生的厭惡之情也有所減弱。這個出行計畫多少還算新鮮，再說，家裡有這麼個母親，還有這些不好相處的妹妹，她過得也不如意，稍微換換環境，未嘗不是好事。加之她還能趁這趟出門，順便去探望珍。眼看出發日期臨近，她的心情反而急迫起來。好在一切都很順當，最後事事都按夏洛特起初的計畫定好了。她會陪威廉爵士及其次女一同前往。他們還臨時決定在倫敦住上一夜，這樣一來，整個計畫就更完美無缺了。

唯一令人難受的事，就是要和父親分別。他一定會想念她的。他非常捨不得她走，臨別一再叮囑她要寫信回來，甚至還承諾說自己會給她回信。

她和威克漢姆先生也友好地道了別。對方表現得比她更加友好。儘管他眼下在追求別人，但也沒有忘記，伊麗莎白是頭一個吸引他注意的人，是頭一個值得他注目的人，是頭一個傾聽他的故事，還表示同情的人，也是頭一個他喜歡上的人。他與她告別，祝福她事事如意，又提醒她小心凱薩琳・德・包爾夫人，他還說，他相信他們倆對凱薩琳夫人的看法。他們倆對任何人的看法，總是一致的。他對她是那樣關切和愛護，令她深感此人值得她永遠真心相待。分別之時，她心裡認定了，不管他結婚還是單身，都將是她心目中可親可愛的那個人。

第二天，她那兩位旅伴也沒能把威克漢姆比下去。威廉・盧卡斯爵士父女倆，女兒瑪麗亞是個好性子的姑娘，但和父親一樣腦袋空空。父女倆的談話，聽起來就像輕便馬車的車輪聲似的，一點也沒意思。伊麗莎白本來是愛聽蠢話的，不過她認識盧卡斯爵士太久，聽他的話早就不新鮮了。他滿口說的無非是當年覲見國王和受封爵士頭銜的逸事。那一副莊而重之的態度，就和他那套陳年舊談一樣，已經老掉牙了。

這一趟旅程不過短短二十四哩，他們一清早動身上路，中午時分便抵達了恩典堂街。他們駛近嘉丁納先生家的大門時，珍在小客廳的窗戶那兒看到了他們。他們一走進門廊，就見她正在那兒歡迎他們，伊麗莎白熱切地打量她，發現她臉上的氣色就像以往一樣健康可愛，心裡十分欣慰。樓梯上擠著一大堆孩子，他們著急想見表姊，在小客廳裡待不住了，可是因為已有一年沒和她見過面，又有點怕羞，不敢跑下樓來。家裡洋溢著快活而親熱的氣氛。這一天過得特別愉快。白天熱熱鬧鬧地過去了，大家上街買了東西，晚上則一起去劇院。

看戲時，伊麗莎白設法坐在舅媽身邊。她們的頭一個話題是她姊姊。她仔細地詢問珍的情況，聽說她總是強打精神，但還是免不了時不時顯出沮喪的樣子。伊麗莎白聽了並不吃驚，只是很難過。不過，照理說這種情形應該不會再持續太久。嘉丁納太太還細說起賓利小姐來恩典堂街拜訪的事情，又把她本人和珍的幾次對話複述給伊麗莎白聽，聽起來，珍確實已決心不再和賓利小姐來往了。

接著，嘉丁納太太向外甥女提起了威克漢姆離棄她的事，誇獎她應對得很從容。

「不過，親愛的伊麗莎白，」她又說，「金小姐是個什麼樣的姑娘？聽說我們的朋友是個見錢眼開的人，我感到很遺憾。」

「請問，親愛的舅媽，在婚姻大事上，見錢眼開和精打細算的區別在哪裡？做到什麼地步算謹慎，做到什麼地步算貪財呢？耶誕節那時，你怕他娶我，說那麼做不明智。現在，他不過是想追求一個擁有區區一萬鎊財產的姑娘，你就認為他是見錢眼開了。」

「你告訴我金小姐是什麼樣的姑娘，我就知道究竟該怎麼看待這件事了。」

「我認為她是很好的姑娘。我說不出她有什麼缺點。」

「不過，在她祖父去世、留給她這筆遺產之前，他可是連正眼都沒看過她一次啊。」

「沒有。他為什麼要那麼做？如果說正因為我沒錢，他才不能追求我，那他又何必去討好一個既不吸引他，又一樣沒錢的姑娘呢？」

「可是，一看到她繼承了遺產，立馬就掉轉槍頭，這做法不太像樣啊。」

「一般人做事講究繁文縟節，但換作一個身陷窘境的人，可沒這個工夫。再說，要是連她本人都不反對的話，我們又有什麼好說的？」

「她沒有反對，也不能說明他做得對。只不過說明她自己的頭腦或心思有點問題而已。」

「好吧，你愛怎麼想就怎麼想好了。」伊麗莎白大聲說，「就當他見錢眼開，當她笨頭笨腦好了。」

「不，麗綺，我不願意這麼想。要知道，一個在德比郡待過這麼久的年輕人，我是不願意把他當作壞人的。」

「哦！這樣的話，那我對住在德比郡的年輕人印象可是很壞。而且他們那些住在赫特福德郡的狐朋狗友也好不到哪裡去。我討厭他們每個人。謝天謝地！還好我明天要去的地方只有一個一無是處的男人，他不管風度還是頭腦都不足取。說到底，值得交往的只有笨蛋罷了。」

「說話小心點，麗綺。你這番話聽起來可是一肚子牢騷。」

戲落幕了，在分開之前，她意外地收到了舅媽的邀請，請她夏天陪他們夫妻倆一同出遊。她聽了很高興。

「我們還沒想好要去多遠的地方。」嘉丁納太太說，「說不定會去湖區[1]。」

這個計畫對伊麗莎白而言真是再好不過，她立刻愉快地接受了邀請。「哎，最最親愛的舅媽，」她喜不自勝地大聲說，「我太開心了！太幸福了！你給了我全新的生命和活力。再見了，失望和怨念！比起高山大石來，人又算得上什麼？哎呀，我們肯定能度過很多樂而忘憂的時光！等我們旅行回來，可不會像別的旅行者一樣，談起什麼都記不清楚。我們會知道自己去過哪些地方——我們會回味

1 湖區（the Lakes），位於英格蘭西北部，以湖泊和群山著稱，在十八世紀末已經成為觀光勝地。

起欣賞過的美景。湖泊、山巒和河流一定不會在我們頭腦中攪作一團的。談到某個景點時，我們不會為了它的位置到底在哪裡而爭論不休。談起旅途見聞，我們可別像一般的旅行者那樣，叫人聽了生厭。」

Chapter 5

好運

次日在旅途中，伊麗莎白覺得所見所聞都很新奇。她的精神十分歡愉，看到姊姊氣色這麼好，此前對她健康的擔心一掃而空。加之她心裡期待著北方之旅，所以每時每刻都覺得快樂。

他們離開大道，拐上了通往漢斯福德的小路，大家的視線都在搜尋牧師宅邸，每拐一個彎，都期待著它映入眼簾。在道路的一邊，僅一條柵欄之隔，就是羅欣斯莊園。伊麗莎白回想起此前聽過的有關那家人的傳聞，不由露出了微笑。

終於看到牧師宅邸了。緊挨路邊的花園、坐落在花園裡的屋子、綠色的柵欄，以及月桂樹樹籬，都表明他們已經抵達了目的地。柯林斯先生和夏洛特走到屋子門口來了。在賓主的頻頻點頭微笑中，馬車停在小小的正門前面，那兒有一條短短的石子路通往主屋。一會兒工夫，客人就全都下了車，賓主相見，歡欣不已。柯林斯太太歡蹦亂跳地迎接她的好友，伊麗莎白受到如此熱情的接待，對這趟拜訪更覺得欣慰。她立刻看出，堂哥雖然結了婚，作風卻毫無改變，還是一如既往的一本正經、講究客套。他在門口耽擱了她好幾分鐘，問候她全家人的起居，非聽她一一回答清楚了，方才滿意。接著，他又特地指出來，要她看這兒門口收拾得多麼整潔，好在這沒再耽擱多久，他們總算被迎進了屋。一走進客廳，他再次歡迎他們，正經八百地表示，他們能光臨寒舍，真令他不勝榮幸，太太已經把點心端出來了，他趕緊一件件地把它們再度向客人呈上。

他這副得意揚揚的樣子，伊麗莎白早有所料。她心裡忍不住想，他這樣展示房間的大小、朝向和家具陳設，是特地為了給她看看，讓她明白自己當初拒絕了他的求婚，是多大的損失。然而儘管樣樣東西看來整潔舒適，她卻沒法叫他稱心如意，不但一句懊悔的歎息都發不出來，反倒還覺得奇怪，不明白朋友和這麼個伴侶相處，怎麼還能顯得如此快活。柯林斯先生時常說些不甚得體的話，做太太的聽了按理會感到難堪，而且這樣的話他說得還不算少。伊麗莎白每每不由得將視線投向夏洛特。有一兩次，她依稀看出她的臉有點發紅。不過大多數時候，夏洛特都很聰明地充耳不聞。大家一同在客廳坐了好一陣，欣賞著每一件家具，從餐具櫃到壁爐柵全都欣賞了一遍，還聊了聊他們此行的旅途見聞，又把在倫敦的全部情形都講完了。這時柯林斯先生邀請他們去花園轉轉，他說院子很寬敞，平時精心打理，他本人也親自參與了園藝工作。打理花園是他最上檯面的樂趣之一。夏洛特說，這種活動十分有益健康，她總鼓勵他盡可能多做些。她說話時一派鎮定自若的表情，伊麗莎白看了感到十分佩服。他引領他們走過每條小徑、每條岔路，每時每刻都期待著他們的讚美。他事無巨細地向他們介紹各處景觀，連細枝末節都一一說了，卻完全把美景本身拋在腦後。他能報出每個方向有多少片田地，還能說出最遠處的那塊土坡上種了多少棵樹。不過嘛，他院子裡的一應美景，乃至整個地方、整座王國，都找不出一座園子，能與羅欣斯的園林相提並論。這座莊園就在他家對面，四面全種滿了樹。它坐落在高地上，是一座美麗的摩登式樣建築。

柯林斯先生本打算帶大家從花園走到他那兩片草場去轉轉，可是女士的鞋子抵不住地上的殘霜，準備折返回去。留下威廉爵士和他一起散步，夏洛特則帶著妹妹跟朋友回屋。她顯得興高采烈，也許是因為終於有了機會，在沒有丈夫從旁插手的情況下帶她們好好看看房子。房子其實很小，但建造得很穩固，也很實用。各種用品配備齊全，打理得又整潔、又協調，伊麗莎白覺得這肯定要歸功於夏洛特。只要忽略柯林斯先生，這兒便到處洋溢著一種優哉游哉的氣氛。看到夏洛特樂在其中，伊麗莎白心想，柯林斯先生一定常常被忽略不計。

她已經聽說凱薩琳夫人正住在此地。吃晚飯時，大家又談起了這個話題，柯林斯先生立刻插進來說：

「是的，伊麗莎白小姐，這個禮拜天你就能有此榮幸，在教堂見到凱薩琳．德．包爾夫人。不用說，你一定會喜歡她的。她為人和藹，不端架子，我很肯定，在那天的禮拜結束之後，你就會榮幸地分得她的幾許垂青。我毫不懷疑，在你們盤桓在此期間，只要她邀請我們過去，就絕不會少了你和瑪麗亞妹妹的份。她對待我親愛的夏洛特真是太好了。我們每個禮拜去羅欣斯吃兩次飯，她從來不讓我們步行回家，總是用她老人家自己的馬車送我們。確切地說，是她的一輛馬車，因為她有好幾輛車呢。」

「凱薩琳夫人確實是非常可敬、通情達理的人，」夏洛特補充說，「而且是個體貼周到的鄰居。」

「說得真對，親愛的，你說出了我的心聲。像她那樣一位夫人，別人再怎麼崇敬也不為過。」

這天晚上，大家主要在談論赫特福德郡的新聞，把之前信上已經寫過的事情又翻出來講了一遍。散場後，伊麗莎白獨自待在臥室，不由想起夏洛特那心滿意足的樣子，看來她確實馭夫有術，而且能泰然自若地容忍這位丈夫，不得不承認，她應對得很好。她也開始設想，這趟做客期間，日子要怎麼過，日常生活多半是平淡無奇的，時不時要應付一下煩人的柯林斯先生，要是去羅欣斯做客應酬，又會是怎樣一番光景。她很快就以生動的想像，把這一切在頭腦裡描繪了一遍。

第二天中午時分，她正在自己房間作出門散步的準備，樓下突然傳來一陣喧鬧，好像整棟房子都亂作了一團。她側耳傾聽了一陣，耳聞有人急匆匆地跑上樓來，邊跑邊大聲喊著她的名字。她打開門，在樓梯口撞見了瑪麗亞，只見她興奮得氣都喘不上來，大聲嚷嚷說：

「哎呀，親愛的伊麗莎！趕緊到餐廳來，那兒可有的看呢！我不會告訴你是什麼事的。快點，這就下來。」

伊麗莎白再怎麼追問也沒用。瑪麗亞一句話都不肯多說。她倆跑下樓，進了那間正對外頭小路的餐廳，去看看路上發生了什麼奇事。一輛敞篷輕便馬車停在花園門前，裡頭坐著兩位女士。

「就這些嗎？」伊麗莎白叫道，「我以為起碼是豬跑進了園子呢。這只不過是凱薩琳夫人和她女兒嘛。」

「哎，親愛的，這可不是凱薩琳夫人。」瑪麗亞一聽她認錯了人，就大驚小怪地說，「那位老夫人是詹金森太太，她和她們住在一起。那一個就是德．包爾小姐。快瞧瞧她。她真是個小東西。誰想得到她這樣瘦小呢？」

「風這麼大，她還叫夏洛特站在外頭，可太沒禮貌了。她幹嘛不進來？」

「哦，夏洛特說她幾乎從不進門。德．包爾小姐要是進到屋裡來，那真是天大的面子。」

「我喜歡她的樣子，」伊麗莎白說著，心裡又想到了旁的事情，「她看起來病懨懨的，脾氣又壞。不錯，她和他很是般配。她做他太太可真合適。」

柯林斯先生和夏洛特都站在大門口，和兩位女士聊天。威廉爵士則肅立在門廊上，虔誠地仰望眼前的貴人，每當德·包爾小姐往他那個方向望，他就不住地鞠躬行禮，叫伊麗莎白看了好笑。

最後他們的話總算說完了。兩位女士坐車離去，其他人回到屋裡。柯林斯先生一看見那兩個姑娘，就開口恭賀她們走了好運。夏洛特替他解釋說，他們所有人都收到了邀請，明天要一起去羅欣斯吃晚飯。

Chapter 6

無禮的指教

柯林斯先生收到這個邀請，可謂大獲全勝。他本就心心念念，想讓幾位好奇的客人見識一下他那位女恩主的氣派，讓他們看看，她待他們夫婦倆是多麼客氣，現在正好如願以償。而且機會來得這麼快，正表明凱薩琳夫人禮賢下士，真叫他景仰得不知如何是好。

「我承認，」他說，「她老人家邀請我們禮拜天上羅欣斯去喝茶，消磨一個傍晚，我一點也不吃驚。我深知她為人和藹可親，早就猜到她會這麼做。不過誰想得到，她會這麼盛情地款待我們？誰敢想，你們才剛到，她就會邀請我們一同赴宴（而且是正式邀請，請我們所有人都去）！」

「我倒沒那麼意外，」威廉爵士答道，「我知道真正的大人物行事正當如此，我的身分地位，讓我有幸見識過。在宮廷裡，皇親貴胄的這類事蹟並不罕見。」

從這一天起，直到第二天上午，他們幾乎沒聊別的，張口閉口都是上羅欣斯拜訪的事。柯林斯先生仔仔細細地逐件告訴他們，到了那兒會看到些什麼、房間是什麼樣子、僕從有多少、晚餐是多麼豐盛，以免他們去了手足無措。

趁女士分頭去梳妝的時候，他對伊麗莎白說：

「千萬別為自己的外表感到不自在，親愛的堂妹。凱薩琳夫人絕不會要求我們穿得像她自己和她的千金那樣雍容華貴。我建議你，只要揀所有衣服當中最好的那件就行——沒必要太過矯飾。凱薩琳夫人不會因為你穿得樸素就看不起你的。她喜歡尊卑分明。」

在太太小姐梳妝打扮的當兒，他一而再、再而三地跑到她們各自門前，提醒她們動作快點，因為凱薩琳夫人最反感客人在赴宴時遲到。瑪麗亞本就很少外出交際，一聽這位老夫人為人處事這樣嚇人，不由畏縮起來。這趟拜訪羅欣斯，她真是如臨大敵，無異於她的老父親當年進宮覲見。

當天天清氣爽，莊園坐落在大約一哩地外，他們愉快地一路散步前往。每座莊園各有其美好之處。伊麗莎白看到了許多令人喜愛的景致，不過她表現得卻不如柯林斯先生一心盼望的那樣驚喜，根本看不出心醉神迷的樣子。他告訴他們，宅子正面總共有多少扇窗戶，當年給它們全部鑲上玻璃，花了路易斯·德·包爾爵士多大一筆錢，她聽了也是無動於衷。

他們拾級而上，走進大廳。這時瑪麗亞變得越來越緊張，就連威廉爵士看起來也不再鎮定自若了。到底還是伊麗莎白勇氣可嘉。她此前聽說了一些有關凱薩琳夫人的事蹟，覺得她沒有什麼了不得的才幹，也沒有超凡脫俗的品格，單憑財富和地位，還不至於叫她膽寒。

走進門廳，柯林斯先生帶著喜不自勝的神情提醒他們注意，這裡的格局是多麼精到，布置得又是多麼華美。他們跟著幾個僕人穿過了一間前廳，來到起居室，凱薩琳夫人和她的女兒，以及詹金森太太都在那兒坐著。她老人家特意屈尊俯就，站起身來歡迎他們。柯林斯太太早已事先和丈夫商量好，由她負責引見眾人，她介紹得十分得體，凡是柯林斯先生以為必不可少的謙辭和謝詞，她都一概略過了。

任憑威廉爵士當年曾進宮覲見，還是被眼前這富麗堂皇的場面徹底震住了，他鼓起全副勇氣，低低鞠了一個躬，一聲不出地落了座。至於他的女兒，這時已嚇得六神無主，戰戰兢兢地坐在椅邊上，兩隻眼睛不知該往哪兒看。伊麗莎白倒是安然自若，只顧從從容容地打量著眼前這三位女士。凱薩琳夫人是個高大壯碩的女子，五官鮮明，從前也許很漂亮。她的樣子算不上親切，待客的態度高高在上，令來客時刻不忘自己身分低微。她不講話時，看起來倒並不可怕，但開口就是一副盛氣凌人、自命不凡的口吻，使伊麗莎白立刻想起了威克漢姆對她的描述。這一天她察言觀色，覺得凱薩琳夫人果然跟威克漢姆所說的一模一樣。

她細細打量著那位母親，立刻從她的面容和儀態上發現了幾許達西先生的影子。她又把眼光轉向那位女兒，看到她如此瘦小單薄，不由像瑪麗亞一樣大吃一驚。這對母女無論面容還是身段都根本不像。德·包爾小姐面色蒼白，滿臉病容，長得雖不能說普通，卻也毫不出眾。她幾乎不怎麼開口，只偶爾低聲對詹金森太太嘀咕幾句。詹金森太太看起來也沒什麼特別的，她只顧著聽德·包爾小姐講話，還拿了一架屏風，幫她在近邊放好[1]。

坐了一會兒，客人都被叫到一扇窗戶前去觀賞風景。柯林斯先生陪著他們，為他們指出各處風光都美在哪裡。凱薩琳夫人則好心好意地告訴他們，到了夏天，那外頭還會更好看。

正餐真是氣派至極，柯林斯先生此前擔保說，筵席上一定是僕役成群，還會配上一套套各色各樣的餐盤，此時果然一一兌現。而且他預料得沒錯，夫人她老人家果真請他坐在餐桌盡頭[2]，看他落座時那副樣子，倒好像此生已經無欲無求了。他興高采烈地切啊、吃啊，讚不絕口。每道菜上來，他總要帶頭誇獎一番，威廉爵士又跟著誇獎一番。威廉爵士這時已經緩過神來，一直跟在女婿後面做應聲蟲，伊麗莎白看到兩個人那副諂媚的樣子，實在不知道凱薩琳夫人怎麼受得了。然而凱薩琳夫人聽了他們這些過頭的奉承話，看樣子倒十分受用，她和藹可親地微笑著，每當看到他們對桌上的哪道菜餚露出新奇的神色，就笑得更為愉快了。席間大家交談不多。只要有人開個話頭，伊麗莎白本來是很樂意聊天的。可是她不巧坐在夏洛特和德．包爾小姐中間——前者始終對凱薩琳夫人洗耳恭聽，後者從頭到尾一句話也不對她講。詹金森太太的注意力主要在德．包爾小姐身上，不是怕她吃得太少，不停地勸她嘗嘗別的菜，就是怕她身子不舒服。瑪麗亞是打定了主意不開口，至於兩位先生呢，他們只知道大吃大喝和拍馬屁。

女客回到客廳後，只能對凱薩琳夫人洗耳恭聽，別的什麼也做不了。她滔滔不絕地談到咖啡送進來為止，期間連口氣都顧不上歇。什麼事她都有話好講，口氣始終斬釘截鐵，看來她說話向來是不容置疑的。她毫不見外地向夏洛特追問家務事的細枝末節，給出了一大堆指示。她指點夏洛特說，在她這樣一個小家庭，凡事都要精心打理，還教她如何照料乳牛和家禽。伊麗莎白發現，只要能逮到機會向別人發號施令，哪怕是雞毛蒜皮的小事，這位高貴的夫人也不肯放過。在問訊家務的間隙，她還對瑪麗亞和伊麗莎白提出了一大堆問題，對後者問得尤其仔細，她說她不瞭解伊麗莎白的家庭情況，又稱讚她是個溫柔嫻雅、面容標緻的姑娘。她陸陸續續地向伊麗莎白問起，她家有幾個姊妹、比她年長

1 詹金森太太給德．包爾小姐放一架屏風，把她跟火爐隔開，免得她被烤得太熱。可見德．包爾小姐是千金小姐，也符合柯林斯先生口中體質嬌弱的形象。

2 請柯林斯先生坐在餐桌盡頭，這是給了他重要家庭成員的待遇，因此柯林斯先生大為得意。

還是年幼、有沒有哪一位準備嫁人、姊妹長得漂不漂亮、她們在哪裡接受教育、她父親的馬車是什麼樣的、她母親的貼身女僕叫什麼名字。伊麗莎白覺得她的問題沒有一個不唐突，但還是不動聲色地一一回答了。凱薩琳夫人隨即說道：

「我知道你父親的產業將會歸柯林斯先生繼承。」說著，她轉向夏洛特，「站在你的角度，我為你高興。不過我看不出家產為什麼不能傳給女兒，卻要傳給別人。路易斯．德．包爾爵士家就認為沒這必要。班內特小姐，你會彈唱嗎？」

「會一點點。」

「哦！那我們幾時倒要聽一聽。我們的琴很貴重，應該會勝過……你哪天來彈彈看吧。你的姊妹會彈唱嗎？」

「有一個會。」

「為什麼不都學一學呢？應該個個都學的。韋伯斯家的小姐就都會彈琴，她們的父親還不如你父親的收入來得高呢。你畫畫嗎？」

「不，一點也不會。」

「什麼，你們一個都不會畫畫嗎？」

「一個都不會。」

「那太奇怪了。不過我想你們也許沒什麼機會學。你們的母親應當每年春天帶你們到城裡去，那兒能找到很多老師。」

「我母親應該不會反對，可是我父親很討厭倫敦。」

「你們的家庭教師走了嗎?」

「我們從來沒請過家庭教師。」

「沒有家庭教師!那怎麼可能?在家裡教養五個姑娘,卻沒有家庭教師![3]我從來沒聽說過這種事情。你們的母親自己教你們這麼多人,肯定要做牛做馬了。」

伊麗莎白忍不住笑了起來,告訴她說,她盡可放心,事情不是她想的那樣。

「那麼誰負責教你們呢?誰來照顧你們?沒有家庭女教師,你們一定沒人照管。」

「我覺得比起有些人家來,我們確實缺人照管。不過我們當中凡有好學的,也並不缺少條件。家裡很鼓勵我們讀書,必要時也會替我們請老師。至於那些打定主意無所事事的,那就隨她去了。」

「是的,的確如此。不過有了家庭教師,就能避免發生這種事情。我要是認識你母親,就會強烈建議她去請一個家庭教師。我總是說,教養孩子,沒有按部就班的指導,那是什麼進益也不會有的,而除了家庭教師,誰也做不到這一點。多少人家的家庭教師都是由我推薦的,算算可真叫人吃一驚。我向來樂意給年輕人安排一個好職位。經過我的介紹,詹金森太太的四個侄女都找到了工作,她們很滿意[4]。就在前兩天,我舉薦了一位年輕小姐,我沒見過她,只是偶然有人把她介紹給我,那戶人

3 當時社會對女性的要求,還是掌握烹飪、縫紉等實用技術。女性教育被視為一種奢侈,只有富裕的家庭才負擔得起。在奧斯汀的時代,也出現了一些寄宿學校,例如奧斯汀和她姊姊就曾經在雷丁(Reading)的一所寄宿學校讀過一年。但是,凱薩琳夫人代表她所屬階級的主流觀點,認為家庭教師比寄宿學校要好,因為在家庭中,年輕女性較易受教。

4 當時受過一定教育的女性如果要工作謀生,可選擇的職業基本上只有家庭教師或陪客。而且這兩種職業也並不愜意。家庭教師和受雇的家庭住在一起,但她不是家庭成員,又不能跟家中的傭人交往,更不會被主人平等對待。她們的薪水也很微薄。

家對她也很滿意。柯林斯太太，我有沒有告訴過你，麥特卡夫夫人昨天來拜訪我，向我致謝。她覺得波普小姐真是個寶貝。『凱薩琳夫人，』她說，『你賜給了我一件寶物。』你們姊妹有人出來交際了嗎，班內特小姐？」

「有的，太太，我們全都出來了。」

「全出來了！什麼，五姊妹同時開始交際？這太古怪了！你還只排第二。排行在前的尚未出嫁，排行在後的就出來交際！你的妹妹一定都年紀很小吧？」

「是的，最小的那位還沒滿十六歲。也許她的年紀確實太小，不適合參加太多社交。不過太太，說真的，我覺得要是因為姊姊嫁不出去，或者不想太早嫁人，妹妹就不能出去交際和娛樂，那真是太苦了她們了。最後出生的那位應當跟最先出生的那位一樣，擁有享受青春樂趣的權利。為這種理由不讓她們出門！我覺得這樣做法，既不能增進姊妹間的感情，也不能養成溫順的性情。」

「真是的，」夫人說，「你年紀輕輕，倒是挺有主見。請問你今年幾歲？」

「我有三個已經成年的妹妹，」伊麗莎白微笑答道，「您老人家不會要我報出年齡吧。」

她沒有直接回答問題，看來叫凱薩琳夫人大吃了一驚。伊麗莎白猜想，夫人提過這麼多唐突無禮的問題，自己可能是頭一個膽敢和她嬉皮笑臉的人。

「我肯定你不會超過二十歲，沒必要隱瞞年齡。」

「我還沒滿二十一歲。」

等男賓進來，喝過了茶，牌桌也擺好了。凱薩琳夫人、威廉爵士和柯林斯太太坐下來玩闊錐。德・包爾小姐想玩卡西諾[5]，於是兩位小姐榮幸地協同詹金森太太一道，和她湊成一局。這桌牌打得乏味極了。除了叫牌，大家全都一言不發，唯獨詹金森太太絮絮叨叨，不是怕德．包爾小姐太冷，就是怕她太熱，一會兒說燈光太亮，一會兒又說燈光太暗。另一張牌桌上的話可就多了。凱薩琳夫人一刻不停地講話——要嘛指出那三位的錯處，要嘛講述她自己的什麼奇聞逸事。她老人家每說一句，柯林斯先生就忙著附和一句，他每贏一個籌碼，都要向她老人家致謝，假使覺得自己贏得太多，他還要連聲致歉。威廉爵士說話不多。他用盡了全力，想把聽到的掌故和皇親貴冑的名字一一塞進腦袋。

等凱薩琳夫人和女兒玩夠了，牌桌就撤了下去。夫人向柯林斯太太提出，要用馬車送他們回家。對方感激不盡地接受了這番好意，於是主人立刻吩咐預備馬車。接著，大家圍爐坐下，靜聽凱薩琳夫人斷定明天天氣如何。直到馬車抵達門前，僕人招呼大家上車，這場指示方才結束。柯林斯先生千謝萬謝，威廉爵士再三鞠躬，大家才終於動身告辭。車子一駛離大門，堂哥立刻向伊麗莎白提問，要她發表此次在羅欣斯的見聞和感想。看在夏洛特的面上，她言不由衷地稱讚了幾句。雖說區區幾句話已叫她大費腦筋，柯林斯先生聽了卻壓根兒不滿意，過了不一會兒，他終於按捺不住，親身稱頌起凱薩琳夫人她老人家來了。

5 卡西諾（cassino），一種紙牌遊戲，可以有二到五名玩家。玩家將手中的牌與桌面上的牌搭配以獲得牌，比賽得點多少。

Chapter 7

教區治安官

威廉爵士在漢斯福德只盤桓了一個禮拜，時間雖短，卻已足夠讓他確信，女兒在此處安頓得舒心至極，而且還到手了這樣一位不可多得的丈夫，外加這樣一位不可多得的鄰居。他在此逗留期間，柯林斯先生每天上午都駕著輕便雙輪馬車[1]，帶他在鄉間遊歷。不過等他一走，全家人就恢復了日常作息。伊麗莎白發現，雖然作息改變了，她們和她堂哥見面的機會卻沒有增加，不由謝天謝地。因為用過早餐之後，一直到開正餐之前，他不是在園子裡勞動，就是在他自己那間正對大路的書房裡讀書寫字，或往窗外閒看。女士的起坐間設在屋子後頭。一開始，伊麗莎白想不通為什麼夏洛特不把餐廳用起來，當作客廳。那個房間更寬敞，朝向也好。不過她很快就意識到，朋友之所以這麼做，是有著充分理由的，因為假如她們待的屋子同樣舒適，那麼柯林斯先生留在書房的時間肯定會縮短。對於夏洛特的這番安排，伊麗莎白感到佩服之至。

在客廳裡，她們無從知曉大路上發生了什麼，每逢外面有馬車經過，全仰賴柯林斯先生趕來知會她們，尤其是德．包爾小姐的四輪馬車——儘管她幾乎每天都會坐馬車經過，他總還是一次不落地通知她們。小姐會不時在牧師宅邸門前停車，和夏洛特聊上幾分鐘，但主人從來不會下車。

柯林斯先生幾乎沒一天不上羅欣斯去走一趟的，他的妻子也是三天兩頭往那兒跑。伊麗莎白一開始沒想到他們可能還領著其他教區的俸祿，所以不明白他們為什麼犧牲那麼多時間。夫人不時也會屈尊駕臨他們家，只要她一來，這房子裡事無巨細都得領教她的高見。她盤問她們的生活起居，審查她們做的針線活，還勸她們換個做法。她還挑剔家具擺得不合適，指責女僕偷懶不做事。要是她偶爾賞臉用些茶點，似乎也只是為了看看柯林斯太太有沒有勤儉持家，是不是把肉切得太大塊了。

用不了多久，伊麗莎白就瞭解到，儘管這位高貴的夫人並不負責管理郡內的治安，實際上卻是自己教區最積極理事的治安官[2]，哪怕是雞毛蒜皮的小事，柯林斯先生也會上報給她。只要哪兒有農夫起了口角，或口出怨言，又或者生活窮困潦倒，她就連忙出動，趕到村子裡去擺平他們的爭議，鎮壓他們的怨氣，一直罵到他們關係和睦，不敢叫苦為止。

上羅欣斯吃飯的樂趣，一個禮拜要領受兩次。雖說少了威廉爵士，而且只能開一桌牌，每回宴席的排場還是和頭一次別無二致。除羅欣斯之外，倒也沒有別的鄰居來約他們，因為附近人家常見的那種生活做派，柯林斯先生還高攀不上。不過對伊麗莎白而言，這也沒什麼不好，總而言之，她在這裡

1 輕便雙輪馬車（gig），一種輕便敞篷雙輪馬車，設有一個駕駛座，可乘坐一名乘客。這種馬車十七世紀起源於法國，在十九世紀的英國十分常見。

2 在當時的英國，地區治安官都是有名望的紳士。身為女性，凱薩琳夫人事實上是不能擔任治安官一職的。這裡是說，她沒有治安官的名分，卻在行使治安官的權力。

過得十分舒心。每天她都和夏洛特開開心心地聊上半小時，而且一年中的這個季節，天氣特別晴朗，正好舒舒服服地出門走走。莊園另一頭的邊界處有一座開放的小樹林，其他人去拜訪凱薩琳夫人時，她常到那裡散步。那兒有條很美的林蔭道，似乎只有她一個人看得中。她覺得置身林中，就連凱薩琳夫人的好奇心也是鞭長莫及。

就這樣，她在漢斯福德郡做客的前兩個禮拜安安靜靜地過去了。眼看復活節將近，據說節前一個禮拜會有位客人到羅欣斯來。生活圈子這麼小，這當然算得上一件大事。其實伊麗莎白到這兒後不久，就聽說達西先生過幾個禮拜要來。達西先生簡直是她認識的所有人裡最討厭的一個，儘管如此，她仍然覺得有了他，羅欣斯的聚會上畢竟會多一張值得一看的新面孔。再說，她也想看看他怎樣對待他的表妹，要是發現賓利小姐對他的如意算盤終將落空，那可夠好玩的。凱薩琳夫人顯然已經認准了他和德·包爾小姐的親事。說起他即將登門造訪，她總帶著志得意滿的口氣，談論起他的人品，就更加讚不絕口。聽說盧卡斯小姐和伊麗莎白已經和他多次會面，她簡直要生起氣來了。

他剛一抵達，消息就傳到了牧師宅邸。因為柯林斯先生一心想及早得到消息，整個上午都在漢斯福德大路口的門房附近兜圈子。馬車轉彎駛入莊園時，他鞠了個躬，接著急忙趕回家報告這個重大消息。次日一早，他又趕往羅欣斯去向達西先生聊表敬意。在那兒等著他致敬的，總共有兩位凱薩琳夫人的晚輩，因為達西先生帶來了一名菲茨威廉上校，是他舅舅某某伯爵的小兒子。令所有人大吃一驚的是，柯林斯先生回府時，達西先生竟跟著一道來了。夏洛特從丈夫書房的窗戶看到了他們，趕緊跑到其他人那邊，把貴客即將登門的消息告訴了兩位小姐。她還多說了一句：

「我能得到這份禮遇，可能還得感謝你，伊麗莎。達西先生來得這麼快，不可能是為了我的緣故。」

伊麗莎白還沒來得及反駁這句恭維話，門鈴就響了，宣告貴客登門。不一會兒，三位先生走進了屋子。菲茨威廉上校走在最前頭。他年紀三十上下，模樣雖不算英俊，但舉止談吐都極有紳士派頭。達西先生看起來跟在赫特福德郡時毫無二致，他以他慣有的矜持態度向柯林斯太太問好，又不動聲色地問候她的朋友，絲毫看不出他內心的感情。伊麗莎白只向他行了個屈膝禮，一個字也沒說。

菲茨威廉上校立刻親切自如地和大家攀談起來，態度輕鬆愉快，顯得很有教養。他那位表弟呢，卻只向柯林斯太太把這所房子和花園稍微誇獎了幾句，就自管自地坐了下來，和誰都不講話。後來，他到底想到應該跟伊麗莎白客套客套，問問她家裡人身體是否安康。她照例敷衍了幾句，停頓片刻後說道：

「我的大姊這三個月來都在城裡。你是否曾湊巧見過她？」

她確定他們沒見過面，不過是想看看，他知不知道賓利一家和珍之間的糾結，又會不會露出馬腳。他答說自己不幸沒能見到班內特小姐。她覺得他這麼說的時候，看起來有點困惑不解。這個話題就到此為止，過了不久，兩位先生便起身告辭了。

Chapter 8

演奏者

牧師家的所有人都很欣賞菲茨威廉上校的風度，幾位女士一致認為，有他在，去羅欣斯赴約時一定能增添不少樂趣。不過，直到好幾天之後，他們才收到那邊的邀請——因為既然莊園裡現在有了客人，有沒有他們也就無所謂了。兩位先生來了已有一個禮拜，直到復活節那天，他們才有幸重獲垂青，但對方只不過在離開教堂時順便請他們晚上過去坐坐罷了。最近一個禮拜，他們幾乎沒怎麼見到凱薩琳夫人母女。在此期間，菲茨威廉上校來牧師宅邸拜訪過幾次，達西先生則只在教堂露了個臉。

他們當然接受了邀請，算好時間，到凱薩琳夫人的客廳赴會。夫人她老人家客客氣氣地接待了他們，不過，比起沒別的人可請那會兒，她明顯沒那麼熱情。事實上，她的全副注意力幾乎都在兩個晚輩身上，只管跟他們——特別是跟達西先生聊天，她和達西說的話，比跟房裡其他人說的都要多。

菲茨威廉上校很高興見到他們。在羅欣斯，不管發生點什麼，對他而言都是新鮮的調劑，何況柯林斯太太的朋友這麼漂亮，叫他傾慕不已。他主動坐在她身邊，愉快地談論著肯特郡和赫特福德郡、旅行和居家、新書和音樂。伊麗莎白只覺得，此前在這間屋子裡得到的所有樂趣，還不及今天的一半。他們談得如此盡興，惹得凱薩琳夫人和達西先生都留心起來。達西先生時不時向他們投去好奇的眼神。至於凱薩琳夫人，她可不怕直話直說，她看了他們一會兒，便直截了當地問：

「你們在說些什麼呀，菲茨威廉？在談什麼事？你跟班內特小姐說了什麼？說給我聽聽。」

「我們在談音樂，太太。」他不得已答道。

「談音樂！那快說大聲點吧。這可是我最愛好的話題了。既然你們在談音樂，那一定要算我一個。我認為全英國也找不到幾個比我更懂得欣賞音樂的人，像我這樣與生俱來的品味，沒幾個人有。但凡我學過音樂，肯定早就成名成家了。安妮的身體要是好些，能多學學的話，也一定會有建樹的。我相信她一定能彈一手好琴。喬治亞娜學得怎樣了，達西？」

達西先生滿腔溫情地讚揚妹妹琴藝嫻熟。

「聽說她表現這麼好，我真高興。」凱薩琳夫人說道，「請代我轉告她，要是不勤加練習，就別想出類拔萃。」

「我向你保證，夫人，」他答道，「她用不著別人勸告。她一直在堅持練習呢。」

「那就更好了。練習是不嫌多的。等下次寫信給她，我要叮囑她一聲，叫她說什麼也別懈怠。我常對年輕小姐說，沒有勤奮的練習，就休想在音樂上取得成就。我已經對班內特小姐說過好幾次，她除非再多練練，否則不可能彈好。柯林斯太太沒有琴，不過我常對她說，很歡迎她每天上羅欣斯來，在詹金森太太房裡的鋼琴上練習。要知道，在房子的那一頭，她是不會打擾到別人的。」

看見姨媽表現得如此無禮，達西顯得有點難為情，沒搭理她。

用過咖啡，菲茨威廉上校提醒伊麗莎白說，她答應要彈琴給他聽的，於是她立刻坐到了鋼琴前面。他也拖了張椅子，坐在她身邊。凱薩琳夫人只聽了半首曲子，就接著剛才的話茬，跟那位外甥談起話來，後者聽煩了，只好起身避開，邁著一貫的從容步伐，走到鋼琴前站定，好看清演奏者的芳容。伊麗莎白看見他正打量自己，就趕緊挑了一個時機停下來，轉過臉調皮地微笑著對他說：

「你走得這麼近來聽我彈琴，是故意要嚇唬我吧，達西先生？雖說你的妹妹彈得特別好，我也不會被嚇住的。我這人就是這麼倔強，別人怎麼都嚇不倒我。但凡誰想嚇唬我，反而只會增加我的勇氣。」

「我不會說你講得不對。」他答道，「因為你不可能當真以為，我是在故意嚇唬你取樂。幸而我認識你已經有一段時間了，知道你有時發表的言論，連你自己也不相信，你只是覺得好玩。」

伊麗莎白聽到達西這樣形容她，不由大笑起來。她對菲茨威廉上校說：「你表弟會告訴你一大篇有關我的見解，我說的話，他會勸你一個字也別信。我到了這個地方，本想裝成一個值得信賴的人，誰知卻碰上個能揭穿我真面目的人，實在運氣太差。達西先生，說真的，你把我在赫特福德郡的壞事都說出來，也太不厚道了。更何況，讓我告訴你，你這樣做也很不聰明，因為這會激起我的報復心，要是我說點事情出來，你的幾位親戚聽了也會大吃一驚的。」

「我可不怕你。」他說著微笑起來。

「快讓我聽聽，你對他有什麼可揭發的，」菲茨威廉上校大聲說道，「我真想知道他在陌生人面前是什麼樣子。」

「你是該聽聽——不過你要做好心理準備，可能會聽到一些非常誇張的事。你得知道，我頭一次在赫特福德郡見到他，是在一場舞會上——你猜他在舞會上做了些什麼？他只跳了四支舞，現場的男賓本來就很少，而且我很清楚，有不少年輕小姐因為沒有舞伴，都在那兒閒坐著呢。達西先生，這你不能否認吧。」

「當時在那場舞會上，除了同去的朋友之外，我不幸並沒認識其他小姐。」

「沒錯。再說在舞廳裡，是不可以經人介紹而互相認識的呢。好了，菲茨威廉上校，接下來要我彈哪一首曲子？我的手指在恭候你的吩咐。」

「要是那天我請人介紹一下的話，也許會好一些，」達西說，「不過我沒資格去向陌生人自我引薦。」

「這是什麼原因，不如讓我來請教一下你的表弟。」伊麗莎白說這話時，仍舊對著菲茨威廉上校，「讓我們問問他，為什麼一個有見識、有教養、又有社交經驗的人，卻說自己沒資格向陌生人自我引薦呢？」

「這個問題我可以回答，」菲茨威廉說道，「用不著問他。那是因為他不想給自己找麻煩。」

「有人生來就能輕輕鬆鬆地和素未謀面的人攀談，但我顯然不具備這種天分，」達西說道，「我無法像他們那樣談笑風生，也不能假裝對人家的想法感興趣。大家見得多了，我就是那樣。」

「我見過許多女人，彈起琴來，手指的動作是那樣純熟，」伊麗莎白說，「但我的手指就做不到。我的手指不及人家有力、不及人家靈活，也沒有人家那樣的表現力。不過我總認為這問題出在我自己身上——因為我怕麻煩，不肯多加練習。我可不覺得是我的手指比不上那些技巧高超的女人的手指。」

達西微笑著說：「你說得對極了。你練琴的效率還更高呢。凡是誰有耳福聽過你的演奏，都聽不出你有哪裡彈得不好。你看，我們兩個可都不願意在陌生人面前表演。」

這時他們被凱薩琳夫人打斷了，她高聲打聽他們在聊些什麼。伊麗莎白趕緊接著往下彈。凱薩琳夫人走過來聽了幾分鐘，便轉過頭對達西說：

「班內特小姐要能再多練練的話，就能一點都不出錯了，她應當去倫敦找個好老師。她的指法相當不錯，不過，論格調可及不上安妮。要是安妮的身子硬朗些，能夠學琴，她本來是能彈得很悅耳的。」

伊麗莎白朝達西望去，想看看他聽到這番對表妹的褒獎之辭，能不能由衷地贊同。然而，無論在此時，還是在當晚的其他時候，從他身上，她都察覺不出絲毫愛的跡象。看著他對待德·包爾小姐的一舉一動，她只有為賓利小姐感到寬慰，設若賓利小姐能做他的親戚，他說不定也會娶她呢。

凱薩琳夫人繼續對伊麗莎白的演奏品頭論足，大肆指點著她的技巧和品味。出於禮貌，伊麗莎白強自按捺，對她的意見照單全收。應男士的要求，她始終坐在鋼琴前面，一直彈到夫人的馬車備好，準備送他們回家為止。

Chapter 9

一束目光

第二天上午，柯林斯太太和瑪麗亞到村裡去辦事了，伊麗莎白正獨自坐在家給珍寫信，忽然被門鈴聲嚇了一跳。一定是有客人來了。她沒聽到四輪馬車的聲音，心想來的說不定是凱薩琳夫人，於是把寫了一半的信放到一邊，免得讓她看到，又要問出一大堆沒禮貌的問題。門一打開，她不由大吃一驚。只見達西先生走了進來，且就只有他一個人。

他發現她一個人在家，看樣子也是吃了一驚，立刻道歉說，他以為太太小姐都在家，貿然闖了進來，實在對不起。

他們於是坐了下來。她先問候了羅欣斯的諸位，接下來，兩人就再無話可說，很有陷入沉默的危險。她覺得必須找點話題談談，於是趕緊搜索枯腸，想到了最後一次在赫特福德郡見到他的情形。她的好奇之心油然而生，想知道他對於他們那次的突然離開，會是怎麼個說法。於是她說：

「達西先生，去年十一月你們所有人離開內瑟菲爾德，是多麼突然啊！賓利先生看到你們這麼快就去跟他會合，肯定驚喜萬分吧。要是我沒記錯的話，他走了才剛一天而已。我想，你從倫敦動身的時候，他和他的姊妹一切都好吧？」

「他們好得很，謝謝你。」

她發覺他的回答就到此為止了，頓了片刻，她只好又說：

「我猜想，賓利先生是不打算回內瑟菲爾德去了吧？」

「我沒聽他這麼說過。不過他今後很可能不會在那兒久住。他本來就交遊廣闊，而且在他這個年紀，朋友和應酬正是會越來越多。」

「要是他不打算在內瑟菲爾德久住，那麼，為鄰里著想，他還不如乾脆退租，如此一來，我們就有希望得到一個會久住的鄰居。不過，賓利先生租下那裡，主要應該還是為了自己方便，不會去顧念鄰里方不方便，不管是保留還是退租，我想他都是按自己那套辦法行事的。」

「我能預計，」達西說道，「一旦他買到合適的房子，就會立刻把內瑟菲爾德退租的。」

伊麗莎白沒有答話。她不想再繼續談論他那位朋友，但又沒別的可談，於是決定把難題丟給他，讓他自己找點話題。

他心領神會，片刻之後開口說道：「這棟房子看來相當舒適呢。我相信，柯林斯先生初來乍到的時候，凱薩琳夫人一定費了不少心吧。」

「我想她的確費心了——而且我敢肯定，她在這上頭的心思沒有白費，她無論如何也找不到一個比柯林斯先生更懂得感恩的人了。」

「柯林斯先生娶了這麼一位太太，真是他的福氣。」

「是的，這是千真萬確。世上頭腦清楚的女人本來就不多，他卻遇上了一位，而且她還願意接受他，讓他過著幸福的日子，他的朋友真都該為此歡呼雀躍。我這位朋友是個聰明絕頂的女人——不過，她會嫁給柯林斯先生，我不敢說這件事做得有多聰明。無論如何，她看起來倒是相當幸福，再說，以保守的眼光來看，這對她而言也的確是一門不錯的親事。」

「能住在離娘家和好友這麼近的地方，她一定也很滿意吧。」

「你說這算近？將近五十哩呢。」

「只要路修得好，五十哩又算得上什麼？不過是大半天的路程。沒錯，我認為這個距離算得上方便。」

「我從來沒想過，距離近也能當成一門親事的優點來說，」伊麗莎白大聲說，「我可不會說柯林斯太太住得離娘家近。」

「這說明你太留戀赫特福德郡。我想，但凡離開了朗博恩的範圍，你都會覺得遠。」

他說話時，臉上露出一抹笑意，伊麗莎白覺得自己懂得這笑容的意思。他肯定在想，她是希望珍住到內瑟菲爾德去。於是她脹紅了臉，答道：

「我不是說，女人不該嫁得離娘家太近。距離遠近都是相對的，要取決於各種實際情況。要是家庭富裕，可以輕鬆地承擔旅費，距離遠點就無所謂了。但他們的情況不是這樣的。柯林斯夫婦的收入確實不少，然而若說要頻繁地出遠門，他們還負擔不起——我認為，即便我的好友離娘家只有現在一半的距離，她也不會認為那就算得上近。」

達西先生把椅子向她拖近了一些，說道：「你可不該太留戀娘家。你總不能永遠在朗博恩住下去吧。」

伊麗莎白露出了些許詫異的神情。這位先生也不由得心念一轉。他把椅子拉回原處，從桌上拿起報紙，一邊翻開來看，一邊換上較為冷淡的口氣說道：

「你喜歡肯特嗎？」

他倆就當地的情形談論了幾句，雙方都很平靜，話也說得簡短——沒過多久，夏洛特和她妹妹散步回家，走進了屋子，於是談話就到此為止了。看到他倆在促膝談心，姊妹倆頗為詫異。達西先生告訴她們，他誤以為大家都在家，所以冒昧打攪了班內特小姐。此後他又略坐了幾分鐘，沒再和誰多聊，就起身告辭了。

「這算什麼意思呀？」他一走，夏洛特就說，「親愛的伊麗莎，他一定是愛上你了，否則他是不可能這麼隨隨便便來看我們的。」

然而伊麗莎白告訴她，達西先生剛才一直少言寡語，夏洛特聽了，也覺得縱然自己衷心希望如此，看樣子卻不像那麼回事。她們兩個思來想去，最後只好猜想他這次之所以登門，很可能是因為在一年中的這個時節裡實在無事可做。所有戶外的狩獵活動都已告一段落。家裡倒是有凱薩琳夫人、有書本，還有一張檯球桌，可是紳士是不作興老待在家的。也許是因為牧師宅邸就在左近，也許是因為散步過來一路上都很宜人，也或許是因為住在這兒的人好相處，總之這對表兄弟差不多每天都免不了來走一趟。他倆總在白天來訪，時間忽早忽晚，有時一個人來，有時結伴同來，隔三岔五還會帶上凱薩琳夫人。大家心知肚明，菲茨威廉上校之所以來，是因為喜歡和她們往來，於是自然越發地歡迎他。伊麗莎白和他相處得很愉快，而且看得出，他顯然愛慕著自己，這也令她想起了老朋友喬治．威克漢姆。她把這兩位先生比較了一番，覺得儘管菲茨威廉上校的言行舉止不如威克漢姆那麼溫柔迷人，卻更加見多識廣。

至於達西先生為什麼常常來牧師宅邸，就叫人有點摸不著頭腦了。他不可能是想和她們打交道，因為他時常一坐十分鐘，嘴都不張一張。說起話來也是一副勉為其難的樣子，似乎是覺得有說的必要，不是真的有話想說——是為了禮貌而委曲求全，不是因為喜歡聊天。他難得有興致高漲的時候。柯林斯太太實在搞不懂他是怎麼回事。菲茨威廉上校偶爾會笑他傻頭傻腦，她想，既然如此，就說明他平時應當是另一副樣子，但是，她對他瞭解不多，實在想像不出那是什麼樣子。她很想把他這種變化歸結到愛情上頭去，而愛的對象正是她的朋友伊麗莎，於是她拿定主意，要把這件事弄個明白。不論是去羅欣斯做客，還是在漢斯福德接待他，她總是留心觀察他的一舉一動，結果卻一無所獲。他的目光確實頻繁地投向她的朋友，但那種眼光蘊含著什麼，卻看不真切。那是一種認真專注的凝視，可是她時常疑心其中也許沒多少愛慕之情，而且有時候他看起來不過是在走神罷了。

她對伊麗莎白提了一兩次，說達西先生有可能很喜歡她，但伊麗莎白總是一笑置之。柯林斯太太感到這件事不宜多提，就怕喚起了她的希望，到頭來卻害她大失所望。因為照她想來，一旦朋友意識到達西先生已經為她傾倒，那她對他的厭惡之情無疑會一掃而空。

她好心地替伊麗莎白打算著，有時覺得她也許能嫁給菲茨威廉上校。相比之下，他這人非常討人喜歡。他顯然很愛慕她，家境又相當理想。不過，達西先生在教會有很大的勢力，這是他表哥絕不會有的，這就把表哥的種種優點給抵消了。

Chapter 10

一定是命運的作弄

伊麗莎白在莊園裡閒晃時，曾多次巧遇達西先生。他竟會跑到這種人跡罕至的地方，她真覺得命運在作弄自己。

為了避免這種巧合再次發生，她一開始就告訴他說，這一帶是她在莊園裡最中意的地方。這樣還有第二次，那就怪了！誰知不但有第二次，還有第三次。

看起來他似乎是有意跟她過不去，要不就是特地給自己找罪受，如果他只是客套幾句、尷尬地沉默一陣，接著就告辭走開，也就算了，但走開之後，他竟還會折返，好像覺得必須專門陪她走一段似的。他向來不大說話，她也不打算給自己找麻煩，既不想多說，也不想多聽。不過，在第三次偶遇時，他問了幾個前言不搭後語的怪問題，叫她聽了很是意外——他問她在漢斯福德過得開不開心，為什麼喜歡一個人出來散步，還問她覺得柯林斯夫婦過得幸不幸福。談到羅欣斯，她說自己對這座莊園還不怎麼瞭解，看他的意思，倒好像希望什麼時候她再來肯特，也能去那裡住似的。聽他言下之意似乎如此。他是不是在替菲茨威廉上校考慮？她揣摩著，要是他這番話真有什麼言下之意，指的可能就是那方面吧。這讓她有點不舒服，好在這時已經走到了牧師宅邸的柵欄邊，她不由鬆了一口氣。

有一天，她正一邊散步，一邊重讀珍新近寄來的信，她一再翻看著其中的幾個段落，發覺珍寫信時情緒很低落。這時又有人迎面走來，把她嚇了一跳。她抬頭看去，發覺來人倒不是達西先生，而是菲茨威廉上校。她趕忙把信收起來，強打精神笑了笑說：

「我過去可不知道你會走這條路。」

「我在莊園裡轉一圈，」他答道，「通常我每年都要轉那麼一圈。我打算轉完了就到牧師宅邸去拜訪。你還要接著走一段路嗎？」

「不，我應該等等就會回去。」

說著她就開始往回走，於是他倆結伴向牧師宅邸走去。

「你們是定了禮拜六離開肯特嗎？」她說。

「是的──除非達西還想再延後。不過我總得聽他安排。他高興怎麼安排，就怎麼安排好了。」

「就算他安排一遍後還不滿意，至少他握有很大的選擇權，這總該讓他滿意了。我認識的人裡頭，就沒有誰像達西先生這麼喜歡獨掌大權、為所欲為的。」

「他確實很喜歡凡事按他的意思來，」菲茨威廉上校答道，「不過我們大家其實都是這樣。只不過他比一般人更有條件這麼做，因為他有錢，一般人窮。我是說真的。要知道，當小兒子的就得習慣克制自己、仰仗他人」。」

「照我看來，一位伯爵的小兒子在這兩方面上都不會有多少切身體會。說真的，你知道什麼叫克制自己、仰仗他人嗎？你可曾因為缺錢而去不成想去的地方、買不了想買的東西？」

「問到重點了——也許在這類小事上，我不能說自己經歷過什麼困境。可是在一些更重大的事情上，我就可能會因為缺錢而吃苦了。小兒子是不能想娶誰就娶誰的。」

「除非他們喜歡上有錢的女人，我覺得他們往往會這樣。」

「我們花錢花慣了，缺了錢就不行，像我這種身分的人，談婚論嫁時能不考慮錢的真沒幾個。」

「這話是說給我聽的嗎？」伊麗莎白想著，臉紅了起來。但她還是平復了心情，以輕快的語氣說道：「還請告訴我，一位伯爵的小兒子通常的價碼是多少？除非長子得了重病，否則我想你的要價是不會高於五萬鎊的吧。」

他以同樣輕快的語氣回答了她，談話到這裡就中斷了。她生怕這樣沉默下去，會叫他以為，她聽了剛剛那番話，心裡不愉快，於是不一會兒就開口說道：

「我猜想，你表弟之所以帶你一起出來，主要就是為了能有個人聽命於他。我真奇怪他怎麼還不結婚，結了婚，不就有人常年對他言聽計從了嘛。不過，說不定是因為現下他妹妹也能扮演這個角色，既然她在他的全權監護之下，他自然能對她為所欲為。」

「不對。」菲茨威廉上校說，「他這份特權還得跟我分。我是達西小姐的共同監護人。」

「真的嗎？請問你執行的是哪一種監護？管這件事麻煩不麻煩？她這個年紀的年輕小姐有時不好對付，再說要是她也有達西他們家的性子，那她可能事事都喜歡自己做主。」

她一邊說，一邊留意到他正認真地看著自己。他立刻問她，為什麼她認為達西小姐可能讓他們感到棘手。他的神情舉止，讓她確定自己多少說中了事情的真相。她立刻答道：

「你別怕。我沒聽說過什麼不利於她的話。我敢說她是世上數一數二聽話的人。在我的朋友裡頭，有幾個小姐特別喜歡她，比如赫斯特太太和賓利小姐。我想我聽你提過，你認識她們。」

「我和她們不算熟。她們的兄弟是個很有紳士派頭的人——他和達西先生是好朋友。」

「哦！是的，」伊麗莎白冷冷地說，「達西先生對賓利先生真是好得少有，對他照顧得無微不至。」

「照顧他！也對，我相信只要他真的需要，達西的確會照顧他的。在來的路上，他告訴了我一些事情，我聽起來覺得，賓利確實多虧了有他照顧。不過我得請他原諒，因為我也沒有理由認定，他說的那個人就是賓利。我不過是瞎猜。」

「你的意思是？」

「這件事達西應該不想散布出去，因為事情如果傳到那位小姐家人的耳朵裡，就要鬧得不愉快了。」

「你可以相信我，我不會說出去的。」

「那你要記住，我沒什麼理由認為那個人就是賓利。他只不過告訴了我這麼一件事：他十分慶幸，自己最近把一個朋友從一樁魯莽至極的婚事中解救了出來，省了不少麻煩，但他沒說這位朋友是誰，也沒提到其他細節，我之所以猜測他說的是賓利，不過是因為，我覺得他恰好屬於有可能招來這類麻煩的年輕人，而且我還知道，他們整個夏天都待在一起。」

「達西先生有沒有告訴你，他為什麼要插手這件事？」

「我想這位小姐應該有些不足之處，令人相當反感。」

1 在奧斯汀時代的英國，通行的是長子繼承制（Primogeniture）。父親去世後，所有家產都由長子或血緣關係最近的男性繼承。在貴族家庭，次子雖然出身優渥，但不能繼承家中財產，因此多到軍隊或教會任職，在經濟條件和生活方式上都不能和長子相提並論。

「那他用什麼手段讓他們分開的呢?」

「他沒告訴我他用了什麼手段,」菲茨威廉笑著說,「他告訴我的,我已經全部告訴你了。」

伊麗莎白沒有回應,她繼續往前走,心頭怒火翻湧。菲茨威廉打量了她一會兒,問她為什麼看起來心事重重。

「我在回想你剛告訴我的事,」她說,「你表弟這種指手畫腳的做法讓我覺得很不舒服。憑什麼他要說了算?」

「你是說他干涉太多了是嗎?」

「我看不出達西先生有什麼權利,去判定他朋友應不應該喜歡一個人,也不知道為什麼他能單憑自己的想法,就一口咬定朋友到底怎樣才能幸福。不過,」她一邊盡可能平復自己的情緒,一邊接著往下說,「既然我們對事實細節一無所知,那對他妄加指責倒也不公正。說不定這兩個當事人之間根本沒多少感情。」

「這也不是不可能。」菲茨威廉說道,「不過我表弟本來覺得這事辦得很了不起,真要這樣的話,他的功勞可就要打個折扣了。」

這本來只是一句玩笑話,可是她聽在耳朵裡,卻覺得恰好是達西先生的真實寫照,她想不出該怎麼回答,只得硬生生地換個話題,談起了一些無關緊要的事情,兩人談著談著,一直走到了牧師宅邸。一等客人告辭,她就回到自己的房間,關上門,總算可以清清靜靜地回想剛才聽到的話了。看來這說的不可能是別人,一定是她認識的那兩個人。世界上絕不可能有第二個人會這麼無底線地聽任達西先生擺布。在拆散賓利和珍這件事上頭,她向來認定有他的一份。但此前她始終以為此事的主謀是賓利小姐。總而言之，假如將賓利先生引入歧途的並非他自己虛榮的門第觀念，那麼就是達西一手造成了這一切，是他的傲慢和專斷造成了一切，是他害得珍承受那麼多痛苦，而且還要一直痛苦下去。這世上最溫柔善良、最寬容大度的心靈，本來是有希望得到幸福的，現在卻叫他如此這般毀得一乾二淨。而且誰也說不清，他造的這個孽到何年何月才能了結。

「這位小姐有些不足之處，令人相當反感。」菲茨威廉上校就是這麼說的。所謂的不足，大概是指她有一個當鄉村律師的姨丈，還有一個在倫敦做生意的舅舅吧。

「至於珍本人，」她大聲說道，「她根本不可能有什麼缺點。她是多麼可愛，多麼善良！她通情達理，見多識廣，再說她的風度又是那麼迷人。我父親也沒什麼可挑剔的，雖說他脾氣有些古怪，但他的才幹就連達西先生也不能小看，要說人品，說不定達西先生永遠都達不到他那種境界呢。」接著她想到了母親，不免稍稍有點心虛。不過，她絕不相信這些缺點在達西先生心目中有多大影響，他這人實在太傲慢了，朋友和身分低微的人家結親，會大大傷害他的自尊心，倒還不如和見識淺薄的人家結親呢。說到底，她已經確定了，他之所以這麼做，一半是受到這種惡劣的傲慢心態所驅使，一半是為了把他的妹妹許配給賓利先生。

這件事叫她怒火中燒，氣得直掉眼淚，頭也痛了起來。本來大家已經受邀到羅欣斯去喝茶，可是到了傍晚，她的頭痛得更厲害了，加之不情願和達西先生見面，於是決定不和堂哥他們一道赴約。柯林斯太太見她身體確實不舒服，就沒有勉強，也盡量勸丈夫不要強人所難。然而柯林斯先生卻不禁憂形於色，生怕她留在家裡，會叫凱薩琳夫人不開心。

Chapter 11

我頑抗至今，只是白費力氣

他們出門之後，伊麗莎白把她抵達肯特郡以來所收到的珍的信都翻出來，細細讀了一遍，倒好像是特意為了和達西先生不共戴天似的。信上沒有什麼明顯的抱怨，沒提到之前發生的事情，也沒透露她近來的苦悶。然而在每一封信裡，看遍字裡行間，都找不到她素來那種歡快的筆調。她原本是性子平和、待人和善，落筆幾乎從來不見一絲烏雲。可是現下，伊麗莎白卻發現信上的每句話都流露著不安，這是她讀頭一遍時沒注意到的。達西先生還對自己一手造成的悲劇自鳴得意，這令她更刻骨地體會到了姊姊的痛苦。好在他後天就要離開羅欣斯，一念及此，她總算心境稍寬——更值得寬慰的是，再過不到兩個禮拜，她就要和珍團聚了，到時她便可以盡力去開解她，幫她在精神上振作起來。

想到達西要離開肯特，她自然記起他表哥也將一同告辭。不過，菲茨威廉上校已經說得很清楚，他對她沒有意思，這人很可愛，但她倒還不至於為他傷神。

她正思來想去，忽然被門鈴聲驚醒。她猜想來人可能是菲茨威廉上校，心不由得跳了起來，此前他也曾在夜裡拜訪過一回，現在說不定是特意來看她的。然而她的猜測很快就落了空，只見達西先生走了進來。她愕然到了極點，心情也隨之急轉直下。他一來就心急火燎地問候她的健康，說自己是來探望她的，但願她感覺好些了。她冷淡而客套地回答了一兩句。他坐下沒幾分鐘，就站起身來，在房間裡走來走去。伊麗莎白見狀有些詫異，但沒說什麼。他沉默了幾分鐘，忽然激動地走到她面前說：

「我頑抗至今，只是白費力氣。根本沒用。我壓抑不住自己的感情。請務必允許我向你坦白，我是多麼熱烈地崇拜你，多麼愛你。」

伊麗莎白真是說不出的震驚。她瞪著他，脹紅了臉，滿腹狐疑，一句話都說不出。他一見之下，卻以為她在慫恿自己，於是立刻向她坦陳心跡，說自己對她的愛慕由來已久。他說得很誠懇，不但表白了一腔愛意，還把其他種種感想一併說了出來。言語間雖有柔情，卻蓋不過傲慢。他覺得她出身低微，娶她是自貶身價，而且她家庭方面的種種障礙，也令他望而卻步，然而他寧可自己吃虧，也要娶她，足見一片赤誠。誰知這番話未見得有助於他的求婚。

她從心底裡厭惡他，不過，這樣一個男人向她求愛，她也難免有些受寵若驚。她的心思一刻也不曾動搖，但一想到他遭到拒絕，勢必痛苦一場，心裡多少還有些抱歉。誰知他的話叫她越聽越氣，滿腔怒火終於取代了那一點憐憫之情。她竭力保持平靜，準備等他說完之後，再耐著性子答覆他。末了，他表示自己愛她愛得太強烈，再怎麼掙扎也無法克制，希望她接受他的求婚。看他說這一席話時的神情，是吃定了她一定會答應。他滿口說著自己是多麼擔憂和緊張，面容卻顯得十分篤定。看見他這副樣子，她怒氣更熾，等他說完，便脹紅了雙頰說道：

「遇到這種情況，我想哪怕不能投桃報李，一般也該感謝對方的愛慕。心懷感激是很自然的，要是我能心懷感激，那我現在肯定會對你說聲謝謝。可是我做不到——我從來不曾求你看重我，更何況你對我的看重還是那麼不情不願。我不想讓任何人痛苦。我完全是無心的，但我希望你不要痛苦太久。你告訴我說，你顧慮重重，久久克制著心意，既然如此，我想聽了我這番解釋之後，要你忘卻這番心意，也不至於很難吧。」

達西先生背靠壁爐臺，盯著她的臉看，聽到她這麼說，顯得又是惱怒，又是吃驚。他氣得面色煞白，紛亂的心情在整張臉上表露無遺。他表面上極力維持鎮定，直到自以為神色如常了，才肯開口說話。伊麗莎白覺得這一陣沉默真令人難受。最後他總算強作平靜地說道：

「沒想到，竟承蒙你這樣答覆！可否允許我請教一下，我何以遭到如此不講情面的拒絕？不過這也沒多大關係了。」

「那我也想請教，」她答道，「你為什麼要這樣明擺著冒犯我、羞辱我，對我說什麼你愛上我是違反了你的意志、違反了你的理性，甚至還違反了你的人格？要是說我不講情面，那這也能成其為不講情面的理由吧？然而我這麼生氣，還有其他原因。你是知道的。即便我對你沒那麼反感——即便我對你不存芥蒂，甚至還有幾分好感，難道你就認為，一個男人破壞了我最愛的姊姊的終身幸福，我還會鬼迷心竅地愛上他嗎？」

聽了她的話，達西先生臉色一變。不過這種情緒只是一閃而過，他沒有打斷她，只管讓她接著往下說：

「我有充分的理由討厭你。你在那件事當中扮演了一個不正直、不光彩的角色，不管你是出於什麼動機，都無法辯解。哪怕這件壞事不是你一個人做的，你也是拆散他倆的元兇，對此你不敢否認，也不能否認——你害得他們背負世人的罵名，一個被譴責始亂終棄，一個被嘲笑癡心妄想，害得他們深陷苦痛，難以自拔。」

說到這裡，她頓了頓，只見他一副洗耳恭聽的神情，看不出一絲悔意，看來他完全不為所動，也毫不自責。他甚至還作出一副難以置信的樣子，面帶笑意地看著她。

「你能否認你做過這些事嗎？」她又問了一遍。

他故作鎮定地答道：「我想盡辦法拆散了我的朋友和你的姊姊，對此我不想否認。我也不想否認，辦成了這件事，我很高興。至少我待他要比待自己好一點。」

伊麗莎白聽他說得這麼謙退，心裡明白他想示好，但她依舊氣憤難平，不願理會他。

「但我之所以討厭你，還不止因為這一件事，」她繼續說道，「早在此事發生之前，我就已經對你有看法了。好幾個月以前，威克漢姆先生講起了一些往事，讓我認清了你的面目。這件事你又怎麼說？你是不是又要自我辯護說，你這是為了維護朋友？還是要反過來譴責別人歪曲事實？」

「你對那位先生的利益倒是關懷備至。」達西的語氣不再平靜，臉也脹得更紅了。

「聽了他的不幸遭遇，誰又能不同情呢？」

「他的不幸遭遇！」達西輕蔑地重複了一句，「不錯，他倒果真不幸得很呢。」

「多虧了你的手段，」伊麗莎白怒氣沖沖地叫道，「把他害得窮到現在這個地步——可以算是窮吧。本來指定給他的利益，你卻給剝奪了。他正值大好年華，於情於理，都有權享有他那份俸祿，你卻把它奪走。這是你一手造成的！現在提起他的不幸遭遇，你居然還顯得這麼不屑一顧，你還嘲笑他。」

「你就是這麼看我的！」達西一邊說，一邊快步穿過房間，「你對我就是這種評價！多謝你給我解釋得這麼詳盡。這樣算起來，我犯的錯果真很嚴重了！但是，」說到這裡，他停了下來，朝她轉過身去，「假設我沒有一五一十地向你坦白，告訴你一直以來我是多麼顧慮重重，所以遲疑不決了那麼久，你的自尊心就不會受傷，說不定你也不會計較我的得罪之處吧。要是我耍點手腕，把內心的掙扎瞞起來不說，只一味地討好你，說我無論在理智上、感情上，還是在任何方面，都無條件地、心無旁騖地愛上了你，那說不定我也不會遭到如此惡毒的指控。可是對任何形式的偽裝，我都厭惡。我也不為剛才提到的那些顧慮而羞恥。有那樣的顧慮，是自然的、正當的。難道你指望我為你那些低三下四的親戚歡呼嗎？難道和這些身分地位遠低於我的人攀上親戚，我還要沾沾自喜？」

伊麗莎白感到自己的怒氣正愈演愈烈。不過她仍舊盡量平心靜氣地說：

「你弄錯了，達西先生。你以為換個方式表白，就能影響我的決定，但事實上，就算你表現得更像個謙謙君子，我還是會毫不猶豫地拒絕你。」

他聽了這話，勃然變色，但什麼也沒說，她就接著往下說道：

「無論你用哪種方式提出求婚，都不可能打動我，叫我接受你。」

他又一次難掩震驚之色，以一種夾雜著疑惑和屈辱的神情望著她。她繼續說：

「剛開始跟你打交道——簡直可以說，從見到你的第一刻起——你的行為就讓我深深感到，你這個人傲慢、狂妄、自私自利、絲毫不顧他人的感受，我對你的第一印象就不好，後來發生的事情，一樁樁、一件件，無不叫我對你深惡痛絕。我認識你還不到一個月，就已經確信，即使全世界只剩你一個男人，我也不願意跟你結婚。」

「你說得夠多了，小姐。我完全理解你的感受，想到自己對你有過那樣的感情，我如今只覺得羞愧。原諒我占用了你這麼多時間，也請允許我誠摯地祝你健康快樂。」

說完這幾句話，他急忙走出房間，緊接著，伊麗莎白就聽到他打開前門離開了。

她的頭腦此刻亂成一團，難受極了。她支撐不住，渾身癱軟，只得坐下來哭了整整半個小時。回想剛剛發生的一幕幕，真是越想越意外。達西先生居然會向她求婚！他已經愛上她好幾個月了！他愛她愛到這種地步，居然不顧種種阻礙，一心想要娶她。他之所以阻止朋友娶她姊姊，正是因為這些障礙的存在。可是他自己也面對同樣的障礙，跟朋友沒有什麼不同——這太不可思議了！不知不覺中，人家竟對她傾倒到這般田地，想來難免有些得意。然而他這麼傲慢，傲慢得令人討厭——他還不知羞恥地承認自己對珍做了什麼壞事，不錯，他沒法自圓其說，但他那副自以為是的表情，著實不可饒恕。而且，提到威克漢姆先生，他還顯得如此冷酷無情。有一會兒工夫，想到他這麼愛慕自己，她還起了點惻隱之心，但一念及他曾那樣殘忍地對待威克漢姆，而且竟然不加否認，於是連僅有的些許惻隱也煙消雲散。她心煩意亂，思來想去，後來聽見凱薩琳夫人的馬車聲，才想到自己這副模樣可別叫夏洛特看見，趕緊回臥室去了。

Chapter 12

一封長信

伊麗莎白思前想後，過了好久才睡著，翌日早晨醒來，滿腦子糾結的還是昨晚那般心事。她尚未從震驚中恢復過來，沒法想別的，手頭的活計一點都做不下去，因此，吃過早餐後不久，她決定到外面走走，透透氣。她正逕直朝自己最喜歡的那條小徑走去，忽然想到達西先生有時會上那兒阻住她，於是沒有走進莊園，而是拐上了偏離收費大道[1]的那條路。路的一側是莊園的籬笆牆，她順著這道籬笆往前走，不久就經過了一道通往花園的門。

她在那段路上來回走了兩三次，深受晨間美景的吸引，終於忍不住在一道園門前停下，朝莊園裡張望起來。她在肯特待了五個禮拜，在此期間，這兒的鄉村景色已經大為變化，早發的樹木一天綠似一天。她正想繼續散步，忽然在莊園邊沿的樹叢間瞥見一位紳士，發現他走的也是這條路。她只怕那是達西先生，趕緊往來路走回去。然而那人已經走到近處，而且看見了她，正急匆匆地朝這邊趕來，邊走還邊喊著她的名字。她已經轉身了，儘管聽見那人的喊聲，知道他正是達西先生，卻也只好走回到園門邊去。這時他也已來到了門口，手上遞過一封信。她下意識地接了。他一副目中無人的樣子，冷冷地說道：「我已經在樹叢裡走了一陣，想著說不定能遇見你。可否請你賞個臉，讀一讀這封信？」說完，他微微鞠了一躬，轉身向樹林走去，不久就看不見人了。

伊麗莎白不指望信裡寫了什麼好話，但是，在強烈好奇心的驅使下，她打開了它，發現信封裡裝著兩張信紙，密密麻麻地寫滿了字，不由更為詫異。就連信封上也寫得滿滿當當。她一面沿著小徑往前走，一面讀了起來。只見上面注明，這封信是早晨八點鐘在羅欣斯寫的，內容如下：

> 小姐，收到這封信，請不必緊張，不用擔心我在信裡舊事重提，又對你傾吐衷腸，或是再度向你求婚，惹得你又像昨晚那樣厭惡。我寫這封信，完全無意傷害你，也不想自取其辱。雖說我一時還不能將心願淡忘，不過為了我們雙方的幸福起見，還是別再提起為好。寫下這封信、還要有勞你讀，這番麻煩本來可以省卻，之所以如此大動干戈，還是我的性格使然。因此，請務必原諒我如此冒昧，勞你費神。我明白，你內心是不情願的，但我仍請求你，出於公正起見，展信一讀。
>
> 昨天晚上，你把兩件性質不同，但程度相當的罪行加在我頭上。頭一件，是我不顧賓利先生和令姊之間兩情相悅，硬是把他們拆散，第二件，是我無視他人的種種權益，不顧體面，不講人情，剝奪了威克漢姆先生本來近在眼前的財富，破壞了他的前程。我蠻不講理，輕率地拋棄了少

1 收費大道（turnpike road），即向通行車輛收取費用以養路的公路，類似今天的收費公路。

年時的玩伴、先父生前最看重的人、一個無依無靠的年輕人。他所能倚仗的，唯有我們的贊助，而且他從小到大就指望著這份贊助。與這樁罪行相比，拆散一對相處不過幾個星期的年輕男女，簡直算不上什麼了。接下來，我要對自己在這兩件事中的行為和動機加以陳述，希望你瞭解以後，不至於再像昨夜那樣對我橫加指責。假如在解釋過程中，我情不自禁地表達了自己的一些情緒，對你有所冒犯，我只能表示歉意。我是情非得已，再多作道歉，反而顯得可笑。

我抵達赫特福德郡不久，就和別人一樣，發現在當地的年輕姑娘當中，賓利最中意令姊。不過直到內瑟菲爾德舉辦舞會那晚，我才發覺他是真的迷上了她。其實我從前也常看到他墜入愛河。在舞會上，我有幸與你跳舞，當時威廉·盧卡斯爵士湊巧告訴我說，賓利鍾情於令姊，已經惹得大家都以為他們好事將近，這是我首次獲悉此事。他說得好像這樁婚事已經十拿九穩，只不過日期還沒確定而已。從那時起，我就密切注意我朋友的舉動，由此確信，他對班內特小姐的情意遠超以往。我也觀察了令姊。她的神情舉止顯得開朗愉快，自始至終都很迷人，但看不出任何對他特別鍾情的跡象。經過一整晚的仔細觀察，我認為她儘管欣然接受了他的殷勤，卻並沒有對他一往情深。在這一點上，要是你沒弄錯的話，那一定是我搞錯了。既然你對令姊知之甚深，我想錯的一方更可能在我。設若當真如此，假如因為我判斷錯誤而叫她受了苦，那也難怪你會恨我。但請恕我直言，令姊的神情舉止如此四平八穩，就算是最敏銳的旁觀者，也可能會認為她性情溫和，內心卻不容易被打動。我當初確實希望她無動於衷——不過我敢說，就算我有我的願望和顧慮，我的觀察和結論通常也不會受到影響。我認為她無動於衷，並非出於一己的心願。我之所以這樣認為，是基於不偏不倚的判斷，也是基於合情合理的願望。

我反對這門婚事，還不僅僅是由於昨晚告訴你的那些原因。我說過，換作是我，真要情到濃時，才能將這些顧慮拋諸腦後。對於門戶高低，我朋友倒可能不像我這麼介意。但除此之外，還有其他叫人厭棄這門婚事的理由。這些理由始終存在，而且令我和令他一樣厭惡，但因為我不會馬上面臨，也就盡量把這些理由忘記。然而在此我有必要挑明這些理由，簡要說說。

令堂的娘家固然不能令人滿意，不過，比起她自己和你的三個妹妹那些不成體統的舉動來，卻也顯得無足輕重了。令堂和令妹她們的舉止，是經常性的、幾乎一貫的不成體統，就連令尊偶爾也難免如此。請原諒我。冒犯了你，我其實甚感不安。你本就為至親的缺點擔著心思，聽到我這麼評價他們，自然會難過。但你和令姊謹言慎行，不但免去了他人的非議，還廣受讚美，人人稱賞你們兩位的見識和性情，這也足可讓你安慰了。

我再多說幾句。見到那晚的情形，我對各方人等都形成了自己的看法，考慮了種種因素，我認為這將是一樁最為不幸的婚姻，並且拿定主意要阻止朋友締結這門親事。我相信你一定記得，第二天，他從內瑟菲爾德動身去倫敦，當時是打算不日返回的。現在我解釋一下我在這件事中扮演的角色。他那兩姊妹也像我一樣感到不安。我們很快就發現彼此看法一致，覺得不能浪費時間，應該盡快把她們的兄弟隔絕於事外。於是我們立刻決定動身，直接上倫敦去與他會合。我們就這麼走了——一到那兒，我就主動向他指出，這門親事會帶來多少弊端。我細細給他分析，真心誠意地勸他。這番規勸可能動搖了他的決心，拖延了他的計畫，但我覺得，要不是我乘勝追擊，斷然指出令姊對他並無情意，他終究還是不會放棄的。之前他始終認為，哪怕她的情意不及他那麼深，至少也是真心實意，與他兩情相悅的。不過賓利這個人的性格，生來特別自謙，對我的判斷，總是比對他自己的還要信任。因此，要說服他，讓他相信自己想錯了，倒並不怎麼困難。等他信了，再進一步勸服他別回赫特福德郡去，也就費不了多少工夫了。我並不為這些事自責。全程唯有一件事，我想起來不能心安理得，那就是在令姊進城之後，我不擇手段地向他隱瞞了這個消息。我自己是知道的，賓利小姐也知道。但她哥哥直到現在還蒙在鼓裡。其實就算他倆見了面，也未必會導致什麼不良後果，只是在我看來，他的愛意尚未徹底撲滅，一旦見了她，總有死灰復燃的危險。也許我這樣隱瞞不報、遮遮掩掩，是有失身分的。但我已經這麼辦了，而且是出於一片好心。對這件事，我沒有別的話要說了，也不想再道歉。如果我傷害了令姊的感情，那是我的無心之失。至於我這麼做的理由，在你看來自然不太充分，但我至今也不認為有何不妥。

說到另外那件更嚴重的罪名，指控我破壞了威克漢姆先生的前程，我只有把他和我家的關係向你和盤托出，才能加以駁斥。我不知道他究竟是如何控訴我的，不過，以下我將要講述的事實真相，都能找到絕對可信的證人，而且還不止一個。

威克漢姆先生的父親是十分可敬的人，多年來管理著彭伯里的全部地產，不負信任，盡職盡責，先父自然願意幫襯他。喬治・威克漢姆是先父的教子，因而先父對他也是照應有加。先父供他上學，後來又資助他進了劍橋大學——這一幫助對他至關重要，因為他的生父苦於有個揮霍成性的太太，始終是一窮二白，沒有能力供他接受高等教育。

這位年輕人舉手投足一向風度翩翩，我父親不但很喜歡和他來往，還對他極為器重，希望他能從事神職，並且打算為他提供機會。至於我自己，則是在多年以前就對他產生了截然不同的看法。他小心地遮掩起種種惡習，不讓最好的朋友看出他無良的本性，然而這卻逃不過一個和他年齡相仿的年輕人的眼睛，畢竟他不設防時的那般模樣，我是有機會目睹的。而老達西先生卻不可能看見。說到這裡，我又要讓你難過了——難過到哪種程度，也只有你自己知道。但是，無論威克漢姆先生在你心中引起了什麼樣的感情，即便這感情的性質令我疑心，也不能阻止我揭開他的真實面目——我這麼做，可以說也有我的一番用心。

我那德高望重的父親大約於五年前去世。他始終關懷著威克漢姆先生，在遺囑中向我交代說，要根據他的職業情況，盡我所能地給予提攜——他囑咐我，假如威克漢姆受了神職，那麼一有俸祿豐厚的牧師職位空出來，就盡快讓他補上。他還留給威克漢姆一千鎊的財產。威克漢姆的父親此後不久也去世了。過了不到半年，威克漢姆先生寫信給我，告知說他已決定不接受神職，想要我立刻另行支付他一筆錢，以替代他不能取得的牧師俸祿，希望我不要覺得這個要求不合理。他補充說，他有意學習法律，我也一定知道，靠著一千鎊的利息收入，是遠遠不夠維持學業的。我不相信他，但還是期望他說了真話。無論如何，我當即答應了他的請求。畢竟我很清楚，威克漢姆先生不適合做牧師。事情很快就解決了——他放棄申請神職的權利，即便將來有了接受神職的資格，也不再向我提請，作為補償，我支付三千鎊給他。到此為止，我和他之間看來就算了結了。我實在看不上他，不願意邀請他上彭伯里去，在城裡也不想和他來往。我想他主要住在城裡，但所謂的學習法律，不過是個幌子，他現在徹底脫離管束，過上了遊手好閒、放浪形骸的生活。

大約有三年時間，我幾乎沒聽到他的任何音訊。但是，原定由他接替的那個牧師去世之後，他又寫信給我，請求把這個職位授予他。他說他的境況潦倒至極，對此我倒不難相信。他發現學習法律太無利可圖，現下只要我肯舉薦他擔任神職，他已完全做好了當牧師的準備——他相信我一定會舉薦他的，因為他看準了我沒有其他人可以補缺，再說我一定沒有忘記先父的遺願。我拒絕了這個要求，後來他一再提請，我始終都是拒絕，你該不會因此責怪我吧。他的境遇每況愈下，對我的怨恨也愈演愈烈——毫無疑問，他在背後罵起我來，也像當面罵我一樣窮凶極惡。經過這個時期，我們連表面上的交情也了結了。我不知道他是怎麼過活的。

然而去年夏天，我又不得不留意起他來，為的還是一件令人痛心的事。我現在要講一件連自己也不願記起的事，要不是因為眼前的情形，這件事我對誰都不想提起。既然已經說到這裡，我相信你一定會替我保守祕密的。

舍妹比我年幼十來歲，由先母的侄子菲茨威廉上校和我一同監護。大概一年前，我們把她從學校接出來，在倫敦為她安排了一個住處。去年夏天，她跟著那兒的管家太太一同上拉姆斯蓋特[2]去。威克漢姆先生也跟著去了，無疑別有用心。原來他和楊格太太早就認識，很不幸，我們錯看了這位楊格太太的人品。就這樣，靠著她的默許和協助，他向喬治亞娜展開了求愛。喬治亞娜本來就心腸軟，而且還銘記著他在兒時對她有多好，竟然被他打動，自以為愛上了他，還同意跟他私奔。她當時年僅十五歲，只能說是年幼無知。我既講明了她的輕率行徑，也要高興地補上一句，這件事還是她親口告知我的。在他們計畫私奔的日子前一兩天，我突然到了他們那兒，於是喬治亞娜把一切向我和盤托出，因為她向來把我當成父親一樣看待，想到我會悲傷氣憤，她實在忍耐不了。你可以想像我當時是什麼心情，又會怎樣行事。為了保護妹妹的名譽和感情，我沒有把事情揭破。我給威克漢姆先生寫了一封信，他立刻動身離開了。楊格太太自然也馬上給打發走了。威克漢姆先生的主要目標，無疑是舍妹的三千鎊財產。但我不禁想到，他很可能也想藉此報復我一下。說實話，他的報復差一點就得逞了。

小姐，以上就是我們之間一應事件的實情。要是你不覺得我在說謊的話，希望從今往後，你不會再認為我對威克漢姆先生太無情。我不知道他是以何種手段、說了什麼樣的假話來欺騙你的，但他能得手也不奇怪。你此前對我們之間的事一無所知，也無從查實，再說你的性格本來就不善猜疑。你也許會覺得奇怪，為什麼我昨晚不把這些告訴你。其實我當時控制不好自己，拿不準什麼可以講，什麼應該講。為了證明我說的每件事的真實性，我可以特別請菲茨威廉上校作證。他和我既是近親，又是至交，加之他還是先父的遺囑執行人之一，自然瞭解所有事情的來龍去脈。就算你因為討厭我，不願意採信我的陳述，你總不會為了同樣的原因而不相信我的表哥。為了讓你有時間詢問他，我會設法找個機會，一早就把這封信交到你手上。我只想加上一句：願上帝祝福你。

菲茨威廉・達西

2 拉姆斯蓋特（Ramsgate），位於英國肯特郡的海濱小鎮。在十九世紀，拉姆斯蓋特是英國最著名的海濱度假勝地之一。

Chapter 13

我是多麼可鄙啊！

拿到達西先生的信時，伊麗莎白只能猜想，信裡也許會再提一次求婚，此外絕對想不出他還能寫些什麼。一等展信讀到裡頭的內容，可想而知，她是多麼急切地想讀下去，她的心情又多麼矛盾。她讀著讀著，簡直搞不清自己究竟是什麼感覺。他自認為無須致歉，令她讀來不由愕然。她堅信他是不能自圓其說的，但凡他有絲毫的廉恥，也不會這樣欲蓋彌彰。她抱著對他所說的每句話的強烈成見，讀到他是如何解釋在內瑟菲爾德發生的事情。她心急如焚，簡直是囫圇吞棗，連眼前這句的意思也沒看懂，就急著想知道下一句說了什麼。他說他認為她姊姊不愛賓利先生，這一看就是撒謊。他舉出種種事實，說明他反對這樁婚事的理由，真叫她怒不可遏，至於他說的到底有沒有道理，她根本想都不願想。他表示對自己的所作所為毫無悔意，這倒在她意料之中。他的態度不但不知悔改，反而還不可一世。總之他這人實在是傲慢無禮。

然而，當話題轉到威克漢姆先生身上時，她的神志清醒了一些。信上所述如果屬實，那她對威克漢姆的好印象就要徹底反轉了，令人心驚的是，這些事又和他自己所述的往事有諸多相符之處——這更叫她痛心疾首，五味雜陳。震驚、憂心，乃至驚怖之感壓倒了她。她真想徹底否認這一切，反反覆覆地大聲說道：「這一定是胡說！不可能！肯定是一派謊言！」她急匆匆地讀完了信，連最後一兩頁的內容都沒完全看明白，就趕緊把它收了起來，決意不作理會，再不去讀它。

她向前走去，心亂如麻，思緒翻滾。但不管用。半分鐘不到，她就又展開那封信，強壓情緒，盡可能聚精會神地把信上牽扯威克漢姆的內容重讀了一遍，硬逼著自己去琢磨每句話的意思。有關他和彭伯里這家人的關係，信上所寫和他的自述完全符合。有關去世的老達西先生的好意，雖說她以前不知道究竟好到什麼地步，但也和他自己講的一致。到此為止，雙方的講述都能兩相印證。但是讀到有關遺囑的事，分歧就大了。威克漢姆是怎麼說明那份牧師俸祿的，她還記得很清楚，回想起來，不免感到這兩人中必有一個在撒謊。她一時有些高興，覺得自己到底沒有想錯。但是，等她一絲不苟地把信讀了又讀，讀到威克漢姆放棄和牧師俸祿有關的一切權益，讀到他拿了三千鎊這麼可觀的一大筆錢，種種細節又令她不由得動搖起來。她把信收好，盡量不偏不倚地把所有情形斟酌了一遍，想分析他倆說辭中的種種可能性，但無濟於事。雙方都是各執一詞。她又把信讀了一遍，每讀一行字，都越發清晰地感到，她本以為無論達西先生如何信口雌黃，都改變不了他在此事中卑鄙無恥的行徑，沒想到內情會徹底扭轉，如此看來，他竟變得無可指摘了。

他直言不諱地指責威克漢姆先生驕奢淫逸，已經令她震驚不已。加之她也拿不出任何反證，不由更覺駭然。在他加入某郡的民兵團以前，她從沒聽說過此人。而他不過是在城裡湊巧遇到了一個從前的泛泛之交，受到他的慫恿，是以入了伍。除了他自己那番說辭之外，赫特福德郡的人對他過去的經歷一無所知。至於他真實的品格如何，她就算有本事去打聽，也從來沒起過這種念頭。他的音容笑貌、舉手投足，讓人一看就覺得他必定是個謙謙君子。她努力回想他表現出了哪些良好品行、有沒有正直善良的事蹟，可藉以反駁達西先生的攻擊。要是他品格優秀，那麼就算達西先生說他多年來遊手好閒、不務正業，她覺得起碼還能彌補。但她卻想不起這樣的例子。他的模樣歷歷在目，真是風度翩翩，言談喜人。可是她不記得他任何實質性的優點，有的只是左鄰右里對他的一片讚美，以及他靠社交手腕在眾人間贏得的喜愛。她停下來思量了好一陣子，才接著往下讀。但是，天哪！接下來就說到了他對達西小姐的蓄謀，就在前兩天早上，菲茨威廉上校剛跟她談及此事，恰巧可以證明信上所言不假。在信的末尾，達西先生還提出，她大可向菲茨威廉上校核實全部細節——她已經瞭解到，菲茨威廉上校關照著表妹的大小事宜，再說她也沒有理由去懷疑他的人品。一開始她幾乎拿定主意去問他，但一想到談起來會有多尷尬，還是把念頭打消了。歸根究柢，達西先生要不是吃定了表哥一定會替他證實，也絕不可能提出這種建議。

在菲力浦先生家，威克漢姆頭一次跟她消磨了整個晚上，對當時談到的所有內容，她都記得清清楚楚，他說的許多話至今言猶在耳。此時此刻，她忽然驚覺，跟一個陌生人聊這些事情，是多麼不成體統，她奇怪自己過去怎麼沒意識到這一點。她看得出來，他這樣愛出風頭，實在有點粗俗，再說他的言行又前後矛盾。她記得他曾誇口說不怕見達西先生——說達西先生要走就走，他可要堅守在原地。然而只隔了一個禮拜，他卻避不參加內瑟菲爾德的舞會。她又想起來，在內瑟菲爾德諸人動身離開之前，他只把自己的經歷說給她一個人聽，可是等到他們一走，他的故事就散布得人盡皆知。他對她說，他敬愛達西先生的父親，不願意揭露他兒子的罪行，實際上卻在徹頭徹尾、肆無忌憚地攻擊達西先生的人品。

凡是有關他的事情，如今看來全變了個樣子！他之所以追求金小姐，純粹是出於卑鄙無恥、唯利是圖的目的。金小姐的財產有限，也不能說明他不貪心，反而表示他見錢眼開，已經管不了錢多錢少了。他對待她自己的行為，現在想來也沒安好心，要嘛是以為她有一筆財產，要嘛就是想誘使她愛上他，以此來滿足虛榮心。她意識到自己當初行事不謹慎，感情太過外露。一番思忖，對他的好感漸漸淡去。再說到達西先生，她記起珍早就向賓利先生打聽過，他當時就說達西先生在這件事上沒有錯處，現在她不得不承認這可能是真的。雖說他態度傲慢、惹人討厭，但自從認識他以來，她從沒發現他有品行不端、待人不公之處，尤其最近他們交往多了，她對他的為人處世更加瞭解，看不出他有任何有違倫常的惡習。在他自己的社交圈裡，他受到尊敬和器重——就連威克漢姆也承認他是個好兄長。而且她還常常聽他親熱地談起他的妹妹，這說明他還是有人之常情的。如果他的行徑真如威克漢姆宣稱的那樣，那麼如此惡行也很難逃過世人的耳目。再說一個人做出這樣的壞事，居然還能交到朋友，而且對方還是賓利先生這樣的好人，實在太不可思議了。

她越想越是羞愧難當。無論對達西還是對威克漢姆，她感到自己都是一樣的盲目而偏激，既充滿偏見，又表現得荒唐可笑。

「我是多麼可鄙啊！」她叫道，「我還一直自負目光敏銳！還一直自詡才智出眾！我常常看不上姊姊那樣的大度和正直，只會徒勞無益地胡亂猜疑，來滿足自己的虛榮心！現在知道了真相，我多丟人啊！而且我丟人丟得活該！就算是真的墜入情網，我也不可能盲目到如此可怕的地步。可我這麼傻，不是因為戀愛，卻是因為虛榮。這個人喜歡我，我就高興，另一個對我冷淡，我就受了冒犯，從最初認識他們開始，我對他們兩個就充滿了偏見和無知，根本不講情理。直到今天，我才算了解了自己！」

她從自己想到珍，又從珍想到賓利，一把他們串到一起，她立刻意識到，達西先生對拆散他們倆的事似乎解釋得很不充分，於是她又把信上的這部分內容看了一遍。第二次細細讀來，感受和第一次截然不同。既然她承認他在一件事上的陳述是可信的，又怎麼能在另一件事上不相信他？他說自己一點也沒察覺到她姊姊動了感情，她不由記起夏洛特之前也總是這麼說。至於他對珍的看法，她也不能否認。她覺得珍的感情雖然熱烈，卻很少表露出來，而且她的神情舉止總是那麼安然自得，一點七情六欲都看不出來。

讀到關於她家庭的部分，他那番指責雖然尖銳，卻也合情合理，叫她羞愧難當。他的責備一針見血，根本無法否認。他特別提到在內瑟菲爾德舞會上的情形，指明他之所以反對這門婚事，起初的由來就在於此，其實當時的情景，遑論是他，就連她也一樣難以釋懷。

他讚美她本人和她姊姊，讀到這裡，她並非無動於衷。她心裡舒服了一些，但並不感到安慰，畢竟家裡其餘人都遭到了他的鄙視，雖然他們也是自作自受。一想到珍的情場失意事實上要歸咎於骨肉至親，想到家裡人做事如此不成體統，必定會害得她們姊妹倆名聲受損，她只覺得前所未有的沮喪。

她在那條路上徘徊了兩個小時，各種念頭想了個遍——又是從頭思索往事，又是推測種種可能，事情突然發生了這麼重大的轉變，她只想盡量讓自己平復下來。她覺得累了，想到自己已經出來很久，於是終於打道回府。進屋時，她只想表現得像平常一樣心情愉快，她拿定主意強壓情緒，否則肯定沒法好好跟人聊天了。

人家馬上就告訴她，她出去這段時間，羅欣斯的兩位先生曾先後前來拜訪。達西先生只待了幾分鐘就告辭了——不過那個菲茨威廉上校和大家坐了起碼一小時，想等到她回來，差一點還打算跑出去找她。伊麗莎白只能假裝惋惜，實際上卻在心頭竊喜。菲茨威廉上校已經不值一提了。她滿腦子想的只有那封信。

Chapter 14

暗潮湧動

第二天早上，兩位先生離開了羅欣斯。柯林斯先生一直守在門房附近，等著向他們行禮告別。他帶回了好消息，說兩位先生儘管剛在羅欣斯經歷了一番離愁別恨，看起來倒依然十分健康，精神也還過得去。接著他急忙趕到羅欣斯去慰問凱薩琳夫人母女。回家時，他又志得意滿地帶來了夫人她老人家的口信，轉告說她只覺得異常愁悶，很希望他們大家一起去吃飯。

伊麗莎白一見凱薩琳夫人就不由想到，只要她願意，此時此刻就是以她的甥媳婦的身分和她見面了。她又忍不住微笑著想，她老人家聽到這個消息，一定會怒不可遏吧。「她會說些什麼呢？她會有什麼反應？」她揣測著，心裡覺得很好玩。

他們先是談到羅欣斯現在人丁稀少。「告訴你們，我難受極了。」凱薩琳夫人說，「我覺得誰也不會像我這樣，朋友一走，就傷心到這個地步。我非常喜愛這兩位年輕人，而且我知道他們也非常愛我！他們離開的時候很難過呢！不過他們向來如此。可愛的上校直到最後一刻還在強打精神。我覺得達西看起來比去年還要難過。他對羅欣斯一定更加眷戀了。」

這時柯林斯先生插了一句別有所指的恭維話，母女兩個一聽，都捧場地笑了起來。吃過正餐，凱薩琳夫人先是說班內特小姐看起來無精打采，接著立馬自說自話地斷定，她一定不想這麼快就回家。她說：

「如果是這樣，你一定要寫信給你母親，請她允許你再多住一段日子。我肯定，柯林斯太太會很樂意有你陪伴的。」

「非常感謝您老人家好意邀請，」伊麗莎白答道，「可惜我不能領受。我下個禮拜六必須進城去。」

「哎呀，這麼快啊，那你在這裡可只住了一個半月而已。我還想叫你住上兩個月呢。你還沒來，我就跟柯林斯太太講了。你不必這麼急著走。班內特太太一定會讓你再住上半個月的。」

「但我父親不讓。他上個禮拜就寫信催我回去了。」

「哎呀！只要你母親准許了，你父親當然也會准許的。女兒對父親而言根本沒那麼要緊。要是你在這兒再待上一個月，我上倫敦去的時候就可以捎上你們倆的其中一個，我六月上旬會去一個禮拜。道森[1]不會反對坐在大四輪馬車[2]的行李箱上，這樣就能給一個人騰出個很寬敞的位置——說真的，要是到時候天氣涼爽的話，我也不介意帶上你們倆，反正你們個頭都不大。」

「你太好了，夫人。不過我想我們還是得按照原定計畫行事。」

1 道森應該是凱薩琳夫人的隨從。

2 大四輪馬車（barouche），由兩匹馬拉的大型敞篷四輪馬車，既沉重又奢華。它可供四位乘客面向而坐，在長途旅行中較為舒適，又便於交談。前面設有一個放置行李的高位木箱，可以容納車夫和隨從。

凱薩琳夫人看來放棄了這個打算。「柯林斯太太，你必須找個隨從跟她們一起去。你知道我向來直話直說，我可不贊成兩個年輕姑娘坐郵車[3]趕路。這太不合適了。你一定要設法派個人去。這種事情我一向最看不過去。年輕姑娘應該按照她們的身分，受到盡可能妥善的保護和陪同。我外甥女喬治亞娜去年夏天上拉姆斯蓋特去的時候，我就強調她應該帶兩個男僕一起去。身為彭伯里的老達西先生和安妮夫人的女兒，達西小姐出門如果沒有這樣的排場，就是不合禮數。我對這類事情是非常看重的。你一定要派約翰[4]護送兩位小姐同去，柯林斯太太。虧得有我來提醒你。要是你讓她們孤身上路的話，那就太丟人了。」

「我舅舅會派一個隨從過來的。」

「哦！你舅舅！他有一個隨從，是嗎？能有人替你考慮這些，我覺得很高興。那你們打算在哪兒換馬？哦！當然是布羅姆利[5]。你們可以在貝爾客棧報我的名字，會有人來關照你們的。」

有關她們這趟旅程，凱薩琳夫人還問了好多別的，而且，並非每個問題她都能自問自答，因此別人還得留神聽好，準備作答。伊麗莎白倒覺得這也算僥倖，否則要是只顧想心事，那她說不定連自己在哪兒都要記不起來了。心事應當留到獨處時再去想。每當有機會一個人待著，她就鬆了口氣，立刻陷入沉思。她天天都要獨自出去散步，一路上盡情把那些不愉快的回憶翻來覆去地想個遍。

沒過多久，她就差不多把達西先生的信給背出來了。她細細琢磨著每句話。她對那位寫信人的感覺，一時是這樣，一時又變成那樣。想到他說話的態度，她仍舊怒火填膺。但念及自己曾那般無端地怪罪他、責罵他，她又對自己發起了脾氣。他這麼失意，令她感到同情。他的一番深情令她感激，他的慷慨大度又令她敬佩。不過她還是不喜歡他，說到拒絕他，她一次都沒反悔，也從沒想過再和他見面。回想過去的所作所為，她只覺得痛悔不已。至於家人那些惱人的缺陷，她想起來就心事重重。他們實在無可救藥。她父親根本不想費事去管教那幾個頑皮輕佻的小女兒，只顧著看她們笑話。至於她母親呢，連自己的行為也管不好，而且根本看不到其中的錯處。伊麗莎經常和珍一道盡力勸阻凱薩琳和莉迪亞，叫她們別那麼冒失。可是既然連母親都縱容她們，她們又怎麼可能長進呢？凱薩琳缺乏主見，性子急躁，凡事都跟在莉迪亞後頭，她們的建議只會觸怒她。至於莉迪亞呢，她總是自行其是，性情又輕率，根本聽不進她們的話。她們無知無識、好吃懶做，又愛慕虛榮。梅里頓一有軍官來，她們就要勾搭。何況從朗博恩用步行就可以去到梅里頓，她們更是一天到晚往那裡跑。

她還為珍的事擔憂，這也是她眼下的一樁心事。聽了達西先生的解釋，她對賓利又恢復了先前的好感，想到珍痛失了這麼一位如意郎君，更是惋惜不已。事實證明，他對珍是有真感情的，他的所作所為也無可指摘，他唯一的缺點，就是對朋友太過言聽計從。珍原本可以獲得一樁十全十美的婚姻，既能帶來種種利益，又注定會過得幸福，結果竟然因為家人的愚蠢和粗魯，就這麼把好機會白白葬送了，想起來是多麼痛心！

回想著件件往事，又聯想到威克漢姆此人的真面目，可想而知，哪怕是她那樣一個生性樂天，很少意氣消沉的人，也會深受打擊，連強顏歡笑都幾乎辦不到了。

3 郵車是負責運送郵件的馬車，按固定路線行駛，在固定站點停靠，可供人搭乘。
4 約翰應該是柯林斯先生家的男傭。
5 布羅姆利（Bromley），肯特郡的一個教區，現為倫敦郊區市鎮。

臨走前最後一個禮拜，她們又像剛來時一樣，頻繁地應邀上羅欣斯去。臨行前那晚也是在那兒度過的。夫人她老人家再一次無微不至地詢問她們旅途的種種細節，諸如行李應該如何打包之類，事事都給予指導，還再三強調說長袍只有一種正確的收納方法。瑪麗亞聽了，覺得回去後非得把白天打包的行李拆開，再重新收拾一遍才行。

告別時，凱薩琳夫人屈尊俯就地祝她們一路平安，還邀請她們明年再來漢斯福德。德·包爾小姐甚至破例行了個屈膝禮，又與她倆握手道別。

Chapter 15

不能說的祕密

禮拜六一早，伊麗莎白吃早餐時遇見了柯林斯先生，其他人還有幾分鐘才過來。他抓住這個機會，與她鄭重話別，在他看來這是很有必要的。

「伊麗莎白小姐，我不知道柯林斯太太可曾對你說過，她十分感激你光臨寒舍。」他說，「不過我敢保證，在你動身之前，一定會收到她的謝意。我要告訴你，承蒙你的陪伴，我們銘感於心。我們深知這棟寒酸的小屋沒多少吸引人之處。我們生活簡樸，房間狹小，僕人也只有區區幾個而已，加之我們見識又淺陋，像你這樣一位年輕女士，一定覺得漢斯福德乏善可陳。不過請你相信，我們深深感激你的大駕光臨，並且盡心竭力，不願讓你在這兒有一絲一毫的不快。」

伊麗莎白趕緊向他致謝，又保證說，這次做客過得非常快活，一個半月以來，她一直很開心，和夏洛特相處得非常愉快，再說主人家對她又關照得無微不至，令她感激不盡。柯林斯先生聽了志得意滿，越發滿臉堆笑、煞有介事地答道：

「聽到你在這裡過得還不算不開心，我真是太高興了。不必說，我們確實盡心盡力了，幸而我們還有這個力量，能帶你見識頂級上流社會的生活，多虧我們和羅欣斯交好，可以讓你換換環境，不用總拘在這寒酸的小屋子裡。如此一來，我想你到漢斯福德一趟，還不至於覺得樣樣都很乏味，這我們就可以滿足了。我們與凱薩琳夫人一家交情甚篤，享有這份無上的優越和榮光的人可不多。你也看得出我們的地位。你親眼看到，我們上那兒走動得有多頻繁。我一定要實話實說，儘管寒舍有諸多不便，但誰住進來都不至於叫人看輕，因為只要住在這兒，就能和我們一起沾到羅欣斯的光。」

僅憑言語已難以表達他的感受。他忍不住在屋子裡來回踱了起來。伊麗莎白絞盡腦汁，總算湊出了幾句還不算太誇張的客氣話。

「親愛的堂妹，等你回到赫特福德郡，可以向大家說說我們的好消息。我相信你一定會這麼做的。凱薩琳夫人對柯林斯太太關懷備至，你每天都看在眼裡。總而言之，我認為你的朋友運氣不壞——不過這一點還是不必提起了。請讓我對你說一句，親愛的伊麗莎白，我全心全意祝福你未來的婚姻也像這樣幸福美滿。我親愛的夏洛特和我總是一條心。我們兩個在一切方面都意氣相投，簡直是天造地設的一對。」

伊麗莎白本可以四平八穩地說，他們的婚姻幸福極了，還可以同樣懇切地補充說，她真心覺得他家住起來十分舒適，她在這兒過得很開心。不過她剛打好腹稿，還沒來得及說出口，那位他們談論的女士就走了進來，打斷了話茬。她對此倒不遺憾。可憐的夏洛特！把她一個人留在這裡和他過日子，真叫人傷心！不過這是她睜大眼睛挑選的。再說，客人要走，她固然依依不捨，看樣子卻也不至於要人憐憫。她自有她的家庭和家事，外加她的教區和她的雞鴨棚，她對這些事還是有點興趣的。

輕便馬車總算到了，行李箱捆好了，包裹安置好了，一切均已就緒。伊麗莎白和朋友深情話別之後，就由柯林斯先生送上馬車。穿過花園時，他託她向她的家人致以最真誠的問候，還不忘為他去年冬天在朗博恩所受的款待再次致謝，又把嘉丁納夫婦倆恭維了一番，其實他根本不認識他們。隨後，他把伊麗莎白和瑪麗亞相繼攙上馬車，車門正要關上，他突然慌慌張張地提醒她們說，她們忘記給羅欣斯的太太小姐留下臨別贈言了。

「不過，」他接著說，「你們肯定希望我代為致意，感謝她們這段日子以來的熱情款待。」

伊麗莎白沒有反對。這下門總算能關上了，馬車隨即啟程。

「老天爺啊！」沉默了幾分鐘之後，瑪麗亞叫道，「我們來到這兒，好像才過了一兩天！但是發生了多少事啊！」

「確實發生了很多事。」她的同伴說著，歎了口氣。

「我們在羅欣斯吃了九次飯，還喝了兩回茶！回去我有多少話要跟大家說啊！」[1]

伊麗莎白暗自想：「我可有多少話不能跟大家說啊！」

她們在路上沒談多少話，也沒遇上什麼事。從漢斯福德出發，走了四小時不到，就抵達了嘉丁納先生家。她們打算在那兒小住幾天。

珍看起來氣色不錯，不過，因為舅媽一片好心，已經給她們安排了各種各樣的活動，伊麗莎白沒找到機會好好留心姊姊，看她心情究竟如何。好在珍會和她一起回家，到了朗博恩，就有大把時間去

1 這句話在原作第一版中是與前面那句合併成一段的。在第三版和查普曼編輯的版本中作出了修訂。關心吃了多少頓飯的人顯然是瑪麗亞，而不是伊麗莎白。

留心她了。

然而，她費了好大的力氣，才忍住沒把達西先生求婚的事情立刻告訴姊姊。這事也要等回到朗博恩再說。她知道自己一旦揭開真相，一定會叫珍驚訝到極點，到時候還能滿足她自己那種無法理喻的虛榮心，這些想法誘惑著她，讓她忍不住想一吐為快，但她又拿不定主意，不知道可以說到什麼程度、對哪些事情應當加以隱瞞。她擔心一旦談起這個話題，就免不了重提某些牽涉到賓利的細節，那對姊姊無異於雪上加霜。

Chapter 16

回程

五月的第二個禮拜，三位小姐結伴從恩典堂街動身，前往赫特福德郡某鎮。班內特先生的馬車會在約好的客棧等候她們。眼看客棧將近，她們頓時發現，凱蒂和莉迪亞正在樓上一間餐廳往外張望，看來馬車已經抵達。其實兩個姑娘到這兒已有一個多小時，忙得不亦樂乎，她們光顧了街對面的女士百貨店，把站崗的哨兵[1]「觀賞了一番，還拌好了一盤黃瓜沙拉。

她們先歡迎兩個姊姊回來，接著便得意揚揚地叫她們看那一桌菜——無非客棧常備的諸如冷肉之類的食物。她們大聲說道：「很不錯吧？你們不覺得驚喜嗎？」

「我們想請大家吃的，」莉迪亞添了一句，「不過你倆得借我們錢，因為我們剛在外頭那家店裡把錢花光了。」說著，她就把買來的東西拿給她們看：「看，我買了這頂帽子。我覺得它不是很好

1 哨兵站崗的景象，透露出英國南部處於對法國的軍事戒備當中。

看，但我想，還是買下吧。等我一回家，就把它拆開，看看能不能拼得好看些。」

兩個姊姊都說這頂帽子很醜，她聽了滿不在乎，接著說：「嗨！店裡有兩三頂比這還醜呢。等我去買點顏色漂亮些的緞子，把它重新裝飾一下，我覺得到時候它就會看得入眼了。再說，等某郡民兵團一離開梅里頓，這個夏天穿什麼也無所謂了。他們再過兩個禮拜就走。」

「他們真的要走嗎！」伊麗莎白喜出望外地喊道。

「他們要駐紮到布萊頓[2]附近。我真想要爸爸今年夏天帶我們大家去那裡啊！這主意多麼誘人。而且我敢說我們都花不了幾個錢。媽媽一定也會想去的！想想吧，要是去不成的話，我們這個夏天過得會有多苦悶呀！」

「不錯，」伊麗莎白自忖，「那可真是個誘人的主意，能叫我們全家都心滿意足呢。老天爺！在梅里頓，區區一個團的民兵，外加一個月開幾場舞會，就已經叫我們筋疲力盡，想想到了布萊頓怎麼吃得消？那兒可有一整個兵營的士兵啊！」

「我還有新聞要告訴你們，」她們剛在桌前坐下，莉迪亞就說，「你們猜得到嗎？好消息——特大消息——是關於一個我們都很喜歡的人。」

珍和伊麗莎白對視了一眼，把跑堂的打發走了。莉迪亞哈哈大笑，說道：

「哎呀，你們就是這麼一本正經，綁手綁腳的。你們覺得一定不能叫跑堂的聽見，倒好像他想聽似的！我敢說他時常聽到的那些事，比我要說的那件事還更一塌糊塗呢。不過他是個醜八怪，走了我倒也高興。我這輩子都沒見過像他這麼長的下巴。好了，現在還是來說說我的新聞吧。是關於親愛的威克漢姆。那跑堂的可不配聽他的新聞，對吧？威克漢姆脫險了，不可能娶瑪麗・金了。你們聽到了吧！她到利物浦[3]去投奔她舅舅，要搬到那兒去住。威克漢姆算是安全了。」

「瑪麗．金才叫安全了呢！」伊麗莎白說，「她不會冒冒失失地嫁出去，弄得人財兩失了。」

「她要真喜歡他的話，這麼一走了之才傻呢。」

「但願他倆之間的感情還沒那麼深。」珍說。

「我肯定他是不愛她的。他向來一點都不把她放在心上——誰又會喜歡這麼個不討喜，又一臉雀斑的小東西呢？」

聽她這麼說著，伊麗莎白心想，縱然她自己說不出這麼沒教養的話，但她過去自以為公道，內心的想法不也是一樣沒教養嗎？一念及此，不由心驚。

吃喝完畢，兩個姊姊付了帳，就立即吩咐馬車準備停當。大家頗費了一番心機，才把所有人，連同她們全部的行李箱、針線袋、包裹，外加凱蒂和莉迪亞買的那些不受待見的東西一股腦兒裝上了車。

「我們大家擠在一起，多好玩呀，」莉迪亞嚷嚷說，「我很高興買了那頂帽子，哪怕單只為再多一個帽盒，也很有意思呀！這就讓我們舒舒服服地擠在一起，一路說說笑笑回家去吧。第一件事，快告訴我們，自從你們出發之後，都碰上了些什麼事？你們遇到中意的男人沒有？有沒有跟人家勾三搭

2 布萊頓（Brighton），英格蘭東南部薩塞克斯郡的海濱市鎮，瀕臨英吉利海峽，與法國的卡昂隔海相望。在十八世紀，它既是時髦的度假勝地，又是陸軍的軍事重鎮。在一七九三—一七九五年間，它是英格蘭南部海岸最大的軍事駐紮地。

3 利物浦（Liverpool），英格蘭西北部知名港口城市。不過，利物浦直到十八世紀下半葉才開始發展，到一八八〇年才獲得城市地位。

四？我可一心盼望著你們誰能在回來之前找到老公呢。我覺得珍就快要變成老處女了。她已經二十三歲了！上帝啊，要是我到了二十三歲還結不了婚，那可太丟人了！菲力浦姨媽也很希望你們找到夫家，想不到吧。她說麗綺當初要是答應柯林斯先生的求婚就好了。不過我可不覺得那有什麼好玩的。老天爺！我多想趕在你們大家之前嫁人啊，那樣我就可以領著你們去參加舞會了。啊唷！那天在福斯特上校家，我們玩得可開心了！本來凱蒂和我打算在那兒消磨一個白天，後來福斯特太太答應我們，晚上可以跳會兒舞。（順便說說，福斯特太太和我可是好閨密！）她請哈林頓姊妹過來，可是哈麗特病了，所以佩恩只好一個人來。你猜猜我們接下來幹了些什麼？我們給張伯倫穿上了女裝，把他打扮成一位窈窕淑女，想想吧，多好玩啊！除了福斯特上校夫婦、凱蒂和我之外，旁人誰都不知道這事，還有姨媽也知道，因為我們非得向她借條長裙不可。你們壓根兒想不出他看起來有多漂亮！後來丹尼、威克漢姆、普拉特還有其他兩三個男士走進來，根本沒認出是他。老天爺！我笑到不行！福斯特太太也一樣。我以為自己要笑死了。結果鬧得那些男人起了疑心，不一會兒就給他們發現了。」

回朗博恩的路上，莉迪亞說著她們參加了什麼舞會、碰上了什麼笑話，凱蒂在一旁添油加醋，兩人使盡渾身解數，想逗她們高興。伊麗莎白盡量不去聽，但還是免不了再三聽她們提起威克漢姆的名字。

家裡人熱烈地歡迎她們。班內特太太看到珍的美貌絲毫不減，感到十分高興。吃晚飯時，班內特先生忍不住對伊麗莎白說了好幾次：

「你回來了，我很高興，麗綺。」

餐廳裡濟濟一堂，因為盧卡斯為了接瑪麗亞，幾乎出動了全家人，順便正好來聽聽新聞。他們談論起各種各樣的話題：盧卡斯夫人向瑪麗亞打聽她大女兒的日子寬不寬裕，養了些什麼家禽；班內特太太一心二用，既要聽坐在她下首的珍講述近來的時裝潮流，又要把她聽到的內容轉述給盧卡斯家幾個年輕小姐；莉迪亞的嗓門比誰都大，她喋喋不休地說著白天玩了些什麼，也不管到底有沒有人在聽。

「哎！瑪麗，」她說，「要是你和我們一起去就好了，我們過得好開心啊！在去的路上，凱蒂和我把窗簾拉起來，假裝車裡沒人。要不是凱蒂暈車的話，我可以這樣玩上一路。到了喬治客棧，我覺得我們把事情辦得漂亮極了，我們用天下最高級的冷餐款待了她們三位，要是你一起去的話，我們也會款待你的。臨走時也很好玩！我還以為我們永遠也上不了車了。我簡直要笑死了。回家的一路上，我們都高高興興的。我們大聲地又說又笑，大概十哩之外的人都能聽見！」

瑪麗聽了，一本正經地答道：「好妹妹，我完全不想貶低你的樂趣！在一般女孩子看來，這些事情肯定很令人受用。不過坦白說，它們對我沒什麼吸引力——我對書的興趣要大得多。」

然而莉迪亞對她的話充耳不聞。她聽誰說話都很少超過半分鐘，瑪麗說話，她更是一向不聽。

下午，莉迪亞很想和別的姑娘一起散步到梅里頓去，看看大家在那邊情況如何。但伊麗莎白堅決反對。她說不能讓別人嚼舌根，說班內特家的小姐一心追著軍官跑，在家連半天都待不住。她之所以反對，還有一個原因。她不敢再見威克漢姆，打算盡量避開他。聽說民兵團即將開拔，她內心真是說不出的安慰。再過半個月他們就要走了——希望等他們一走，她就能一了百了，再也不用為他傷腦筋。

到家不過幾個小時，她就發現父母親正反覆討論去布萊頓避暑的計畫——就是莉迪亞在客棧提過的那個計畫。伊麗莎白看得出，父親根本半點也不想讓步。然而他回答得語焉不詳、模稜兩可，所以母親儘管碰了好幾回釘子，卻還沒死心，自以為終究是能夠如願以償的。

Chapter 17

祕密的重擔

伊麗莎白再也忍耐不住了，急著把那件事告訴珍。她先想好了哪些部分應該瞞著姊姊，第二天一早，就把達西先生向自己求婚一事的主要情節向珍和盤托出，準備叫她大吃一驚。

班內特小姐一聽，確實大為驚訝，但身為姊姊，她特別喜愛伊麗莎白，覺得任何人愛上妹妹都是理所當然，因此很快就不再大驚小怪了。起初的詫異，不久就被其他種種情緒取代了。想到達西先生用如此不通情理的方式向伊麗莎白表白愛意，她十分惋惜。而妹妹拒絕了他，他一定很痛苦，一念及此，她又更其惋惜。

「他滿以為自己十拿九穩，這是想錯了，」她說，「至少表面上他不該流露出來。不過你也想想，恰恰因為如此，你拒絕了他，他一定特別失望！」

「的確，」伊麗莎白答道，「我心裡也替他難過。不過他顧慮一大堆，或許要不了多久，就能把這份感情打消了。話說回來，我回絕了他，你不會怪我吧？」

「怪你！哎呀，不會的。」

「那你會怪我一直以來都熱心地替威克漢姆說話嗎？」
「不會——我看不出你過去那麼說有什麼不對。」
「可是等我把第二天發生的事告訴你，你就看得出來了。」
於是她說起了那封信，把其中凡是有關喬治．威克漢姆的內容都複述了一遍。可憐的珍聽得驚詫莫名！就算踏遍全世界，她也不願相信，人世間竟會有這許多邪惡，而又竟會有人將這種種邪惡集於一身。儘管達西的辯白聽來令人滿意，她卻毫無寬慰之感，畢竟真相竟然是這樣。她又是挖空心思，想證明這番話可能和事實有出入，又是搜索枯腸，既想替這一個澄清，又不願抹黑了另一個。
「沒用的，」伊麗莎白說，「你怎麼都不可能把他們兩個全看作好人。你得選，只能選一個。他們兩個總共就這麼些優點，只夠造出一個好人，而且最近一段時間來，這些優點還來回地在兩人之間飄忽不定。我嘛，我傾向於相信它們全歸達西所有，不過你可以自己選。」
過了好一陣，珍才勉強擠出一絲笑容。
「我覺得自己這輩子還從來不曾震驚到這個地步，」她說，「威克漢姆太壞了！簡直叫人沒法想像。可憐的達西先生！好麗綺，想想看，他一定吃了好多苦。他會有多失望啊！加上聽說你這麼討厭他！而且還不得不把他妹妹的私事說出來！真的太令人難受了。相信你肯定也有同感。」
「唉！不，看到你對他這麼歎息、這麼同情，我就算本來有點同感，現在也煙消雲散了。我就知道你會給足他公道的，所以我反而越來越無所謂，越來越不放在心上。你既然多愁善感，那我不妨省省。你再多為他哀歎一陣，我的心就簡直要像羽毛一樣飄起來了。」
「可憐的威克漢姆！他那副面孔看起來是多麼善良！他的舉手投足又顯得多麼心胸坦蕩、彬彬有禮啊！」

「這兩個年輕人在教育上一定出了什麼大紕漏。一個學的全是內在美，另一個學的全是外在美。」

「我可不像你，我不認為達西先生的外表有多麼不堪。」

「我這樣無緣無故地對他深惡痛絕，其實本來還自以為能變得聰明絕頂。因為，那種厭惡的感情不但能激發天分，還能啟迪才智。假設你總是氣沖沖的，那可能一句公道話都說不出，但你要是不停地嘲笑別人，那時不時總會說出一兩句聰明話的。」

「麗綺，我敢保證你第一次讀到那封信的時候，看法一定和現在大不相同。」

「確實不一樣。我當時難受得不得了，可以說是很不痛快。我的感受找不到人傾訴，沒有一個能來寬慰我，告訴我，我不是自己以為的那麼差勁、那麼虛榮、那麼愚蠢。唉！我多需要你啊！」

「你在達西先生面前談到威克漢姆時，語氣那麼強硬，真是太不湊巧了，現在看來，這些話說得實在不像樣。」

「的確如此。不過我既然一味縱容自己的偏見，那麼不幸說出了難聽的話，也是再自然不過。有一件事，我想聽聽你的建議。請你告訴我，我究竟應不應該把威克漢姆這個人的真實品行告訴我們的熟人呢？」

班內特小姐頓了頓，隨即答道：「當然也沒必要弄得他太難堪。你覺得呢？」

「我也覺得犯不著那樣。達西先生又沒讓我把他說的話公之於眾。相反，凡是有關他妹妹的細節，他還要求我務必保守祕密。就算我把威克漢姆做的其他壞事說出去，誰又會相信呢？大家對達西先生的成見實在太深了，要說他為人好，在梅里頓所有自以為善良的人裡頭，總有一半是寧死都不肯相信的，這我也沒辦法。反正威克漢姆過不了多久就要走了。到時候他這人究竟品行如何，這裡也沒人在乎了。將來總有一天會真相大白，那時我們就可以嘲笑他們一番，笑他們過去竟然一無所知。至於現下，我什麼都不想說。」

「你說得很對。把他的錯處張揚出去，可能會徹底斷送他的前途。說不定他現在已經後悔了，一心打算重新做人呢。我們可別弄得他走投無路。」

經過這場談話，伊麗莎白內心紛亂的情緒有所平息。她終於擺脫了壓在心頭半月之久的兩個祕密，而且她知道，今後無論何時，對這兩件事中的任何一件，只要她想舊事重提，珍都一定樂意奉陪。然而，有的事情她還是瞞了下來，小心翼翼地不敢說。她不敢把達西先生信上的另一半內容和盤托出，不敢告訴姊姊，她那位朋友對她的感情是多麼真摯。這些事不能跟任何人分享。她明白，只有等到各方面的情況都徹底澄清了，她才能卸下這個祕密的重擔。「看來，」她心想，「有一天這種渺茫的希望要是當真實現了，我就能說出真相。然而到了那時候，賓利會說得比我動聽得多吧。我現在不能說，等能說的時候呢，再說也沒意義了！」

如今她在家裡安頓下來，時間充裕，盡可以好好留意姊姊的精神狀態。珍不開心，她對賓利依舊不能忘情。她過去從沒設想過自己會愛上別人，因此這份感情有著初戀的熾熱，又因為年齡和性格使然，比起大多數人的初戀，她的感情要來得更加堅貞。她把賓利珍藏在心底，對他格外看重，超過全天下任何男子。要不是她生性聰慧，又懂得體貼朋友的心情，就難免要在失落中沉淪下去，不但會傷及身體，還終會破壞親友的心情。

「那麼，麗綺，」班內特太太有一天說道，「對珍這樁傷心事，你怎麼看？我已經決定再也不向任何人提這件事了。前兩天我就是這麼跟我妹妹菲力浦太太說的。我發現珍在倫敦連他的人影都沒見到。嗯，這個年輕人根本配不上她的愛——現下我根本就不指望她還能把他弄到手了。也沒聽見說他今年夏天還會來內瑟菲爾德。凡是可能知道他動向的人，我已經都打聽過一圈了。」

「我可不覺得他還會住到內瑟菲爾德來。」

「哎呀，那好吧！隨他去好了。誰也沒盼著他來。不過我一定要說，他恬不知恥地利用了我女兒。換作我可不會善罷甘休。珍將來一定會心碎而死，到時候他就要為自己的所作所為懊悔了，這麼想想，我心裡總算能舒服些。」

伊麗莎白可不覺得這種想頭有什麼舒服的，她沒有答話。

「那，麗綺，」過了沒多久，她母親又說道，「柯林斯夫婦過得很舒服，是嗎？好吧，好吧，我但願他們能一直這麼舒服下去。他們家伙食怎麼樣？我敢說夏洛特一定是個厲害的管家婆。只要有她媽媽一半精明，她就能省下不少了。我想他們家的日常開支絕對是一點鋪張浪費都不會有。」

「是的，完全沒有。」

「這樣看來，她這家管得還真好。沒錯，沒錯，他們會認真計畫，量入而出，這樣錢財上就永遠不會拮据。好啊，讓他們占便宜去吧！我想他們還會時常談起，將來等你父親一死，就要把朗博恩據為己有吧。我敢說，只等這天一到，他們一定會馬上把它看成自己的財產的。」

「這個話題他們可不會在我面前談起。」

「是啊，他們真要提起才怪。不過我相信他們私底下經常會談。嗯，既然他們能心安理得地霸占法律上不屬於他們的產業，那再好也沒有。換成是我，要是為了限定繼承權的緣故而把財產給我，我才不好意思要呢。」

Chapter 18 上布萊頓去！

回家後的頭一個星期一晃就過去了。接著是第二個星期，也是民兵團在梅里頓駐紮的最後一星期。這一帶所有年輕女士都顯得一蹶不振。到處彌漫著傷感的氛圍。只有班內特家最年長的兩位小姐還能照吃照喝照睡，每天按部就班地做著手頭的針線活。凱蒂和莉迪亞時常指責兩個姊姊無情無義，她們自己傷心到了極點，實在不理解家裡有些人的心腸怎麼會這麼硬。

「老天爺！這一來我們會變成什麼樣子啊？我們該怎麼辦？」她倆常常痛苦不堪地大叫，「你怎麼還笑得出來呢，麗綺？」

她們那慈愛的母親也和她們一起傷心著。她回憶起二十五年前，自己曾遇到同樣的慘劇，當時經歷了多少痛苦。

「我記得米勒上校的兵團開走時，我哭了整整兩天。」她說，「我覺得自己也心碎了。」

「我的心肯定也要碎了。」莉迪亞說。

「要是能去布萊頓就好了！」班內特太太總結說。

「哎，是啊！要是能去布萊頓就好了！可是爸爸總這麼討厭。」

「稍微洗洗海水浴，我的病就全好了。」

「菲力浦阿姨打包票說，海水浴對我也有不少好處。」凱蒂附和說。

這類哀歎在朗博恩府邸一再迴響。伊麗莎白本想拿她們開開玩笑，但她聽了只覺得害臊，什麼興致都給打消了。她再一次認識到，達西先生的反對是有道理的。至於他對朋友的感情橫加干涉，她現在也頭一遭感到可以理解了。

不過，沒過多久，莉迪亞的喪氣就一掃而空，因為民兵團的福斯特上校夫人請她相陪，一同上布萊頓去。這位不可多得的朋友年紀很輕，新近剛剛結婚。她和莉迪亞一樣愛玩愛樂、精力充沛，兩人一拍即合，認識才剛三個月，倒已做了兩個月的閨密。

莉迪亞收到邀請後有多麼欣喜若狂、她對福斯特太太有多麼愛若至寶、班內特太太對此事是多麼高興、凱蒂聽了又是多麼受傷，這一切簡直數說不盡。莉迪亞全不照顧姊姊的情緒，在屋裡忘乎所以地到處亂跑，叫大家都向她道賀，大說大笑，比往常更加瘋瘋癲癲。與此同時，不幸的凱蒂始終待在客廳動也不動，怨天怨地，怒氣沖沖地說了好些不通情理的話。

「我真搞不懂，福斯特太太為什麼請了莉迪亞卻不請我。」她說，「就算我不是她最要好的朋友，但我和莉迪亞一樣有資格受到邀請，其實我應該更有資格，因為我還比她年長兩歲呢。」

伊麗莎白想勸她講點道理，珍也勸她不妨心平氣和些，但兩人說的話都沒起作用。說起伊麗莎白，她的感受與母親和莉迪亞恰恰相反，這份邀請在她看來好比一封死亡通牒，勢必會把那兩個人的一點點理智全部報銷。她忍不住私下給父親出主意，勸他別讓莉迪亞去，儘管她心裡也很清楚，這事要是給莉迪亞知道的話，可能會帶來什麼後果。

她詳細對他說了莉迪亞平時的行為是多麼不得體，說她和像福斯特太太這樣的女人交朋友，根本得不到什麼長進，又說她要是陪著福斯特太太上布萊頓去，還可能做出更輕率的事來，因為那裡的種種誘惑顯然要比家裡大得多。他聚精會神地聽完她的話，隨即說道：

「只有在大庭廣眾之下出出醜，莉迪亞才會甘願，現下的情形，家裡沒花什麼錢，也沒費什麼工夫，就能達到目的，這種機會真是絕無僅有呢。」

「等你發現，」伊麗莎白說，「莉迪亞這種沒遮沒攔、不經大腦的行徑會給我們大家造成多大的困擾，會招來外人的眼光——不對，是已經招來了，我相信你對這件事的看法就會有所不同的。」

「已經招來了？」班內特先生把她的話重複了一遍，「怎麼，難道她把你的心上人嚇跑了嗎？可憐的小麗綺！不過別氣餒。年輕人這麼古板，一點荒唐事也容忍不了，是不值得惋惜的。來，讓我看看，究竟是哪些可憐蟲，只因為莉迪亞做了區區這點傻事，就對你敬而遠之了。」

「你真的弄錯了。我可不是因為吃了虧才生氣。我抱怨的不是某件具體的壞事，而是各個方面的惡劣影響。莉迪亞這種放浪不羈、自說自話、不受管束的性格，一定會破壞我們全家的地位和名譽。抱歉，我只有直話直說了。親愛的父親，要是你不費點心思，把她的野性子管束起來，告誡她這種招蜂引蝶的勾當不能當成一輩子的生意經，那她很快就要無可救藥了。她的性格會定型下來，等她到了十六歲，就要變成一個不折不扣的蕩婦，叫她自己和全家人都蒙羞。而且她只當得成一個最差勁、最低等的蕩婦，除了年紀輕、外表還說得過去之外，沒有任何吸引力可言。再說她又愚昧無知、頭腦空洞，一心只知道招蜂引蝶，哪裡想得到，這樣只會到處惹人看不起。凱蒂也有這種危險。不管莉迪亞做什麼，她總是跟在她屁股後頭。虛榮、無知、無所事事，而且一點也管不住！唉！親愛的父親，你想想看，她們這個樣子，怎麼可能不到處遭人嫌棄和唾罵，怎麼可能不連累她們的姊姊也丟臉？」

班內特先生見她一心擔憂此事，就慈愛地抓住她的手，說道：

「別讓自己不開心，親愛的。你和珍無論走到哪裡，別人都會尊敬你們、看重你們。就算有那麼兩個——也許該說是三個——奇蠢無比的妹妹，也無損於你們的優點。要是莉迪亞去不了布萊頓，我們在朗博恩就沒有安靜日子了。那就讓她去吧。福斯特上校是個有頭腦的人，應該不會放任她犯下什麼太出格的事。再說她是個窮姑娘，誰也不會看上她的，這點算她走運。她在布萊頓賣弄風騷，可不比在這兒這麼惹眼。那些軍官會找到比她更惹眼的女人。所以，我們不如期望她能在那裡弄明白，自己是多麼無足輕重。反正她也不可能變得比現在更糟糕了，我們又沒權力把她一輩子鎖在家裡。」

聽他這麼回答，伊麗莎白也只好甘休。但她內心的想法並沒改變，走開時滿心的失望遺憾。好在她生來不會在不如意的事情上太過糾結。她自認已經盡到了責任，至於為躲不過的壞事焦慮憂心、大驚小怪，那可不是她的脾氣。

伊麗莎白和父親的這番談話，要是傳到莉迪亞和母親耳朵裡，一定會叫她們氣不打一處來，就是交口痛罵一陣，怕也消不了氣。在莉迪亞想像中，只要能上布萊頓去玩，世上所有的幸福她都能一一到手。她浮想聯翩，彷彿看見軍官擠滿了那個洋溢歡樂的海水浴勝地，擠滿了街頭巷尾。她彷彿看到幾十個、幾百個素昧平生的軍官在追求她。她還看見富麗堂皇的軍營——營中的帳篷整整齊齊、漂漂亮亮地排開，裡頭塞滿了興高采烈的年輕人，全都穿著令人目眩神迷的猩紅色制服。這番景象缺了她可不行，她又看到自己坐在一頂帳篷底下，正同時和起碼六個軍官言和意順、打情罵俏。

假使她聽說姊姊曾設法阻止她，不讓她實現這些美好的夢想，那她會做何感想？她的夢想只有母親能懂，因為母親的心情本就和她差不多。班內特太太已經死了心，知道丈夫怎麼也不肯上布萊頓去，幸好莉迪亞能去，這就成了她唯一的慰藉。

好在她倆一點也不知道這回事。直到莉迪亞動身出門的那天為止，兩個人始終歡欣鼓舞，一刻也沒停。

這是伊麗莎白最後一次和威克漢姆先生會面了。自從回家以來，她時常見到他，此前不安的心情大致平復了，也不再為從前喜歡過他而感到心煩。他那溫存的態度起初曾博得她的歡心，如今她卻學會了鑒貌辨色，從中捕捉到一種單調做作，看了心生厭煩。此外，他最近的言行舉止又讓她生出新的不快，因為她不久就看出來，他有心和自己重燃舊情。殊不知經過了一番變故，這只會激得她心頭火起。她發現，看上自己的居然是這麼個既空虛又輕浮的花花公子，心裡已經將他徹底厭棄。而他竟還滿心希望重修舊好，以為不管移情別戀多久、不管個中緣由如何，他隨時隨地都能迎合她的虛榮心，十拿九穩能贏得她的歡心。伊麗莎白強忍著不發作，內心卻是咬牙切齒。

民兵團駐紮在梅里頓的最後一天，他和其他幾個軍官在朗博恩吃飯。伊麗莎白實在不甘心這麼客客氣氣地和他告別，於是，當他問起她在漢斯福德過得怎樣時，她便主動說，菲茨威廉上校和達西先生一起在羅欣斯住了三個禮拜，又問他和前者熟不熟。

他看起來吃了一驚，顯得不太高興，神情還有些緊張。但沒過多久，他便定下了心神，臉上重新顯出笑嘻嘻的樣子，答說他從前常和菲茨威廉上校見面，說上校是個很有紳士風度的人，還問她喜不喜歡他。她熱情地答道自己很喜歡他。他隨即帶著滿不在乎的神氣問：

「你說他在羅欣斯待了多久？」
「將近三個禮拜。」
「你時常見到他嗎？」
「是的，差不多每天都會見面。」
「他的作風和他表弟截然不同。」
「是的，是截然不同。不過我覺得達西先生在熟悉之後也變得好些了。」
「真的嗎！」威克漢姆嚷嚷起來，他的表情沒能逃過伊麗莎白的眼睛，「可否容我問問——」說到這裡，他意識到了自己的失態，轉而用愉快的語調接著說，「他說話的態度變好了嗎？他竟能屈尊改變一貫的作風，變得客氣些了嗎？」他壓低嗓音，語氣嚴肅起來，接著說，「因為我可不敢想像，他本質上能有什麼改觀。」
「哦，不！」伊麗莎白說，「我覺得他本質上是依然故我的。」
威克漢姆聽她講話，看樣子有點猶豫，不知究竟該為這番話高興呢，還是表示懷疑。她那鎮定自若的表情裡有些什麼，讓他不由得緊張不安地留神往下聽。這時她繼續說道：
「我說跟他熟了以後，就覺得他變好了，指的並不是他的想法或者作風有什麼改進，而是說一旦深入瞭解他這個人，就會知道他的真實性格是什麼樣子。」
威克漢姆臉色大變、神情焦慮，顯見得十分驚慌。他好幾分鐘說不出話，最後總算把那副尷尬的模樣遮掩了過去，重又轉過頭對著她，用一種溫情脈脈的口吻說道：
「你深知我對達西先生的看法，所以應該能明白，聽說他變得通情達理一些了，至少肯裝裝樣子，我是多麼誠心誠意地為他高興。那樣一來，雖說他的傲慢不能惠及他本人，對別人卻說不定反而成了好事，因為他要是顧及形象，肯定不會再犯下那種惡行，害得別人像我一樣吃虧。你剛才應該是提到他態度收斂了些吧，但我只怕，他之所以如此，主要是因為在姨媽家拜訪的緣故。他一心想給她留個好印象，想受她抬舉。我知道，他和他姨媽在一起時總是戰戰兢兢的，主要因為他想和德．包爾小姐結婚，我擔保他對這件事十分上心。」

伊麗莎白聽了他的話，忍不住笑了起來，不過只微微點了點頭來回應。她看得出，他很想拉著她老調重彈，聊聊傷心往事，但她實在沒心情奉陪。這天晚上，他還是一如既往輕鬆愉快的樣子，但再沒招惹伊麗莎白。最後他們彼此客客氣氣地道了別，內心大概只求今後永不相見才好。

派對結束後，莉迪亞隨福斯特太太一同上梅里頓去，他們打算明天一清早從那裡動身。她和家人告別時，只是一味地吵吵嚷嚷，絲毫看不出離愁別恨。只有凱蒂一個人流了眼淚。不過她之所以哭，其實是因為心裡又妒又恨。班內特太太嘮嘮叨叨、沒完沒了地祝願女兒幸福，又叮囑她千萬別放過任何尋歡作樂的機會——毫無疑問，這種建議，莉迪亞一定會忠實照辦的。莉迪亞快樂地大喊大叫著和大家再見，至於兩位姊姊的告別，因為聲音比別人輕得多，她根本一句也沒聽見。

Chapter 19

惴惴不安的念頭

要是伊麗莎白純粹從自己的家庭狀況來看問題，那她一定不會相信什麼幸福婚姻、美滿家庭。她父親早年為青春和美貌所惑，以為年輕貌美的人，性格也一定很討喜，於是乎娶了個腦筋又笨、見識又淺的女人，結婚才沒多久，他對她的愛慕之情就煙消雲散。夫妻之間的尊敬、包容、信任，都不復存在。對美滿的家庭生活，他再也不抱期待。不過，班內特先生雖然一不小心挑錯了太太，卻並不像一般人通常那樣，靠尋歡作樂來彌補自己的愚蠢和惡行所造成的不幸。他喜愛鄉村和書本，主要的人生樂趣都寄託在這兩者上頭。至於太太的好處，就只不過是因為其本身蠢笨無知，從而給他提供了許多笑料。這種樂趣，男人通常是不會到太太身上去找的。但既然找不到其他消遣，身為一個看得開的人，也就只好逆來順受了。

不過，對父親身為人夫的種種不當行為，伊麗莎白並非視而不見。她向來看得痛心。然而她既尊重父親的見識，又感激父親的一片慈愛，有的事情即便看不過去，她也盡量拋諸腦後，哪怕他常年不顧身為丈夫的責任和禮數，在子女面前讓太太公開出醜，她也都盡力不去多想。但她過去從未如此強烈地感受到，這麼不相稱的婚姻，肯定會連累晚輩，她也從未如此透徹地認識到，才華用錯了地方，會釀成多少問題。如果他的才智用對了地方，就算是不能充實他太太的腦袋，至少也可能保住女兒的體面。

伊麗莎白慶幸威克漢姆總算走了，但她發現，民兵團開拔，也沒帶來別的好處。她們外出參加聚會，不再像之前那麼花樣百出了，在家裡呢，成天只聽到媽媽和妹妹怨天怨地，說樣樣都沒意思，弄得屋子裡頭愁雲慘霧。好在那幫攪亂凱蒂頭腦的人已經開拔，再過一陣，她的心智就有望恢復正常。可是還有一個妹妹，秉性頑劣，近來又跑去了那麼一個既有海水浴場，又有兵營的地方，真可謂身陷雙重險境，她本來就大膽放浪，如今只怕愈演愈烈，到頭來惹出更大的禍事。總而言之，她瞭解到，哪怕一心期盼的願望果然成真，也未必稱心如意——其實先前有幾次，她已經發現了。這麼看來，要想幸福快樂，只有指望日後，眼下應當轉轉方向，去想些更有希望的事情，先在滿心期待中收獲些喜悅，暫時安慰一下自己，同時也好為下一次失意做好心理準備。如今最令她開心的事情，就是憧憬著不久後的湖區之旅。碰上母親和凱蒂連發好幾個小時牢騷，她就想想這些事情，聊作排解。可惜不能帶上珍一起去，否則這次旅行就盡善盡美了。

「不過，我能有些希望，還算幸運的，」她想，「要是一切都安排得很圓滿，反倒一定會失望。現在姊姊去不了，那我一路上會有些遺憾，期望值就不至於太高，也就容易心滿意足了。如果計畫朝著十全十美去，那結果總是不成功的。有些小小的不滿足，倒可以避免更大的失望。」

莉迪亞臨走前曾許諾說，她會時常給母親和凱蒂寫信，詳詳細細地向她們報告近況。事實上呢，等上好久才能收到她一封信，而且往往是隻字片語。她給母親寫的信，說的無非是什麼，她們剛從圖書館回來，陪她們一起去的有這位軍官和那位軍官，還說那兒有些精美的飾物，叫她看了簡直發瘋；要不就說她買了一條新裙子，或是新陽傘，她本想把它們細細描述一番，可是此刻實在火燒眉毛，立刻要走，福斯特太太正在喊她，她們要一同上軍營去。至於她寫給姊姊的信，從中就看不出多少情況了——寫給凱蒂的信要長一些，但裡頭劃滿了線，都是不許透露給大家的內容。

她離家之後，大約又過了兩三星期，健康、祥和與快樂才總算重新降臨朗博恩。凡事都變得令人開心。去城裡過冬的那些人家又回來了，大家穿上了夏裝，開始相約夏季的活動。班內特太太的精神恢復了，照舊牢騷不斷地過起了安生日子。到六月中旬，凱蒂也好多了，上梅里頓去的時候再也不會淌眼抹淚。種種可喜的現象，使得伊麗莎白心懷期待，覺得到耶誕節時，凱蒂就會恢復起碼的理智，不再天天嘮叨什麼軍官了，除非作戰部存心作惡，又派一支民兵隊駐紮到梅里頓來。

北上旅行的日子已經迫近，再過兩個禮拜就該啟程，但嘉丁納太太卻在這時寄來一封信，不單推遲了原定的出發日期，還要縮短原本的旅行路線。嘉丁納先生公務纏身，要拖上兩個禮拜，到七月才能動身，而且在一個月內就必須趕回倫敦，那樣一來，時間就太緊了，去不了這麼遠，也不能像他們原本計畫的那樣遊山玩水，至少沒法從容不迫、優哉游哉地遊覽，因此他們只得放棄湖區，改去近一點的地方，照現有的計畫看，他們往北最多只能到德比郡。那兒的風光名勝盡夠他們玩上三個禮拜。而且那裡也格外吸引嘉丁納太太。她曾在德比郡的某個城鎮住過幾年，這次計畫回去小住幾天，對她來說，此行之令人興奮，無異於盡覽馬特洛克、查茲伍斯、多弗戴爾或是峰區的美景。[1]

伊麗莎白掃興極了。她一心盼著去湖區看看，直到這時還在盤算，就算時間縮短了，說不定還是夠用的。不過她沒有不滿意的資格——再說她天性樂觀，心情沒多久就好了起來。

提到德比郡，不由勾起了她的種種心事。看到這三個字，她難免會想到彭伯里莊園，還有它的主人。「不過，」她對自己說，「就算我去了他的家鄉，應該也不算犯罪，說不定我能在那兒搶上幾塊螢石[2]，根本不會被他發現。」

等待的日子現在延長了一倍。四個星期以後，舅舅和舅媽才會到這裡來。好在日子總算過去了，嘉丁納夫婦帶著四個孩子來到了朗博恩。兩個女孩，一個六歲、一個八歲，還有兩個比她們年紀更小的男孩，會留在這裡，由珍表姊照顧。他們最喜歡珍，加上她性情穩重，脾氣和善，怎麼看都很適合照料他們——既可以教導他們，也可以跟他們玩耍，而且很疼愛他們。

嘉丁納夫婦在朗博恩只逗留了一晚，第二天一早就帶著伊麗莎白出門，奔著新鮮和樂子去了。有一種樂子，他們一定找得到——那就是一路有合得來的旅伴作陪。他們身體健康，性格隨和，能適應旅途的不便，加之又都是樂天派，遇上賞心樂事，興致也更高昂。再者他們三個感情篤厚，頭腦又靈光，就算出門在外遇到了什麼不順心的事，也可以相互幫襯。

本書無意詳細描寫德比郡的風光，也不打算交代他們一路上經過了哪些名勝。牛津、布萊尼姆、沃里克、凱尼爾沃思、伯明罕這些地方，大家都已耳熟能詳了。現在我們只著眼於德比郡的小小一方

1 馬特洛克（Matlock）、查茲伍斯（Chatsworth）、多弗戴爾（Dovedale）、峰區（Peak）都是德比郡內的旅遊勝地。

2 螢石（petrified spars），德比郡歷來以其豐富的地質資源聞名。郡內可找到許多蘊藏結晶礦物、鐘乳石和石筍的洞穴。螢石是德比郡的特產，色澤為藍紫或黃色，別名Blue John，是當地有名的旅遊紀念品。（參見James Pilkinton, *A View of the Present State of Derbyshire, Derby*, 1789）

土地，這就是嘉丁納太太的舊居所在地，一座名叫蘭頓[3]的小城鎮。她最近剛發現，有些老朋友現在還住在鎮上。他們一行看遍了郡裡的風景名勝，就打算繞道上那裡去。伊麗莎白聽舅媽說，彭伯里距離蘭頓只有五哩不到。雖不順路，但繞上不過一兩哩路，就能抵達。前一晚討論旅行路線時，嘉丁納太太表示很想再到那裡看看。嘉丁納先生說他樂意奉陪，又問伊麗莎白願不願意去。

「親愛的，難道你不想親眼看看那個久聞大名的地方嗎？」她舅媽說道，「你有好多熟人跟這個地方有瓜葛呢。要知道，威克漢姆的少年時代全是在那兒度過的。」

伊麗莎白很鬱悶。她覺得自己跟彭伯里扯不上任何關係，沒辦法，只好表示不想去那裡參觀。她推說對高樓廣廈已經看膩了。一路上參觀了這麼多豪宅[4]，什麼精紡地毯、錦緞窗簾，實在也引不起她多少興趣。

嘉丁納太太罵她蠢。「假如那只不過是一幢裝飾得富麗堂皇的豪宅，」她說，「我自己也不會把它放在心上。但那裡的庭園十分可愛，還有幾處林子，在全國也是頂尖的。」

伊麗莎白不言語了——然而心裡依舊不情願。她立刻想到，參觀時有可能會撞見達西先生。那太可怕了！單單這個念頭就已經叫她把臉脹紅了，她心想，與其冒這種風險，還不如開誠布公地把實情告訴舅媽的好。可是這麼做也有些不妥。於是她最後決定，先打聽一下那家人在不在，要是答案真那麼不湊巧，到時候再走最後一招，跟舅媽說實話。

夜裡臨睡之前，她問起旅店的女服務生，彭伯里莊園是不是非常美，那兒的莊園主姓甚名誰，接著又惴惴不安地打聽，那家人有沒有回來避暑。沒想到最後一個問題竟得到了否定的回答，真令她喜出望外——這下不安打消了，她心裡輕鬆不已，對即將參觀的那所莊園也產生了極大的興趣。第二天早晨，舅舅、舅媽再次提起此事，問她意下如何，她立刻帶著一副無所謂的神情回答說，她其實並不反對這個計畫。於是他們就決定上彭伯里去。

3 蘭頓（Lambton）是奧斯汀虛構的地名。

4 十八世紀，在旅途中參觀當地知名的住宅成了深受觀光客歡迎的活動。當地還常常印行導覽冊，介紹莊園主的種種資訊。

第三卷

Chapter 1 一幅畫像

馬車一路駛去，伊麗莎白第一眼望見彭伯里的樹林，就心神不定起來。眼看馬車從門房那兒拐進莊園，她的心更是怦怦直跳。

莊園占地廣闊，地勢起伏多變。他們進門的地方，正是園子裡地勢最低的所在，馬車又往前走了一陣，穿過了一片優美遼闊的林子。

伊麗莎白思緒萬千，無心閒聊，但她把一處處景致、一幅幅風光都看在眼裡，心中讚歎不已。他們又緩緩向高處行駛了半哩，發現自己來到了一處巍峨的高地，樹林一路綿延到這兒，放眼望去，彭伯里的屋宇一下映入了眼簾，它坐落在山谷的另一頭，門前有一條蜿蜒陡峭的道路通往谷中。那是一座宏偉壯觀的石造建築，屹立在山腰上，背靠鬱鬱蔥蔥的群山，面向一條天然溪水——水面經過了拓寬，但看不出任何人工雕琢的痕跡。兩岸景色既不顯得過於整飭，也沒有醜陋的矯飾。伊麗莎白看得心曠神怡。她從沒見過像這樣渾然天成的景色，此處的自然之美幾乎未經任何惡趣味的破壞。一眾人紛紛大加讚美。此時此刻，她忽然感到，要是能做彭伯里的女主人，那還真挺不賴的！

他們下了山，過了橋，坐車駛到大門前。伊麗莎白細細端詳著近在眼前的屋子，心裡又一次擔憂起來，只怕與主人不期而遇。她害怕地想，不知道旅店那個女服務生會不會搞錯了。他們請求參觀府邸，是以被讓進了前廳。趁著管家還沒來的當兒，伊麗莎白心潮澎湃地思忖著，真不敢相信，她竟然來到了這裡。

管家來了，是一個看起來很體面的老太太。和伊麗莎白預想的不同，她穿著打扮並不怎麼華美，待人接物倒很客氣。他們跟著她走進餐廳。那是一間布局合理的大屋，布置得十分漂亮。伊麗莎白稍許欣賞了一下屋裡的陳設，就走到窗前去看風景。此處可以看到他們剛才下來的那座山，山頭密林覆蓋，從遠處望去，顯得更其陡峭，真是一處美景。園林裡到處都打理得很精心。她極目遠眺，大好風光盡收眼底，只見河水潺潺，林木夾岸，山谷蜿蜒迤邐，令她心神一暢。他們走到別的屋子，窗外的景致也隨之變換著面貌。但每扇窗前各有各的美景。房間都敞亮而精美，陳設家具也配得上主人的身分。伊麗莎白還注意到，這些家具既不花稍，也不過分精巧，她看在眼裡，十分欣賞主人的品味。比起羅欣斯的陳設來，這兒的家具少了些雍容華貴，多了幾分真正的雅致。

「我差一點就做了這裡的女主人呢！」她心想，「真要那樣的話，我現在對這些房間大概早已瞭若指掌了！不是作為陌生人來參觀，而是把它們當作自己的地方，大大方方地享用，還能在這裡接待我的舅舅和舅媽。可是不行啊，」她把思緒拉回了現實，「那不可能。真要是那樣，舅舅、舅媽就見不到我了。這裡肯定不許我請他們來的。」

幸好她想到了這一點——否則她大概要悔不當初了。

她很想向管家打聽一下，看她的主人究竟是不是出門在外，但還是提不起這個膽量。不過，這個問題到底由她舅舅問出了口。她心驚膽戰地掉過頭，聽見雷諾茲太太回答說，他的確不在家。「不過他明天就會回來了，還會帶一大幫朋友來。」伊麗莎白聽在耳裡，只覺得慶幸不已，還好他們這趟旅行沒有再延遲一天！

這時舅媽叫她過去看一幅畫。她走近前去，看到壁爐臺上掛著幾幅肖像，其中一幅畫的是威克漢姆先生。舅媽笑嘻嘻地問她喜不喜歡這幅畫。管家太太也走近前來，告訴她們說，畫上這位年輕人是已故老主人的總管的公子，從小由老主人出資養大他。「他現在從軍了，」她又說，「但我恐怕他為人浪蕩得很。」

嘉丁納太太笑盈盈地看了外甥女一眼，伊麗莎白卻不敢看她。

「那一幅畫的就是主人，」雷諾茲太太指著另一幅肖像畫說道，「畫得很像。這幅和那一幅都是同一時期畫的——大概在八年前。」

「我聽聞貴府主人儀表不凡，」嘉丁納太太望著肖像說，「這相貌確實英俊。不過，麗綺，還是請你來告訴我們，這畫和本人像不像？」

雷諾茲太太聽出伊麗莎白與主人相識，不由對她多了幾分敬意。

「這位小姐認識達西先生？」

伊麗莎白紅了臉答道：「認識一點。」

「你不覺得他是個很英俊的年輕人嗎，小姐？」

「對，是很英俊。」

「我認為在我認識的人當中，他絕對要算最英俊的一個。在樓上的走廊裡，你還會看到他的另一幅畫像，尺寸更大，畫得也更細緻。已故的老主人最喜歡這間屋子，這些畫像還是保持原樣，擺放得像他在世那時一模一樣。他特別喜歡這些畫。」

伊麗莎白這才明白，為什麼威克漢姆的肖像還會擺在那裡。

接著，雷諾茲太太把達西小姐的一幅畫像指給她們看。那是在她八歲時畫的。

「達西小姐長得和哥哥一樣好看嗎？」嘉丁納太太說。

「啊！是的——哪個年輕小姐也不如她好看。而且她還那麼多才多藝！成天的彈琴唱歌。隔壁屋裡就有一架新買給她的鋼琴——是主人送她的禮物。明天她會和他一起回來。」

嘉丁納先生待人愉快隨和，他提了不少問題，不時還議論幾句，激起了雷諾茲太太的談興。也許她是出於自豪，也說不定是因為對主人感情深厚，總之一望而知，每當談到主人兄妹倆，她都是樂在其中。

「您的主人今年在彭伯里待得多嗎？」

「不及我期望的那麼多，先生。不過我想他大概有一半時間待在這兒。達西小姐夏天也總是會回來。」

「除了上拉姆斯蓋特去的那時候。」伊麗莎白暗自想道。

「等貴府主人成了家，您見到他的機會也許會多起來。」

「是這樣的，先生。但我不知道那得等到什麼時候。真想不出誰才配得上他。」

嘉丁納夫婦笑了笑。伊麗莎白忍不住說：「我覺得您會這麼想，主要還是因為受了他的影響。」

「我說的全是實話，認識他的人都會這麼說的。」對方答道。伊麗莎白覺得這話說得太離譜了，不過，叫她更驚訝的話還在後頭，只聽管家太太說道：「我從他四歲起就認識他了，這輩子我從沒聽人說過他的不是。」伊麗莎白聽得愈發意外。

這一大套讚美之辭，尤其是最後一句，與伊麗莎白對達西的觀感兩相對照，著實是南轅北轍。她向來認定了他這個人脾氣不好。雷諾茲太太的一番話喚起了她強烈的好奇心。她正盼著再多聽兩句，恰好舅舅在一旁說了句很幫忙的話：

「能當得起如此稱讚的人可不多見。你真幸運，竟有個這樣的主人。」

「是的，先生，我曉得自己運氣好。就算走遍天下，也找不到比他更好的主人。不過我總是說，一個人小時候性格好，長大了也會性格好。他從小就是世上脾氣最溫和、心胸最慷慨的孩子。」

伊麗莎白聽了，不由瞪大雙眼朝她看去。「這真是達西先生嗎？」她心想。

「他的父親也是個了不起的人。」嘉丁納太太說。

「是的，太太，他確實了不起。有其父必有其子——他兒子對窮人也是一樣和藹可親。」

伊麗莎白滿心疑惑地諦聽著，迫不及待地想再多聽些。雷諾茲太太說別的話題，她全都不感興趣。什麼畫上的內容啦、房間有多大啦、家具值多少錢啦，她都聽而不聞。嘉丁納先生見雷諾茲太太這樣極力吹噓主人，只當是自家人的偏袒之辭，他聽了好玩，不一會兒又談到這上面去。他們一邊順著寬大的樓梯往上走，一邊聽管家太太津津樂道地歷數著主人的種種優點。

「他是最好的領主、最好的主人，」她說，「他不像現如今那幫放浪的年輕人，一心只為自己打算。佃戶和僕人沒有一個不讚美他。有人說他傲慢，但我從沒見過他有什麼傲慢的舉止。我猜想，他只不過不像其他年輕人那麼愛聒噪罷了。」

「她也把他說得太可愛了吧！」伊麗莎白心想。

「把他說得這麼好，」舅媽一邊走，一邊小聲說道，「他又怎麼會那樣對待我們那位可憐的朋友呢？這可對不上啊。」

「說不定我們被騙了。」

「不大可能吧，我們的消息來源再可靠也沒有了。」

他們走進樓上那間敞亮的大廳，接著被引進了一間非常漂亮的起居室。這裡新近剛裝修過，看起來比樓下的房間要來得更加雅致、更加輕快。管家太太告訴他們，這裡是專門布置出來讓達西小姐使用的，因為上次她來彭伯里時喜歡上了這個房間。

「他一定是個好哥哥。」伊麗莎白說著，朝窗前走去。

雷諾茲太太十拿九穩地說，她已經料到達西小姐走進這間屋子時會有多開心。「他一向就是這樣，」她又說，「只要能讓妹妹高興，他必定立時三刻就替她辦成。他什麼都樂意為她做。」

現在只剩畫廊和兩三間主臥室還沒參觀了。畫廊裡陳列著諸多佳作。不過伊麗莎白對藝術一竅不通，之前已經在樓下看了不少畫，這會兒她寧願欣賞一下達西小姐的幾幅蠟筆畫，上頭畫的內容更有意思些，也比較看得懂。

畫廊裡有許多家族成員的肖像，但很難引起陌生人的注意。伊麗莎白一路走去，尋找著那張唯一熟悉的臉龐。她總算找到了——畫中人和達西先生驚人地相似，臉上帶著笑容，這樣的笑容，她記得有時在他看向自己時也見到過。她在這幅畫前站了幾分鐘，認真端詳著，離開之前，又回轉去對它看了兩眼。雷諾茲太太告訴他們，這幅肖像是他父親在世時畫的。

此時此刻，伊麗莎白胸中泛起一股對畫中人的柔情，哪怕與他來往最密切的階段，她也從未有過這種感覺。雷諾茲太太的讚美給她造成了不可小覷的影響。什麼樣的讚美，能比一個耳聰目明的下人的讚美來得更寶貴？他是一位兄長、一位領主、一位主人，她思忖著，多少人的幸福要靠他守護！他手握權力，能給人帶來多少快樂，又能帶來多少痛苦！他能行多少善，又能作多少惡！管家太太所說的每件事，都足以證明他的人格。她站在那張繪製了他形象的畫布前，畫中人的雙眼正望著她，她懷著前所未有的傾慕之情，想起了他的愛。她記得他愛得那麼熱烈，於是原諒了他求愛時的唐突。

他們把宅子裡所有對外開放的地方看了個遍，隨後回到樓下。管家太太和他們就此別過，她派了個園丁到大廳門口等候，帶他們繼續參觀。

他們穿過門廊，向河邊走去，這時伊麗莎白扭頭又看了房子一眼。舅舅、舅媽也正駐足回望，舅舅還揣測著這房子大概建於什麼年代。正在這時，房子的主人突然沿著通往馬廄的那條路走了過來。

他們之間只隔著大概二十碼[1]，他這麼突然現身，根本是避無可避。一剎那間，兩人目光交會，都把臉脹得通紅。他嚇了一跳，有那麼一陣，他看起來吃驚得連步子都挪不動了。不過，他很快就回過神來，走上前去對伊麗莎白說話。他的態度也許算不上氣定神閒，但至少顯得彬彬有禮。

她本來不由自主地轉身想走，見他已走到面前，也只得停下腳步與他寒暄，一臉掩飾不住的窘相。她那兩位旅伴一眼看見達西的樣子，覺得和剛剛觀賞的畫像很相似，起先還沒把握，待得看見園丁見到主人時那副詫異的神情，也就立刻心知肚明了。他倆稍稍走開幾步，好讓他和外甥女談上兩句。只見她驚惶交集，簡直不敢抬眼與他對視，聽見他問她家人的好，一時也不知該如何回答。比起上回見面的光景，他這時完全變了個態度，真是出人意料，他每多說一句話，她的窘迫就增加一分。

她心裡翻來覆去地想，自己現身此處，是多麼不合時宜。和他相處不過短短幾分鐘，卻是她一輩子最難挨的時刻。他看樣子也不篤定。他說話的語調沒有了平日的鎮定，翻來覆去地問她什麼時候從朗博恩出發的、在德比郡待了多久，問得又是重複，又是慌張，顯見得心裡已經亂作一團。

後來，看他那樣子是再也想不出有什麼可說的了。他一言不發地站了片刻，神情突然一變如常，告辭離去了。

這時舅舅、舅媽回到她身邊，稱讚達西真是一表人才。然而伊麗莎白隻字不聞，只顧不聲不響地跟著他們往前走，一門心思地想心事，羞怒之情充塞著她的內心。她居然會上這兒來，這實在是全世界最不幸、最失策的事情！他肯定覺得很奇怪！他這麼個虛榮的人，心裡會有多瞧不起啊！看起來倒像是她自動送上門來的！唉！她為什麼要來？他又為什麼比預計的時間早一天回來？但凡他們早走個十分鐘，應當就能走得遠遠的，不至於讓他認出來，顯然他那時才剛到——不是剛跳下馬，就是剛走下馬車。她回想著剛才偶遇時那彆扭的情形，臉紅了又紅。他的舉止和從前是多麼不同啊——這是怎麼回事呢？單說他竟還會和她講話，就已經夠出人意料的了！講話的態度還這麼客氣，居然還問候她的家人！這次意外相見，他的態度這般謙恭、語氣這般溫和，她這輩子從所未見。想想上次在羅欣斯，他把那封信交給她時所說的那番話，對比是多麼強烈啊！她實在不知該做何感想，也完全解釋不清。

1 二十碼約等於十八公尺。

此時他們走上了一條美麗的河畔小徑，地勢越走越低，一路的風景更見美麗，路旁的林木也越來越秀麗。但是，好一會兒過去，伊麗莎白對周遭的景色卻始終渾然不覺。舅舅、舅媽一再招呼她看這看那，她只是機械式地答應著，目光投向他們所指的方向，卻什麼都沒看進去。她的心思跑到了彭伯里宅邸的某個地方，達西先生此刻在哪裡，她就心繫哪裡。她好想知道他心裡是怎麼想的——他會怎麼看待她？經歷了這一切，他還喜歡她嗎？說不定他之所以彬彬有禮，只是因為已不再把她放在心上。不過聽他的語氣，似乎也說不上心平氣和。見到她，他究竟是痛苦多一些，還是愉快多一些，她說不出來，總之看樣子他絕非心如止水。

後來舅舅、舅媽終於忍不住抱怨起來，怪她心不在焉，她這才回過了神，覺得還是表現得自然些為好。

他們走進樹林，暫時離開了溪流，登上一片高地。每到林木疏朗的地方，他們就極目四望，盡覽山谷裡的美景，以及對面綠蔭覆蓋、溪水蜿蜒的群山。嘉丁納先生說他很想繞莊園走一圈，但恐怕不勝腳力。園丁得意揚揚地笑著告訴他們，一圈整整有十哩呢。走肯定是走不成的。於是他們就按通常的步行路線繼續，走了一陣，從一個草木茂盛的陡坡一路往下，又來到了水邊，此處是河道最窄的一段。他們取道一座與周圍景色渾然一體的古樸小橋，來到河對岸。這裡又比他們之前參觀過的地方更少雕飾。山谷在此地收窄，形成一線峽谷，只容得下這彎溪水，還有一條夾在參差不齊的矮樹林中的小徑。伊麗莎白本想順著彎曲的小徑走下去看看，可是過了橋之後，嘉丁納太太發現他們離房子的距離已經很遠，她本就不慣走長路，這時已經走不動了，一心只想趕緊回到馬車上去。她外甥女見狀，也只有依從舅媽的意思，於是他們就從河對岸取道最近的一條路，走回宅子那兒去。他們走得很慢，因為嘉丁納先生是個釣魚迷，平時沒多少機會盡興，這會兒看見水裡不時有鱒魚出沒，不由看入了迷，和園丁談得太起勁，簡直邁不動步了。

一行人正慢吞吞地往前行進，忽然看到達西先生往他們這兒走來，已經到了近處。大家不由吃了一驚，尤其是伊麗莎白，她的驚詫不已，簡直不亞於先前撞見他那時。路的這一頭比那邊視野開闊，因此他還沒到跟前，他們就看見了他。伊麗莎白雖然驚訝，至少比先前有所準備，她暗暗打定主意，如果他真是來找他們的，那她和他說話時一定要作出一副鎮定自若的樣子。其實有那麼一陣，她以為他說不定會轉到其他道上去，因為小徑在這邊拐了個彎，把他的身影擋住了。可是剛轉過彎，他就出現在了他們面前。匆匆一瞥之下，她發現他依然像先前一樣，顯得彬彬有禮。於是她有樣學樣，一開始就大讚此處風光優美。然而，才剛說出幾個諸如「可愛」、「動人」之類的字眼，不快的往事卻忽然浮上心頭，她想到，自己現下對彭伯里讚賞不已，他聽了說不定會誤會。心念及此，她臉色一變，趕忙打住了話頭。

嘉丁納太太正站在後面幾步遠處。伊麗莎白一停下話頭，達西先生就問她，不知她願不願賞個光，介紹這兩位朋友給他認識一下。伊麗莎白始料不及，想不到他竟會這般客氣。還記得他此前求婚時，曾傲慢地表示看不起她的親友，現在呢，他主動要求結識的卻恰恰是他們，她這麼想著，嘴角不由泛起一抹微笑。「等他知道他們姓甚名誰，該吃驚成什麼樣子呀？」她想，「他現在一定以為他們是什麼有來頭的人物。」

總之她立刻給雙方做了介紹。講到和他們的親戚關係時，她偷瞄了他一眼，想看看他有何反應，心裡多少有點期盼，以為他一聽說這兩個同伴的身分如此不上檯面，就會馬上落荒而逃。看得出來，聽說了他們的親戚關係，他很驚訝。但他強自鎮定，不僅沒跑，還掉轉來陪他們一路往回走，甚而和嘉丁納先生攀談了起來。伊麗莎白只覺得又欣慰，又得意。他現在應該知道了，她還是有幾個拿得出手的親戚的，這令她大感快慰。她聚精會神地聽著他倆之間的每句談話，舅舅的語氣和談吐無不展現出他的學識、品味和風度，為她臉上增光。

他們沒多久就談起了釣魚的事。她聽見達西先生客氣之至地邀請他上這兒來釣魚，他說，他們逗留此地期間，隨時想來都可以。他提出借漁具給嘉丁納先生用，還把溪流中魚群出沒最多的幾處指給他看。嘉丁納太太和伊麗莎白手挽手走著，向她使了個詫異的眼色。伊麗莎白什麼也沒說，心裡卻得意至極。如此禮遇，一定是看在她的面上。不過她也驚訝到了極點，在心裡反反覆覆地自問：「他怎麼變化這麼大？這該從何說起？他不可能是為了我——他的態度軟化了，肯定不是我的原因。在漢斯福德，我是罵了他一頓，但也不至於就此讓他脫胎換骨吧。他不可能還愛著我。」

就這樣，兩位女士在前，兩位先生在後，繼續走了一陣。後來，為了細細觀賞幾叢樣貌新奇的水生植物，他們下到水邊待了片刻，再往前走時，各自的位置就起了變動。因為嘉丁納太太走動了一早上，這會兒很疲倦，她覺得伊麗莎白的手臂不夠有力，攙不動她，於是就去挽著丈夫。達西先生填補了她的位置，和她外甥女走在一起。他們沉默了片刻，最後還是小姐率先發話。她希望他能知道，她來這裡參觀，預先是確認過他不在家的，因此一開口就表示，他突然回來，真叫人始料未及。「你的管家告訴我們，你要到明天才會來，」她說，「我們從貝克維爾[2]出發之前還聽說，你一時半刻不會回鄉下來。」他承認確有其事，他因為臨時找家裡的總管有事，所以比同行的夥伴提早幾個鐘頭回來。「他們明天一早就到，」他接著說，「其中有幾位還和你相熟——就是賓利先生和他的姊妹。」

伊麗莎白只輕輕點了下頭。她的思緒立刻被拉回上一次和他談起賓利先生時的情形。看他那臉色，猜測腦子裡想的應該也是那件事。

「這些人當中有一個，」他頓了一會兒，才接著往下說，「特別希望認識你。我想趁你在蘭頓這幾天，介紹舍妹和你認識，不知你是否准許？我這樣問，會不會太過冒昧？」

這個請求著實令她受寵若驚，簡直不知該如何作答才好。她立刻想到，達西小姐如果當真想認識她，那必定與她哥哥的言行有關，單是想到這兒，她就已經很開心了。他雖然心有不快，卻並沒有因此討厭自己，這令她感到十分安慰。

他倆一聲不吭地往前走，雙雙陷入了沉思。伊麗莎白很不自在，但實在也自在不起來。不過，她心裡卻是十分歡喜受用。他想把她介紹給妹妹認識，這簡直是莫大的恭維。他們很快就甩開其他人，走到了前面，走到馬車那裡時，嘉丁納夫婦離他們還有八分之一哩[3]遠呢。

他邀請她進屋去坐坐——但她推辭說不累，於是兩人就一同在草地上站了一會兒。此情此景，照理應該多聊兩句，如果誰都不開口，場面就很尷尬了。她想說點什麼，卻一個話題都想不出來。最後她總算想到，自己正在旅行，便硬著頭皮跟他談起了馬特洛克和多弗戴爾。時間走得好慢，舅媽也走得好慢，她的耐性和話題眼看都快用盡了，這場懇談卻還不能告一段落。總算等到了嘉丁納夫婦，達

2 貝克維爾（Bakewell），德比郡山谷區的一個小鎮，位於懷伊河上。
3 八分之一英里約合二〇一公尺。

西先生又邀請大家進屋去吃些點心。但他們婉拒了，賓主雙方就此禮貌備至地作別。達西先生把兩位女士攙上馬車。車子駛開去了，伊麗莎白回過頭，看著他緩步向屋子走回去。

這時舅舅和舅媽開口議論了起來。兩人都說，他各方面都比他們想像的要好太多。「他舉止得當，彬彬有禮，而且一點也不擺架子。」舅舅說道。

「他這人畢竟有點高高在上，」舅媽說，「不過也只是氣質上有一點，並不過分。我現在和管家太太想的一樣，有人說他高傲，我可一點都沒看出來。」

「他這樣待我們，實在令我驚訝不已。那已經不只是客套了。他真是殷勤備至，其實根本沒必要這麼大費周章。他和伊麗莎白也不是很熟吧。」

「麗綺，」舅媽說，「他確實不如威克漢姆生得英俊。或者說他沒有威克漢姆那樣的相貌，但是整體看來，他委實無可指摘。可是你怎麼對我說他這個人很討厭呢？」

伊麗莎白只好盡量為自己辯解。她說自從在肯特遇到他之後，她已經不再那麼討厭他了，至於今天上午他那副親切的樣子，她也是前所未見。

「不過他這麼客氣，說不定也是心血來潮，」舅舅說，「大人物往往如此。所以我最好還是別把他的話當真，也許他過兩天就改變心意了，到時會把我從領地上趕出去。」

伊麗莎白覺得他們完全誤會了他的性格，但她什麼也沒說。

「就我們的見聞來看，我真沒法想像，他竟會那樣狠心地對待可憐的威克漢姆。他看起來本性不壞。說話也挺討人喜歡。而且他面容高貴，看起來不像會有壞心眼。不過，帶我們參觀屋子的那位好太太真是把他誇到天上去了！好幾次我簡直忍不住要笑出來。我想他應該的確是個寬厚為懷的主人，在下人眼裡，這就是至高無上的美德了。」

伊麗莎白聽到這兒，感覺在威克漢姆這件事上，自己應該替達西澄清一下，她盡量小心翼翼地說，她聽到他在肯特郡的親友說起，他當時的做法事實上另有隱情，這件事不是他們在赫特福德郡聽說的那樣，他這個人絕對沒那麼壞，威克漢姆也絕對沒那麼好。為了證實這一點，她提到了他們錢財往來上的一應細節，但沒有明言是誰告訴她的，只說她相信這些消息很可靠。

嘉丁納太太聽了又驚又憂，幸而他們此刻正好來到她過去很喜歡的一處美景，美好的回憶瞬間占據了她的全副心神。她一心想把周圍的景色一一指給丈夫看，別的事全拋在了腦後。雖說走了一上午，這時很疲乏，但吃過飯後沒多久，她就趕緊前去探訪舊交。與好友闊別多年，如今一朝重聚，她這一晚過得心滿意足。

一天來發生了太多事情，伊麗莎白簡直沒心情應酬新朋友。她什麼也做不了，只顧苦苦思索，思索著達西先生怎麼會這麼彬彬有禮，尤其是，他竟然想把她介紹給妹妹，實在叫人想不通。

Chapter 2

邀請

伊麗莎白斷定，等妹妹回到彭伯里，達西先生次日就會帶她前來拜會。因此她想好，到時她早上就待在旅館附近，不去別的地方。誰知她還是沒想對。他們一到蘭頓，當天早晨就前來登門拜訪。這天，幾個新朋友陪伊麗莎白他們到鎮上走了走，她和舅舅、舅媽剛回到旅館，打算換換衣服，再出去和朋友他們家一起吃飯，忽然聽到外面傳來一陣馬車聲。他們來到窗前張望，只見一名紳士和一位小姐正坐著一輛雙輪馬車[1]，從街道的那頭駛來。伊麗莎白立刻認出了車上的族徽，猜到了來者是誰，於是她告訴兩位親戚，大概要有貴客登門。舅舅、舅媽聽了，和她一樣頗感意外。看她說話時那副窘態，再把眼前的事情和昨天的種種聯繫起來一想，他們立刻對整件事有了新的認識。此前他們還沒看出徵兆，然而這樣一個人物，竟會待他們如此殷勤，他們覺得唯一的原因，便是他愛上了他們的外甥女。他們滿腦子轉著這些新生發的念頭，與此同時，伊麗莎白心中的焦慮也在節節攀升。她暗自詫異，自己怎會這般心亂如麻。在諸多不安當中，她最擔心那位兄長把她誇得太好。她一心想討得對方的喜歡，可又禁不住疑心，怕自己沒有討人喜歡的本事。

她唯恐被他們看到，於是從窗邊退了開去，在房間裡不停地來回踱步，竭力想把心情平復一下。可是，看到舅舅、舅媽一臉的驚異和問詢，她反覺得更糟了。

達西小姐和哥哥一同走了進來，這個令人怯場的會面就此開始。伊麗莎白意外地發現，新朋友跟她一樣，也顯得很不好意思。到蘭頓以來，她常聽人說達西小姐這個人高傲至極。可是稍稍觀察了幾分鐘，她就確定了，達西小姐只不過是過分害羞而已。她發覺，達西小姐嘴裡就連一個完整的詞都擠不出來，從頭到尾只是嗯嗯啊啊的。

達西小姐身量挺高，比伊麗莎白個頭大些。儘管年紀才剛十六出頭，她的身材卻已發育得很好，看起來姿態優雅，像個大人了。她的相貌不及哥哥那麼俊秀，但眉宇間自有一種聰慧和善的氣質，待人接物也顯得平易近人、溫柔有禮。伊麗莎白本來滿以為她會像達西先生一樣鋒芒畢露、對人冷靜觀察，結果發現並非如此，不由鬆了一口氣。

見面不一會兒，達西先生就告訴她，賓利也會登門拜訪。她還沒來得及表示榮幸，也沒做好迎接這位客人的準備，就聽到樓梯上響起了賓利的腳步聲，一眨眼工夫，他已經走了進來。伊麗莎白對他的怒氣本就早已平息，即便此刻還有些許餘怒未消，一聽見他熱情洋溢的聲音，說著與她重逢是多麼開心，就再也氣不起來了。他友善地一一問候她的家人，言談神情還是一如既往的親切隨和。

嘉丁納夫婦對他的興趣不下於伊麗莎白。他們一直很想見見他。事實上，眼前的這幾位，無不引

1 此處的雙輪馬車為curricle，十八世紀至十九世紀中葉在英國很流行。其結構類似gig（參見第二卷第七章注1），外形輕便時髦，且常精心配備一對體型、步態、毛色都很相近的馬匹。

起他們強烈的好奇心。他們既然疑心達西先生和外甥女的關係，便偷偷地仔細探察兩人的神情舉止。沒過多久，他們心裡就有了數：這兩人當中，至少有一個是愛得明明白白。對小姐的想法，他們還有點沒把握。不過那位先生嘛，他心底的愛慕，已經情不自禁地流露出來了。

至於伊麗莎白，她可有的忙了。她想把幾位客人的心思搞個一清二楚、想擺出鎮定自若的樣子，又想讓大家都喜歡她。最後這個心思，她特別擔心實現不了，事實上卻是十拿九穩，因為她想討好的這幾個人，本身恰好也很喜歡她。賓利本就有意同她交好，喬治亞娜一心想結交她，至於達西，他是拿定了主意要取悅她。

一見到賓利，她的念頭自然就轉到了姊姊身上。哦！她多想知道，賓利此時的想法是不是和她一樣。有時她覺得他不像過去那麼健談了，還有一兩次，她自認為他之所以看著自己，是想從她身上找到一點她姊姊的蛛絲馬跡。雖說這些可能都只是她的想像，但有一點，她絕不會看錯，那就是他對達西小姐的態度。之前大家都把達西小姐看成珍的情敵，可是現在看來，他們彼此間不見得有什麼特別的情意。壓根兒看不出任何跡象，能證明他們會遂了賓利小姐的願。她很快就放下了心。在客人告辭之前，又發生了一兩件小事，以她那捕風捉影的急切心情看來，更覺得他對珍還沒忘情。他一定很想再多聊兩句，設法談到珍身上去，可惜卻沒鼓起這個勇氣。有一次，趁著人家聊天的時候，他以一種滿心遺憾的語氣對她說，已經「有好長一段時間不曾有幸見到你了」。她還沒來得及接話，他就又說道：「自從十一月二十六日那一面之後，我們都有八個多月沒見了。那次我們大家都在內瑟菲爾德跳舞。」

他記得這麼清楚，伊麗莎白聽了感到很高興。後來，他又趁別人不注意，向她問起她的姊妹最近是不是都待在朗博恩。這個問題本身，連帶此前他的那些個問題，都說明不了什麼，不過他提問時的神情態度，卻十分耐人尋味。

她沒多少心思去留意達西先生。可是每次向他投去一瞥，總能看到他滿臉的殷切，聽他說話的語氣，完全沒有從前慣有的那種自高自大、不屑一顧的氣派。她心想，從昨天起，就發現他的行為舉止大有改善，看來就算是暫時裝裝樣子，起碼也已經堅持了整整一天。看見他盡心竭力地結交幾個月前根本不屑沾邊的人，希望博得他們的好感，看見他不但對她本人客氣周到，對此前曾公開鄙視的人也都客氣周到，她不由記起了上回在漢斯福德與他針鋒相對的情景——如今他表現得判若兩人，實在使她震動莫名，簡直無法掩飾內心的驚異。無論是在內瑟菲爾德和他的至交好友相處，還是在羅欣斯和那幾個尊貴的親戚相伴，他都不曾這麼熱情地去迎合對方，她真的從沒見過他表現得如此平易近人、推心置腹。況且，即便贏得了嘉丁納夫婦的歡心，他也得不到什麼緊要的好處，甚至一旦與他們交好，反會惹來內瑟菲爾德和羅欣斯那班貴婦人的嘲笑和奚落。

客人在他們這兒坐了半個多小時。起身告辭時，達西先生還叫上妹妹，一起邀請嘉丁納夫婦和伊麗莎白，希望他們在離開此地以前，能上彭伯里去一起吃頓飯。達西小姐顯見得不慣常邀請客人，樣子有點怯生生的，但還是欣然照辦了。嘉丁納太太望了外甥女一眼，她知道，他們想請的主要還是她，所以想看看她作何打算，誰知伊麗莎白卻把頭掉了過去。不過，嘉丁納太太很清楚，外甥女這麼有意回避，不是不情願，只是一時有點發窘。她又望了望丈夫，他本就喜歡交際，看樣子也很樂意赴約。於是，她就大膽做主，接受了邀請，說定後天上彭伯里去做客。

賓利一聽說又能和伊麗莎白見面，立刻表示高興至極，他說他有好多話想跟她講，還要好好向她打聽赫特福德郡那些朋友的近況。伊麗莎白認為他無非是想聽她講講有關姊姊的消息，心裡相當受用。客人走了之後，她把這件事和過去半小時的其餘種種回顧了一遍，當時並不怎麼享受，這會兒心裡卻頗有些得意。她很想單獨待會兒，加之又怕舅舅、舅媽對她問這問那、旁敲側擊，因此只和他們多坐了一小會兒，一等他們把賓利誇完，就趕緊回房換衣服去了。

其實她用不著擔心嘉丁納夫婦的好奇心。他們根本不想逼她招供。顯而易見，她和達西先生的交情遠遠超過他們此前的預計。同樣顯而易見，達西先生對她是由衷愛慕。他們對所見所聞饒有興味，但也不便問長問短。

對達西先生，他們眼下一心只想到他的好處。認識他到現在，他們連他一個錯處都挑不出來。他那樣客氣，他們沒法不動容。假設他們不參考別人的意見，僅憑自己的印象和傭人的說法把他形容一番，赫特福德郡那班人根本聽不出這說的是達西先生。總之他們現在都樂意相信管家太太的話。他們覺得這位傭人從達西四歲起就認識他，本身的為人也值得尊敬，不該罔顧她的看法。再說聽了蘭頓的朋友的描述，他們認為這位管家太太的話沒有不實之處。大家對他的指責，無非就是為人傲慢。他可能是有點傲慢，但也可能只是因為他們家不怎麼光顧這個小市鎮，所以引起了鎮上人的猜忌而已。總而言之，四下裡都知道他為人慷慨，接濟過不少窮人。

說到威克漢姆，他們幾位遊客很快就發現，他在這兒的名聲可不怎麼樣。雖然大家並不太瞭解他和他的贊助人之子之間有什麼過節，但人人都知道，他離開德比郡時欠下了一屁股債，後來都是達西先生替他償還的。

至於伊麗莎白，她這天晚上的心思全在彭伯里上頭，苦思冥想比昨晚更甚。夜雖漫長，要想清楚自己對住在大宅裡的那個人究竟心意如何，卻還嫌不夠長。她在床上躺了整整兩個小時還沒睡著，挖空心思想把事情弄清楚。她當然不再恨他了。是的，對他的怨恨早已煙消雲散。即便那真算得上恨，她也已經為之內疚好一陣了。她既已認定他各方面都品格高尚，便生出了敬重之心，儘管起初還不願承認，其實心裡從早前起就已不再討厭他了。昨天聽見人家對他這般讚不絕口，又看到他性格中如此和善的一面，她對他的敬重之情就更進一步，平添了幾許親切之感。但這還不止，除了尊敬和看重以外，她內心還有一種不容忽視的好感。那就是感激之情。她感激他愛過自己，更感激他的情意之深，當初她拒絕他的求婚時，態度是那樣粗暴和刻薄，還錯怪他，而他竟能原諒她的所作所為。她本以為他會對自己反目成仇，避而不見，然而這次偶然相逢，他卻急於重修舊好。儘管兩人獨處時，他沒有任何出格的舉動，總是表現得那麼溫文爾雅，但他一心想博得她的親友的好感，還極力介紹妹妹和她認識。一個如此傲慢的人，竟變得判若兩人，這不單令她驚奇，更令她感激——因為這必定要歸因於愛情，熾熱的愛情。她還說不清自己的感受，但她知道，自己絕不是不樂意，甚至還隱約想助長這份感情。她尊敬他、看重他、感激他，真心實意地考慮起他的幸福來。她現在只想弄明白，自己有多希望讓達西把幸福寄託在她身上，她認為自己仍然有這份力量，可以吸引達西再度向她求婚，但她不知道，一旦這麼做了，究竟能不能給雙方帶來幸福。

當天晚上，舅媽和外甥女兩人商議說，達西小姐剛一抵達彭伯里，只吃了頓早飯就趕來拜望他們，實在客氣之至，他們即便做不到和她一樣客氣，至少應該還個禮，多少表表心意。最可行的辦法，應當是隔天早晨到彭伯里去拜訪達西小姐一次。因此她們決定明天就去。伊麗莎白很高興。可是究竟喜從何來，她捫心自問，又說不出個所以然。

第二天一早，嘉丁納先生剛用過早飯就向她們告辭了。原來前一天他已經和幾位先生約好了要去釣魚，大家商定中午之前在彭伯里碰頭。

Chapter 3

客廳裡的唇槍舌劍

伊麗莎白現在確信，賓利小姐之所以不喜歡她，完全是出於嫉妒，因此她忍不住想像，對方一定很不願意看到她出現在彭伯里，她也很好奇，想看看那位小姐能不能起碼在表面上顧全禮貌。

一到彭伯里宅邸，立刻有人領她們穿過門廳，走進了大客廳，這個房間朝向北邊，在夏季顯得格外舒適。落地窗面朝屋後鬱鬱蔥蔥的高山，一派令人心曠神怡的美景，近處的草坪上，錯落地散布著美麗的橡樹和西班牙栗樹。

達西小姐在這間屋子裡接待她們，和她一道的還有赫斯特太太、賓利小姐，以及在倫敦陪伴她起居的那位女士。喬治亞娜對她們禮數周全，就是態度有些局促，這本來是由於她生性靦腆所致，不過，碰到那些自覺身分低於她的人，她的為人就很可能被視作傲慢驕矜。幸虧嘉丁納太太和她的外甥女都沒有誤會，反倒很理解她。

至於赫斯特太太和賓利小姐，兩人只是行了個屈膝禮表示問候。大家落了座，好一會兒都沒人說話，場面十分尷尬。安內斯利太太率先打破了沉默，這位舉止文雅、外表可親的女士試著替大家尋找些共同話題，顯見得比在座的另外兩位要有涵養得多。她和嘉丁納太太交談起來，伊麗莎白則在一旁附和，於是大家就聊開了。達西小姐看樣子很想鼓起勇氣加入她們的談話，不時大著膽子迸出隻言片語，不過，她總要趁人家不留心的時候，才敢開口說個幾句。

伊麗莎白很快就發覺，賓利小姐正對她嚴密監視，不管她說什麼，都逃不過對方的注意，跟達西小姐說話時就更是如此。賓利小姐這麼虎視眈眈，倒沒有使她因而卻步，只可惜，她和達西小姐坐得有些遠，不太方便聊天。不過，沒能跟她多談幾句，伊麗莎白也不覺得遺憾，因為她正忙著考慮別的事情。她覺得男士隨時可能走進屋子來，心裡又是盼望，又是害怕，不知這兒的一家之主會不會也在其中。她實在搞不清楚，自己究竟是盼望多一些，還是害怕多一些。大家就這樣坐了一刻鐘，期間賓利小姐一聲不出，後來她忽然開了口，冷冰冰地問候伊麗莎白家人的健康。伊麗莎白回過神，便以同樣冷淡的口氣三言兩語回答了她。對方也沒再說什麼。

這時，傭人端著冷肉、蛋糕和新鮮的各色時令水果走進來，打破了現場的僵局。之前達西小姐一直想不起該吩咐傭人，要不是安內斯利太太笑嘻嘻地不停朝她使眼色，她到現在還沒意識到應當款待客人呢。這下大家都有事做了——就算她們不能在一起聊天，起碼可以在一起吃點東西。堆成小山的葡萄、油桃和蜜桃立即把大家吸引到了桌子旁邊。[1]

就在她們吃喝的當兒，達西先生走了進來，這下伊麗莎白總算有機會弄清楚，自己究竟是害怕他出現呢，還是盼望他出現。一開始，她以為期盼的心情畢竟占了上風，但沒過多久卻又後悔起來，覺得他還不如別來的好。

此前，他和兩三個在莊園做客的先生陪同嘉丁納先生一道，在河邊消磨了一陣，聽見嘉丁納先生說，他太太和外甥女打算上午來拜訪喬治亞娜，他便離開他們，回轉來了。伊麗莎白剛一見到他，就聰明地拿定了主意，要裝出輕鬆隨意的樣子。這個主意拿得確實很有必要，卻不太容易做到，因為她發現，他一走進來，屋裡的人就對她們這兩位訪客起了疑心，大家的眼睛無不關切地盯著他的一舉一動。誰的好奇心都不及賓利小姐表現得那麼露骨，不過，面對其中的監視對象之一，她講起話來依舊滿臉堆笑。畢竟她還沒嫉妒到不管不顧的地步，也還沒對達西先生死心。達西小姐看見哥哥走進來，倒是變得健談不少，伊麗莎白看得出，他很希望妹妹能和她熟起來，只要一有機會，就盡可能撮合她們聊天。賓利小姐也把這一切看在眼裡。她急怒攻心，於是一逮到機會，就假意客氣，語帶譏諷地說：

「伊麗莎小姐，請告訴我，民兵團是不是已經從梅里頓開拔了?這一下你們家可真是損失慘重。」

當著達西的面，她不敢直接提到威克漢姆的名字。不過伊麗莎白立刻明白她主要指的就是威克漢姆。一時間，眾多與他有關的往事湧上心頭，使她有點語塞。但她很快就振作精神，決意對這種惡意的人身攻擊以牙還牙，以一種滿不在乎的態度回答了這個問題。說話間，她無意中瞥了達西一眼，只見他脹紅了臉，正緊張地望著她。他的妹妹則顯得方寸大亂，連眼睛都不敢抬一抬。毫無疑問，但凡賓利小姐知道，自己給心愛的朋友造成了多大的痛苦，她是決計不會提起這個話茬的。其實她主要的目的，是想攪亂伊麗莎白的方寸，她認為伊麗莎白鍾情於那個男人，就故意說起他，好叫她失態，如

1 葡萄、油桃和蜜桃都是奢侈的水果，可能在彭伯里的暖棚裡種植。

此一來，達西先生也會看不起她，說不定還會想起她家裡人和民兵團鬧出過多少荒唐可笑的醜事。有關達西小姐意圖私奔的事，她是一個字也沒聽說過。達西先生對這個祕密嚴防死守，除了伊麗莎白之外，其他任何人都不知曉。對賓利先生的親友，他尤其要小心隱瞞，因為他有替妹妹攀親的打算，這一點伊麗莎白也早就想到了。這個打算由來已久，雖說他拆散賓利先生和班內特小姐，並非為了一己的籌謀，但他之所以如此在意朋友的幸福，很可能因為這關係到他的打算。

幸好伊麗莎白表現得鎮定自若，於是達西的心情也很快得以平復。賓利小姐又是惱火，又是失望，不敢再說到威克漢姆身上去。過了片刻，達西小姐的神色也漸漸恢復如常，但一時間到底還沒勇氣開口說話。她的雙眼不敢和哥哥對視，事實上，他哥哥倒沒怎麼想到她身上去。賓利小姐機關算盡，本想把他的心思從伊麗莎白身上調開，卻反而使得他越來越一心一意、樂在其中。

這番唇槍舌劍告一段落，嘉丁納太太和伊麗莎白的拜訪也很快結束了。趁達西先生送她們上馬車的時候，賓利小姐大放厥詞，把伊麗莎白的個性、行為和著裝全批評了一遍。但喬治亞娜沒有搭腔。既然哥哥對伊麗莎白推崇備至，她就認定了自己會喜歡她。他的看法錯不了。他把伊麗莎白誇得那麼好，喬治亞娜便覺得她肯定又可愛，又迷人。達西回到大客廳後，賓利小姐忍不住把剛才對他妹妹說的話又講了一遍。

「伊麗莎．班內特今天上午的樣子多難看啊，達西先生，」她大聲說，「我從來沒看見過有誰像她那樣，才過了一個冬天，就變得這麼厲害。她的皮膚變得這麼黑，又這麼粗糙！[2] 路易莎和我都覺得認不出她了。」

達西先生聽到這種話，心裡非常不高興，然而表面上只是冷冷地答說，他看不出她有多大變化，只不過皮膚確實曬黑了，夏季出遊，曬黑也不值得大驚小怪。

「要我說，」她接著道，「我真的從來看不出她哪裡漂亮。她的臉太瘦了，膚色缺乏光澤，五官一點也不好看。她的鼻子長得沒什麼特點——線條一點也不突出。牙齒倒還可以，但也只是普通水準罷了。至於她那雙眼睛，有人說它們美極了，我卻看不出有什麼了不起的。她的眼神一看就知道尖酸刻薄、暴躁易怒，我可不喜歡。她整個人的氣質就是自以為了不起，其實根本不入流，真叫人吃不消。」

賓利小姐明知達西愛慕伊麗莎白，她這麼說話，對自己不會有好處。可是人發起火來，是很難保持理智的。眼看他有點被惹惱了，她覺得總算是得償所願。見他拿定了主意一言不發，她就非叫他開口不可，她接著說：

「我記得剛在赫特福德郡認識她那時，聽說她是有名的美人，我們都吃了一驚。我特別記得有天晚上，她們在內瑟菲爾德吃過飯之後，你說：『她也算美人！——那我就要把她母親叫作智者了。』不過看起來你對她的印象好像改觀了，我記得有一度你覺得她很漂亮。」

「是的，」達西忍無可忍地答道，「但那是我剛見到她時的事情。現在我覺得她是我認識的女人中最漂亮的一個，我這麼想，已經有好幾個月了。」

說完他便揚長而去，把賓利小姐撇在原地。逼得他說了這一席話，而且只有她自己一個人聽了難

2 當時的女性追求白皙的膚色。

受，這下她總該滿意了。

回去的路上，嘉丁納太太和伊麗莎白談論著做客期間發生的一切，唯獨不提她們最關心的那件事。她們議論了在座各位的樣貌和行事，唯獨不提她們最在意的那個人。她們談到了他的妹妹、他的朋友、他的宅子、他的水果——樣樣都談了，唯獨不談他本人。其實，伊麗莎白很想知道嘉丁納太太對他的看法，嘉丁納太太也巴不得外甥女能主動聊到這個話題上去。

Chapter 4

匆匆返程

抵達蘭頓的頭一天，伊麗莎白發現珍沒有寄信來，因而大失所望。第二天一早，她又失望了一回。好在到了第三天，她總算不用再抱怨了，因為一下子收到了兩封姊姊的來信，其中一封標明曾經送錯了地址。伊麗莎白覺得這不奇怪，珍確實把地址寫得太潦草了些。

信送來時，他們正準備出去散步。舅舅、舅媽於是自己出門去，把她留在家裡安安靜靜地讀信。首先要讀的自然是送錯的那一封，信寫於五天前。開頭先講了講她們參加了哪些小型派對和其他活動，又提到幾件鄉下常見的新聞。後半段是第二天寫的，看得出寫得很焦急。信上講到一個至關重要的消息，詳細內容如下：

> 親愛的麗綺，寫完上面的內容以後，發生了一件最叫人意想不到的、極為嚴重的事。我只怕嚇壞了你——請放心，我們這裡的人都沒事。我要說的事情跟可憐的莉迪亞有關。昨天夜裡十二點，大家正準備上床，忽然有人送來一封急信，信是福斯特上校寫來的。他告訴我們，莉迪亞跟

他手下的一名軍官一塊兒跑到蘇格蘭[1]去了。實話實說吧，她跟威克漢姆私奔了！你想想我們當時有多麼震驚。不過，凱蒂看起來倒並不是完全意外。我實在太難過了。這樁婚事對他們雙方而言都很欠考慮！不過我還是往好處想，但願我們誤解了他的人品。毋庸置疑，他這麼做太魯莽、太輕率，但既然他行到這一步（我們還應該為此慶幸），正好說明他心地不壞。至少他的選擇不是為了錢，因為他肯定清楚父親什麼也給不了莉迪亞。可憐的母親傷心欲絕。父親倒還好。謝天謝地，幸虧我們沒告訴他們外界是怎樣譴責他的。我們自己也得把這事忘掉。據推測，他們是禮拜六夜裡十二點動身的，但直到昨天早晨八點，別人才發現他們不見了。福斯特上校立即寫了急信給我們。親愛的麗綺，他們路過的地方距離我們肯定還不到十哩。從信上看，福斯特上校應該很快就會到這兒來。莉迪亞留給他太太短短幾行字，講了他們的打算。我不能再寫下去了，因為不能離開可憐的母親太久。我只怕你看了覺得糊裡糊塗，我自己也弄不清自己寫了些什麼。

伊麗莎白讀完這封信，來不及細想，就不假思索地抓過另一封，迫不及待地拆開讀下去。這封信是在上一封落款日期的隔天寫的。

親愛的妹妹，你現在應該已經收到我上一封匆忙寫就的信了。我希望這次能把事情說得清楚些，不過，儘管現在不用趕時間，我的腦袋卻亂作一團，恐怕難以寫得有條有理。最親愛的麗綺，我簡直不知道應該寫些什麼，但有個壞消息得告訴你，而且這事不能拖延。雖說威克漢姆先生和可憐的莉迪亞的婚事實在不恰當，眼下我們卻十分期待聽到他們已經成婚的消息，因為看來他們很可能沒有去蘇格蘭。前天福斯特上校發出那封急信之後，沒過幾個小時就從布萊頓出發，昨天到了我們這裡。莉迪亞在短箋上告訴福太太，他們要到格雷特納．格林[2]去，可是丹尼一不當心卻露出了口風，說他確信威克漢姆根本沒有上那兒去的打算，也不想娶莉迪亞。福上校一聽這個消息就著了慌，於是立刻從布鎮出發去追趕他們。他沒費多大力氣就追到了克拉珀姆[3]，在那兒失去了他們的蹤跡。因為他們抵達那裡之後，就轉乘了一輛出租馬車[4]，把從埃普索姆[5]雇的那輛輕便馬車給打發走了。至於他們往後的去向，只聽見有人說，看到他們往通向倫敦的路上去了。我真不知道該怎麼想。福上校想盡辦法在倫敦那邊打聽了一圈，接著就到赫特福德郡來，一路上又詢問了所有的收費站，還有巴尼特[6]和哈特菲爾德[7]的客棧，還是一無所獲——沒人看到

1 十八世紀英國《婚姻法》規定，在英格蘭和威爾斯，男女的最早結婚年齡是二十一歲，不滿二十一歲者結婚，須徵得父母同意，否則其婚姻即為非法。而在蘇格蘭，男子年滿十四歲、女子年滿十二歲，不用經過父母同意就可以結婚。故而當時私奔的男女都會前往蘇格蘭註冊結婚。

2 格雷特納．格林（Gretna Green），位於蘇格蘭南部邊境，是從英格蘭進入蘇格蘭境內的第一個村莊，所以私奔的男女往往到這裡成婚。

3 克拉珀姆（Clapham），倫敦南部蘭貝斯區的一個城鎮，今距倫敦市中心約三．四英里，距布萊頓約四十九英里。十七、八世紀，這裡建成了許多鄉間房屋，曾是上層階級青睞的居住地。

4 出租馬車（hackney-coach），輕便馬車和出租馬車都可以為私人所雇用，這兩種交通工具均會在驛站更換馬匹。

5 埃普索姆（Epsom），薩里郡的一個城鎮，在倫敦西南面，今距克拉珀姆約十一英里。

6 巴尼特（Barnet），赫特福德郡小鎮，在倫敦以北，今距克拉珀姆約十五英里。

7 哈特菲爾德（Hatfield），赫特福德郡小鎮，在巴尼特以北約九英里，今距克拉珀姆約二十四英里。

長得像他們的人經過。於是他很好心地上朗博恩來，把他的擔憂掏心掏肺地告訴了我們。我真為他和福太太難過，但誰也不能責怪他們。

親愛的麗綺，我們傷痛已極。父親和母親都已經想到了最壞的結果，但我還是不能把他想得那麼卑鄙。說不定，出於種種原因，他們覺得到城裡去偷偷結婚[8]更好，所以放棄了最初的計畫。他竟然不顧像莉迪亞這樣一個年輕小姐的社會地位，大膽勾引她，這想起來已經不太可能了，就算他真做到這一步，我也很難設想，莉迪亞自己難道會什麼都不管不顧嗎？這不可能！不過福上校對他們結婚這件事也不樂觀，我聽了很傷心。我講了講自己的期望，他聽了直搖頭，他說他只怕威不是個值得信任的人。可憐的母親這下真的病倒了，一直關在房間裡。要是她能振作一些，情況倒還不至於這麼糟糕。但這是指望不上了。至於父親，我這輩子還從沒見他像這樣大受打擊。可憐的凱蒂因為當初替他們隱瞞關係而挨罵了，不過既然這是她倆之間的私房話，也難怪她不說出來。最親愛的麗綺，你避開了這些令人難受的場面，我真為你高興。不過，現下第一波震驚過去了，我可否說一句，我真盼著你能回來？但我還沒那麼自私，要是你不方便的話，我也不會強求的。再見！

剛剛才說不強求你，這會兒我卻又出爾反爾地拿起了筆。情況緊急，我實在不得不懇求你盡快回來。我太瞭解親愛的舅舅、舅媽了，提出這樣的要求，我不怕得罪他們，而且我還有事要求他們幫忙。父親和福斯特上校一起去倫敦了，他們想試試能不能找到她。我實在不知道他打算怎樣行事。他眼下太張惶了，顯見得不太可能想出穩妥的辦法。福斯特上校明天晚上又必須趕回布萊頓不可。事關緊要，現在只有依靠舅舅的建議和幫忙了。他一定能馬上體會我的心情，我全指望他的一片好心了。

「啊呀！在哪裡？我舅舅在哪裡？」伊麗莎白讀完信，立即從椅子上跳了起來，急著出門找舅舅，生怕耽誤了一分一秒的寶貴時間。可是她剛衝到門邊，門卻叫一個僕人打開了，只見達西先生站在門外。他看到她面色煞白、舉動倉皇，不由嚇了一跳。她滿心惦記著莉迪亞的處境，等不得他回過神來說話，就慌慌張張地大聲說道：「真抱歉，我不能奉陪。我現在非得去找嘉丁納先生不可，我有耽擱不了的事情找他。一刻也等不了。」

「老天爺！出了什麼事？」他大聲問道，一激動，連禮貌都顧不上了。隨即他定了定神，說：「我一分鐘也不耽擱你，但請讓我，或者讓僕人去找嘉丁納夫婦吧。你看起來身體不舒服，不能自己去。」

伊麗莎白不太情願，不過她的膝蓋正在發抖，她意識到，自己現在出去，很可能追不上他們。於是她把僕人叫了回來，吩咐他趕緊把男女主人找回家。她上氣不接下氣，簡直連話都說不清楚。

僕人一走出去，她便再也支撐不住，癱坐下來，達西見她臉色淒慘，不放心把她一個人留下，忍不住溫存而愛憐地對她說：「讓我把你的女僕叫來吧。你是不是吃點什麼，好覺得舒服一點？要不要

8 當時的婚姻制度依照一七五三年頒布的《哈德威克勳爵婚姻法》（Lord Hardwicke's Marriage Act）執行。該法規定，男女結婚當由牧師進行公開儀式，或向主教申請特殊結婚許可證。法律還要求婚禮在新人某一方所在教區的教堂舉行。倫敦這樣的大城市人口繁雜，便於隱瞞身分，不易被發覺新人並不屬於這一教區，也不易遇見熟人。

喝杯酒？我給你倒一杯吧？你好像病得很重。」

「不用了，謝謝你。」她一邊盡量振作精神，一邊答道，「我沒什麼。我好得很。只是剛從朗博恩傳來了壞消息，我聽了很難受。」

提起這件事，她就淚如雨下，好一陣說不出話來。達西摸不著頭腦，只好大致說上幾句安慰的話，接著就滿懷同情、不聲不響地默默注視著她。後來她終於開口說道：「我剛收到一封珍寄來的信，告訴我一個可怕的消息。反正誰也瞞不住了。我的小妹妹拋下了所有朋友，跟人私奔了。她自己投向威克漢姆先生的羅網，兩個人一起從布萊頓跑了。你很瞭解他的為人，餘下的事可想而知。她沒錢沒勢，沒有任何可以使他就範的資本——這下她徹底完了。」

達西怔住。「想想看，」她越發激動地往下說，「我本來是可以阻止這一切的！我瞭解他的真面目。要是我把一部分真相說出來——只要把我知道的真相挑一部分告訴家裡人好了！一旦大家瞭解了他的真面目，這種事就不會發生。但現在一切都太遲了——太遲了。」

「我真痛心，」達西叫道，「太痛心，太震驚了。但這事確定沒弄錯嗎——完全確定嗎？」

「唉，確定了！他們禮拜六半夜一起離開了布萊頓，別人一路打探，找到倫敦附近，後來就跟丟了。他們肯定沒去蘇格蘭。」

「那現在有沒有做些什麼，有沒有想辦法去把她找回來？」

「我父親已經到倫敦去了，珍也寫信給我舅舅，求他馬上去幫忙。我覺得我們最好半小時之內就動身。不過其實我們是無能為力的——我很清楚已經無能為力了。這樣一個人，要怎麼對付？再說怎麼才能找到他們呢？我完全一點希望都不抱。這件事怎麼看都是糟糕到了極點。」

達西點點頭，表示同意。

「我已經看透了他的真面目——唉！我那時要是果斷一些，大膽揭穿他就好了！但我糊裡糊塗的——我只怕做過了頭。我犯了一個多麼可悲的錯誤！」

達西一言不發。他好像沒聽見她在說什麼，只見他心事重重地在房間裡走來走去，眉頭緊鎖、面色陰沉。伊麗莎白很快就留意到他這副神情，立刻明白了過來。她對他的吸引力正在消散。家裡出了這麼不爭氣的人，做出如此奇恥大辱的事情，哪怕她魅力再大，也肯定會被一筆勾銷的。她不覺得奇怪，也不能怪他。她相信，他能夠克制住自己，不會讓感情的變化流露在臉上，可是，她心裡一點都不為此感到安慰，悲痛也沒有因此減少分毫。相反，事到如今，她倒看清了自己的心思。她從未曾像此時此刻這樣真切地感到，自己也許是愛他的，然而再愛也無濟於事了。

她想到了自己，卻沒有沉浸在自憐自艾當中。莉迪亞會使他們全家丟多大的臉、受多少罪啊，一想到這裡，她就根本顧不上自己了。她用手帕蓋著臉，對周圍的一切不聞不問。幾分鐘過去，同伴的聲音把她拉回當下，只聽達西用同情而克制的口吻說道：「恐怕你早就想叫我走了，而且我也沒什麼理由請你允許我留下來，不過我真的很關心你，雖說關心也無濟於事。天可憐見，我真想對你說些什麼，或替你做些什麼，來安慰你的苦痛。但我不想只說好話，讓你空懷希望，反而受苦，倒好像是故意要討你的感激似的。出了這麼不幸的事情，我只怕舍妹今天沒這個榮幸在彭伯里見到你了。」

「唉，是的。還要麻煩你替我們向達西小姐道個歉。就說家裡忽然有急事要叫我們回去。請幫我把這難堪的真相盡量隱瞞一陣吧，其實我知道也瞞不了多久。」

他立刻保證說，他一定會保守祕密，隨即再次表示，看到她這麼痛苦，他也很難過，希望這件事能有所轉機，好好了結。他向她的親友致意，又懇切地看了她最後一眼，便告辭了。

看他走出房間，伊麗莎白心想，這次在德比郡和他重逢，幾度會面，相處得如此融洽，實在不可思議。回望相識以來的諸般往事，真是矛盾百出、變數無窮，她一度巴不得和他斷絕往來，如今卻又盼著繼續交往下去，人的感情是這麼瞬息萬變，想到這裡，她不由得歎了口氣。

如果說感激和敬重是愛情的良好基石，那麼伊麗莎白現在改變心意，便顯得合情合理、無可厚非了。但如果不是這樣——如果這種奠基於感激和敬重之上的感情是不合理、不自然的，比不上大家通常所說的那種一見鍾情的關係，甚至那種只需寥寥數語就得以萌發的愛情，那麼伊麗莎白也就找不到什麼藉口了。除非她說，她當時喜歡上威克漢姆，已經嘗試過一見鍾情，既然一見鍾情的結果不好，那說不定她只有換個方向，試試較為乏味的戀愛模式。就算乏味，如今眼睜睜地看著他走，她心裡仍不免依依不捨。莉迪亞的醜行已經開始釀成後果，這就是一個例子，再想想整件事情有多麼可悲，她不禁愁上加愁。讀了珍的第二封信，她根本不指望威克漢姆會有意娶莉迪亞。她想，除了珍之外，誰也不會心存幻想、自我安慰的。事情發展到這個地步，她其實並不怎麼詫異。剛讀完第一封信時，她倒是大為意外——威克漢姆竟然會娶一個根本沒有財產的姑娘，這著實令她大吃一驚。莉迪亞究竟是如何搞定他的，她一點也想不透。但現在看來，事情再自然不過了。搞定他要到區區這一步，莉迪亞那點吸引力也許還是夠用的。她不認為莉迪亞是打定了主意不顧一切，哪怕不結婚也要跟他私奔，不過，要說莉迪亞既缺乏道德觀念，腦筋又愚蠢，隨隨便便就能讓人擺布，這倒是很容易相信的。

民兵團駐紮在赫特福德郡那時候，她從不曾發現莉迪亞對威克漢姆另眼相看。不過她很清楚，不管是誰，只要稍加引誘，莉迪亞就會上鉤。她一會兒中意這個軍官，一會兒中意那個軍官，誰對她獻殷勤，她就中意誰。她的感情飄忽不定，但從來不缺戀愛對象。這樣一個女孩，家裡卻疏於管教、胡亂縱容，結果造成了多大的危害——唉！她這下可算真真切切地體會到了。

她迫不及待，只想回家——想親耳去聽清楚、親眼去看明白，想快點趕到珍的身邊，替她分擔一下。家裡是一團糟，父親不在，母親不但根本指望不上，還要人陪伴照顧，全家的擔子現在一定都落在了珍一個人頭上。雖說她已幾乎認定，莉迪亞此事是無藥可救，但還是覺得舅舅的幫助至關重要。他走進屋時，她已經快要等不下去了。嘉丁納夫婦聽了僕人的報告，以為外甥女得了急病，於是急忙趕回來。看見她的樣子，他們才放了心。她急忙說明把他們叫回來的原因，又把那兩封信大聲朗讀給他們聽，第二封信末尾補寫的那段話，她還著重讀了好幾遍，氣得聲音都發抖了。嘉丁納夫婦向來不是特別喜歡莉迪亞，但聽了這個消息還是感到憂心忡忡。這不只關乎莉迪亞一個人，而是會連累所有人。嘉丁納先生一聽之下，先是大感驚駭，連聲歎息，隨後立即答應盡力相幫。伊麗莎白雖不覺意外，卻還是感激得流下了眼淚，向他連聲道謝。三人齊心協力，不一會兒就把旅行的一應事宜收拾停當。他們打算盡快動身。「不過彭伯里那邊該怎麼辦呢？」嘉丁納先生叫道，「約翰告訴我們，你派他來找我們時，達西先生也在這裡，是嗎？」

「是的。我已經告訴他我們沒法赴約了。這事都交代好了。」

「什麼交代好了？」嘉丁納太太一邊跑到自己的房間去收拾，一邊自言自語道，「難道以他們的交情，她已經能對他實話實說了嗎？哎呀，我真想把這件事弄個明白！」

然而她也只能想想而已，在此後那忙亂的一小時裡，她起碼能在這上頭研究一下，聊以自慰。就算伊麗莎白有那個閒工夫，看她現下如此苦悶，必定沒心情談論這事。更何況，她和舅媽兩個都有不少事等著料理，還要編出藉口，給蘭頓的諸位朋友一一致信，解釋他們為何突然離開。好在所有事情在一小時內全部辦妥了。與此同時，嘉丁納先生和旅店結了帳，眼下萬事俱備，說走就可以走。伊麗莎白難受了整整一上午，這時發現自己已經在馬車裡落了座——比預定的出發時間還早了點——上路奔著朗博恩去了。

Chapter 5

不安的朗博恩

「我又想了一遍，伊麗莎白，」在駛向倫敦的路上，舅舅說道，「說真的，經過深思熟慮，我越發覺得你姊姊想得不錯。一個女孩，既不是無依無靠，也不是無親無故，我覺得任何一個年輕人都不會這樣算計她的，更何況她還住在他頂頭的上校家裡。所以我很傾向於往最好的方面去想。難道他以為她的親友不會挺身而出？他把福斯特上校冒犯到如此地步，還指望民兵團再接納他嗎？就這麼點誘惑，絕不至於讓他鋌而走險！」

「你真這麼想？」伊麗莎白精神為之一振，大聲說道。

「說實在的，」嘉丁納太太說，「我也開始認同你舅舅的看法了。他這麼做，只會大大有損於他自己的體面、聲譽和利益，他不敢的。我覺得威克漢姆還不至於這麼壞。麗綺，你覺得他有這麼壞嗎？難道你已經對他徹底絕望了，竟相信他幹得出這種事嗎？」

「我覺得他可能不會把個人利益拋諸腦後，但我相信他在別的事情上都是無所謂的。但願真能如你們所說吧！我可不敢抱幻想。假如真是那樣，他們又為什麼不去蘇格蘭呢？」

「首先，」嘉丁納先生答道，「沒有證據表明他們沒去蘇格蘭。」
「哎呀！可是他們把輕便馬車換成了出租馬車，這不就是證據嗎！再說，在去巴尼特的路上也沒找到他們的蹤跡呀。」
「好吧，那麼——假設他們去了倫敦。也許他們上那兒去，只是為了躲藏一陣，並非別有用心。他們兩個身上應該沒多少錢。說不定他們覺得，在倫敦結婚雖說不如在蘇格蘭這麼快捷，但花費會來得少一些。」
「可是為什麼要這麼避人耳目？為什麼害怕人家追查呢？他們幹嘛非要私定終身？哎呀，不對，不對——事情不像是你說的那樣。你也看到珍信上寫了，他最要好的朋友認為，他根本沒打算跟她結婚。威克漢姆絕不會娶一個沒錢的女人。他沒有這個條件。他一心想靠結婚大賺一筆，莉迪亞又有什麼條件？除了年紀輕輕、身體健康、性子開朗之外，她有什麼魅力，能叫他為她放棄這個機會？至於他會不會有所顧慮，怕這次不名譽的私奔鬧得他在部隊裡聲名掃地，因而放檢點一些，這我也說不準。因為我不清楚，他走這一步，究竟會造成什麼後果。但我覺得你說的另外那個理由不太站得住腳。莉迪亞根本沒有弟兄能幫她出頭。再說，他見過我父親的一貫作風，知道他對家裡人的所作所為向來放任自流、不聞不問，他可能認為，發生了這種事，父親也會像其他當爹的一樣，既不出手，也不往心裡去吧。」
「可是難道你認為，莉迪亞為了愛他，竟然願意放棄一切，和他未婚同居嗎？」
「看起來就是這樣，」伊麗莎白淚眼汪汪地答道，「真可怕，到了這種時候，居然要懷疑自己的妹妹不顧體面、不講道德。但我實在不知該說些什麼。說不定我冤枉了她。可是，她太小了，從不曾有人教她思考嚴肅的問題，在過去半年裡——不對，應該是在過去一年裡，她只顧尋歡作樂，別的什麼都沒幹。家裡就放任她把時間浪費在無所事事、放浪形骸上頭，聽見風就是雨。自從某郡民兵團駐紮在梅里頓，她腦子裡轉的念頭，就全都是和軍官談情說愛、勾三搭四。她心裡老想著這件事、嘴上就老談著這件事，極力想讓自己變得更——我該怎麼說呢？更容易動感情。其實她生來就已經夠多情的了。再說我們都很瞭解，威克漢姆可是魅力十足、巧言令色，他要引誘一個女人，絕對不在話下。」

「可是你看，珍就沒有把威克漢姆想得那麼壞，」舅媽說，「她不相信他會動這種心思。」

「珍可曾把誰往壞處想過？不管一個人過去的行為怎麼樣，除非有事實證明，否則她哪裡會把他往壞處去想？不過珍跟我一樣瞭解威克漢姆的真面目。我們都知道，他是個徹頭徹尾的浪蕩子，為人既不老實，又不要臉，虛偽成性，謊話連篇，只會說漂亮話。」

「這些事你當真知道？」嘉丁納太太大聲說。她好奇心頓生，很想知道外甥女是從哪裡獲知這些消息的。

「我確實知道，」伊麗莎白說著，紅了臉，「那天我告訴過你，他對達西先生的無恥行徑。人家待他那麼寬宏大量，你自己上次在朗博恩也親耳聽見他是怎樣編派人家的。還有一些事情，我不便說——也不值得說。但提到彭伯里那家人，他撒的謊真是沒完沒了。聽他那樣描述達西小姐，我還以為會見到一個傲慢、驕矜、不好相處的姑娘。可是他自己知道，真相恰恰相反。我們發現她那麼友善、那麼謙和，對此他肯定也是一清二楚。」

「但難道莉迪亞對此一無所知嗎？既然你和珍都已經瞭解得這麼清楚了，她又怎麼會毫不知情呢？」

「唉，是的！最最糟糕的就是這一點。我自己本來也毫不知情，後來在肯特，我才對達西先生和他的親戚菲茨威廉上校多了許多瞭解。等我回家時，某郡兵團再有一兩個星期就要離開梅里頓了。我把事情全部告訴了珍，但鑒於當時的情形，我倆都覺得沒必要把我們知道的真相公之於眾。因為，就算把當地人對他的好印象推翻，又對誰有好處呢？即便在莉迪亞敲定要隨福斯特太太一起去布萊頓之後，我也沒意識到，有必要讓她張開眼睛，看清他的品行。我腦子裡一次也沒想過，她竟有上當受騙的危險。你應該也會相信，如今這個後果，我是壓根兒沒想到的。」

「那麼說，他們全都跑到布萊頓去了，但你根本看不出他們之間有什麼情意？」

「一丁點都沒看出來。我想不起他倆任何一方流露過鍾情的跡象。你一定明白，在我們那種家庭，任何蛛絲馬跡都是瞞不住的。他剛入伍的時候，她就開始喜歡他了。可是我們大家都很喜歡他。頭兩個月裡，梅里頓遠近的個個姑娘都為他神魂顛倒。但他從來不曾對莉迪亞另眼相看。如此一來，她對他也只是瘋瘋癲癲地愛慕了一陣，就把想入非非的對象換成了民兵團裡的其他人，誰待她格外殷勤，她就最愛誰。」

他們一路上把這個要緊的話題翻來覆去地討論，就算說起其他話題，沒過多久也還是會繞回來。不難想像，說來說去，無非是擔憂、期望和揣測，實在已經談不出別的新花樣了。伊麗莎白腦子裡沒完沒了地思考這件事，滿心的痛苦自責無法擺脫，一刻也放不下，一刻也忘不掉。

他們加緊趕路，途中睡了一宿，第二天晚飯時分趕到了朗博恩。伊麗莎白總算寬了點心，因為沒讓珍等得太久。

嘉丁納家的孩子看見了馬車，便站在屋前的臺階上，望著車子一路駛進圍場。等馬車來到門口，驚喜之情立刻閃現在他們臉上，又傳遍了他們的全身，他們又蹦又跳，衷心地歡迎伊麗莎白一行人回來。

伊麗莎白跳下馬車，匆匆忙忙地把每個孩子親了一下，就趕緊跑進前廳。珍正從母親的房間跑下樓來，兩人立即照了面。

伊麗莎白激動地擁抱珍，姊妹倆都是熱淚盈眶，她迫不及待地問姊姊，那對私奔的人兒有沒有新消息。

「還沒有，」珍答道，「不過現在既然親愛的舅舅來了，我想一切都會好起來的。」

「父親在城裡嗎？」

「是的，他禮拜二去的，我信上寫過。」

「他來信多嗎？」

「只收到兩封信。禮拜三他給我寫了幾行字，告訴我他已安全抵達，把住址給了我，這還是我特意央求他的。旁的事情，他只說等有了要緊的訊息再寫信過來。」

「母親呢？她怎麼樣？你們大家都好嗎？」

「我覺得母親的情況還不錯。不過她的精神受了很大的打擊。她在樓上，能見到你們大家，她一定會很開心的。她還沒出梳妝室呢。至於瑪麗和凱蒂，感謝上天，她們都很好。」

「但你呢？你好嗎？」伊麗莎白大聲說，「你的臉色看起來很蒼白。你擔了多少辛苦啊！」

姊姊向她保證說，自己也一切安好。她們聊這幾句話的工夫，嘉丁納夫婦正巧被孩子纏住了，這會兒大家都走了過來，於是姊妹倆只得停下話頭。珍跑到舅舅、舅媽面前，先歡迎他們回來，接著向他們道謝，哭一陣，又笑一陣。

大家聚在客廳，把伊麗莎白剛剛問過的話又問了一遍，很快就發現，珍也沒什麼消息可說。她心地善良，遇事總往好處想，到現在還沒放棄希望。她仍然指望事情能圓滿解決，每天早上都盼著收到莉迪亞或父親的信，盼著信上會說明他們的行蹤，說不定還會宣布結婚的喜訊。

他們在一起談了幾分鐘，接著到班內特太太的房間去。她看到他們，果然淚眼汪汪，長吁短歎，一邊痛罵威克漢姆的惡行，一邊哀歎自己的苦難。她把每個人都抱怨了一通，唯獨沒怪到罪魁禍首的頭上——正是這個人對女兒百依百順，到頭來寵得她釀成了大錯。

「要是我當初能說服全家一起上布萊頓去，這事根本就不會發生。沒人照料可憐的好莉迪亞啊。福斯特夫妻倆幹嘛不好好盯著她？我敢保證他們肯定對她不聞不問，像她那種姑娘，只要有人好好照顧，是不會做出這種事來的。我始終覺得他們沒資格照管她。但我的話總也沒人聽。可憐的好孩子！如今班內特先生出門去了，我知道他一旦碰上威克漢姆，肯定會跟他大打出手，他會給揍死的，到時候我們大家該怎麼辦？他屍骨未寒，柯林斯那家人就會把我們掃地出門，弟弟啊，要是你不對我們行行好，我就走投無路了。」

大家聽她說出這些駭人的念頭，都大聲駁斥說不可能。嘉丁納先生首先向她保證，說他對她和她的家人都會盡心照應，接著又告訴她，他打算明天就上倫敦去，盡心設法幫助班內特先生找到莉迪亞。

「別嚇自己，」他又說道，「做最壞打算還是有必要的，但不必認為事情已經無可挽回。他們從布萊頓走了還不到一禮拜呢。再過幾天，我們說不定就會聽到他們的消息。除非確知他們既沒有結婚，也不打算結婚，否則我們就不要放棄希望。我一到城裡，就去找姊夫，讓他和我回恩典堂街去住。到時候我們就能一起商量對策了。」

「哎！親愛的弟弟，」班內特太太答道，「那正是我一心盼望的。不管他們在哪裡，等你到了城裡，可千萬要把他們找出來。要是他們還沒結婚，就押著他們去結婚。至於結婚禮服，就別讓他們為那個耽擱了，你告訴莉迪亞，等他們結了婚，她想花多少錢買衣服都行。最要緊的是別讓班內特先生跟別人打起來。告訴他我的處境有多慘，我已經嚇得魂都沒了——我渾身發抖，東倒西歪，一邊身體抽筋，腦袋又痛，心怦怦直跳，日夜都不得休息。告訴我那乖乖莉迪亞，先別急著想買衣服的事，等見了我再說，因為她不知道哪家鋪子最好。唉，弟弟，你可真好！我知道一定有辦法的。」

嘉丁納先生再次保證，他將不遺餘力地幫忙，又忍不住勸她克制一些為好，無須過分擔憂，也別樂觀過頭。他們翻來覆去地商量此事，一直談到正餐上桌才離開。大家就把她獨自留在房裡，任由她對著管家太太發牢騷。反正女兒不在跟前的時候，總是管家太太伺候她的。

她的弟弟和弟媳覺得以她現在的身體情況，其實沒必要跟家裡人分開吃飯，但他們也沒反對，因為深知她管不住嘴巴，可能會在伺候用餐的傭人面前說漏嘴，這樣看來，還是讓最值得信任的管家太太一個人聽她嘮叨，讓她盡情傾吐自己有多麼害怕、多麼憂心好了。

不一會兒，瑪麗和凱蒂也來到餐廳和大家一起吃飯，兩人先前都在各自房裡，一個忙著讀書，一個忙著塗脂抹粉，沒時間出來見人。姊妹倆臉色平靜，看不出明顯的波瀾，只不過凱蒂說話的口氣比平時不耐煩一些，可能是因為沒了最要好的妹妹，也可能是因為她自己為此事招來的怒氣。瑪麗則自有主張，剛在桌前坐定，她就面色凝重地對伊麗莎白低聲說道：

「不幸發生此事，定會惹來閒言碎語。我們一定要頂住惡意的潮水，姊妹情深，相濡以沫，撫平彼此心中的創傷。」

一看伊麗莎白不理會這番話，她又說道：「此事對莉迪亞雖屬不幸，我們大家倒可以從中汲取教訓：女性一旦喪失貞操，便是覆水難收，一失足成千古恨。女人的名節很美好，也很脆弱，面對道德敗壞的異性，行事再怎麼提防也不為過。」

伊麗莎白聽了大為愕然，但心裡實在鬱悶，不想開口。瑪麗則繼續高談闊論，在大家面前嘮叨著她從這件醜事中悟出的諸如此類的大道理。

到了下午，班內特家那兩位年長的小姐總算得以單獨相處半個小時。伊麗莎白立刻抓住機會問這問那，珍也同樣迫不及待地把一切和盤托出。兩人一起為這件事造成的可怕後果長吁短歎了一番，伊麗莎白認為悲劇收場是在所難免，班內特小姐也沒法說這就完全不可能。隨後，伊麗莎白又問道：「快把我還沒聽說的事情全告訴我。再多說點細節。福斯特上校是怎麼說的？那兩個人私奔之前，別人難道一點都沒疑心嗎？他們肯定看見他倆老在一起吧。」

「福斯特上校確實承認，他時常疑心他倆有私情，莉迪亞尤其惹人懷疑，但也沒什麼特別叫人警惕的事情。我真為他難過！他這事辦得體貼周到極了。一開始，他還根本不知道他們沒上蘇格蘭去，就已經打算到這裡來慰問我們了。後來一發現真相，他更是趕緊快馬加鞭地趕了過來。」

「那丹尼真的覺得威克漢姆不打算結婚嗎？他知不知道他們出逃的計畫？福斯特上校親自問過丹尼嗎？」

「是的。不過他去問時，丹尼就一口咬定說對他們的計畫一無所知，也不肯講出他的真實想法。他沒再說過他們不會結婚的話——所以我有點不死心，但願他之前其實是搞錯了。」

「我猜想，在福斯特上校趕來之前，你們都沒人疑心過他們不會結婚囉？」

「我們怎麼可能會往那方面想呢？我覺得有點不安——有點擔心妹妹和他結婚會不會幸福，因為我知道他的作風不是一向正派的。父親和母親對此還蒙在鼓裡。他們只是認為這門親事實在定得太冒失。當時凱蒂還得意揚揚地告訴我們，她比我們大家知道的都要多，莉迪亞上次給她寫信已經漏了口風，讓她有所覺察。看起來，她知道他倆相好，足有好幾個禮拜了。」

「但應該不是在他們上布萊頓之前吧？」

「不是，我覺得不是。」

「那福斯特上校還看得上威克漢姆嗎？他瞭解威克漢姆的真面目嗎？」

「我得承認，他對威克漢姆的評價不如以前那麼高。他認為威克漢姆舉止荒唐，作風鋪張。這個悲劇發生之後，有人說他離開梅里頓時已經負債累累了。但願這只是誤傳。」

「唉，珍，但凡我們別那麼保守祕密、但凡我們把掌握的他那些底細說出去，就不會出這種事了！」

「也許那樣會好些，」她姊姊答道，「可是，如果不理會一個人當前的想法，貿然去揭他老底，這麼做也說不通啊。我們完全是一片好心。」

「莉迪亞在給福斯特太太的短箋上到底寫了些什麼，上校說得出來嗎？」

「他把那封信帶來給我們看了。」

於是珍把信從她的隨身本[1]裡取了出來，遞給伊麗莎白。裡面的內容如下：

親愛的哈麗特：

等你知道我跑哪兒去了，一定會笑出來的，一想到你明天早上發現我不見了，到時將要大吃一驚，我就忍不住發笑。我要去格雷特納．格林了，要是你想不出我和誰一起去，那我可要說你是個大傻瓜了，因為全世界我只愛一個人，他真是個天使。要是沒了他，我永遠也不會幸福，所以，請別怕我這一去會有什麼損失。要是你不願捎話給朗博恩，告訴他們我走了，那不說也罷。到時候我寫信過去，署名『莉迪亞．威克漢姆』，才會叫他們大大的吃驚呢。這玩笑開得多大呀！我寫到這兒簡直忍不住要大笑起來了。請務必替我向普拉特賠個不是，我今晚沒法遵守約定跟他跳舞了。告訴他，等他知道了來龍去脈，一定會原諒我的。告訴他，下次在舞會上遇到他，我保證很樂意跟他跳舞。回到朗博恩之後，我會派人來取衣服的。不過希望你對莎麗說一聲，我的棉布長裙上破了個大洞，讓她在打包之前把它補好。再見了。告訴福斯特上校我愛他。乾一杯吧，祝我們一路順風。

你的好朋友

莉迪亞．班內特

「啊！沒腦子，莉迪亞太沒腦子了！」伊麗莎白一讀完信就喊了起來，「都這種時候了，居然寫出這麼一封信來！不過，起碼說明她把這趟出遠門看得挺認真。不管他之後打算騙她幹什麼，她都是受了奸計的蒙蔽。可憐的父親！他心裡該有多難受啊！」

「我從沒見過有人震驚成那個樣子。整整十分鐘，他連一個字都說不出來。母親立刻就病倒了，家裡上下亂作一團。」

「哎呀！珍，」伊麗莎白嚷嚷道，「這麼說，一天下來，家裡所有傭人不都聽說整件事的來龍去脈了嗎？」

「我也不清楚。但願有人還不知道吧。但在這種時候，要保守祕密實在太難了。母親已經歇斯底里了，我想方設法、竭盡全力地撫慰她，但我只怕自己做得還不夠！我好怕接下來會發生什麼壞事，簡直嚇得束手無策。」

「你這樣照顧她，實在太辛苦了。你的臉色看起來不怎麼好。唉，樣樣事情都要你一個人費心操持。要是我當時和你在一起就好了！」

「瑪麗和凱蒂都很貼心，我知道她們是很樂意替我分憂解勞的。可是我覺得那麼做對她們倆都不合適。凱蒂身子弱，瑪麗讀書又太用功，不該打攪她休息。好在禮拜二父親動身之後，菲力浦姨媽就到朗博恩來了。她太好了，一直陪我待到禮拜四。盧卡斯夫人也很好心。禮拜三上午，她走著到這裡來慰問我們，還說只要幫得上忙，她和她的女兒隨時願意效勞。」

「她最好還是待在家吧。」伊麗莎白大聲說，「她可能是出於好心，不過出了這種禍事，誰想見

1 隨身本（pocket-book），一種隨身攜帶的袖珍筆記本。

鄰居啊。忙是幫不上的，慰問只會叫人難受。讓他們遠遠地幸災樂禍也就算了。」

她隨後問起，父親在城裡有什麼打算，會用什麼手段去找尋女兒的蹤跡。

「我覺得他打算上埃普索姆去，」珍答道，「就是他們更換馬匹的那個地方。他可以會會馬車夫，看能不能從他們那兒打聽到什麼。他的主要目標應該是查清楚他們在克拉珀姆搭乘的那輛出租馬車的車牌號碼。它先前是從倫敦載客過去的。他認為，一男一女從一輛馬車換乘另一輛，這情形可能挺顯眼，所以他準備到克拉珀姆去打聽一下。要是能問出馬車夫是在哪棟房子前放下上一單客人的，他就肯定要去那裡問一問，說不定能弄清楚馬車屬於哪個租車站和編號。我不清楚他有沒有其他打算。但他走得很匆忙，思緒也很煩亂，我費了好大的力氣，才問到這麼點情況。」

Chapter 6

尋跡

第二天早晨，全家人都盼著收到班內特先生的信，然而郵差連他的隻字片語也沒送來。家裡人知道他平時向來懶於通信，能拖則拖，但在這樣的非常時期，他們都指望他勤快些。現在既然如此，他們只好認為，他還沒什麼令人高興的消息可寫。然而即便真是那樣，他們也想確認一下。嘉丁納先生已經準備動身，本想等收到他的信再走。

嘉丁納先生走了之後，大家都篤定地認為，這下起碼能常常收到近況報告了。舅舅出發前向她們答應說，一定盡早勸班內特先生回朗博恩來，他姊姊聽了大感寬慰，在她看來，要想不讓丈夫在決鬥中遭到殺身之禍[1]，這就是唯一的辦法。

嘉丁納太太和幾個孩子會在朗博恩多住幾天，她想，留在這裡說不定能給幾個外甥女幫點忙。她

1　班內特太太擔心班內特先生在決鬥中被殺，這是她那種非常典型的不正經的反應。以班內特先生的性格，是不可能參加決鬥的，更何況他並非貴族，也沒有決鬥的傳統。而且在珍・奧斯汀的時代，主流社會已經不再時興決鬥了。

和她們一道陪伴班內特太太，有空時也對她們善加寬慰。姨媽也常來探望她們，她總說自己是來給她們加油打氣的——然而她次次登門都會帶來幾條新的證據，說明威克漢姆是如何的窮奢極欲、品行不端，她告辭以後，大家總是比她到訪時還更挫折。

梅里頓全體居民今天痛斥的這個人，在短短三個月前，還是大家眼中的光明天使。據說，他在鎮上每家商鋪都欠了帳，在每個商人家裡都犯下過誘騙婦女的罪行。人人都斷定，他是全天下頂頂罪大惡極的年輕人，大家都說，他們早就對他那副偽善的樣子起了疑心。在伊麗莎白聽來，這些話當中至少有一半不可信，但她聽過後越發認定，妹妹是真的完蛋了。至於珍，儘管她連一半都不相信，卻也漸漸失去了希望。她此前一直沒死心，以為他們還是有可能去了蘇格蘭，可是，假如真是那樣，到現在無論如何也該有些音信了。

嘉丁納先生是禮拜天離開朗博恩的。到禮拜二，他太太收到了他的信。信上告訴他們，他一到倫敦就立馬去找姊夫，勸他住到恩典堂街去。在他抵達之前，班內特先生已經去過埃普索姆和克拉珀姆，但沒有打聽出什麼有用的消息。目前班內特先生打算到城裡各大旅店問一圈，因為他覺得他們初來乍到，在沒找到住處時，也許在哪家旅店落過腳。嘉丁納先生本人覺得這種方法未必有用，不過既然姊夫躍躍欲試，他也就準備和他一起去找找看。他又寫道，看樣子，班內特先生眼下根本不願意離開倫敦。他答應很快再寫信來。末尾附上了一段文字：

> 我已致信福斯特上校，請他盡量在部隊裡查問與這位年輕人交好的同僚，看看威克漢姆有沒有親友會知道他目前躲在城裡哪塊地方。如果能找到這樣一個人，就有可能問到很有價值的線

索。眼下我們是毫無頭緒。我相信福斯特上校會盡一切力量幫助我們的。但我又想了想，覺得麗綺也許比其他人更瞭解他，說不定能告訴我們他有什麼在世的親戚。

伊麗莎白很清楚舅舅為什麼對她寄予厚望。但她受不起這種抬舉，沒本事給出任何有用的資訊。他的父母都已去世多年，她從不曾聽說他有什麼親戚。不過，說不定他在某郡兵團的弟兄能給些線索。她對此也不太樂觀，但至少對此還能指望一下。

朗博恩這家人最近天天活在焦慮當中，尤以郵差送信來的時候最心焦。每天早晨的頭等大事就是收信，大家都等得很急。讀過了信，還要就信上好好壞壞的事情商議一番，日復一日地盼望很快能收到些要緊消息。

誰知嘉丁納先生的下一封信還沒到，一封由別處寄給她們父親的信卻來了，寄信人是柯林斯先生。父親先前已交代過珍，在他出門期間，拆閱來信的事就由她代勞，於是她便打開信讀了起來。伊麗莎白深知，柯林斯先生的信向來寫得奇出怪樣，因此也站在她身後一起讀。只見信上寫道：

先生臺啟：

昨收赫特福德郡來信，獲悉閣下近日深為憂慮所苦，在下念及與貴府之交，加之居此職務地位，自感須向閣下聊表惋惜。府上遭此大不幸，閣下定然痛心疾首，蓋此事之肇因實為奇恥大辱，縱使歷經歲月，亦無可洗清。在下與內人聽聞此事，對先生及闔府老少均深感同情。先生遭逢此禍，鄙人縱有千言萬語，亦無從開解慰問，世間父母最為痛心之事莫過於此。縱使令嬡早天，與此事相較，竟亦可引為幸事。更為可歎者，據吾愛夏洛特所告，令嬡行此放浪之舉，實因府上驕縱溺愛所致。然在下以為，彼之天性定然不善，否則小小年紀，絕不至鑄成這般大錯，閣下與尊夫人萬不可自責過甚。無論如何，閣下遭際實屬可歎。不僅內人與余所見相同，余將此事告知凱薩琳夫人及其千金，彼亦深有同感。夫人母女所見，與在下不謀而合，認為令嬡一人行差踏錯，必將殃及府上其餘諸位千金之運勢。蒙凱薩琳夫人屈尊指明，日後勢將無人敢與貴府攀親。心念至此，余不免憶及去年十一月間之事，心下深為慶幸。若非其時遭拒，余必將與閣下同蹈痛心疾首、含羞蒙辱之途。萬望先生容在下進言，務當寬懷保重，與不肖女恩斷義絕，任其自食惡果可也。

愚侄敬請鈞安，不盡欲言

嘉丁納先生直等收到福斯特上校的回覆之後才又來信，但仍舊沒有任何好消息可寫。誰都不知道威克漢姆跟什麼親戚有來往，至於他的至親，則確實都已不在人世。他的老朋友倒是很多，但自他入伍之後，似乎就不再和那些人有聯繫了。這樣看來，實在找不出能提供相關消息的人。考慮到他那窘迫的財務狀況，他之所以隱姓埋名，除了害怕被莉迪亞的親戚尋到以外，還有更其緊要的動機，因為他欠下了數目可觀的賭債，最近才暴露出來。福斯特上校認為，要償清他在布萊頓的欠債，至少需要一千多鎊。他在鎮上固然債臺高築，然而他欠下的名譽債[2]還來得更為駭人。這些事情，嘉丁納先生都沒有對朗博恩一家隱瞞。珍聽得心驚，不由叫道：「他是個賭棍！實在是想不到。完全出乎意料。」

嘉丁納先生還在信上說，她們的父親應該在明天，也就是禮拜六到家。據說父親精神十分沮喪，因為這趟想盡了辦法卻還是一無所獲。經過小舅子一番苦勸，他總算同意回家，尋訪的事宜就轉交小舅子相機行事。班內特太太本來為丈夫的生命安全憂心忡忡，現在聽說此事，卻並未像女兒預料的那樣感到寬慰。

「什麼，他還沒找到可憐的莉迪亞，就要回來了？」她嚷嚷著，「在找到他們之前，他一定不能離開倫敦啊。他走了，誰去跟威克漢姆決鬥？誰能逼得他跟莉迪亞結婚？」

嘉丁納太太這時也想回家了，於是決定，等班內特先生回來時，她就帶著孩子上倫敦去。這樣，朗博恩的馬車可以送他們一程，順便把主人接回來。

嘉丁納太太早前一直看不明白伊麗莎白和她那位德比郡的朋友是什麼關係，她疑惑至今，現在臨到要走，還是覺得雲裡霧裡。外甥女從來不曾在他們面前主動提及他的名字。嘉丁納太太原本還抱有些許期待，以為他會寫封信來，結果卻毫無音信。伊麗莎白回來之後，沒有收到從彭伯里寄來的隻字片語。

如今全家愁雲慘霧，伊麗莎白意氣消沉也是很自然的，無須另尋緣由，去揣測她之所以失落，是為了沒收到信的緣故。不過事到如今，伊麗莎白對自己的感受已然心知肚明，也清楚地認識到，要是她從不認識達西，那麼看到莉迪亞做出這種傷風敗俗的事情，也許還不至於像現在這麼難受。真要那

2 名譽債（debt of honour），一種不受法律約束的債務，通常是賭債。欠下賭債如果不還，雖然債主不能追究法律責任，但欠債人會受到道德譴責，名譽掃地。

樣，她說不定還能睡上一兩回好覺。

班內特先生回到家中，還是往常那副泰然自若的哲人派頭。他照舊不太開口，也不提他這趟出門去辦的事。女兒等了好一陣，才終於鼓足勇氣，向他問起。

時間已經到了下午，他來和大家一起喝茶，這時伊麗莎白試著挑起了這個話題。她先簡短地表示，父親這趟一定受了不少苦，她想起來也很難過。他答道：「別那麼說。我不吃苦，誰該吃苦？這事是我自作自受。」

「你別太過苛責自己。」伊麗莎白說。

「你告誡得很有道理。人生來就容易掉入自責的陷阱！別勸我，麗綺，我這輩子也就自責這一次，就讓我好好反省自己犯了多少錯吧。我不怕給悲傷壓垮。反正事情很快就會過去的。」

「你認為他們在倫敦嗎？」

「是的，上別處哪能藏得這麼隱蔽？」

「再說莉迪亞之前也想去倫敦。」凱蒂插了一句。

「那她可稱心了，」父親冷冷地說，「她說不定還能在那裡住一陣子呢。」

沉默片刻，他又說道：

「麗綺，你去年五月那樣勸我，確實有道理，我想你的用意是很好的。現在又出了這事，看來你真有遠見卓識呢。」

說到這兒，班內特小姐進來為母親端茶，打斷了他們的談話。

「排場真大，」班內特先生大聲說，「這倒有個好處，能給倒楣事添上幾分風雅！下次我也要這麼做。我就戴著睡帽，穿著晨袍[3]坐在書房，挖空心思給你們找麻煩。或者我就等等，到凱蒂私奔那時再說吧。」

「我不會私奔的，爸爸，」凱蒂急忙說，「如果上布萊頓去的人是我，我肯定比莉迪亞循規蹈矩。」

「你還去布萊頓！就算只讓你去像伊斯特本[4]那麼近在咫尺的地方，我也信不過，哪怕給我五十鎊也不成！不，凱蒂，這回我起碼學會當心了，你會嘗到我的厲害的。以後再也不許軍官踏進我的家門，即便要經過我的村子也不成。舞會絕對不許參加，除非你只和姊姊跳舞。你得拿出個樣子，每天在家必須得有十分鐘規規矩矩的，否則你也不許出門。」

凱蒂把這些嚇人的話都當真了，不由得哭了起來。

「好了，好了，」他說，「別讓自己不開心。要是你今後十年能做個好姑娘，我就帶你去看閱兵儀式。」

3 晨袍（powdering gown），一種寬鬆長袍，在梳妝時穿著，以防給頭髮或假髮撲粉時弄髒衣物。

4 伊斯特本（Eastbourne），位於薩塞克斯郡的城鎮，也是一個海濱度假勝地。該鎮與朗博恩的距離，事實上比布萊頓更遠。班內特先生此處是在說反話。

Chapter 7

喜訊

班內特先生回家有兩天了，這天珍和伊麗莎白正在屋後的灌木叢間散步，忽然看到管家太太朝這邊走來，她們以為是母親叫她來找她們的，於是走過去跟她會合，走到對方面前，卻發現不是那回事，只聽她對班內特小姐說：「打攪了，小姐，我還想著你說不定已經聽說了城裡來的好消息，所以就大著膽子過來打聽一下。」

「希爾，你這麼說是什麼意思？我們沒收到城裡的消息啊。」

「好小姐，」希爾太太大吃一驚，嚷嚷起來，「你不知道嘉丁納先生給老爺寄來了一封加急信？郵差半小時前來的，老爺這會兒已經拿到信啦。」

兩個姑娘拔腿就跑，急得連話都來不及說一句。她們穿過門廳，跑進早餐室，接著又跑到書房，可是父親哪裡都不在。她們想上樓去看看他是不是在母親那裡，就在這時候遇上了男管家。他說：

「小姐，你們要是在找老爺的話，他往小樹林那邊去了。」

她倆一聽，立馬掉過頭，重新穿過門廳，追著父親跑過草地，只見他正不慌不忙地向圍場那一邊的小樹林走。

珍不及伊麗莎白那麼靈便，也不像她那樣慣於奔跑，很快就給甩在了後頭。她的妹妹氣喘吁吁地趕上了父親，迫不及待地嚷嚷著：

「哦，爸爸，有什麼消息——有什麼消息？是舅舅來信了嗎？」

「是的，我收到了一封他的加急信。」

「嗯，那信上說了什麼消息？是好消息還是壞消息？」

「能指望什麼好消息啊？」他一邊說，一邊把信從口袋裡掏了出來，「不過你大概想自己讀一讀吧。」

伊麗莎白性急地一把從他手中奪過信去。這時珍正好也趕了過來。

「讀出來吧，」父親說，「其實我自己都沒太明白上頭寫了什麼。」

親愛的姊夫：

我總算能告訴你一些外甥女的消息了，希望大致能讓你滿意。上週六你離開後不久，我就僥倖發現了他們在倫敦究竟居於何處。細節方面，留待當面詳談。總之人已經找到，知道這一點就夠了。我和他們兩個見了面……

「那麼事情正如我所願，」珍大聲說道，「他們結婚了！」

伊麗莎白接著讀下去：

我和他們兩個見了面。他們沒有結婚，我也看不出他們有任何結婚的打算。不過我擅作主張，替你許下了承諾，如果你願意履行的話，我想他們不久就會成婚。你要做的，就是與你的女兒制訂協議，承諾在你和姊姊過世之後，會在留給女兒的五千鎊遺產中，分給她均等的一份。此外，你還要承諾，你在世期間，每年要補貼她一百鎊。經過通盤考慮，我認為在這些條件的範圍內，我是有權代你做主的，因而毫不遲疑地答應了。我會給你寄加急信，以求不耽擱時間，盡早得到你的回音。你瞭解了以上情況，便也不難看出，威克漢姆的境況其實不像大家以為的那樣山窮水盡。所有人在這上頭都誤會了。我可以很高興地說，還清欠債之後，他還能剩一點小錢交給外甥女，和她自己的錢合在一起。假使你如我所料，願意全權委託我以你的名義去辦這件事的話，我就立即指示哈格斯頓去起草一份妥善的婚約。你完全無須再到城裡來，只要安心地留在朗博恩，等著我盡快盡妥地把事情辦好就行。請盡快回覆我，還請寫得嚴謹清楚一些。我們認為外甥女最好就從我家出嫁，希望你能首肯。她今天就會搬過來。情況若有進展，我將隨時來信奉告。草草不盡。

你的……

愛德華・嘉丁納

恩典堂街，禮拜一，八月二日

「這可能嗎？」伊麗莎白讀完了信，立即大聲說道，「他真的會娶她嗎？」

「如此看來，威克漢姆並非我們想的那麼不堪，」她姊姊說，「親愛的父親，恭喜你啊。」

「那你回信了嗎？」伊麗莎白嚷嚷著問。

「還沒。不過我得盡快回。」

她一聽，便火燒火燎地懇求他趕緊寫信，別浪費時間。

「哎！好父親，」她喊道，「這就回去寫信吧！你想想，這件事是分秒必爭啊。」

「要是你怕麻煩的話，」珍說，「就讓我替你寫吧。」

「我確實很怕麻煩，」他答道，「但這事非做不可。」

他一邊說著，一邊和她們一道轉身朝宅子走去。

「我能不能問問——」伊麗莎白說，「那些條件，我想你一定會答應吧？」

「豈止答應！他才提出這麼點要求，我都覺得不好意思呢！」

「哪怕他是這種人，他們也非結婚不可！」

「是的，是的，他們非結婚不可。這件事沒有別的解決辦法。不過我很想弄明白兩點。第一，你舅舅到底拿出了多少錢，才促成這件事；第二，我該怎麼把錢還給他。」

「錢！舅舅！」珍喊道，「先生，你是什麼意思呀？」

「我是說，我活著時每年一百鎊，我死後每年只有五十鎊[1]而已——像他那樣的聰明人，絕不可能為了區區這點誘惑就娶莉迪亞的。」

1 班內特先生死後將有五千鎊遺產，嘉丁納先生在來信中說明，他已代為承諾莉迪亞將分得均等的一份，即一千鎊。此處的五十鎊，即一千鎊遺產的年息。

「千真萬確，」伊麗莎白說，「不過我先前倒也沒想到這一節。他還清欠帳竟還能有剩餘！哎呀！一定是舅舅張羅的！他真慷慨善良啊，我只怕他扛的擔子太重了。要辦成這事，一點小錢肯定不行。」

「不行的，」父親說，「威克漢姆娶莉迪亞，至少要拿到一萬鎊，少一個子兒都不成，否則他才是個大傻瓜呢。剛跟他成為翁婿，就把他想得這麼壞，我真該臉紅。」

「一萬鎊！天理難容！就算是這筆錢的一半，我們也還不起啊！」

班內特先生沒有答話，三人都陷入了沉思，默默地一路走回家。父親立即到書房去寫信，兩位小姐則走進了早餐室。

「那麼他們真的要結婚了！」一等到只剩她倆，伊麗莎白馬上大聲說，「多麼離奇啊！我們竟然為這種事感恩戴德。他們要結婚了，雖說他們不太可能幸福，他的人品又那麼卑鄙，但我們還是不得不為此歡呼雀躍。唉，莉迪亞！」

「我還挺欣慰的，」珍答道，「我想，他對莉迪亞是有點真感情的，否則絕不可能跟她結婚。雖說我們的好舅舅幫他償還了一些債務，但我覺得舅舅付不出一萬鎊這麼大的數目。他自己也有孩子，可能還要再生。即便是五千鎊，他也未必騰得出吧？」

「要是能知道威克漢姆到底欠了多少債務，」伊麗莎白說，「以及他有多少錢歸到妹妹名下，應該就能搞清楚嘉丁納先生幫了他們多少，因為威克漢姆自己是連六便士[2]也拿不出的。舅舅、舅媽的好心，我們永世難以報答。他們把她帶回家，保護她、照應她，為了幫她，他們自己吃了多少虧啊，真叫人感恩戴德多少年都不夠。現在她應該已經在他們那裡了！要是這樣的好心還不能讓她痛心疾首，那她也不配得到幸福了！第一眼見到舅媽時，她該是個什麼滋味呀！」

「我們要盡量忘記他們兩個的所作所為，」珍說，「我希望他們到頭來還是會幸福，我相信這一點。他既答應娶莉迪亞，就是一個明證，我想他總算回歸正道了。對彼此的愛會讓他們定下心來，我相信他們最後會安居樂業，過上規矩日子的，隨著時間推移，大家也就把他們從前的莽撞行為給忘了。」

「他們做出這種事，」伊麗莎白回說，「不管是你還是我，不管是任何人，都永遠不可能忘記的。這種話說了也沒用。」

兩個姑娘這時想到，母親很可能對這件剛發生的事情一無所知。於是她們去書房找父親，問他是否允許她們把這事說給她聽。他正在寫信，這時頭也不抬，冷冷答道：

「隨你們高興。」

「那我們可以把舅舅的信讀給她聽嗎？」

「想拿什麼就拿什麼，拿了趕緊走。」

伊麗莎白從他書桌上拿起信，和珍一起上樓去。瑪麗和凱蒂正和班內特太太在一起，因此消息只說一遍，大家就都知道了。她們先是輕描淡寫地說，有好消息要告訴大家，隨即把信朗讀出來。班內

2 六便士（sixpence）是一種硬幣，價值相當於〇．五先令。二四〇便士為一英鎊，故此硬幣相當於〇．〇二五鎊。六便士在英王愛德華六世時期便開始流通，直到一九六七年伊麗莎白二世時期中才停止鑄造，到一九八〇年才停止流通。在英國，「六便士」一詞表示微不足道的小錢。

特太太興奮得把持不住，聽珍讀到嘉丁納先生的預測，說莉迪亞不久就會成婚，她已然喜不自勝，後頭的每一句話，都讓她越聽越是狂喜。她此前有多驚慌失措、坐立難安，如今就有多歡欣鼓舞。她毫不為女兒未來的幸福擔憂，也沒想到她如此任性妄為，是多麼丟人現眼。

「我親愛的乖乖莉迪亞！」她嚷嚷著，「這真是太叫人開心了！她要結婚了！我又能見到她了！十六歲就能結婚！我這好心腸的好弟弟！我就知道。我就知道他什麼都能辦妥！我多想見到她啊！還想見見親愛的威克漢姆！但是衣服呢，結婚禮服怎麼辦！我這就給嘉丁納弟妹寫信談一談這件事。麗綺，好孩子，快跑下樓去問問你父親，看他打算給她多少錢。等一下，等一下，我自個兒去吧。凱蒂，打個鈴叫希爾來。我一轉眼就能穿戴好。親愛的乖乖莉迪亞！到時候我們見了面，該多開心啊！」

她的大女兒見她已經得意忘形，便提醒她考慮一下嘉丁納先生這次出了多少力，他們該如何感激他，想藉此讓她冷靜一下。

「之所以能有這麼皆大歡喜的結果，」她接著說，「主要得歸功於他的好心。我們認為他是自掏腰包接濟威克漢姆的。」

「這個嘛，」她母親說，「正該如此才是。這種事親舅舅不辦，那該誰去辦？要知道，他若是沒成家，他的錢就該全歸我們母女幾個的。從前我們不過收了他幾件禮物，這還是第一次得到些真正的好處呢。哎呀！我太高興啦！過不了多久，我就有個女兒要結婚了。威克漢姆太太！聽起來真不錯！她去年六月才剛滿十六呢。親愛的珍，我實在太激動，肯定寫不成信了。我就口授給你，你替我執筆吧。之後我們再跟你父親商量錢的事情好了。但是必要的東西一定得馬上訂好。」

隨後她立刻講起要採購什麼樣的白棉布、棉紗布和細麻布，眼看就要吩咐下去，下一大堆訂單，幸好珍費了好一番力氣勸她，說耽擱一兩天也不要緊，讓她等父親有空商量的時候再說。母親心情太好，所以不像平日裡那麼頑固不化。她腦子裡已經轉起別的主意來了。

「我得上梅里頓去，」她說，「一穿戴好就去，我得把這大好消息告訴我妹妹菲力浦太太。回來的路上，我還能拜訪一下盧卡斯夫人和朗格太太。凱蒂，快下樓去吩咐備馬車。坐車兜個風肯定對我大有益處。女兒啊，你們有什麼要託我在梅里頓幫忙辦的嗎？哦！希爾來了！親愛的希爾，你聽到好消息了嗎？莉迪亞小姐要結婚了。到時在婚禮上，你們大家都來喝一杯潘趣酒[3]助興。」

希爾太太立刻表示她聽了很高興，還向各位太太、小姐道喜。伊麗莎白敷衍了幾句，實在對眼前這般蠢行忍無可忍，便躲回自己的房間去，好認真思量一陣。

可憐的莉迪亞，她目下的處境哪怕再好，也是夠糟糕的。但事情總算沒有變得更糟，單單為此也得謝天謝地。她真是這麼想的。想想妹妹的將來，也許既不能指望她得到應得的、最起碼的幸福，也不能指望她享受世俗意義上的富足，然而回顧短短兩小時前，想想大家是如何的擔驚受怕，她就覺得能有現下的結果，已經很不錯了。

3 潘趣酒（punch），一種混合飲料，主要成分是果汁，混以少量葡萄酒或蒸餾酒。

Chapter 8

悔意

在進入人生的這一階段之前，班內特先生就常常想，要是每年能存下一筆錢，別把收入吃光用盡就好了，那樣一來，孩子能有更好的生活條件，如果太太比他活得長，自然也能受益。此時此刻，他的這種念頭比以往更為強烈。但凡他在這上頭盡了責，莉迪亞就不至於虧欠舅舅，要讓舅舅掏錢去贖回她的體面和名譽了。至於迫使全大不列顛最不成器的男青年跟莉迪亞結婚，這件功勞也可讓更恰當的人去領受，不必歸到她舅舅頭上了。

這事落到任何人頭上都沒好處，如今卻由妻舅一力承擔所有花銷，一想到這裡，他就憂心忡忡。他決心盡可能搞清楚，妻舅到底資助了多少錢，盡快把這筆錢還上。

想當初剛結婚時，班內特先生壓根不曾考慮經濟問題，因為他想當然地以為，自己會有個兒子。只要兒子一長大，就能和他一起更改繼承條件，到時孤兒寡母也就有靠了。他們接連生出了五個女兒，卻不見兒子。莉迪亞已經出世好些年了，班內特太太竟仍然堅信自己能生兒子。到頭來，他們總算對這事斷了念頭。可是到了這時候再考慮存錢，已然來不及了。班內特太太不擅長算帳理家，幸虧她丈夫凡事喜歡自作主張，家裡才總算不至於入不敷出。

他們的婚約上寫明，班內特太太和孩子名下有五千鎊財產。至於今後的分配比例，則取決於父母的意願。在這一點上，至少莉迪亞的分額現在就要確定下來。班內特先生對此毫不猶豫，立即同意了擺在他面前的提議。在信上，他言簡意賅地表達了對妻舅這次熱心幫忙的感激之情，認可他所做的一切，對他代為作出的承諾，他也願意照辦。他此前萬料不到，勸服威克漢姆娶他女兒，一應事情都安排得妥妥帖帖，竟然沒費他多大的工夫。雖然每年要給他們一百鎊，但他的實際損失可能還不到十鎊。因為莉迪亞在家的吃穿用度和零花錢本就不少，加上她母親三天兩頭塞錢給她，一年在她身上花出去的，也不比這個數目少。

再說，事情辦成了，而他自己竟然沒怎麼費力，這一點也讓他喜出望外，他眼下正盼著麻煩越少越好。起初動身去尋找女兒下落時，他倒是急怒攻心，待到這份怒火消退，便自然而然回到平日裡懶散的常態。回信立刻寄出了，他這人辦事拖拖拉拉，但一旦著手做起來，倒也乾脆。他請求妻舅詳細告知，自己該還他多少錢，不過，他對莉迪亞太過惱火，連一句口信也沒留給她。

好消息很快在家中上下傳開了，接著又同樣迅速地傳遍了左鄰右舍。鄰居聽了都表現得很無所謂。假設莉迪亞．班內特小姐墮入風塵，或至不濟也是給軟禁在偏遠的農舍裡與世隔絕[1]，那才更有議論的價值。不過，說到家裡人究竟是怎樣把她嫁出去的，這一點上倒也頗有可談之處。梅里頓那班

1 在當時的流行小說中，失去貞操的女人往往不是墮入風塵，就是與世隔絕。

惡毒的長舌婦還是一如往常，滿口說著祝她萬事順遂的好話。雖說時移勢易，她們嚼起舌根來卻依舊很起勁，因為她既是嫁了這麼個夫君，那就注定要受苦受難了。

班內特太太已經兩個禮拜沒下樓了。然而在這快樂的日子，她又重坐上餐桌的首席，興致高昂，叫人看了鬱悶。她志得意滿，絲毫也不覺得丟臉。自從珍滿了十六歲，她最大的想頭就是把女兒嫁出去，現在眼看即將得償所願，難怪她滿心想的、滿口說的全都是要請哪些貴客來觀禮啦，要買什麼樣的上好棉紗布啦，又是要添置新馬車，又是要再請幾個傭人。她心裡忙著盤算，想替女兒找一處稱心合意的住所，至於小夫妻究竟有多少收入，她既不知道，也不考慮，只要房子不夠寬敞、裝潢不夠氣派，她就一口否決。

「海耶莊園說不定可以，」她說，「要是戈爾丁那家人肯搬走就好了。斯托克那邊那座大宅子也成，可惜客廳不夠大。艾什沃思可就太遠了！叫她住在十哩以外，我可受不了。至於珀爾維斯小屋嘛，裡頭的閣樓太糟糕了。」

有傭人在跟前，她的丈夫任由她去滔滔不絕，沒打斷她。等傭人退下去之後，他便對她說：「班內特太太，你想為你的女兒、女婿選一座房子也好，把所有那些房子都租下來也好，總之先讓我們把事情說清楚。我不准他們住進這一帶任何一棟房子，也不想把他們接到朗博恩來，好像我贊成他們這麼無法無天一樣。」

此話一出，惹起了一大篇爭執。然而班內特先生心意已決。他們很快吵到了另一件事上。班內特太太又驚又怒地發現，丈夫甚至連一個畿尼[2]都不肯拿出來給女兒去買衣服。他聲稱，莉迪亞這一次休想得到他一分一毫的關懷。班內特太太覺得簡直不可理喻。他居然這麼生氣，倒像有深仇大恨一般，連女兒結婚都不願優待，那女兒這婚豈不是要結得不三不四。這一切實在令她難以置信。女兒嫁人時沒有新衣服可穿，她深感丟人現眼，然而說到女兒此前跟著威克漢姆私奔，還未婚同居了兩個禮拜，她反倒毫不介懷。

伊麗莎白此刻滿心懊悔，悔不該當初因為一時痛心，讓達西先生知道他們一家在為妹妹擔驚受怕。既然妹妹這麼快就結了婚，私奔的事也就妥善解決了，說不定他們本可以把不光彩的開頭掩蓋起來，瞞過局外人的。

她倒不怕達西先生把內情傳揚出去。說到保守祕密，這世上再沒有比他更信得過的人了。可是，如果這次妹妹的醜事是傳到別人耳朵裡，而不是他，她心裡就不至於這麼難受——她不是擔心個人利益受損，因為無論如何，在她和達西先生之間畢竟隔著一道難以逾越的鴻溝。就算莉迪亞嫁得風風光光，也不能妄想達西先生會跟他們這種人家扯上關係，他本來就對他們諸般看不上，更何況，如今她家又和一個為他不齒的人結成了至親。

她想，家裡多了這麼個親戚，他會因此望而卻步，也不足為怪。在德比郡那時，她深知他有意博得她的芳心，然而經歷了這番風波，想來也不能指望他還存著這份心意了。她自慚形穢，她黯然神傷。她悔不當初，卻弄不清有什麼可後悔的。一想到再也沒機會高攀，她不由開始豔羨他的身分地位。如今看來，想再獲知他的音訊，已不太可能了。但她卻一心盼望著能聽到些什麼。她深信，自己

2 畿尼（guinea），英國古代硬幣，這種硬幣最初是用幾內亞（Guinea）的黃金鑄造的，因此得名。一畿尼約等於一．〇五英鎊或二十一先令。

要是跟他在一起，肯定會幸福，但眼看已無緣再見。

短短四個月前，她不可一世地拒絕了他的求婚。她時常想，要是他知道，換作今天，她一定會樂意之至、榮幸之至地欣然接受求婚，那他該多得意啊！他無疑是個極為慷慨大度的男人。不過，他到底也是凡夫俗子，得意是免不了的。

事到如今，她才開始意識到，無論在性格上、在才幹上，他都正是最適合她的人。雖說他的見解和脾氣跟她不同，卻十分合她的心意。兩人結成一對，一定相得益彰。她的活潑隨和會感染他，把他的性情變得溫和些，也會改善他待人接物的態度。而他洞察世事、見識廣博，自然也能給她帶來種種裨益。

這樁婚事本可以讓那班眼紅的芸芸眾生見識一下，所謂幸福美滿的婚姻究竟是什麼樣子，如今卻徹底告吹了。他們家即將締結的這門婚姻，完全不是這麼回事，而且，恰恰就是這門婚姻，把另外那門給攪黃了。

她想不出威克漢姆和莉迪亞究竟要如何自力更生。不過她不難想像，男女之間為了一時的情欲，罔顧道德地結合在一起，這樣的夫妻是幸福不了多久的。

嘉丁納先生沒過幾天就給姊夫回了信。他簡短地答覆了班內特先生的謝意，說只要有助於任何一名家人的幸福，他都非常樂意促成，懇請姊夫再也莫提此事。信上主要告訴他們，威克漢姆先生已經打定主意從民兵團退伍了。

他在信上寫道：

我很希望他一等婚事辦完，就能著手此事。我覺得無論對他還是對外甥女而言，離開那個民兵團都是上上之策。相信你一定也同意我的看法。威克漢姆先生本人打算加入正規軍[3]。在他的舊識當中，還有幾位可以在軍中幫助他，也願意幫助他。駐紮在北邊的某將軍部隊已答應給他一個少尉頭銜。能到這麼遠的地方去，實在是好事。他很有前途。但願他們兩個到了不同的人際圈子，能夠顧全形象，行為檢點一些。我給福斯特上校寫了信，把我們目前的安排告訴了他，還請他代為知會威克漢姆先生在布萊頓當地和臨近地方的那些債主，說我保證不日就會償清債務。可否也勞你對他在梅里頓的債主擔保一聲？我會根據他給的訊息附上一張名單。他把全部債務都交代了，希望沒別的瞞著我們。哈格斯頓已經收到指示，會在一個禮拜之內把一切事宜辦妥。在那以後，要是你不願邀請他們臨走前來朗博恩一趟的話，他們兩個就會直接到部隊去報到。我從內人那兒聽說，外甥女非常想在離開南邊前和你們大家見一面。她一切都好，還再三懇求說，希望你們夫婦倆千萬別忘了她。

你的……

E・嘉丁納

像嘉丁納先生一樣，班內特先生和女兒也看得清清楚楚，威克漢姆離開某郡，實在大有好處。然而班內特太太對這一安排卻不太滿意。她至今依然打算讓莉迪亞住到赫特福德郡，一心盼著她來做

3 正規軍的軍餉比民兵團來得更加優厚。

伴，這樣就好開心、得意地一塊過日子，可是莉迪亞卻要搬到北邊去了，著實令她失望至極。再說，莉迪亞在那個民兵團和大家都混熟了，還有好些愛慕者，現在她卻要遠走他鄉，也實在可惜。

「她那麼喜歡福斯特太太，」她說，「把她送走，太叫人難過了！那兒還有好幾個她很喜歡的年輕人。某將軍部隊裡的年輕軍官說不定沒那麼討人喜歡。」

女兒提出想在去北方之前回家來看看——姑且算作是她自己提出的吧——班內特先生一開始是斷然拒絕的。多虧珍和伊麗莎白為妹妹的心情和切身利益著想，一致期望這場婚姻能得到父母的重視，於是曉之以理、動之以情，勸父親等他們成了婚，就把妹妹和妹夫接到朗博恩來，最後終於說服了他。她們的想法，他聽進去了，也願意照這個意思去辦。媽媽聽說在女兒充軍到北邊之前，她還有機會帶著新嫁娘到街坊四鄰去炫耀一下，也很高興。於是班內特先生又給妻舅回信，表示准許他們回來一趟。最後說定了，一等行完新婚之禮，他們就立刻回朗博恩。伊麗莎白很意外，威克漢姆竟會同意這個計畫。假如只考慮自己的感受，那她可根本不想跟他碰面。

Chapter 9

他參加了婚禮？

妹妹的大婚之日終於到了。珍和伊麗莎白擔的心事可能比新娘自己還要重。家裡派出馬車到某鎮去迎候他們，預計他們在正餐時分就能到家。想到新婚夫婦即將登門，班內特家兩位年長的小姐都有些恐慌，尤其是珍，她將心比心，覺得妹妹太可憐了，換作她犯下如此大錯，心裡一定是羞愧無比。

他們來了。全家老小都在早餐室迎接他們。班內特太太一聽見馬車駛到門口，便不由笑逐顏開，而她的丈夫卻陰沉沉地板著一張臉。幾個女兒心裡又是擔憂，又是緊張，顯得惴惴不安。

只聽莉迪亞的聲音在前廳響起，接著門一下打開，她跑了進來。母親快步上前將她一把抱住，喜氣洋洋地歡迎她。這時威克漢姆也跟在後面走了進來，於是母親臉上堆滿慈愛的笑容，又把手向他遞過去。她輕鬆愉快地祝福他們，至於他們的婚姻究竟會不會幸福，看起來她是毫不懷疑的。

小夫妻倆隨即轉向班內特先生，他對他們可沒那麼親切。只見他面色鐵青，簡直連張個嘴都不樂意。這對小夫妻表現得如此厚顏無恥，他看了怒不可遏。伊麗莎白只覺得厭惡，連班內特小姐也不由震驚。莉迪亞還是那個莉迪亞，不守規矩，不知羞恥，行為粗野，說話聒噪，無知無畏。她走到每個姊姊前面，要她們輪流向她道賀。最後大家總算落了座，她就急切地把屋子環視了一圈，發現有些地方發生了些微變化，於是大笑著說道，自從上次一別，已經過去好久啦。

威克漢姆也和她一樣，沒有一絲窘相。不過他的舉手投足向來就是那麼令人愉快。設若他人品端正些，把這門親事結得正當些，那麼這次成為一家人，單憑這張笑臉，外加隨和的談吐，他定會討得大家的歡心。伊麗莎白過去一直想不到他的臉皮竟然這麼厚。她坐了下來，暗自心想，這個不要臉的男人，不管多不要臉的事情都做得出。她臉紅了，珍的臉也紅了。反倒是那兩個叫她們看了想不通的人，從頭到尾面不改色。

用不著跟他們多費口舌。新娘子和她母親兩個只恨自己語速還不夠快。威克漢姆剛巧坐在伊麗莎白身邊，於是便高高興興、不慌不忙地向她問起這一帶的熟人近況如何。她實在不知道以什麼樣的態度回答才好。看樣子，夫妻兩人似乎懷揣著古往今來最美好的回憶，過去的事情一點都不令他們難受。莉迪亞還主動挑起了姊姊都無論如何也不願談論的話題。

「想想看，我走了有三個月啦，」她嚷道，「要我說，好像才剛過了兩個禮拜嘛。不過這陣子可發生了不少事。老天爺！我出門的時候可一點都沒想到會結了婚回來！不過我想過，真要那樣的話，肯定很好玩。」

父親大翻白眼。珍一副坐立不安的樣子。伊麗莎白朝莉迪亞瞪了一眼。但莉迪亞對不想理會的事情向來是視而不見、聽而不聞，只管自顧自喜滋滋地說下去：「哎！媽媽，這附近的人知道我今天結婚了嗎？只怕還不知道吧。我們來的路上正好碰上威廉．戈爾丁的輕便馬車。我心想，一定要讓他知道一下這件事，於是我把靠近他那一側的窗玻璃放下來，脫掉了手套，把手放在窗沿上，這樣他就能看見戒指了。接著我對他點了點頭，笑得可開心呢。」

伊麗莎白再也忍不了了。她站起身來，跑出房間，一直等到聽見大家穿過門廳，走去餐廳，才回轉身去加入他們。剛進餐廳，她就看見莉迪亞一副興匆匆的模樣，大搖大擺地走到母親右手邊。只聽她對大姊說：「啊，珍，你的座位現在歸我了！因為我可是個結了婚的女人啊。」

莉迪亞從進門起就面無愧色，不管再過多久也始終是那副沒羞沒臊的樣子。此刻她越發隨心所欲、興高采烈起來。她說她好想跟菲力浦太太、盧卡斯夫人等一眾鄰里碰碰面，聽她們一個個地把她稱作「威克漢姆太太」。吃過飯後，她便跑到希爾太太那兒去，對著她和兩個女傭炫耀她的戒指，誇耀說自己結婚了。

「好了，媽媽，」回到早餐室，她說道，「你覺得我丈夫怎麼樣？他是不是很迷人？我敢保證姊姊肯定都很嫉妒我。但願她們能有我一半那麼幸運就好了。她們都該上布萊頓去，那兒是個找老公的好地方。媽媽，這次我們大家沒能一塊去，實在可惜。」

「就是啊，要是由我做主，我們早都去了。不過親愛的莉迪亞，我可不願意看你這麼遠走他鄉。你非去不可嗎？」

「唉，上帝！是啊——不過那也沒什麼。到了那裡我肯定樣樣喜歡。你和爸爸、姊姊一定要來看我們哦。我們整個冬天都要待在紐卡斯爾[1]，那裡肯定會有幾場舞會的，到時就由我替她們每人都找

1 紐卡斯爾（Newcastle），英格蘭東北部的港口城市。

個好舞伴。」

「那我可再高興不過了！」母親說。

「等你們回家時，可以留下一兩個姊姊。我保證在冬天過完之前就替她們找到丈夫。」

「我為我自己受的那份好處謝謝你了。」伊麗莎白說道，「不過我不怎麼喜歡你這種找丈夫的辦法。」

兩位客人最多只能和他們一起待上十天。離開倫敦之前，威克漢姆已經收到了任命，必須在兩週之內抵達部隊報到。

只有班內特太太一個人惋惜他們逗留的時間太短。她分秒必爭，帶她到處走親訪友，還三天兩頭在家舉辦聚會。說起聚會，倒是沒人反對。比起沒腦子的人，有腦子的人更不願意和這麼一班自家人窩在一處。

正如伊麗莎白所料，威克漢姆對莉迪亞的感情不像莉迪亞對他來得那麼深。其實事到如今，她簡直用不著怎麼察言觀色就能推斷出來，他們兩個這回私奔，情深愛切的人是莉迪亞，而不是威克漢姆。本來她倒會覺得奇怪，既然他並不鍾情於莉迪亞，又何以決定和她私奔，但她現在已經看了出來，他迫於形勢，本就非走不可。事已至此，他這樣的登徒子能在路上找個伴，自然是來者不拒了。

莉迪亞對他愛若至寶，言必稱「親愛的威克漢姆」。誰都比不上他。他不論做什麼都是世上最棒的。她敢肯定，到了九月一日[2]，他射死的鳥肯定比舉國上下哪個人都多。

他們到這兒後不久，有一天早晨，莉迪亞正和兩位姊姊坐在一起，她對伊麗莎白說：

「麗綺，我想我還沒把婚禮上的事講給你聽過吧。我跟媽媽他們講的時候，你正好不在旁邊。你難道不想聽聽婚禮是怎麼辦的嗎？」

「不太想，」伊麗莎白答道，「我覺得這種事還是談得越少越好。」

「喔唷！你這個人可真怪！不過我偏要告訴你不可。你知道，我們是在聖克萊門特教堂結婚的，因為威克漢姆住的地方就在那個教區。事先說定了大家要在十一點到那兒。舅舅、舅媽一起去，別人就在教堂和我們碰面。好啦，禮拜一一早，我實在手忙腳亂！你知道，我好害怕出點什麼岔子，耽擱了婚禮，那我可要神經錯亂了。而且，我穿衣打扮的時候，舅媽從頭到尾在旁邊講大道理，簡直像在念經。不過她說十句話，我頂多聽見一兩個字，因為我心裡老想著親愛的威克漢姆，你應該也想得到吧。我好想知道他會不會穿上藍外套[3]來結婚呀。

「這麼著，我們像往常一樣在十點吃早飯。我覺得一吃起來就沒完沒了。順便說給你聽，我住在舅舅、舅媽家那陣子，他們實在太過分、太叫人不開心了。說了你不信，我在那兒待了兩個禮拜，一次門都沒出過。沒參加派對，也沒別的消遣，什麼都沒有。說真的，倫敦確實挺無聊，但小戲院[4]還是開門的呀。好了，馬車剛到門口，舅舅就給那個討厭的斯通先生叫到一邊去，說是有什麼公事。要知道，他們兩個只要碰在一起，那就沒個完了。唉，我怕得不知如何是好，因為舅舅可得把我送到新

2 九月一日起可以打鷓鴣，代表著狩獵季節開始了。

3 英國騎兵制服是藍色的。莉迪亞是在炫耀威克漢姆已獲得騎兵團的任命。騎兵軍銜的含金量高於穿紅色制服的步兵。

4 小戲院（the Little Theatre），建於一七二〇年，在當時專門從事夏季演出。莉迪亞住在嘉丁納家時正是八月，並非倫敦的社交季，只有小戲院還有演出。該戲院於一八二一年拆除。

郎手上呀。萬一錯過時間，那我們這一天都結不成婚了[5]。還好，十分鐘不到，他就回來了，於是我們大家就一起動身。不過我後來想到，即便他有事去不了，婚禮也不用延後，反正有達西先生可以代替他。」

「達西先生！」伊麗莎白這一下吃驚不小。

「哎，是的！你知道，他是陪威克漢姆去的。不過天哪！我怎麼全忘了！這件事我一個字也不該提的。我老老實實向他們保證過！這下威克漢姆會怎麼說？本來應該保密的！」

「保密的話，」珍說，「就一個字也別再說了。放心，我不會多問的。」

「哦！那當然，」伊麗莎白只得按捺住強烈的好奇心，附和道，「我們不問了。」

「謝謝你們了，」莉迪亞說，「要是你們問我，我肯定會全說出來，到時候威克漢姆就要發火了。」

這根本是在慫恿她們往下問，伊麗莎白只好一走了之，索性讓自己想問也問不了。

不過，遇到這種事，裝聾作啞也不切實際。無論如何，起碼要想辦法打聽一下。達西先生參加了她妹妹的婚禮。置身於那樣的場面、和那兩個人打交道，這種事他無疑絕不會，也絕不願做。種種紛繁的推測飛快地湧進她的頭腦，但沒有一種說得通。假設達西這麼做是出於高風亮節，想來倒合她的意，然而可能性似乎很小。這麼疑神疑鬼，實在叫她受不了，於是她匆忙拿過一張紙，給舅媽寫了封短信，提出要是不違背保密約定的話，想請她把莉迪亞說溜嘴的話解釋一下。

你應該不難體會，

她繼續寫道：

一個非親非故的人，和我們家簡直可以說根本不熟，聽說他在這種時候竟和你們在一起，我有多麼驚訝。拜託你趕緊給我回信，讓我弄清楚吧——但如果你和莉迪亞一樣，確有十足的理由要保守祕密，也就算了。真要那樣的話，我也只能盡量裝作對此事一無所知。

「我可不會那樣，」她寫完了信，自言自語地說，「親愛的舅媽，要是你不肯光明正大地告訴我，我就只好退而求其次，使出陰謀詭計去打聽了。」

珍實在太講信用，不肯在私底下跟伊麗莎白討論莉迪亞洩漏口風一事。伊麗莎白正好樂得如此。她既已寫信去問，且不提能不能得到令人滿意的答覆，總之在收到回信之前，還是別漏出口風的好。

5 當時的婚禮必須在早晨八點至中午十二點之間舉辦。

Chapter 10

他一定做了很多

伊麗莎白得償所願，在最短的時間內收到了回信。一把信拿到手，她便趕緊鑽進小樹林，那兒原則上沒人會打攪她。她在一張長凳上坐下，準備盡個興，因為她發現信很長，看樣子舅媽應該沒有拒絕她的要求。

親愛的外甥女：

來信剛剛收到。我打算用一整個上午寫回信給你，因為，隻言片語是沒法把我要講的事情全寫進去的。我得承認，你這樣問我，很是令我意外。我沒想到你會提出這種問題。不過你可別以為我生氣了，我這麼說，只不過想告訴你，我完全沒想到，你竟有這個必要來問我。如果你非要說你聽不懂我的話，那就原諒我口不擇言吧。你舅舅也跟我一樣吃驚——我們一直以為，他之所以那麼做，完全是為了你的緣故。

但假如你當真和此事毫不相干，且一無所知，那我就再說明白些吧。我從朗博恩回家那天，你舅舅接待了一位不速之客。達西先生來了，他們兩個關起門談了好幾個小時，不過到我回家時已經談完了。他特意登門來告知嘉丁納先生，他已經找到了你妹妹和威克漢姆先生的下落，而且跟他們兩個聊過——跟威克漢姆談了兩次，跟莉迪亞談了一次。

根據我聽說的情況判斷，他應該是在我們離開德比郡的第二天就動身了，決心到城裡來尋找他們。他聲稱自己之所以這麼做，是因為懊悔當初沒有向世人揭發威克漢姆的不良品行，如果早說出來的話，無論是哪個年輕姑娘，都不可能和他交心，也不可能愛上他。他大仁大義地把整件事歸咎於自己，說自己傲慢得過了頭，從前總覺得把私事公之於眾，是自降身價的行為。他以為威克漢姆的人品自然會暴露出來。他說既然禍事是因他而起，他就有責任設法補救。其實，哪怕他另有用心，我覺得也一點都不丟臉啊。

他在城裡只待了幾天，就找到了他們。他手上有些線索，比我們有優勢。也是因為清楚這一點，所以他拿定主意，跟在我們後頭到了倫敦。好像有個叫楊格太太的，過去給達西小姐當過一段時間家庭教師，據他說，此人後來因為犯錯被辭退了。但他不肯說到底犯的是什麼錯。後來她就在愛德華街[1]租了一棟大房子，做二房東過活。他知道這個楊格太太跟威克漢姆過從甚密，一進城，他就去找她打聽威克漢姆的下落。不過，他費了兩三天工夫，才從她那裡問出想要的消息。她確實曉得應該上哪兒去找這位朋友，但我猜測，不收點賄賂，她是不肯講的。威克漢姆一

1 愛德華街（Edward Street），位於倫敦的一個時髦區域，即今日西敏寺的朗庭坊（Langham Place）。

到倫敦，的確就去找她了，要不是她沒有空房，他們應該會住在她那裡。總之我們這位好心的朋友總算拿到了他要的地址。他們住在某條街。他先見到了威克漢姆，接著又堅持要見見莉迪亞。他說他一開始的想法，是勸她脫離目前這種不成體統的狀況，只要家裡人願意接納她，她就該趕緊回家。他還表示會盡其所能地幫助她。然而他發現，莉迪亞拿定了主意，就是打算賴著不走，對家裡人，她根本不放在心上。她不想要他幫助，至於離開威克漢姆，她是聽都不要聽。她斷定他們遲早會結婚，早些晚些也沒多大關係。既然她這麼想，達西先生認為唯一的辦法，就是盡快促成這門婚事，可是他此前已經和威克漢姆談過一次，不難發現，他根本沒打算娶她。他承認自己欠了些名譽債，被債主逼急了，只好從民兵團一走了之。他還一口咬定，莉迪亞這一走造成的種種後果，只能怪她自己太蠢，跟他沒有任何關係。他打算立即退出民兵團，至於將來作何打算，他一點都不知道。他總得找個地方去，但他還不知道要去哪裡，也不知道該靠什麼謀生。達西先生問他為什麼不立即跟你妹妹結婚。雖說不能指望班內特先生有多富裕，至少他能幫上些忙，再說一旦結了婚，他的景況一定會有所改善。但聽了威克漢姆的回答，他發現這人還是指望著在別處哪邊鄉下找一個有錢的太太。不過，事已至此，目下要是能解燃眉之急，他倒也不見得會拒絕。他們碰了好幾次面，因為有不少事情需要協商。威克漢姆自然想盡量多撈好處，但雙方最終還是商定了一個合理的條件。到此為止，他倆之間已經把一切都講定了。達西先生下一步就要把進展告知你舅舅。在我回家前那一晚，他頭一回造訪了恩典堂街，但嘉丁納先生當時不在家。達西先生打聽了一下，發現你父親還住在這裡沒走，不過第二天一早就會出城。他判斷這件事不太適合跟你父親討論，還是找你舅舅好些，於是立即決定等你父親走了之後再來。他沒有通報姓名，你舅舅只知道某個先生有事來過，直到第二天，他才發現那人是誰。禮拜六他又來了。當時你父親已經走了，你舅舅在家，我之前講過，他們兩個作了一番長談。禮拜天，他們再次碰頭，這回我也見到他了。

事情直到禮拜一才落定，一商量定，你舅舅就立即寫了封急信給朗博恩。但我們這位貴客特別頑固。麗綺，我想頑固不化才是他性格上的真正問題。一直以來總有人指責他有這樣那樣的缺點，其實他的真正缺點在這裡。他樣樣事情都要親力親為。但我其實深知，你舅舅很樂意打理一切（你無須多言，我這麼說並非為了要你感謝我們）。他們兩個為此爭執了好久，實在不值得為那兩位當事人——男方也好，女方也好——做到這種地步。但最後還是你舅舅讓了步。他不但不能為外甥女出力，還迫不得已地占了獨一份的功勞，這實在有悖於他的本心。

今天一早收到你的信，我覺得這對他是莫大的安慰，因為你既然要我解釋內情，他就正好脫下這身借來的羽毛，把讚美歸於真正值得讚美的人。不過麗綺，這件事你絕不可外傳，最多只能說給珍聽聽。我想你很清楚，那兩人受了人家多少好處。達西先生替威克漢姆償清了債務，我估計加起來遠超過一千鎊。本來已經議定，莉迪亞會拿到一千鎊，他又額外加上了一千鎊，此外還替威克漢姆買了軍銜。至於他究竟為什麼要做到這個地步，我也在前面說過了。他怪自己有所保留，考慮欠妥，害得別人沒能看穿威克漢姆的真面目，把他當作好人看待。這麼說可能也有點道理，但我覺得事情到了這種地步，不管有所保留的人是他也好，是別人也好，都怪不到這人頭上。不過，親愛的麗綺，你大可相信，即便他說得這麼有板有眼，若不是因為我們心知他別有一番苦心，你舅舅是絕不會妥協的。他把事情全部擺平，就回彭伯里找他那幫朋友去了。事先說定，舉辦婚禮那天，他還會再來一次倫敦，到時對一應款項做個交割。

我想我已把來龍去脈全告訴你了。照你說的看，整件事叫你吃驚不小吧。我只希望你聽了不會感到不快。莉迪亞後來就來我們這裡住了，我們也允許威克漢姆隨時來訪。他還是老樣子，比起我在赫特福德郡認識他那時沒多大變化。莉迪亞在這裡期間的表現很叫我生氣，我本來不打算告訴你的，但從珍上週三的來信看，她回家後還是老樣子，那麼就算我跟你說了，也不至於讓你愁上加愁。我義正詞嚴地跟她談過好幾次，說她這趟冒天下之大不韙，給家裡人造成了多少不幸。她要能聽我的話才怪，我知道，她一定沒聽進去。我有幾次氣得要命，只因為想到了親愛的伊麗莎白和珍，才決心看在她們面上，姑且對她耐著點性子。像莉迪亞告訴你的那樣，達西先生按時回來出席了婚禮。第二天他和我們吃了飯，準備禮拜三、禮拜四出城。要是我趁此機會告訴你，我有多喜歡他，你會不會生我的氣？我此前可一直不敢說。他對待我們的態度，各方面都和在德比郡時毫無二致，令我們很高興。他的學識和見解，我都喜歡。他身上挑不出毛病，只不過稍微欠點活潑，這方面嘛，只要好好選個太太，也許就能教好。我覺得他狡猾得很，幾乎從不曾提起你的名字。但狡猾可能是時下的一種風氣吧。我這樣出言唐突，萬望你能寬宥，至少別把我罰得太重，別把我擋在彭伯里外頭啊。我非得把整座莊園逛個遍不可。只要給我安排一輛矮矮的敞篷馬車，再配兩匹小馬就夠了。我不能再往下寫了。孩子吵著要我，已經有半個鐘頭了。

你至誠的

M·嘉丁納

恩典堂街，九月六日

伊麗莎白讀了信上的內容，只覺心緒翻湧，說不清到底快樂多一些，還是痛苦多一些。她之前就隱約猜測，達西先生可能做了些什麼，去促成妹妹的婚事，但又始終不敢往那上面想，因為就算行善，也不見得會做到這個分上。與此同時，她又擔著心事，若他真幫了大忙，這份天大的恩情真不知該如何報答。萬沒想到，此事竟然當真！他們走了之後，他也專程到城裡去，費盡周章、忍辱負重地調查那兩個人的去向。他不得不向一個他深惡痛絕、不屑一顧的女人求情，還不得不委屈自己，再三跟一個他向來避之唯恐不及的男人見面，對他曉之以理，苦心相勸。而他原本連說出這個人的名字都覺得難受。他所做的這一切，全是為了一個他既不喜歡，也不看重的姑娘。她內心確也有個聲音在低聲說，他這麼做，全是為了她。但一想到旁的事情，這份期待就立即給打消了。她自認還不至於狂妄到這種地步，竟以為他還會愛一個拒絕過他的女人。他拒絕和威克漢姆搭上關係，這是十分自然的，又怎能奢望他去克服？做威克漢姆的連襟！但凡有自尊的人都不肯接受這種親戚吧。他一定做了很多。想想都難為情。但他已經解釋過插手的原因，這種說法也不難接受。他覺得自己有錯，是合情合理的。他出手大方，而且本就有大方的資本。她不會認為他這麼做主要是為了她，但也許可以認為，他對她舊情難忘，既知道這麼做能平復她的心情，就更促使他付諸行動。明知欠了人家的情，卻永遠無法回報，這可真令人難受，實在難受極了。莉迪亞之所以能全身而返，恢復名譽，一切都虧了他。唉！她太鬱悶了，自己過去竟那樣仇視他，還對他一再地出言唐突。她自慚形穢，卻又將他引以為傲。驕傲的是，碰到這樣的事情，他展現出了富有同情心、令人尊敬的一面。她把舅媽對他的讚賞之辭讀了一遍又一遍。信上說的還遠遠不夠，不過讀起來已令她十分歡喜。發現舅媽和舅舅現在深信不疑，認為達西先生和她互相愛慕、互相信任，她甚至有點高興，但高興之中又夾雜著懊悔。這時她發覺有人走過來，於是立即抽回思緒，從長凳上站起身。她還沒來得及走上另一條小徑，就被威克漢姆趕上了。

「恐怕我打攪你一個人散步了吧，親愛的姊姊？」他一邊走到她身邊，一邊說道。

「確實如此，」她笑了笑回答，「不過，我也未必不歡迎別人打攪。」

「要真是這樣，那我很抱歉。我們向來就是好朋友，現在我們的關係可更進一步了。」

「沒錯。別的人也出來了嗎？」

「我不清楚。班內特太太和莉迪亞要坐馬車到梅里頓去。親愛的姊姊，我聽咱們的舅舅、舅媽說，你真的去彭伯里參觀了。」

她回答說是這麼回事。

「你玩得那麼高興，簡直叫我妒忌，不過我想我是消受不了了，否則我倒可以在前往紐卡斯爾的路上去走一趟。我想你見到那位管家老太太了吧？可憐的雷諾茲，她一直都很喜歡我。不過她當然不會在你面前提我的名字。」

「不，她提了。」

「那她說了些什麼？」

「她說你參軍了，她只怕你——呃，混得不太好。畢竟隔得這麼老遠，你知道，總會以訛傳訛的。」

「當然。」他說著咬緊了嘴唇。伊麗莎白以為這下他總該住嘴了，然而沒過一會兒，他就說道：

「上個月我意外地在城裡見到了達西。我們碰見好幾次。不知道他去那裡做什麼。」

「可能在準備跟德．包爾小姐的婚禮吧，」伊麗莎白說，「這個季節去城裡，肯定是為了什麼特別的事情。」

「肯定是的。你在蘭頓時有沒有見到他？聽嘉丁納夫婦的意思，我想你應該見過他了。」

「是的。他介紹我們認識了他妹妹。」

「你喜歡她嗎？」

「非常喜歡。」

「真的，我聽說她這一兩年來長進了不少，挺難得。我上次見到她時，她可不太像樣。你喜歡她，我聽了很高興。但願她能改過自新。」

「我相信她會的。她已經過了膽大妄為的年紀了。」

「你有沒有經過金普敦村？」

「我印象中沒有。」

「說起這個，是因為我本來要領的俸祿就在那兒。那是個最可愛的地方！那兒的牧師公館也特別好！各方面都很適合我。」

「你怎麼會喜歡講經布道呢？」

「喜歡極啦。我自會把講經布道看作職責的一部分，就算勞心勞力，我也不會放在心上。做人本不該抱怨。但說真的，那個職位對我多重要啊！像那種風平浪靜、與世無爭的生活，正合乎我對幸福的看法！可惜實現不了了。你在肯特時有沒有聽達西提過這件事？」

「我聽一個瞭解內情的人說過，把那個空缺給你，是有條件的，而且也得看目前的贊助人心意如何。」

「你真聽說了。是的，這話說得也沒錯。我一開始就是這麼告訴你的，你應該還記得吧。」

「我還聽說，你有一陣子並不像現在那麼鍾愛講經布道，還聲明你決意永遠不領神職，後來這件事就按你的意思協商解決了。」

「這你也聽說了！這麼說也不是完全沒有根據。你說不定還記得，我們頭一次見面，我就談到過那件事。」

這時他們已快到屋門口了，她走得飛快，一心只想甩掉他。為妹妹著想，她不願意得罪他，於是好聲好氣地笑著答道：

「嗨，威克漢姆先生，我們是一家人了，你知道吧。就別為過去的事爭來爭去了。我希望未來我們能和衷共濟。」

她伸出手，於是他溫文有禮地親了親，兩隻眼睛卻簡直不知該往哪兒看。兩人隨即進屋去了。

Chapter 11

又開心，又尷尬

威克漢姆對這次談話滿意至極，從此再也不曾提及此事，省得又自討苦吃，更不要惹得親愛的二姨子伊麗莎白發火。伊麗莎白看到這一來總算把他說得住了嘴，心裡也很滿意。

沒過幾天，就到了他和莉迪亞辭別大家的日子，班內特太太唯有被迫接受分離。她提議全家人一起上紐卡斯爾去，可是她丈夫根本不想理會，因此這次闊別，只怕最少也得一年。

「唉！我的乖乖莉迪亞，」她叫道，「我們什麼時候才能再見呀？」

「唉，上帝呀！我也不知道。說不定這兩三年都見不了面了吧。」

「一定要常給我寫信啊，乖乖。」

「我盡量多寫。不過你也知道，結了婚的女人總是沒什麼時間寫信。姊姊倒是可以寫信給我，反正她們也沒別的事可做。」

威克漢姆先生道別起來可比他太太親熱得多。他笑容滿面，儀態萬方，說著滿口的漂亮話。

「他可真是個好傢伙，」他們前腳剛踏出家門，班內特先生就說，「我這輩子沒見過這樣的。他又是假笑，又是傻笑，和我們大家相親相愛的。我為他感到無比驕傲。依我看，就連威廉．盧卡斯爵士都拿不出比他更值錢的女婿呢。」

班內特太太走了一個女兒，鬱悶了好幾天。

「我常常想，」她說，「世上最糟糕的事情莫過於和親友分別。沒有他們守在身邊，一個人多麼淒涼啊。」

「媽媽，你看到了吧，這就是把女兒嫁出去的後果，」伊麗莎白說，「不過你還有四個女兒沒人要呢，你就知足點吧。」

「才沒這回事。莉迪亞離開我，不是因為結了婚，只不過因為她丈夫所屬的部隊剛巧離得遠嘛。要是部隊駐紮得近一些，她也就不用這麼快就走了。」

不過，她還沒為這件事沮喪多久，就再次振作了起來。鄰里間近來正流傳著一則新聞，令她重新燃起了希望。據說內瑟菲爾德的管家已接到吩咐，開始打點一切，準備迎接主人，因為他一兩天內就要從城裡下來打獵，會住上幾個禮拜。班內特太太聽了坐也不是，站也不是。她看著珍，笑了起來，來回搖著頭。

「好啊，好啊，這麼說，賓利先生要來了，妹妹，」（因為是菲力浦太太最早告訴她這個消息的）——「哎呀，那敢情好。但我倒無所謂。你知道，他又不是我們的什麼人，我可再也不想見到他了。不過呢，要是他喜歡來內瑟菲爾德，我也很歡迎。再說誰又知道會發生什麼事呢？但是那跟我們沒關係。你知道的，妹妹，我們早就說好了對那件事一個字也不再提起。那麼說，他一定會來嗎？」

「你相信我好了。」她妹妹答道，「昨天晚上尼克爾斯太太去了梅里頓。我看到她路過，就特意自己出去，想問問確切的消息。她告訴我那當然是真的。他最晚禮拜四到，很可能禮拜三就到了。她告訴我，她正要上肉店去，打算訂些肉，到禮拜三用。她還有三對鴨子，宰來吃正合適。」

一聽賓利先生馬上要回來，班內特小姐禁不住臉色都變了。她已經有好幾個月沒向伊麗莎白提過他的名字。但這下一等到跟妹妹獨處，她就說：

「我看到你今天在看我了，麗綺，是在姨媽把最新消息告訴我們的時候。我知道我看起來很緊張。但別以為那是因為我有什麼傻念頭。我當時只是不知該如何才好，因為我覺得別人都會盯著我看的。我向你保證，這個消息既不叫我開心，也不叫我難過。我只對一件事感到高興，那就是他是自己一個人來的。因為這樣一來，我們見他面的機會就少了。我可不是擔心自己，怕就怕別人閒言碎語的。」

伊麗莎白不知該怎麼看待此事。要是沒在德比郡見過他，她可能會認為他來這裡確實別無其他用心。但她感到他依舊對珍一往情深，只是弄不清楚，他來這一趟，到底是那位好朋友允許的呢，還是膽大包天、自行其是。

「是啊，真不容易，」她有時會想，「這個可憐人，回趟自己合法租住的房子，還惹得眾說紛紜！我還是放過他吧。」

賓利先生要來，姊姊嘴上說不在乎，心裡確也是這麼打算的，但伊麗莎白仍然一眼看出她心旌搖動。比起平日裡來，她顯得心緒不寧，輾轉難安。

同一個話題，她們的父母早在一年前就熱烈探討過，眼下又給翻了出來。

「親愛的，賓利先生一到，」班內特太太說，「你就非得立即去拜望他不可。」

「不去，不去。你去年就逼著我去拜訪他，還信誓旦旦地說，只要去了，他就會娶我的女兒。結果呢，一無所獲。我可不想再去幹這種傻瓜才會幹的蠢事了。」

他太太向他指出，等這位先生回到內瑟菲爾德，左近所有鄉紳肯定少不了要登門拜訪。

「這做派我可看不上，」他說，「要是他想跟我們交往，讓他自己上門來好了。他知道我們住哪裡。每次鄰居出趟門，回來時都要我去拜訪，我可不願意花這個時間。」

「唉呀，反正我只知道，你要是不去拜訪他，那可太不禮貌了。不過也不礙事，我已經想好要請他來這裡吃飯。我們得趕緊邀請朗格太太和戈爾丁他們家。那樣我們總共就有十三個人了，桌上正好能給他留出一個位子。」

她拿定了主意，心就定了，對丈夫的不守禮儀也看得過去了。但想到鄰居都要去拜訪賓利，自然會比她家更早跟他見面，她就苦從中來。眼看離他預計抵達的日子越來越近了。

「我現在覺得他還是不來的好，」珍對妹妹說道，「其實也沒什麼。我見到他可以完全無動於衷，但這麼無休止地談論這件事，快讓我受不了了。母親是出於好意。但她不知道她這些話叫我聽了有多難受，誰也不會知道的。等他離開內瑟菲爾德時，我應該會很高興的。」

「但願我能說些什麼話來安慰你，」伊麗莎白說，「可是我根本做不到。你當然會有所感觸啦。而且我也沒法像勸一般人那樣勸你再忍忍，因為你向來都很能忍。」

賓利先生到了。虧得傭人幫忙，班內特太太總算搶先一步，頭一個獲得這個消息，因此也得以把焦慮的時間拖得最久，有多久就拖多久。她數著日子，計算哪一天才能發請帖。反正在那以前，她是沒希望看見他了。誰想得到，在賓利抵達赫特福德郡的第三天上午，班內特太太就從梳妝室的窗口看見他騎馬走進了圍欄，徑直朝屋子這邊過來。

她激動地呼喚幾個女兒，要她們來分享她的喜悅。珍端坐在桌前紋絲不動，伊麗莎白為了遷就母親，便走到窗前望了望，卻看見達西先生和他走在一起，於是趕緊回到姊姊身邊，也端端正正地坐下。

「有位先生和他一起來的，媽媽，」凱蒂說，「會是誰呢？」

「我想總是他的熟人什麼的吧，好孩子。我也不知道。」

「哦喲！」凱蒂答道，「看起來像那個以前就老和他在一起的人嘛。他叫什麼來著？就是那個高個子、自以為是的人。」

「天哪！達西先生！真的是他，我敢保證。好吧，只要是賓利先生的朋友，我們這裡自然總是歡迎的。否則我真是一看見他就討厭。」

珍又是詫異，又是擔憂地看看伊麗莎白。她不知道他們在德比郡遇到過，以為這是伊麗莎白在收到達西那封辯白信之後頭一次見他，因此覺得妹妹一定很難堪。姊妹兩人都是坐立難安，顧慮著彼此，又不免顧慮著自己。她們的母親還在喋喋不休，說自己討厭達西先生，只不過看在他是賓利先生朋友的面子上，才打算待他客氣些。她這些話，姊妹倆一句都沒聽見。不過說起伊麗莎白為什麼不安，珍其實猜想不到，因為伊麗莎白還沒鼓起勇氣把嘉丁納太太的信給她看過，也沒告訴過她，自己對達西先生的感情已有所變化。在珍看來，他只不過是一個向伊麗莎白求過婚，結果遭到拒絕的人。伊麗莎白一度低估了他身上的優點。然而伊麗莎白心裡很清楚，他們全家人都受了他的莫大恩德，她自己對他也很中意，就算比不上珍對賓利那麼柔情脈脈，至少她這份感情也像珍對賓利的感情那樣合理、那樣正當。看到他又一次來到內瑟菲爾德、又一次拜訪朗博恩，還主動來找她，她深感意外，正如同上次在德比郡親眼看見他作風大異時那樣。

她的臉上起初失了顏色，這會兒卻短暫地變得通紅，一抹快樂的笑意給她的雙眼添上了神采，因為她想到，時間過去這麼久，他的感情和心意卻始終未曾動搖。但內心深處，她終究還是沒把握。

「先看看他的表現再說吧，」她暗自說，「到時再作指望也不遲。」

她坐在那兒，專心致志地做著針線，竭力作出鎮定自若的樣子，連眼皮都不敢抬一抬，直到聽見僕人走到門口，才忍不住緊張和好奇，抬眼看了看姊姊的臉色。珍看起來比平時稍顯蒼白，不過比伊麗莎白所預想的平靜許多。這時兩位先生走了進來，她立時雙頰泛紅，然而還是相當從容地接待了他們，舉止合宜，既沒流露出絲毫不滿，也不顯得過分殷勤。

伊麗莎白只禮貌性地和他們聊了幾句，此外很少開口，她坐下來接著做手裡的活計，做得那麼起勁，根本不像平日裡的樣子。她只大著膽子朝達西先生瞥了一眼。他看起來一如既往的嚴肅。她覺得他和在彭伯里時不太一樣，更像是之前在赫特福德郡時那副尊容。不過，說不定面對她的母親，他沒法表現得像面對她舅舅、舅媽時一樣。想到這裡，她很難過，但確實有這種可能。

她也瞟了賓利一眼，一下子就發現他看起來又開心，又尷尬。班內特太太殷勤之至地接待他，對他的朋友卻只冷淡而客套地行了個禮，敷衍了幾句，那樣子讓兩個女兒看了很難堪。

尤其是伊麗莎白，她深知母親實際上欠了後者很大的人情，是他挽救了她最心愛的女兒，使她不至於陷入不可挽回的醜聞，看到母親的差別對待表現得這麼露骨，她心裡痛苦到了極點。

達西向她問起嘉丁納夫婦的近況，她回答時不免有些困惑。除此之外，他便很少開口。他沒靠著她坐，可能這就是他沉默寡言的原因吧。但在德比郡他可不是這樣啊。在那裡，他不跟她講話，也會跟朋友講話。然而現在，好幾分鐘過去了，根本聽不見他的聲音。有那麼幾次，她實在壓抑不住好奇，抬起雙眼朝他望去，只見他要嘛望著珍，要嘛看向她本人，要嘛就是什麼都不看，只顧盯著地上。顯而易見，和上次相見時比起來，他多了些顧慮，不那麼積極地取悅別人。她很失落，但又對自己的失落感到惱火。

「否則我還想怎樣呢！」她心想，「但，他為什麼要來？」

她根本沒興致和別人聊天，但又沒有勇氣跟他說話。

她問候了他的妹妹，接下去就沒別的可說了。

「賓利先生，你這一走可過了好久啊。」班內特太太說。

他趕緊說，的確是這樣。

「我都開始擔心你再也不回來了呢。別人當真在說，你打算到米迦勒節就徹底搬走。不過我總希望那不是真的。自從你走之後，這附近發生了不少變動。盧卡斯小姐嫁了人，安頓好了。我也有個女兒出嫁。我想你已經聽說了吧。對，你肯定在報紙上讀到過。《泰晤士報》和《導報》都刊登了，但寫得不大像樣。那上頭只說：『喬治·威克漢姆與莉迪亞·班內特小姐於近日成婚。』至於她父親是誰、她住在哪裡，諸如此類的事情一個字也沒提。[1]是我弟弟嘉丁納擬的稿子，我真搞不懂他怎麼會把事情辦得這麼不成體統。你看到那條消息了嗎？」

1 結婚通告擬得如此潦草含糊，足見嘉丁納先生對這樁婚事是極不贊成的。

賓利答說他看到了，隨即道了喜。伊麗莎白不敢抬眼，所以也不清楚達西先生是什麼表情。

「有個女兒嫁得好，自然叫人高興。」母親接著說，「但與此同時，賓利先生，放她到離我這麼遠的地方去，也著實叫人難受。他們上紐卡斯爾去了，那地方看樣子在北邊老遠呢，不曉得他們在那裡要待多久。他的部隊在那裡。我想你聽說了吧，他已經離開某郡民兵團，加入了正規軍。謝天謝地！他還算有幾個朋友，不過他本該再多幾個這樣的朋友才是。」

伊麗莎白明白，這話是說給達西先生聽的，她羞愧得無地自容，簡直連坐都坐不住了。不過母親這番話倒是空前奏效，逼得她非找話說不可。她問賓利這次來鄉下是否打算逗留一段時間。他說應該會待上幾個星期。

「賓利先生，等你把自己那兒的鳥都打完了，」她母親說，「我懇請你到這裡來，在班內特先生的土地上，你想打多少鳥就打多少鳥。我保證他特別樂意成全你，他會把最好的鷓鴣群留給你的。」

伊麗莎白更難受了，母親怎麼會說出這麼毫無必要、多管閒事的話來！一年前她們曾沾沾自喜，以為美好的未來就在眼前，最後卻落得個惱人的結局，她深信如今就算好事重演，最後也會是同樣下場。這一刻，她覺得就算將來的幸福天長地久，也不能彌補珍和自己此時的痛苦難堪。

「我真心希望再也不要和他們任何一個人來往。」她暗暗地想，「跟他們交往的樂趣，完全抵消不了眼下這種慘狀！就別再叫我見他們兩個了吧！」

話說回來，儘管此時此刻的不幸就連經年的幸福也彌補不了，但這種不幸很快就完完全全地減輕了，因為伊麗莎白發現，那位曾經的愛慕者再一次為姊姊的美貌所傾倒。剛進門時，他基本上沒怎麼和珍談話，但隨著時間的推移，他很快變得越來越熱情。他發現珍還像去年一樣漂亮，性子依舊那麼好，態度還是那麼自然，只是不太愛說話。珍一心不想讓對方發覺她有絲毫改變，她以為自己仍像以往一樣健談。其實她一直忙著思前想後，有時沉默下去卻還不自知。

直到兩位先生起身告辭，班內特太太才想起盤算好的宴客計畫，於是便邀請他們過兩天來朗博恩吃飯。

「你還欠我一頓飯呢，賓利先生，」她說，「去年冬天你進城時答應過我，一回來就和我們吃頓家常便飯。你看，我可沒忘。告訴你吧，你沒有回來履行諾言，真叫我大失所望。」

賓利聽到這件往事，顯得有些搞不清楚狀況。他只說有事耽擱云云。兩人就告辭了。

班內特太太原本特別想請他們當天就留下來吃飯。不過，雖說她的餐桌一向料理得不錯，但她認為，要款待這位令她心心念念的先生，沒有兩道主菜是絕對不夠的，更何況還有那位年收入一萬鎊的先生，他的胃口和派頭也非得滿足不可。

Chapter 12

舊情復燃

一等他們告辭，伊麗莎白就趕緊走了出去，好放鬆一下心情。或者不如說，她是想避開打攪，一個人把那些肯定會讓心情更加沉重的事情仔細想一想。達西先生的舉止令她既意外又鬱悶。

「他來了卻一言不發，板起臉來，一副冷淡的樣子，」她心想，「那他又幹嘛要來？」

她怎麼也想不通。

「在城裡時，他對我的舅舅、舅媽還是照舊的親切殷勤，怎麼對我就做不到呢？如果他怕我，又來幹嘛？如果他不再在意我了，又為什麼老不說話？太氣人了，太氣人了，哎呀！我不要再想他了。」

這時姊姊走了過來，無意中幫她把這個決心達成了片刻。只見珍滿面春風，看來對那兩位訪客比伊麗莎白要來得滿意。

「這下第一次會面就結束啦，」她說，「我覺得輕鬆極了。現在我知道自己能應付得了，以後他過來，我再也不會發窘了。他禮拜二要來這裡吃飯，我覺得很高興。到時候大家就都能看到，我們兩個不過是一般般的熟人罷了。」

「是啊，實在很一般，」伊麗莎白笑嘻嘻地說，「哎呀，珍，你可要小心。」

「親愛的麗綺，你別把我看得那麼沒用，現在我能有什麼危險？」

「我覺得你大有讓他舊情復燃的危險。」

直到禮拜二，大家才和那兩位先生再度相見。這段時間裡，班內特太太只顧滿腦子打著如意算盤，賓利不過才拜訪了短短半小時，然而眼見他和顏悅色、禮貌周全，她的希望便死灰復燃了。

禮拜二，朗博恩來了一大群客人。至於最受期待的那兩位，果然合乎狩獵者分秒不差的形象，到的時間剛剛好。[1]伊麗莎白關切地望著他們一道走進餐廳，想看看賓利會不會坐到他的老位子上——從前凡是參加宴會，他向來都坐在她姊姊身邊。她那位精於算計的母親正和她想到同一件事，所以並沒有請他去她那裡坐。剛走進餐廳，他看起來還有些猶豫。但珍這時恰好回眸顧盼，又恰好嫣然一笑，於是事情就這麼決定了。他在她身旁落了座。

伊麗莎白志得意滿地望向他的同伴。他對此一副懶得理會、無動於衷的樣子。要不是看見賓利那又驚又喜的目光也轉向了達西先生，她真要以為達西已經事先批准過，讓他今晚過得開心些呢。

吃飯時，賓利對她姊姊真是情意綿綿，雖說比之從前還有所保留，但伊麗莎白把此情此景看在眼裡，已經認定，只要事情完全由他自己做主，那麼珍和他保證很快就能幸福圓滿。她還不敢打包票，不過見了他的一舉一動，心裡已經很高興了。她本來根本沒什麼興致，這時卻一下子精神大振。在餐

1 當時的《狩獵法案》對狩獵的時間有嚴格的規定，所以說獵人特別守時。

桌上，達西先生和她差不多是相隔最遠的。他坐在她母親身邊。她覺得這種安排無論對他還是對母親都是既不討喜，也沒好處。她離他們不夠近，聽不見他們在聊什麼，但看得到他們彼此鮮少交談，難得談兩句，又顯得非常拘泥和冷淡。母親這樣不友善，她一見之下，不免想到他們一家欠了他多少，因而越發痛心。她幾度很想不顧一切地告訴他，他的一片好心，在這個家裡不是沒人心知肚明，也不是沒人心存感激的。

她期待著當天晚上能找到機會和他相處一會兒，除了剛進門時的禮貌性問候之外，還可以做些深入的交談，不至於白白浪費了他們這趟拜訪。吃過飯之後，她緊張不安地坐在客廳等待男士過來，只覺得這段時間過得煩悶至極，簡直連表面上的禮貌都做不下去了。她一心盼望他們來到，因為今晚過得愉快與否，全得看他們來了之後會做何表現。

「要是他到時候還是不來找我，」她暗暗想道，「那我就對他死心了。」

男士來了。她看他那副神色，心想他應該會叫她如願以償的。誰知道，嗨呀！女賓全都圍著桌子擠在一處，班內特小姐在那裡泡茶，伊麗莎白給大家倒咖啡，大家靠得太近了，她身旁連一張空椅子都放不進來。男賓一進門，有個小姐又朝她這兒擠得更緊了些，還對她小聲說：

「我絕對不會讓男士來把我們拆開。我們可用不著他們，是吧？」

達西已經走到房間的另一邊去了。她的眼神跟著他轉，他跟誰談話，她就眼紅誰，簡直連給人家倒咖啡的心思都沒了。過了一會兒，她又惱火起來，氣自己實在太蠢！

「這男人我都拒絕過了！怎麼會蠢到這種地步，竟指望他會再來表白一次？哪有一個男人這麼沒骨氣，竟然向同一個女人求兩次婚？再沒有比這更嚴重的羞辱了吧！」

不過，達西這時親自把咖啡杯送了回來，多少減輕了一些她的鬱悶。她趕忙抓住時機說：

「令妹還在彭伯里嗎？」

「是的，她會在那裡一直待到耶誕節。」

「她一個人嗎？她那些朋友都走了嗎？」

「安內斯利太太陪著她呢。其他人到斯卡布羅[2]去了，走了三個禮拜了。」

她想不出還能說什麼了。但要是他有意跟她聊天，總該找得到話題的。誰知他只是一聲不吭地在她身邊站了幾分鐘。這時那個年輕的小姐又湊到伊麗莎白耳邊低聲說起話來，於是他就走開了。

等到茶具撤走，牌桌便擺了出來，女士紛紛站起身。伊麗莎白這時一心盼著他走過來找她，誰知她母親正到處找人玩惠斯特，達西先生也沒能倖免於難，她看見他不一會兒就和其他人一塊入了座。現在她再也開心不起來了。他們兩個整晚都被困在各自的牌桌上，她萬念俱灰，唯有期望他的目光也時時向她這邊投來，使他像她一樣打輸了牌。

班內特太太原本打算留內瑟菲爾德的兩位先生吃宵夜，不巧他們的馬車比其他賓客都備得早，她找不到挽留他們的機會。

「好啦，女兒們，」一等客人走光，班內特太太就說，「你們覺得今天怎麼樣？我覺得事事都順利得出奇，我可以打包票。晚飯做得再沒有那麼好過。鹿肉烤得剛剛好，大家都說從沒見過這麼肥

2 斯卡布羅（Scarborough），英格蘭東北海岸城市，十七世紀中葉起成為度假勝地。

的腰肉。湯比我們上星期在盧卡斯家喝的要好上五十倍。連達西先生都說鷓鴣做得相當出色。我推測他家裡最少也有兩三個法國廚子吧。親愛的珍，我沒見過你像今天這麼美麗出眾。我問朗格太太你美不美，結果她也是這麼講。你猜猜她還說了什麼？『啊！班內特太太，她遲早會嫁到內瑟菲爾德去的。』她真是那麼說的。我覺得朗格太太是古往今來最大的好人——她的侄女也都很規矩，而且根本一點都不好看。我特別喜歡她們。」

一言以蔽之，班內特太太的情緒極度高漲。她把賓利對珍的一舉一動全看在眼裡，看準了她一定會把他弄到手。她沉浸在喜悅之中，已經開始想入非非，計算這門親事會給全家人帶來多少好處，結果第二天卻不見他回轉來求婚，不免大失所望。

「今天真是高興，」班內特小姐對伊麗莎白說，「宴會上的賓客選得很好，互相之間都合得來。希望大家以後能常碰面。」

伊麗莎白笑了。

「麗綺，你可別這樣。別疑心我。這樣我會難受。我保證，我現在喜歡和他聊天，是因為他是個隨和明理的人，我可沒什麼非分之想。他的舉止也完全沒有特意討我歡心的意思，這點特別合我的意。他只不過天生說話格外和氣，而且比一般人更知道討人喜歡罷了。」

「你好狠心，」她妹妹說道，「你不許我笑，卻一直在引我發笑。」

「要讓別人相信自己，有時怎麼就這麼難呢！」

「別人又怎麼能相信呢！」[3]

「但我明明已經說了，你又為什麼非要我承認，是我沒把心裡話全說出來？」

「這問題我可不知道怎麼回答。我們都好為人師，然而凡是教得出來的東西，其實都不值得聽。原諒我吧。要是你非說你對他沒意思，那就別把我當成知己，別跟我說悄悄話了。」

3 在原作前三個版本中，這句話和前一句話是一段。一八一三年二月，《傲慢與偏見》出版。此後，珍・奧斯汀在一八一三年四月寫給姊姊卡珊德拉的信中指出了書中的這個錯誤，她寫道：「我看到的最大的印刷錯誤在第三卷，二二〇頁——有兩段話給併到一起了。」

Chapter 13

世上最幸福的人

上次做客之後過了幾天，賓利先生又來了，這次是一個人來的。他那位朋友當天早晨撇下他去了倫敦，不過預計不到十天就會回來。賓利和大家一起坐了一個多小時，心情特別愉快。班內特太太請他和大家一起吃飯，但他說自己在別處有約了，說著一再道歉。

「等你下次來做客時，」她說，「但願我們能有這個福分。」

他說他隨時都樂意得很。只要她們允許，他一定盡早找個機會再來拜訪。

「明天能來嗎？」

可以的，他明天沒有約人。她的邀請於是被一口答應下來。

第二天他來了，而且來得格外早，幾位女士都還沒換好衣服。班內特太太穿著晨袍往女兒屋子跑，頭髮也只梳了一半，一路跑一路叫：

「親愛的珍，動作快點，快下樓。他來了——賓利先生來了。他真的來了。快點快點。過來，薩拉，馬上到班內特小姐這兒來，快幫她穿裙子。別管麗綺的頭髮了。」

「我們會盡快下樓的，」珍說，「不過我覺得凱蒂肯定比我們動作快，她半小時前就到樓上去了。」

「嗨呀！別管凱蒂了！跟她有什麼相干？快點，快點！好孩子，你的腰帶在哪裡？」

可是母親走了之後，珍卻不肯下樓，她非要有個妹妹陪著一起下去。

到了傍晚，班內特太太露出一心想叫兩人獨處的意思。喝過茶，班內特先生照例回書房去了，瑪麗則上樓去練琴。這樣一來，五個電燈泡去了兩個。班內特太太坐在原地，對伊麗莎白和凱薩琳直眨眼，可是眨了好一陣，她們還是毫無反應。伊麗莎白不想理會她。最後凱蒂總算注意到了，她天真無邪地問：「媽媽你怎麼了？你老對我眨眼睛是為了什麼呀？你想要我做什麼？」

「沒什麼，孩子，沒什麼。我沒對你眨眼。」她一動不動地又坐了五分鐘，實在不忍白白浪費了如此寶貴的機會，於是突然站起來對凱蒂說：「過來，乖孩子，我有話對你說。」說完就把凱蒂拉出了房間。珍趕緊向伊麗莎白使了個眼色，求她別順著母親來，看她那樣子，確實是受不了這種把戲。

沒過一會兒，班內特太太把門打開一半，叫道：

「麗綺，好孩子，我有話跟你說。」

伊麗莎白只得走了出去。

「我們最好讓他們單獨待一下，你懂的，」她一進走廊，母親就說，「凱蒂和我準備上樓，到我的梳妝室去坐會兒。」

伊麗莎白沒有費神跟母親理論，她不聲不響地站在走廊裡，看著母親和凱蒂離開，就回轉到客廳去。[1]

班內特太太這天的計謀沒有奏效。賓利事事可人心意，可就差還沒公開做她女兒的戀人了。他性情隨和愉快，為晚間的聚會平添了不少宜人的樂趣。母親總是亂獻殷勤，外加滿口蠢話，他卻都能不動聲色、聽之任之，她女兒見了欣慰至極。

簡直用不著費什麼口舌，他就留下吃了宵夜。還沒告辭，下一趟約會已經敲定下來，班內特太太自行作主，約他明天一早過來，和她丈夫一道去打獵。

從這天往後，珍再不說對他無所謂了。自上回以來，姊妹倆一個字也沒談到賓利身上，但伊麗莎白上床時滿心歡喜，相信好事一定很快能有眉目，除非達西先生比預計提早返回。不過說真的，她已差不多認定，事到如今，賓利一定徵得了達西先生的同意。

第二天，賓利準時赴約。他和班內特先生按事先說好的，在一起消磨了一上午。班內特先生竟比他預想中和藹可親得多。畢竟他的舉止毫無放肆或愚蠢之處，既不會惹這位先生出言譏諷，也不會煩得他不想開口。他這次一改賓利以往見到的模樣，顯得更加健談，而且脾氣也不再那麼古怪。賓利自然是跟他一起回去吃飯。到得傍晚，班內特太太又是費盡心機，把所有人支開，讓賓利和她女兒單獨在一塊兒。伊麗莎白有封信要寫，所以喝完茶就立即挪到早餐室去寫信。她見別人都準備坐下來玩牌，既然如此，就用不著她留下來跟母親鬥智鬥勇了。

誰知等她寫完信回到客廳，卻不由大吃一驚，看來母親畢竟比她足智多謀得多。一打開門，只見姊姊和賓利一起站在壁爐前面，看樣子正談得推心置腹。就算此情此景還不夠叫人起疑，只要再看看他倆那副慌慌張張地轉身分開的模樣，也就心知肚明了。兩個人一副又羞又窘的樣子，可是伊麗莎白反而比他們更尷尬。他倆坐了下來，大家誰都沒說一個字。伊麗莎白正待走開，卻見賓利突然站起身，在珍耳邊低語了幾句，接著跑出了房間。

珍信任伊麗莎白，總覺得和她交心是樂事一樁，所以什麼也不瞞她。她一下子抱住妹妹，欣喜若狂地說，自己是世上最幸福的人了。

「太厚待我了！」她說，「實在太厚待我了。我配不上啊。哦！為什麼不能人人都這麼幸福呢？」

伊麗莎白立即向她道喜，一席話說得有多麼真心、多麼熱情，又有多麼歡喜，實非言語所能形容。她每道一聲賀，珍的幸福就多添一分。不過，珍不能再和妹妹在這兒磨蹭了，雖然她還有好多話想講，此刻卻連一半都講不完。

「我得趕緊去找母親，」她大聲說，「絕不能辜負了她的深情厚望，這件事一定得由我自己告訴她。他已經去找父親了。哎！麗綺，想想我這門親事能給最親愛的家人帶來多少歡樂！這麼幸福，真要叫我消受不了了！」

於是她立即跑到母親那兒去。母親特意提早解散了牌局，正在樓上和凱蒂一塊兒待著。

伊麗莎白獨自留在客廳，想到他們大家牽腸掛肚、憂心忡忡了這麼久，如今這門親事卻輕而易舉地落了定，不由笑了出來。

「這下可好，」她自言自語地說，「他那個朋友的煞費苦心可算到盡頭了。他妹妹滿口謊話、機關算盡，就是這個結果！這真是最幸福、最明智、最合情合理的結果了！」

賓利很快就回來了。他和她父親簡單談了幾句，已經大功告成。

1 未訂婚的青年男女在當時一般不可單獨相處，伊麗莎白回到客廳，是為了維護姊姊的名譽。

「你姊姊在哪裡？」他一開門就急匆匆地問。

「在樓上母親那裡。我覺得她很快就會下來的。」

於是他關了門走到她面前，收到了未來小姨子的美好祝福。伊麗莎白一片赤誠地表達了內心的欣喜，說他們一定能締結一段美滿姻緣。兩人熱情洋溢地握了握手。接下來，伊麗莎白滿耳朵只聽見他說著自己是多麼幸福，珍又是多麼完美無缺，他說個不停，一直說到她姊姊走下樓來，才總算打住。雖說他是情人眼裡出西施，但伊麗莎白真心覺得，他期盼的那種幸福生活是有保障的，因為珍是如此善解人意、性情又好到了極點，而且他們兩個還處處興味相投。

這天晚上大家都格外歡樂。班內特小姐心滿意足，滿臉煥發出甜蜜的神采，看起來比平日更加漂亮。凱蒂不住地傻笑，滿心盼著自己過不了多久也能輪上這樣的好事。班內特太太一個勁地對賓利說著她是多麼滿意、多麼贊成，說了整整半個小時，仍然說不盡滿腔的熱情。班內特先生過來和大家一道吃宵夜，他說話的音調、他的舉手投足，無不透露出他內心著實高興。

不過，在客人告辭之前，他嘴上一個字也沒吐露。等到賓利一走，他立馬轉頭對女兒說道：

「珍，恭喜你啊。你要成為一個非常幸福的女人了。」

珍趕緊走過去親了親他，感謝他這番美言。

「你是個好姑娘，」他回應說，「想到你有了這麼幸福的歸宿，我真高興極了。我一點不懷疑，你們肯定能過得很好。你們兩個的脾氣有好多地方很像。你們倆太隨和，只怕將來遇上什麼事都拿不定主意。你們太好說話，不論哪個傭人都能騙過你們。你們又太大方，只怕總要搞得入不敷出。」

「我想不會吧。在錢的事情上大手大腳、不經大腦，這我可受不了。」

「入不敷出！親愛的班內特先生，」他太太嚷了起來，「你說什麼呀？哎呀，他一年有四五千鎊進帳，很可能還不止呢。」說著她轉向女兒，「哦！我親愛的、親愛的珍呀，我太高興了！我今天晚上肯定高興得合不上眼了！我就知道。我一直說這事終究會這麼著。你長得這麼美，我相信絕不會白費。還記得他去年剛到赫特福德郡那時，我一看見他，就覺得你們很可能結成一對。噢！他真是我見過最英俊的年輕人哪！」

威克漢姆和莉迪亞已經被她忘光了。珍大獲全勝，成了她最中意的孩子。此時此刻，別人全都不在她的心上。妹妹不一會兒就央求起姊姊來，希望她將來能分點好處，讓她們也享享福。

瑪麗提出想使用內瑟菲爾德的書房。凱蒂則拚命央求姊姊每年冬天辦上幾場舞會。

從今以後，賓利自然是天天光臨朗博恩。他時常早飯前就到，一直待到吃過宵夜才走。偶爾也有例外，因為總有些個蠻不講理的鄰居要請他去吃飯，他又覺得卻之不恭。這種鄰居實在討厭得要命。

伊麗莎白如今簡直沒機會再跟姊姊談心。因為只要賓利在場，珍是根本不理會別人的。不過他倆有時也不得不分開片刻，伊麗莎白發覺自己在這種時候對他們雙方都派得上用場。珍不在時，賓利總是找她聊天，因為跟她說話很有意思。賓利一走，珍也總去她那裡散心。

「他真叫我開心極了。」有天晚上她說，「他說他根本不知道我今年春天在城裡。我本來以為那不可能。」

「我之前也懷疑他知道，」伊麗莎白答道，「不過他是怎麼解釋的呢？」

「那肯定是拜他的姊妹所賜。她們當然不贊成他和我走得太近，這我覺得也難怪，畢竟他可以找一個各方面都比我強的對象。不過我相信，看到兄弟和我在一起很幸福，她們就會試著接受我的，到時我們又能好好相處了。然而我們之間應該再也不可能恢復從前那樣的交情了。」

「這真是我聽你說過最不寬容的話了。」伊麗莎白說，「好姑娘！說真的，要是看見你再上賓利小姐那套假仁假義的當，我可要氣死了！」

「你能相信嗎，麗綺？他去年十一月去城裡時就已經深深愛上我了，之所以沒有回來，完全是因為聽信了別人的話，以為我根本沒看上他！」

「他自己肯定也有點問題，不過這還是因為他為人太虛心。」

珍一聽，立刻自發地讚美起他自謙的品格來，說他一點都不看重自己身上的優點。

伊麗莎白萬幸地發現，對那位朋友插手他感情這一節，賓利沒有透露。哪怕珍生性最為寬容大度，一旦聽說此事，肯定還是會對達西起成見的。

「我一定是自古以來最幸運的人了！」珍大聲說道，「哦！麗綺，為什麼家裡偏偏就我一個人這麼有福氣呢！要能看到你像我一樣幸福就好了！要是你也能有那麼一個男人就好了！」

「哪怕給我四十個這樣的男人，我也絕不可能有你那麼幸福。除非有了你的心性、你的善良，否則我就得不到你這樣的幸福。不，不，還是讓我自力更生吧，要是運氣好，說不定過一陣子我還能碰上一個柯林斯先生。」

朗博恩一家的私事瞞不了多久。班內特太太徵得家人的同意，悄悄把事情告訴了菲力浦太太，菲力浦太太則自說自話地向梅里頓的所有鄰居傳了個遍。

班內特家一躍而成全天下最幸運的人家，短短幾個禮拜之前，在莉迪亞離家出走那時候，大家還都說他們家真是倒楣透頂呢。

Chapter 14

不速之客

賓利和珍訂婚之後，大約過了一星期，有天早上，他正和這家的太太小姐一塊在餐廳坐著，忽然一陣馬車聲傳來，把他們的注意力都吸引到了窗前。只見一輛四匹馬拉的大轎車正駛上草地。一大早的，按理還沒到上門做客的時候，而且看車馬的配置，跟附近哪個鄰居都對不上。馬是驛站上的[1]，再看那輛馬車，外加站在車前的隨從身穿的制服，都很眼生。總之確是有人登門，賓利一看，立即勸班內特小姐和他一起到灌木叢那兒走走，省得被不速之客纏住了不能脫身。他們倆結伴走了，剩下三個人在那兒毫無頭緒地猜來猜去，最後門一下敞開，客人走了進來。原來是凱薩琳·德·包爾夫人。

儘管有了心理準備，事實還是大出她們意料之外。班內特太太和凱蒂其實完全不認識這位夫人，所以她們不像伊麗莎白那麼驚訝。

1 馬車配的是驛馬，說明訪客是大老遠來的，必須在中途換馬。

她走進屋來，那樣子比往日更加無禮，伊麗莎白向她行禮，她只微微點了點頭，便一言不發地落了座。她沒有要求人家給她介紹，不過在她進門時，伊麗莎白還是對母親提了提她的大名。

班內特太太詫異極了，竟有如此尊貴的大人物登門造訪，她只覺臉上有光。於是她必恭必敬地接待了客人。大家默默無言地坐了片刻，凱薩琳夫人忽然生硬地對伊麗莎白說：

「但願你最近過得不錯，班內特小姐。我想那位夫人是你母親吧。」

伊麗莎白簡短地答說她正是家母。

「那位就是你的某個妹妹了。」

「是的，夫人，」班內特太太說，能和凱薩琳夫人說上話，她特別高興，「她是我第二小的女兒。我的小女兒最近出嫁了，大女兒此刻在外頭什麼地方散步，有個年輕人正陪著她。他不久後也會成為我們家的一分子了。」

「你們家的花園很小啊。」凱薩琳夫人沉默片刻後說道。

「我想肯定比不了羅欣斯，夫人。不過我跟你說，這兒比威廉·盧卡斯家的園子可大得多了。」

「這個起坐間在夏天一定特別不舒服。窗戶全是朝西的。」

班內特太太向她保證說，正餐後他們從來不坐在那裡。接著她又說：

「我能不能冒昧地請教夫人一聲，柯林斯夫婦最近都好嗎？」

「是的，他們很好。我前天晚上還見過他們。」

伊麗莎白滿以為她這時會亮出一封夏洛特的來信，因為這似乎會是她造訪的唯一原因。然而並沒有什麼信，真叫她莫名其妙。

班內特太太客客氣氣地懇請她老人家用些點心。可是凱薩琳夫人生硬地一口回絕，什麼都不肯吃。接著，她站起身來，對伊麗莎白說：

「班內特小姐，你們家草地那頭好像有一小塊可愛的荒地。要是你願意陪陪我，我倒想去那裡走走。」

「去吧，好孩子，」她母親叫道，「帶她老人家多走幾條路。我想她會喜歡這個幽靜的小地方的。」

伊麗莎白遵命奉陪，她先跑到自己房裡拿了陽傘，再下樓來招呼貴客。經過門廳時，凱薩琳夫人打開小餐室和客廳的門，稍微視察了幾眼，宣布說，這兩個房間看起來還不錯，說罷繼續往前走。

馬車仍舊停在門前，伊麗莎白看到她的女傭坐在車裡。她們一言不發地沿石子路走向那片矮樹林。伊麗莎白見這個女人比平時顯得更加目中無人、惹人討厭，於是決意不主動開口跟她說話。

「我以前怎麼會覺得她長得和她外甥有點像呢？」她看著凱薩琳夫人那副尊容，不由想道。

一走進矮樹林，凱薩琳夫人便如此這般地開口說道：

「班內特小姐，讓你知道一下我大老遠到這兒來的原因，對你來說也沒什麼壞處。至於我為什麼來，如果你有良心，肯定是心中有數。」

伊麗莎白難掩滿臉的詫異。

「說實話，你弄錯了，夫人。我一點也搞不懂怎麼會有幸在這兒見到你。」

「班內特小姐，」她老人家惱火地答道，「你要曉得，我可不是好打發的。不過，無論你打算怎麼對我不老實，我可不會那樣對你。我的性格向來是有名的坦白直爽，現在遇到了這種事，我自然不會違背本性。兩天前，我聽說一個極其驚人的消息。據說不只你的姊姊即將高攀出嫁，連你，伊麗莎白・班內特小姐，很可能也快要和我的外甥結親了，那可是我的親外甥達西先生啊。我深知這必定是可惡的謠言，我絕不會看他不起，竟以為真有這種事情，不過，我還是當機立斷，決定過來一趟，把我的看法叫你聽個明白。」

「要是你認為這事不可能是真的，」伊麗莎白又是震驚，又是鄙夷，脹紅了臉說道，「我倒覺得很奇怪，你幹嘛費這個工夫，大老遠地趕來。你老人家到底有何指教？」

「我要立即敦促你向所有人闢謠。」

「要是真有這種消息，」伊麗莎白沉著地說，「你親自到朗博恩來見我和我的家裡人，恰恰會證實確有此事。」

「還說什麼『要是』！言下之意，你是裝作對此不知情嗎？難道這消息不正是你不遺餘力地傳播出去的嗎？難道你不知道這個消息已經傳得沸沸揚揚了嗎？」

「我可從來沒聽說過。」

「那你能說這是無中生有嗎？」

「我不想裝作跟你老人家一樣坦白。你有什麼就不妨問，我也可以選擇不回答。」

「絕對不行。班內特小姐，我非弄清楚不可。他有沒有——我外甥有沒有向你求婚？」

「你老人家已經宣布那不可能了。」

「應該是不可能的。只要他腦子還清醒，就肯定不可能，但你要是耍手段魅惑他，他說不定一時迷上了你，忘記了他對自己、對整個家族負有什麼責任。也許是你勾引他的。」

「要是我真勾引了他，那我是決計不會告訴你的。」

「班內特小姐，你知道我是誰嗎？我可不喜歡有人這麼對我說話。在這世上，我應該是他最親的人，我有權過問他的一應切身大事。」

「但你無權知道我的事。而且憑你這種做法，也休想逼得我開口。」

「讓我把話說個清楚。你心心念念要攀上這門婚事，但這根本辦不到。不可能，絕對辦不到。達西先生和我女兒訂婚了。你還有什麼話好說？」

「我只說一句。要是他當真如此，那你根本沒理由認為他還會來向我求婚啊。」

凱薩琳夫人猶豫了一小會兒，隨即答道：

「他們的婚約比較特殊。在他們還很小的時候就已經定下了親事。這是他們雙方母親的美好心願。那時他們倆還在搖籃裡，我們就商議定了。事到如今，我們姊妹倆的心願眼看就要達成，眼看著他們就能成婚，你這麼個出身低下、無足輕重，又和我們家族無親無故的小妮子卻想從中作梗！你一點都不顧及他親友的願望嗎？不顧及他和德．包爾小姐之間默認的婚約嗎？你一點兒禮義廉恥都沒有嗎？你聽見我的話了嗎？打從一出生起，他就注定要娶他的表妹了。」

「對，我以前是聽說過。不過那跟我有什麼關係？單是聽見什麼他母親和姨媽希望他娶德．包爾小姐，又沒別的障礙，那可攔不住我嫁給他。你們兩個費盡心機謀畫這門親事，但事情究竟能不能成，還得取決於別人。達西先生對表妹既不負有責任，也不受感情羈絆，那他為什麼不能另選他人？要是他選中了我，我又怎麼不可以接受？」

「因為不論從面子上講，還是從禮數上、規矩上講，不，從實質利益上講，都是不允許的。對，班內特小姐，就是實質利益。如果你肆意妄為，不顧我們大家的意見，那可別指望他的親朋好友承認你。凡是和他有來往的人都會譴責你、看不起你、無視你。你們的結合會成為奇恥大辱。就連你的名字，我們大家也是提都不會提的。」

「真是太慘了，」伊麗莎白答道，「不過，誰要是能成為達西先生的妻子，獲得高貴的地位，那肯定能大大的享福，所以整體看來根本不虧。」

「你這個頑固不化、膽大包天的臭丫頭！我都替你害臊！今年春天我那樣款待你，如今你就這麼報答我嗎？你一點都不覺得欠我的情嗎？我們都坐下說。你要明白，班內特小姐，我到這兒來，是拿定了主意，不達目的誓不甘休。誰也休想叫我回心轉意。要我向別人的壞心眼妥協，那是從來沒有的事。我向來不會忍氣吞聲。」

「那只會讓你老人家更下不了臺。我倒是無所謂。」

「別插嘴。好好聽我講完。我女兒和我外甥是天生一對。他們的母親有血緣關係，都是貴族血統。他們的父親雖然沒有頭銜，但也都出身自高貴體面的名門望族。他們雙方的財產都很可觀。這兩個尊貴門第的家庭成員，無不期待著他們結為連理。憑什麼拆散他們？就憑一個沒有家世、沒有背景、沒有財產的小丫頭，在這裡不知天高地厚地吹吹牛嗎？真是豈有此理！這絕對不行，絕不應該。但凡你明白怎樣才對你自己好，就不該幻想著攀高枝，想跳出你出身的這個階層。」

「嫁給你外甥也不會讓我跳出現在的階層啊。他是個紳士，我是紳士的女兒。我們也算門當戶對。」

「對。你是紳士的女兒。但你母親怎樣呢？你的舅舅和姨媽又是什麼人？別以為我不瞭解他們的底細。」

「不管我的親戚都是什麼人，」伊麗莎白說，「只要你外甥對他們不反感，就跟你沒關係。」

「你痛快點告訴我，你到底跟他訂婚了沒有？」

伊麗莎白本想不回答這個問題，氣氣凱薩琳夫人，但仔細想了想，她還是不得不說道：

「沒有。」

凱薩琳夫人面露喜色。

「那你能不能向我保證，你永遠不會跟他訂婚？」

「我不會保證這種事情。」

「班內特小姐，我真是目瞪口呆。我本以為你是個通情達理的小姐。但你也別自欺欺人，指望我會讓步。你不向我保證，我就不走。」

「我絕對不會向你做什麼保證。逼我也沒用，我不會答應這種蠻不講理的要求的。您老人家想讓達西先生娶你女兒，就算我給了夫人您要的保證，難道他們就能結為夫妻嗎？假設他愛上了我，難道我拒絕他，他就會轉身去愛表妹？凱薩琳夫人，恕我直言，你的要求根本不經大腦，你提出這種要求的理由也很蠢。你完全把我的性格搞錯了，竟以為靠強詞奪理就能對付我。你對外甥的私事這樣橫加干涉，他是不是贊成，這我不知道。但你絕對無權插手我的私事。所以我懇求你，別再為這件事纏著我不放了。」

「你別這麼急。我根本還沒說完。我已經列出了諸多反對你和達西結婚的理由，但還要加上一條。你的小妹妹不知羞恥地和別人私奔了，別以為我不知道。我瞭解得一清二楚。那個年輕人之所以娶了她，完全是靠你父親和舅舅花錢補救。這種女人竟然要當我外甥的小姨子？她丈夫是達西父親生前的總管的兒子吧，這種人也能做達西的連襟？天地良心！你究竟在想什麼？彭伯里的門楣能給你這麼玷汙嗎？」

「你現在沒別的要說了吧，」伊麗莎白恨恨地答道，「你已經想盡辦法把我侮辱夠了。我現在就要回家去。」

她邊說邊站了起來。凱薩琳夫人起身跟她一起往回走。她老人家簡直怒不可遏。

「這麼說，你根本不關心我外甥的體面和名譽了！你這個鐵石心腸、自私自利的臭丫頭！你也不想想，他要是和你結了婚，所有人都會看他不起的。」

「凱薩琳夫人，我沒話可講。你知道我是怎麼想的。」

「那你是吃定他了？」

「我可沒這麼說。我只不過想好了，我自己的幸福，得由我自己決定，我不會聽你的，至於其他沾不上邊的人，我也一概不會聽。」

「很好。看來你不肯聽我的話。我要你考慮責任、名譽、感恩，你卻完全不肯。你是拿定了主意，要叫他在親友面前身敗名裂，要叫全天下都看不起他了。」

「眼前的情形，跟責任、名譽、感恩根本扯不上關係，」伊麗莎白答道，「我嫁給達西先生，不違背這任何一條原則。至於他的親戚，如果他們因為他娶了我就怨恨他，那我一分鐘也不會在意。要說全天下都看不起他嘛，我覺得大部分人還是通些情理的，不會因此就看不起他。」

「這就是你的真心話！這就是你的最終決定！很好。我現在知道該怎麼做了。班內特小姐，你別癡心妄想，以為你的野心能夠得逞。我來是為了試探你一下，本以為你是講得通道理的。既然如此，你放心好了，我一定說到辦到。」

凱薩琳夫人一直喋喋不休地說到馬車前頭為止。正要抬腳上車，她突然又回過頭來說道：「我不向你告辭，班內特小姐。我也不問候你母親。你配不上這種待遇。我真是十二萬分地不高興。」

伊麗莎白不理會她，也不請她老人家再回屋裡坐坐，只顧自己一個人走進家門。上樓梯時，她聽見馬車駛離的聲音。她母親迫不及待地在衣帽間門口攔住她，問她為什麼凱薩琳夫人沒進來坐一下再走。

「她不打算進來，」她女兒說，「她要走。」

「她真是個很好看的夫人呀！還親自登門拜訪，怎麼這樣客氣！我猜想她來只是為了告訴我們柯林斯夫婦一切都好吧。她大概是要到什麼地方去，中途經過梅里頓，正好來看看你。她應該沒對你說什麼特別的事情吧，麗綺？」

伊麗莎白只好撒了點小謊，因為實在沒法把談話的內容說出來。

Chapter 15

反對者

這次不尋常的拜訪，使得伊麗莎白心亂如麻，久久不能平靜。一連好幾個小時，她翻來覆去地思索這件事，想停都停不下來。顯然，凱薩琳夫人不惜大費周章，老遠從羅欣斯趕來，只有一個目的，就是破壞她以為在伊麗莎白和達西先生之間已經訂下的婚約。這辦法倒也不無道理！不過，有關他們訂婚的謠言究竟是從哪裡傳出去的，伊麗莎白實在毫無頭緒。後來她總算想到，達西是賓利的好朋友，她則是珍的妹妹，在旁人看來，這大概就算證據確鑿了，因為如今既有一場婚禮將近，大家便總盼著再來一場。她自己也已經意識到，一旦姊姊結了婚，他們大家勢必會走動得更勤。所以盧卡斯家的人大概已然認為此事十拿九穩、近在眼前了。她想，盧卡斯家和柯林斯夫婦有聯繫，消息就是這樣傳到凱薩琳夫人那裡去的。她自己反倒不像他們那麼確信，只不過盼著將來還能有些許希望罷了。

不過，回想凱薩琳夫人的說法，她不禁感到些許不安，擔心她一旦出手干涉此事，還真說不好會造成什麼後果。她說自己已經拿定主意，要制止這門婚事，從她放出的話看，伊麗莎白猜想她應該會去找外甥提意見。至於他會不會有同樣的看法，認為和她結婚有諸般壞處，她就不敢說了。她不清楚他和姨媽的感情好不好，也不知道他聽不聽姨媽的意見，但不難想到，他肯定比她要看重凱薩琳夫人。只要在他面前指出，和一個家世遠不及他的人結婚會帶來多少弊端，就擊中了他最薄弱的一點。在伊麗莎白看來，凱薩琳夫人的話當然是荒唐可笑，純屬無稽之談，但他本來就看重名譽，說不定倒會覺得合情合理。

假設他像此前時常表現出來的那樣，始終搖擺不定，那麼一旦有至親對他動之以情、曉之以理，說不定就會坐實他的全部疑慮，促使他立即下定決心，將保全名譽作為幸福的前提。當真這樣的話，他應該就不會回來了。凱薩琳夫人經過倫敦時可能會去找他，那他勢必會取消之前和賓利的約定，不再到內瑟菲爾德來了。

「所以說，要是這兩天賓利先生收到他的道歉信，說他有事不能履約，」她想，「我就心裡有數了。到時就該斷了念想，不用再盼他初心未改。現在他本來是可以得到我的愛情和承諾的，但假如他對我這麼抱個憾就算了，那我可是要不了多久就能把他忘個精光，連遺憾都不會有呢。」

家裡的其他成員一聽說這位貴客是何方神聖，都驚訝得不得了。不過他們也和班內特太太想的一樣，好奇心就此滿足，正好讓伊麗莎白免受盤問之苦。

第二天一早，她正走下樓梯，恰逢父親從書房走出來，手裡拿著一封信。

「麗綺，」他說，「我正想來找你。到我房裡來。」

她跟著父親進了書房。她很好奇，不知父親要對她說些什麼，推測可能跟他拿的那封信有點關係吧。她突然猜想，信也許是凱薩琳夫人寫來的。一想到要多費口舌去解釋這件事，她心裡就著慌。

她跟在父親後面走到壁爐旁，兩人一同坐了下來，他隨即說道：

「今天早晨我收到一封信，讀了大吃一驚。信上主要講的是有關你的事情，因此你有必要瞭解一下。我此前一直不知道，原來我有兩個女兒要出嫁啦。恭喜你贏得了這場了不得的勝利啊。」

伊麗莎白一聽，立即想到這封信不是那位姨媽，而是那位外甥寫來的，兩頰頓時脹紅了。她真不知該喜還是該怒，喜的是他到底表明了心跡，怒的是這封信為何沒有寫給她本人。這時只聽父親接著說：

「看起來你明白了。年輕小姐對這類事情總是觀察入微的。不過我覺得哪怕聰明如你，也猜不出這位愛慕者到底是誰。信是柯林斯先生寫來的。」

「柯林斯先生！他有什麼可說的？」

「那自然是些說明他一番用意的話啦。他先是恭賀我的大女兒好事將近，這應該是盧卡斯家那幾個愛八卦的好心人告訴他的。這一部分我就不讀給你聽了，省得你不耐煩。和你有關的內容在下面：

逢此喜事，在攜內人向貴府誠摯道賀之餘，請允許我就另一件事略做贅言。此事亦由同一消息來源傳至我處。有猜測說，令嬡伊麗莎白不日將步其姊之後塵，改本姓為夫姓，而她這位如意郎君，在我國實為最傑出的人上之人。

「你想得出這指的是誰嗎，麗綺？

這位青年才俊處處得天獨厚，盡攬世人夢寐以求之資——家財豪闊，門第高貴，名下堂區甚眾。既有上述一應誘人條件，諒貴府必急欲受之而後快，然請容在下多言一二，奉勸伊麗莎白堂妹及閣下本人，爾等若應許此人之求婚，則必將後患無窮。

「你猜到這位先生是誰了沒有，麗綺？這就要揭曉了：

所以出言警示，蓋因在下有十足理由認為，這樁親事實難獲其姨母凱薩琳·德·包爾夫人之首肯。

「看到了嗎，這個人是達西先生！麗綺，這下我可叫你吃了一驚吧。在我們這幾個熟人當中，他和盧卡斯那家人還能挑出一個比他更不可能的人嗎？一看就是胡說。達西先生這人從來不會正眼看任何一個女人，除非是看她的錯處。他可能一次也沒看過你吧！真是妙極了！」

伊麗莎白想盡量配合父親的興致，卻只擠出了一個不情不願的微笑。他的機智幽默從來沒讓她這麼不舒服過。

「你不覺得好笑嗎？」

「哦！好笑啊。快讀下去。」

「昨夜在下向夫人提及這門親事或將締結，她老人家素來禮賢下士，當即將其顧慮盡告在下。顯而易見，堂妹家門中問題重重，此親事實在有辱門楣，她絕難贊成。在下深感負有重任，當將此訊息速速告知堂妹，萬望堂妹及其尊貴愛慕者迷途知返，切勿匆忙締結此未經首肯之婚姻。

「柯林斯先生接下來又寫道：

聽聞莉迪亞堂妹之慘痛事件竟得圓滿解決，在下深感欣慰，惟其未婚同居之事蹟，恐已廣為人知。在下身居神職，時時謹記職責，聽聞彼等甫一成婚，閣下即將其二人迎接回府，委實驚詫不已，不得不進逆耳忠言，蓋此實乃助長惡行之舉。設若在下身為朗博恩堂區牧師，則定將竭力反對。閣下既為基督教徒，自當寬宥彼等，然則誠應拒見其面、拒聞其名也。

「原來這就是他所謂的基督徒的寬恕精神！信上其餘內容寫的都是他親愛的夏洛特的近況，說是他正盼望著一株小小橄欖枝的降生呢。不過麗綺，看起來你並不怎麼高興嘛。但願你別是故作矜持，聽了無稽之談就裝出這麼一副生氣的樣子。我們活著，不就是為了讓鄰居笑話一下，再反過來笑話他們嘛。」

「哎呀！」伊麗莎白叫道，「我聽得很起勁呢。不過這事很古怪啊！」

「是的——這也正是它好玩的地方。要是他們選中了其他人，不管是誰，都沒什麼可笑的。但他對你冷若冰霜，你又跟他針鋒相對，這事就荒唐得引人發笑了！我這麼不喜歡寫信，但我無論如何也不想斷絕跟柯林斯先生的通信往來。雖說我那位女婿又放浪又虛偽，很得我的看重，然而每當讀到柯林斯先生的信，我總不禁要喜歡他更勝威克漢姆。請告訴我，麗綺，凱薩琳夫人對這個傳言有什麼說法？她是特意來表示反對的嗎？」

他女兒聽了這個問題，僅僅報以一笑。父親提問時毫不起疑，因此哪怕他問了好幾遍，她倒也覺得不難應付。有生以來，伊麗莎白從未像今天這樣，不知該如何掩蓋自己的真實感受才好。她明明想哭，卻必須笑。父親說達西先生對她冷若冰霜，這著實傷透了她的心。她滿腦子淨想著父親怎麼如此沒眼力，但怕只怕，說不定不是父親看出來的太少，反而是她妄想得太多。

Chapter 16

只想到你一人

伊麗莎白本已開始猜想賓利也許會收到朋友的來信說，他來不了了，誰知，凱薩琳夫人到訪後沒幾天，賓利就帶著達西到朗博恩來了。兩位先生到得很早。做女兒的招待客人時如坐針氈，就怕班內特太太提起達西先生的姨媽曾經到訪的事。幸好，賓利只想和珍單獨待著，因而提議大家一起出去散散步。大家也都贊同。不過，班內特太太沒有散步的習慣。瑪麗總是忙得騰不出時間。於是剩下的五個人就結伴出發了。走出沒多遠，賓利和珍便有意讓別人走到了前頭。他們放慢腳步落在後面，任由伊麗莎白、凱蒂和達西三個人去互相應酬。他們三人之間不大講話。凱蒂太怕達西了，不敢跟他聊天。伊麗莎白正暗自盤算，悄悄地下定一個重大決心。說不定達西也一樣。

他們朝盧卡斯家走去，因為凱蒂想去看看瑪麗亞。伊麗莎白覺得不必大家都去，等凱蒂跟他們分開，她便大著膽子獨自和達西繼續往前走。決意一搏的時刻到了，趁此機會，她趕忙鼓足勇氣說：

「達西先生，我這人真是自私自利。我只顧自己好受，一點都不管有沒有傷害你的感情。我再也憋不下去了，你給我那可憐的妹妹幫了天大的忙，我一定要謝謝你。自從知道了這件事，我就一直急切地想告訴你，我有多麼感激。要是我家其他人知道了，那感謝你的就不止我一個了。」

「對不起，太對不起了，」達西又是驚訝，又是激動地答道：「你也許是在不恰當的時機聽說這些事的，那一定叫你很不好受。我沒想到嘉丁納太太這麼靠不住。」

「請不要責怪我舅媽。一開始是莉迪亞不小心在我面前說漏了嘴，我才知道你也牽涉其中。那我自然要打聽個一清二楚，否則真連覺都睡不著。你費盡周章、委曲求全，都是為了找到他們，我要代表我們全家再三感謝你的大恩大德。」

「真要感謝我的話，」他答道，「你一個人謝就行了。我之所以這麼做，當然有其他原因，同時也是為了讓你高興。我不否認，這種想法給了我動力。你的家人不欠我什麼。我很尊敬他們，不過當時我心中想到的只有你一個人而已。」

伊麗莎白窘得啞口無言。她的同伴頓了頓，接著說道：「你為人光明磊落，應該不會糊弄我。要是你的感情還和四月分那時一樣，請直截了當地告訴我。我對你的愛慕和期望毫無改變，但你只要說個『不』字，我就永世不再提了。」

聽他這番話，伊麗莎白可以體會到，此時此刻，他難堪和緊張到了極點。她知道自己必須說點什麼，於是趕緊結結巴巴地告訴他，自從他提到的那個時期以來，她的感情經歷了天翻地覆的變化，現在她只覺得既感激、又歡喜，非常願意接受他的求婚。聽見這個答覆，他只覺得一輩子都不曾這麼開心。於是他像一個熱戀中的男子那樣，懷著無限的柔情和熱忱，向她表白心跡。要是伊麗莎白能和他交換一下眼神，就會發現他滿臉洋溢著由衷的喜悅，顯得格外英俊。然而她看是不敢看，聽還是可以聽的，但聞他訴說真心，說她對他而言有多麼重要，她越聽越感到這份感情著實彌足珍貴。

兩人只顧一路走去，卻不辨方向。他們有太多要考慮、要體會、要表達，已無暇顧及其他。她很快發現，他倆如今心心相印，還得歸功於他的姨媽。老夫人回程時經過倫敦，當真去找過他，把她前往朗博恩的前因後果、詳細經過，乃至和伊麗莎白談話的大致內容都向他和盤托出。伊麗莎白那些在她眼中格外大逆不道、恬不知恥的話，她特意挑了出來，一句句說給他聽，自以為費了這一番心機，哪怕伊麗莎白不肯承諾，外甥總該能承諾了。然而合該她老人家倒楣，結果是適得其反。

「聽了她的話，我又有了希望，」他說，「此前我始終不讓自己抱有期待。我十分瞭解你的脾氣，我很確定，要是你徹底堅決地討厭我，一定會光明正大地告訴凱薩琳夫人。」

伊麗莎白紅了臉，笑著答道：「是的，你太瞭解我的直脾氣了，我就是會那麼做。我既能當面把你痛罵一頓，自然也敢在你的所有親戚面前罵你。」

「你罵我的那些話，又有哪一句不是我活該呢？雖說你的指責來自道聽塗說，本身站不住腳，但就憑我當時對你的態度，你罵得再狠，也是我活該。真不可原諒。我想起來都覺得自己可惡。」

「那天晚上誰的錯處更多，我們就別爭了吧。」伊麗莎白說，「嚴格說來，我們兩個誰都不是無可指摘。不過我想，從那以後，我倆在待人的禮儀上都有進步。」

「我還是不能隨隨便便地原諒自己。此時此刻，乃至過去的好幾個月裡，每當回想起我當時的言行態度、回想起我從頭到尾說的那些話，我都有說不出的痛悔。你罵我罵得很好，我一直不能忘懷：『就算你表現得更像個謙謙君子。』你正是那麼說的。你不知道，你簡直想像不到，這些話折磨得我有多苦——不過我也得坦白，我是過了好一陣之後才清醒過來，接著才開始承認，這些話說得確實有道理。」

「我可根本沒想過，這些話會給你留下如此深刻的印象。我完全不知道你聽了會這麼難受。」

「這我不懷疑。我很清楚，你那時認為我根本沒有正常的感情。你說，不管我用哪種方式表白，你都不可能接受我，你說這句話時臉上那副表情，我永遠也忘不了。」

「哎呀！你可別再重複我當時說的話了。回想這種事情根本沒意思。告訴你吧，我早就從心底裡覺得羞愧了。」

達西提到了他寫的那封信。「那封信有沒有立刻改善你對我的印象？」他說，「裡頭的內容，你讀的時候相信嗎？」

她告訴他，那封信是怎樣影響了她的看法，慢慢地，她的偏見就消除了。

「我知道，」他說，「我寫的內容一定會讓你難受，但又非寫不可。希望你已經把那封信撕掉了。尤其信裡有一部分，就是開頭那幾段，我真怕你打開重讀。記得裡頭有幾句話，就算你讀了之後會恨我，也很正常。」

「要是你覺得，想保住我的愛情，首先就得把那封信燒了，那我肯定會燒的。不過，雖說我們都有理由相信，我的觀點絕不是一成不變，但我想，那也不意味著我就會那麼變化多端。」

「寫那封信的時候，」達西答道，「我自以為絕對沉著冷靜，但後來我意識到，其實我是在一種極其怨懟的心境下寫的。」

「那封信的開頭可能是有點怨懟，結尾倒沒有。結束語寫得很大度。還是別想信的事了。無論是寫信的人，還是收信的人，現下的想法都和當時天差地別，就把跟它有關的一切不愉快都忘了吧。你最好學學我的處世哲學。追憶往事的時候，只回想那些讓你高興的事就好。」

「我不相信你有這種人生哲學。你一定沒做過什麼足可指摘的事情，你之所以對往事心安理得，不是出於你的人生哲學，而是因為你很清白，那是最好的。我呢，就不一樣了。痛苦的回憶會自己冒出來，趕都趕不走，也不該趕走。我一輩子是個只顧自己的人，雖說自私不是我的人生信條，但實際上我確實自私。小時候我也學過是非對錯，但沒人教我改正自己的脾氣。做人的道理我都學了，但他們卻放任我驕傲自大地實踐這些道理。不巧，我長到很大都是獨子，給父母寵壞了。他們本身都是好人，尤其我父親，他有一副慈悲心腸，為人十分和藹，但他們卻縱容我、鼓勵我，差不多就是教導我做個自私自利、獨斷專行的人。他們教我，除了自家人之外，對別人都不用放在心上，又教我看低世人，以為他們見識粗陋、家產微薄，無法與我相提並論。我就這樣從八歲活到二十八歲，要不是遇見了你，最最親愛、最最可愛的伊麗莎白，很可能至今還是如此！多虧有你！你好好教訓了我，一開始的確讓我很不好受，但實在令我獲益匪淺。你打壓得對。我向你求婚，以為你一定會接受。你讓我看清了，想打動一個真正值得喜歡的姑娘，就憑我那套自命不凡的做派，是萬萬不可能的。」

「你當時以為我一定會接受嗎？」

「我真是那麼以為的。我好自大，你覺得呢？我還以為你一直盼著、等著我來求婚呢。」

「那我的態度一定有問題，但我保證不是故意的。我從來沒想誆你，不過我的態度也許會讓別人會錯意。那晚之後，你一定很恨我吧？」

「恨你！可能一開始我是生氣了，但沒過多久，我就明白了真正該氣的人是誰。」

「我簡直不敢問，在彭伯里相遇時，你怎麼看我呀？你是不是怪我不該去？」

「絕對沒有。我只是很意外。」

「你這麼看得起我，我才比你意外得多呢。捫心自問，我不值得任何特殊禮遇。老實說，我也根本沒指望受到款待。」

「我當時想方設法地款待你，」達西答道，「就是為了告訴你，我不是那麼小氣，並未對往事懷恨在心。我想讓你看到，你責備我的那些話，我已經聽進去了，希望這樣一來能得到你的原諒，也能減輕你的厭惡感。至於其他想法是什麼時候冒出來的，我說不清楚，我覺得可能是在見到你半小時之後吧。」

他告訴她，喬治亞娜認識她覺得很開心，聽說她突然走了，真是大為掃興。因此就談到了她離開的原因，她這才明白，他還沒走出旅館，就已經拿定了主意，要跟著她從德比郡出發，去尋找她的妹妹。當時他之所以臉色凝重，一副憂心忡忡的樣子，其實並非心有其他掙扎，而只不過在為這件事做打算而已。

她又一次表達了感激之情，不過，這個話題對他們雙方而言都太過痛苦，再深聊下去就不必了。他們不快不慢地走了好幾哩路，一路上根本無暇顧及時間，最後看了看錶，才發現這時候他們早都該到家了。

「賓利先生和珍會怎麼說呢！」隨著這聲感歎，他們聊起了那兩位的戀情。達西很為他們訂婚的消息高興。朋友第一時間就把這件事告訴了他。

「我要問一下，你當時覺得驚訝嗎？」伊麗莎白說。

「根本不驚訝。我離開時就覺得這事快了。」

「這麼說來，你當時已經批准囉。我猜也差不多。」達西抗議說，她這麼講很不恰當，但她發現，實際情況大致就是如此。

「臨去倫敦前那晚，」他說，「我對他坦白了，其實我覺得早就該坦白。我一五一十地告訴了他，過去我曾怎樣荒唐而粗暴地插手了他的戀情。他聽了大吃一驚。此前他連一星半點的疑心都沒起過。我還告訴他，我一度認為你姊姊對他沒什麼意思，如今看來是我想錯了。他對她的心意沒有淡卻，這我是一眼就看得出的，所以我相信，他們在一起一定會幸福。」

伊麗莎白見他擺布起朋友來是這麼輕而易舉，忍不住笑了。

「你告訴他我姊姊是愛他的，」她說，「是基於你自己的觀察呢，還是主要憑我今年春天告訴你的話？」

「是透過我的觀察。最近兩次拜訪，我都密切注意著她的表現。我相信她對他是有感情的。」

「我想有了你的擔保，他立馬就覺得十拿九穩了。」

「沒錯。賓利這人天生就是這麼謙遜。他太沒自信，碰到這種要緊的事情，自己就拿不了主意，不過，他很信任我，這又讓事情變得簡單了。另外有件事，我坦白之後，他還生氣了一陣，不過那也正常。我明知你姊姊去年冬天在城裡待了三個月，卻故意不讓他知道，這事我不能再瞞他了。他很生氣。但我相信，一確認你姊姊的心意，他的氣也就消了。現在他已經從心底原諒我了。」

伊麗莎白很想說，賓利這個朋友真可愛，這麼任人擺布，著實是個無價之寶。但她還是忍住了。她想到達西還不習慣讓人開玩笑，現在就要他適應起來，又未免操之過急。他和她接著談下去，展望著賓利的幸福未來，不過當然，他再幸福也幸福不過達西自己。說著說著，家門到了。一進門廳，他們就分頭走了開去。

Chapter 17

忐忑的戀情公開

「親愛的麗綺，你們走去哪裡了呀？」珍一看見伊麗莎白走進房間就問，等她和達西在桌邊落了座，其他人也一起發問。她只好答道，他們在外面隨便亂走，到後來連她自己都搞不清楚走到哪裡了。她說著話，臉紅了起來。然而，不論是她的神色也好、話語也好，哪一件都沒叫他們起疑心。

這天晚上過得風平浪靜，什麼特別的事也沒發生。人盡皆知的那對情侶說說笑笑，不為人知的那對則默不作聲。達西生來不會喜形於色。伊麗莎白心亂如麻，她明白自己應該高興，卻還沒感受到高興的心情。因為除了近在眼前的尷尬之外，還有其他麻煩在等著她。她想像著，家裡人一旦得知她這個情況，會做何感想。她明白，除了珍之外，誰都不喜歡他。她甚至擔心，哪怕憑他那樣的財產地位，也驅散不了別人對他的厭惡之情。

到了夜裡，她對珍傾訴了心事。班內特小姐向來不疑心別人，可是這回，她卻根本不信。

「你開玩笑吧，麗綺。這不可能！你和達西先生訂婚！不，不，你可別騙我了。我曉得這是不可能的。」

「這個頭開得太壞了！我能指望的只有你啊。我明白，要是你不相信我，別人也都不會相信的。但我是認真的。我說的全是實話。他還愛我，我們已經說定了。」

珍狐疑地看著她。「啊呀，麗綺！這不可能啊。你有多討厭他，我是知道的。」

「你完全不知道內情。過去的事就全都忘記吧。也許我不是從一開始就像現在這麼愛他。但在這類事情上頭，記性太好是會招人怨的。今天我還記得這回事，從今往後，我可也要把它忘個一乾二淨了。」

班內特小姐還是一副難以置信的樣子。伊麗莎白更加鄭重地再一次向她保證，這件事千真萬確。

「老天爺！這難道是真的嗎？這下我非相信你不可了，」珍大聲說，「最最親愛的麗綺，我會——不，我這就恭喜你，可是你能保證嗎？原諒我這麼問——你能保證跟他在一起會幸福嗎？」

「那是毫無疑問的。我們兩個已經說好了，要做全天下最幸福的夫妻。不過你覺得開心嗎，珍？你喜歡有這麼一位妹夫嗎？」

「非常非常喜歡。對我和賓利來說，再沒什麼比這更叫人開心了。我們也考慮過，但談下來總覺得不可能。你真的有那麼愛他嗎？哦，麗綺！沒有愛情，可千萬別結婚。你確定你感受到你該感受到的感覺嗎？」

「哎呀，是的！等我把事情全說給你聽，你只會覺得我所感受到的，比我該感受到的還要更多。」

「你是什麼意思？」

「哎呀，我得向你坦白，我愛他勝過愛賓利。只怕你會生氣吧。」

「最親愛的妹妹，趕緊正經點。我想好好談談。別耽擱，快把該說的都說出來吧。你能不能告訴我，你愛上他有多久了？」

「我是一點點愛上他的，很難說清楚到底從什麼時候開始。但我覺得，應該可以從第一次見到彭伯里那座美麗的園林算起吧。」

珍再次懇求她正經點，這下總算如願以償。她立即鄭重表明對達西的感情，珍一聽總算放下了心。弄清楚了這一點，班內特小姐就再無所求了。

「這下我就高興了，」她說，「因為你會和我一樣幸福。我一直都很看重他。不說別的，單憑他愛上了你，就足以叫我永遠敬重他了。何況他既是賓利的朋友，而今又要成為你的丈夫，那除了賓利和你之外，他就是我最親的人了。不過麗綺，你狡猾得很啊，把我瞞得這麼緊。有關彭伯里和蘭頓的事，你簡直什麼都沒對我說！我知道的事全是別人告訴我的，不是你說的。」

伊麗莎白把保密的原因說給她聽。她此前不想提賓利。再說她自己的感情也正起伏不定，同樣不想提起他那位朋友。不過事到如今，有關莉迪亞婚事的內情，她可不會再瞞著她了。她倆一直談到半夜，把什麼都說開了。

「天哪！」第二天早晨，班內特太太正在窗前站著，突然嚷嚷起來，「真希望那個可惡的達西先生別再跟我們親愛的賓利一道來！他這麼煩人，老是跑到這兒來，算什麼意思呀？我真想叫他去打個獵，要嘛做點別的也好，只要別老來煩我們就行。該拿他怎麼辦呀？麗綺，你得再陪他出去散個步，這樣他就不會礙著賓利的事了。」

伊麗莎白聽到這個恰如其分的建議，差點笑出了聲。不過，母親老把他說得這麼難聽，又叫她焦慮不已。

一進門，賓利就意味深長地向她看了過來，接著又熱情洋溢地跟她握手，顯然他的消息很靈通。不一會兒，他大聲說道：「班內特太太，你們這兒附近還有沒有什麼小徑，能讓麗綺今天再去迷個路的？」

「我建議達西先生今天和麗綺、凱蒂一起上奧克汗姆山去走走。」班內特太太說，「那段路走得久，風景也很漂亮，達西先生還沒看過那邊的風景呢。」

「倒挺適合他們兩個的，」賓利先生答道，「但我覺得對凱蒂來說就太累了。對嗎，凱蒂？」凱蒂承認她寧願在家待著。達西說，他很想去看看山上的風光，伊麗莎白也默許了。她走上樓去做出門的準備，班內特太太跟在她後頭，邊走邊說：

「太抱歉了，麗綺，只好叫你獨自去應付那個討厭的人。我希望你別在意，畢竟你也知道，這是為了珍好。你也用不著跟他多聊，偶爾說個一句兩句的就行了。不用多費心思。」

他們在散步時說定，當天傍晚就找個機會，去徵求班內特先生的同意。母親那邊就由伊麗莎白自己去問。她不確定母親究竟會有什麼反應。有時她還懷疑，就算達西有錢有勢，也不一定能打消母親對他的厭惡。不過，不管母親對這門親事是激烈反對還是強烈贊成，反正她的態度不外乎是一樣的不得體，總會叫人家覺得她見識淺薄。達西先生即將耳聞的，不是狂喜的歡呼，就是強烈的非議，反正想起來都叫她受不了。

到了傍晚，只見班內特先生剛回書房，達西先生就站起身跟著他走了進去，她心裡焦灼到了極點。她倒不怕父親反對，就怕他聽了不悅。她是父親最寵愛的孩子，現在父親卻要為她選了這樣的對象而難過，要為了她的終身大事擔憂懊惱，一念及此，她就覺得傷感。她鬱鬱不歡地坐在原地，最後達西先生回來了，她向他望去，只見他面帶笑意，總算稍稍鬆了口氣。過了幾分鐘，他來到她跟凱蒂的桌邊，假裝看她做針線活，一邊悄悄地說：「到你父親那裡去吧，他在書房等你。」於是她趕緊過去了。

父親正在書房裡來回踱步，一臉嚴峻和擔憂的神色。「麗綺，」他說，「你在幹什麼呀？你瘋了嗎？怎麼會接受這個人的求婚？你不是一直都很討厭他嗎？」

事到如今，她多麼希望自己從前的看法能理性些，說話能節制些啊！那樣一來，她現在也就不會這麼尷尬，用不著費盡心機去解釋和剖白了。但現在不解釋不剖白也不行，於是她有點語無倫次地向他保證說，她真的愛上了達西先生。

「換句話說，你已經想好要嫁給他啦。他當然很有錢，要說高級服裝和豪華馬車，你可能會比珍還要多。但有了這些，你就會幸福嗎？」

「你就是認為我不愛他吧，」伊麗莎說，「除此之外，你還有其他反對的理由嗎？」

「完全沒有。我們都曉得他這個人驕傲自大、不討人喜歡。但要是你當真喜歡他的話，這也算不了什麼。」

「我非常喜歡他，」她淚眼汪汪地答道，「我愛他。說真的，他並非傲慢得不近人情。他其實非常溫柔可親。你不瞭解他真正的為人。求你了，別那麼說他，我聽了很難過。」

「麗綺，」父親說，「我已經答應他了。其實他這種人，但凡屈尊開口，我總不敢說不吧。既然你已經決定嫁他，那我現在也答應你。不過我得建議你再好好想一想。我瞭解你的性格，麗綺。我知道，要是你對丈夫沒有發自內心的敬重、要是你不覺得他比你更勝一籌，你是絕不會幸福，也不會驕傲的。你生就充沛的才智，對你而言，一樁不般配的婚姻實在是危險至極。到時你會過得又丟臉、又慘澹，想逃都逃不了。我的孩子，別叫我看著你瞧不上你的終身伴侶。你不知道那種生活會有多慘。」

伊麗莎白聽了越發感動，於是真心實意、鄭重其事地回答了他。她先再度保證說，達西先生確實是她選中的對象，接著解釋說，她對他的看法是逐漸變化的，她還說，她可以肯定，他的感情並非一時衝動，而是已然經過了多月的考驗，她熱情洋溢地歷數他的種種優點，最後總算打消了父親的疑慮，使他真心認可了這門親事。

「好吧，親愛的，」等她說完，他開口道，「我沒別的要說了。既然如此，那他確實配得上你。我的麗綺，換一個比他差勁點的人，我才不肯放你出嫁呢。」

為了讓父親覺得達西十全十美，她又把他主動出手解救莉迪亞的始末說了出來。他聽了大吃一驚。

「今天晚上可真是奇事不斷啊！這麼說，達西先生把什麼都包了，又是撮合他們結婚，又是給錢，又是幫那個傢伙還債，還給他找了差事！這樣最好，省了我好多麻煩，還有好大一筆錢。要是這些事是你舅舅辦的，那我非把錢還他不可，一定要還的。不過這些熱情的年輕戀人嘛，辦起事來總是自作主張。明天我就提出把錢還他，他肯定會大張旗鼓地誇口說他有多麼愛你，到時候這事就算了結了。」

這時他忽然想到，前兩天讀柯林斯先生那封信時，她表現得多麼尷尬。他把她好好笑了一番，這才放她出去。眼看她正要走出門，他又說道：「假如還有什麼年輕人想娶瑪麗或是凱蒂，就讓他們進來吧，我現在有空得很。」

伊麗莎白如釋重負。她回到自己房裡，不聲不響地沉思了半個小時，等情緒平復得差不多了，才回去找其他人。事起倉促，她連高興的時間都沒有，不過這天傍晚總算波瀾不驚地過去了。現在沒什麼大事可操心，很快又能過上輕輕鬆鬆、隨隨便便的舒服日子了。

當天晚上，一等母親上樓去梳妝室，她就跟進去，把這個重大消息告訴了她。結果非同小可。班內特太太聽了，起先呆若木雞，一個字都說不出來。一分鐘又一分鐘，過了好一會兒，她才總算弄明白是怎麼回事。其實平日裡家中只要碰上好事，比方女兒有了追求者，她的反應通常都很快。等她總算回過神來，這下可就坐立不安了，只見她一會兒站起，一會兒坐下，又是滿口驚歎，又是大呼三生有幸。

「謝天謝地！上帝保佑！快想想吧！達西先生！誰能想到！這是千真萬確的嗎？哎呀！我最寶貝的麗綺！你會變得多麼闊氣，多麼顯赫啊！你會有多少針線錢[1]，多少金銀珠寶，多少馬車啊！珍可比不上——完全比不上！我太高興了——太幸福了。好一個迷人的男人呀！這麼英俊！個子這麼高！哦，親愛的麗綺！我從前這麼討厭他，你一定要原諒我。希望他也別記恨。最最親愛的麗綺。城裡也有一棟房子！樣樣都那麼順心！三個女兒嫁了人！一年一萬鎊！哦，上帝啊！我如何是好啊。我要開心死了。」

看母親這個反應，她無疑是贊成這樁婚事的。她這一套胡言亂語，結果只讓伊麗莎白一個人聽了

1 針線錢（pin-money），由妻子自由支配的零花錢。

去，她一邊暗暗慶幸，一邊拔腿就走。然而，她回房還不到三分鐘，母親就尾隨而來。

「我最親愛的孩子，」她嚷嚷著，「我滿腦子全是這件好事！一萬鎊一年，很可能還不止！那不就跟國王一樣嗎！還會有特許證[2]。你一定要用特許證結婚。不過，心肝寶貝，快告訴我達西先生最喜歡吃什麼菜，我明天好準備。」

這可不是個好兆頭，母親當面會怎麼對待那位先生，由此可見一斑。伊麗莎白瞭解到，儘管她已經牢牢抓住了達西的濃情蜜意，也得到了家人的贊成，卻還是不能事事盡如人意。好在第二天過得比她預想的要順利得多。因為班內特太太實在太敬畏這位未來女婿，簡直不敢跟他講話，偶爾說一句半句，也是為了招待他點東西，或是恭維他說得對。

伊麗莎白發現父親在盡力和達西親近，感到十分欣慰。沒過多久，班內特先生就告訴她說，他已經越來越看重達西了。

「三個女婿我都喜歡得不得了，」他說，「可能最喜歡的還是威克漢姆吧。但我覺得，對你丈夫和珍的丈夫，我會一視同仁，一樣地喜歡。」

2 特許證（special licence），根據英國一七五三年的《婚姻法》，男女結婚有兩種方式，一種是婚前在雙方所在的教區連續三個禮拜日或三個宗教節日發布公告，另一種是由新郎出面申請結婚許可證。普通的結婚許可證可由大主教、主教、教區神父等頒發。特殊結婚許可證只能由坎特伯雷大主教頒發。擁有特殊結婚許可證，就可以隨時隨地舉行婚禮。但是，從一七五九年起，只有貴族階層和議員階層才有資格獲得特許證。班內特太太認為這是特權的象徵，但這恰恰反映了她的無知，因為即便達西是豪門巨富，也並未躋身能獲得特殊結婚許可證的人士行列。

Chapter 18

你究竟是怎樣愛上我的？

伊麗莎白不久就回到了精神亢奮、愛玩愛笑的狀態，她要達西說說究竟是怎樣愛上她的。「你怎麼開的頭呀？」她說，「我知道你一旦開了頭，就會自然而然地往前走。但最早你是怎麼邁出第一步的呢？」

「我說不清是在哪個時刻、哪個地點，是看見你什麼樣的面容，或因為你說了哪句話，使我心中種下了情根。隔的時間太久了。我還沒意識到是怎麼回事，就已經愛上你好一陣了。」

「你早前看不上我的相貌，至於我的行事嘛、我對你的態度，哪怕往好裡說，也不算多麼禮貌，而且我每回跟你講話，總想鬧得你不自在。老實告訴我，你是愛慕我的無禮嗎？」

「我愛的是你那顆生機勃勃的心。」

「還不如說是莽撞呢。總之差不多就是吧。其實是你厭倦了人家待你客氣，凡事順著你的意思，對你事事殷勤周到。女人從談吐、打扮到思想，無不是為了博得你的青睞。我能吸引你，叫你感興趣，正因為我跟她們不一樣。幸虧你是個真正的好人，否則你一定會因此討厭我的。不過，儘管你竭盡全力地掩飾自己，你的感情倒始終高尚正直。在內心深處，你根本看不起那些阿諛奉承的人。看吧，我把事情弄清楚了，幫你省了好些心。綜合來看，我覺得你愛上我也是合情合理的。說真的，你也不知道我真正好在哪裡——但人在墜入愛河的時候是想不到那些的。」

「珍在內瑟菲爾德病倒的時候，你對她關懷備至，這難道不算你的優點嗎？」

「那可是我最親愛的珍啊！誰能對她不好？但就當這是個優點吧。反正我有什麼優點，全託付給你了，你得想盡辦法地誇獎我。我呢，作為回報，我就專門負責取笑你，一有機會就跟你吵嘴。現在就讓我開始吧，我問你，你為什麼這麼不情願跟我實話實說？第一次來這裡做客的時候，還有後來來吃飯的時候，你都躲著我，這是為什麼？我還尤其要問，你來了又為什麼一副對我不理不睬的樣子？」

「因為你板著臉，又不說話，實在讓我提不起勇氣。」

「其實我是覺得尷尬。」

「那我也是。」

「來吃飯那次，你應該多跟我聊聊啊。」

「要是我沒那麼愛你，也許是可以的。」

「太不湊巧了，你總是說得出合理的解釋，我又那麼通情達理，總聽得進去！但我在想，要是我任憑你自生自滅的話，不知你會像這樣拖多久。我真不知道，假如我始終不問你，你是說還是不說呢！幸虧我開口感謝你幫了莉迪亞一個大忙，這辦法著實見效。怕只怕我還是做過了頭。因為，假如我們要靠背信棄義、破壞諾言來獲得幸福，那還有什麼道德可言？」「不過我不該提起這件事的。這麼做肯定不對。」

「不用自責。道德上也沒什麼可指摘的。凱薩琳夫人那樣蠻不講理地想把我們拆散，反倒把我的疑慮一掃而空了。我現在這麼幸福，可不是拜你積極道謝所賜。我當時並非在等你開口。我一聽見姨媽帶來的消息，就燃起了希望，立刻決定要把事情弄個一清二楚。」

「凱薩琳夫人真幫了大忙，她應該會高興吧，因為她就愛幫別人的忙。但還是跟我說一下，你到內瑟菲爾德來是為了什麼？難道主要就是騎馬來朗博恩發發窘嗎？還是說你有其他要緊的打算？」

「我真正的目的就是來看你，可能的話，還得看看能不能讓你愛上我。至於表面上的目的——也可以說我自欺欺人——是看看你姊姊是否還中意賓利，假如事實的確如此，我就把實情向他坦白。後來我真那麼做了。」

「凱薩琳夫人那邊是怎麼收場，你敢正式通知她嗎？」

「伊麗莎白，這不是敢不敢的問題，是有沒有時間的問題。不過確實應該通知她了，給我張紙，我這就寫信。」

「不巧我自己也有封信要寫，要不然，我就能像另外那位小姐過去一樣，坐在你身邊，讚賞你那工整的字跡了。可惜我也有個舅媽，不能老放著她不管。」

伊麗莎白此前不太情願直接告訴嘉丁納太太，他們高估了她和達西先生的親密程度，因此一直沒

1 此處指伊麗莎白要求嘉丁納太太破壞保守祕密的承諾，洩露了達西先生幫助莉迪亞的實情。

有回覆她那封長信。不過現在有了好消息要告訴他們，而且這消息他們一定想聽，想到舅舅、舅媽知道得晚了一些，已經錯失了三天的喜悅，她簡直不好意思起來了。於是她立即提筆寫道：

我該早點謝謝你，親愛的舅媽，謝謝你一片好心，寫了那麼長的信來，原原本本、詳詳細細地說明了原委。但說實話，此前我心裡太亂，難以下筆。當時你確實想多了，真的不至於。不過現在嘛，你盡可以愛怎麼想就怎麼想了。讓你的幻想隨意馳騁吧，能想到哪裡就想到哪裡，只要別以為我已經結了婚，別的你再想也不會太離譜。請務必趕緊給我回信，好好誇誇他，要誇得大大超過上一封信才行。我要再三感謝你沒帶我去湖區。我怎麼會那麼蠢，居然想去那裡呢！你說到的有關小馬的主意很棒。我們可以天天在莊園裡轉。我現在是天下最幸福的人了。可能以前也有人這麼說過，但誰也沒我說得這麼實事求是。我比珍還要幸福。她只不過面露微笑，我是開心大笑。達西先生從對我的愛當中分出了一點，託我全部轉達給你。下個耶誕節你們全都來彭伯里吧。

你的……

達西先生寫給凱薩琳夫人的信，口氣截然不同。至於班內特先生答覆柯林斯先生的信，則又是一番面貌。

親愛的先生：

我得煩請你再度向我道賀。伊麗莎白很快將嫁與達西先生為妻。請盡量安慰一下凱薩琳夫人吧。換作是我，應該會站在她外甥那邊。他能給你更多好處。

你至誠的……

賓利小姐恭喜哥哥好事將近，她的信寫得情深意切，不過都是虛情假意。她甚至還給珍寫了封信，說她聽到這個消息是多麼高興，又把過去那套假仁假義的老話全拿出來說了一遍。這回珍沒有上當，但終究還有些動容。她不再指望賓利小姐，不過還是給她回了一封十分友善的信，真令對方受之有愧。

達西小姐也收到了哥哥發去的消息，她回信表達自己的喜悅之情，哥哥的信寫得有多真切，她寫得就有多真切。把整整四面紙寫滿，也寫不完她的雀躍，寫不完她是多麼盼望得到嫂嫂的疼愛。

柯林斯先生的回音尚未傳來，柯林斯太太對伊麗莎白的道賀也還沒到，朗博恩一家卻聽說這對夫婦不日就要抵達盧卡斯別墅了。他們倉促前來，個中原因不久就昭然若揭。凱薩琳夫人讀了外甥的信，著實怒不可遏，夏洛特本身對這門親事是真心樂見的，所以趕緊逃離是非之地，想等風暴平息之後再說。好朋友在這個當兒來，伊麗莎白自然開心極了，不過待到跟他們會面，看到達西先生徹底暴露在柯林斯先生那醜態百出的阿諛奉承之下，她有時也不免覺得這番樂趣的代價太過高昂。但達西竟然鎮定地忍了過去。還有威廉·盧卡斯爵士，他恭維他摘走了此地最亮的一顆明珠，還說自己期待著今後常常在聖詹姆士宮和他碰面，就連這些話，他也一概面不改色地聽完了——即便要聳聳肩膀，也能等到威廉爵士走開之後。

菲力浦太太又自有另一番粗俗的面目，可能更叫達西難以忍受。雖說她和姊姊一樣，對達西敬而遠之，不像在脾氣隨和的賓利面前那樣造次、多話，但她不說則已，只要一說，總免不了滿口粗鄙。對達西的一腔敬畏，讓她不再那麼聒噪，然而並沒有讓她變得文雅一些。伊麗莎白想盡辦法替他擋開這些粗鄙的言談舉止，始終留著神，把他多留在自己身邊，多讓他和那幾個交談起來不至於受罪的家人相處。這的確讓人不舒服，大大削減了熱戀時期的樂趣，卻提升了她對未來的憧憬。她滿心歡喜地盼望著有朝一日能離開這個他倆都不喜歡的圈子，投身到彭伯里那高雅舒適的家庭中去。

Chapter 19

尾聲

班內特太太把最有出息的兩個女兒打發走了，那是她身為人母最快樂的一天。可想而知，此後她去探望賓利太太時，以及跟別人談起達西太太時，會是多麼志得意滿。為她的家人著想，我真想說，如願以償地把這麼些孩子幸福美滿地嫁出去之後，她在後半輩子竟搖身一變，成了一個通情達理、和藹可親、很有見識的女人。幸好她的神經衰弱偶爾還是會發作，又變得和過去一樣愚蠢可笑，否則，她丈夫就再也享受不到從前那種非比尋常的居家樂趣了。

班內特先生特別思念二女兒。他愛女心切，一改往日深居簡出的習慣，開始常常出門。他很喜歡去彭伯里，而且特別喜歡當不速之客。

賓利先生和珍只在內瑟菲爾德住了一年。哪怕像賓利那樣脾氣隨和、像珍那樣心地善良，他們也不願意和母親及梅里頓的一眾親友住得太近。於是賓利那對姊妹終於夢想成真，他真的在德比的鄰郡買了一處房產，這樣一來，珍和伊麗莎白兩家之間相距只有不到三十哩，真是喜上加喜。

凱蒂得了不少好處，她大部分時間和兩個姊姊一起度過。如今她來往的人比過去要高尚得多，因此她也大有長進。她本就不像莉迪亞那麼任意妄為，既然沒了莉迪亞這個壞榜樣，外加恰當的照顧和管教，她的性子就少了些急躁、少了些無知，也少了些膚淺。不必說，家裡萬分小心，不讓她接觸莉迪亞的圈子，免得她再學壞。儘管威克漢姆太太時常邀她過去一起住，還打包票說那兒多的是舞會和年輕人，父親卻斷然不准。

只有瑪麗一個人還住在家裡。班內特太太自己一個坐不住，總要拖她作陪，弄得她連精進才藝的時間都沒了。她常給拉出去交際，每次去別人家做客回來，她照舊總要發表一番道德說教。如今沒了美貌的姊妹作比，她終於無須自慚形穢，因此她父親不免猜測，面對這番變動，她順應起來其實也並非心不甘情不願。

說到威克漢姆和莉迪亞，姊姊的婚姻並沒促使他們改過自新。他現在確信，雖然伊麗莎白從前不清楚他是怎樣的忘恩負義、謊話連篇，但事到如今，她肯定已瞭若指掌。然而他仍不死心，還對達西抱有幻想，想遊說他幫助自己發財。伊麗莎白收到了莉迪亞的道賀信，從中讀出了這種指望——哪怕他自己沒指望，起碼他妻子是指望的。信是這麼寫的：

親愛的麗綺：

我祝你開心。要是你愛達西先生能及得上我愛我親愛的威克漢姆的一半，那你肯定幸福極了。看到你變得這麼有錢，我好欣慰，什麼時候你閒著沒事，可要想到我們啊。我知道威克漢姆很想在宮裡謀一份差事，另外我們也需要人幫襯些錢財，否則日子就過不下去了。只要一年能有三、四百鎊的收入，什麼職位都行。但話說回來，要是你不願意跟達西先生說，那不說也行。

伊麗莎白果然不願意說，在回信中，她盡力斷絕了對方諸如此類的嘗試和幻想。不過只要力所能及，她還是時常從自己的開銷中省下錢來，接濟他們。她很清楚，他們兩個總是需索無度，又不懂得長遠打算，以他們那種收入，一定是入不敷出。每逢威克漢姆的部隊轉換駐紮地，她和珍就一定會收到求救信，信上請她們資助點錢，幫著把帳單還清。直到後來天下太平[1]，軍人退伍還鄉，他們依然過著極為動盪的生活。為了找個便宜的住處，他們老是搬來搬去。他對她的感情不久就消磨殆盡，她那頭維持得稍久一些。雖說她年紀輕，舉止又輕佻，終究還算保住了身為人婦的名節。

達西堅決不肯讓威克漢姆到彭伯里來，不過看在伊麗莎白的面上，他還是繼續幫他找工作。丈夫上倫敦或巴斯[2]去尋開心時，莉迪亞偶爾會來做客。至於賓利家，這對小夫妻每次都要住上好久，哪怕像賓利脾氣這麼隨和，都快挨不住了，只有旁敲側擊，暗示他們快點走。

看到達西結了婚，賓利小姐實在又羞又痛。然而她覺得明智起見，還是保留去彭伯里做客的資格為好，於是只有把怨恨之情一概打消。她比原先更喜歡喬治亞娜，待達西也像過去一樣殷勤，對伊麗莎白以禮相待之處，也一一回禮。

1 一八一三年《傲慢與偏見》出版時，拿破崙戰爭尚未結束，因此R．W．查普曼認為此處的「太平」只是作者的一個願景。但也有一些學者認為，這是指一八〇二至一八〇三年間英法簽署《亞眠合約》後短暫的停戰期（一八〇二．三—一八〇三．五）。

2 巴斯（Bath），英格蘭西南部薩默塞特郡的溫泉療養勝地。

彭伯里現在是喬治亞娜的家了。姑嫂兩人相處融洽，正中達西下懷。她倆是這麼相親相愛，與雙方此前的期望一般無二。喬治亞娜極其佩服伊麗莎白，覺得她是全天下最棒的人。起初聽到嫂嫂用那種活潑調皮的口吻跟哥哥講話，她在震驚之餘，時常憂心忡忡。她對哥哥向來是敬重為先，連喜愛之情都不敢流露，如今卻看著他成了公開打趣的對象。這下她明白了從前從來沒接觸過的道理。經過伊麗莎白的指點，她開始懂得，女人在丈夫面前可以隨心所欲，但做哥哥的未必總允許小自己十多歲的妹妹在面前放肆。

凱薩琳夫人對外甥這門親事大發雷霆。外甥寫信給她告知婚訊，她便毫不掩飾自己天生直爽的性格，在回信中罵不絕口，尤其是對伊麗莎白惡言相向，弄得雙方有一陣徹底斷絕了往來。不過在伊麗莎白的勸解之下，達西後來總算決定不計前嫌，和她尋求和解。凱薩琳夫人開始還稍稍強硬了一陣，但她到底疼愛外甥，同時也想看看甥媳婦究竟表現如何，於是不久就打消了怒氣。她還屈尊俯就上彭伯里去探望他們，不顧那兒的樹林已經遭到了玷汙——遇上這種女主人不說，就連女主人那對住在城裡的舅舅、舅媽竟也來踐踏過了。

嘉丁納夫婦一直和他們往來密切。達西像伊麗莎白一樣真心喜愛他們。兩人對他們始終懷著親切的感激之情，想當初，多虧夫婦倆把伊麗莎白帶到德比郡，才使得他們終於喜結連理。

譯後記

珍・奧斯汀生前不曾在文壇享有盛譽。她在世時，總共出版了四部小說，都沒有署名，印數也有限。在她的時代，英國的文壇活躍著幾位女作家，如安・拉德克利夫[1]、伊麗莎白・英奇巴爾德[2]、范妮・伯尼[3]，但珍・奧斯汀不屬於其列。無論是她的作品，抑或她本人，知名度均不能與她們比肩。她終生過著默默無聞的居家生活，相熟者，不外乎家人、親戚和鄰里。一八一七年，她在四十二歲時去世，當時前往溫徹斯特大教堂出席葬禮的，只有她的家人。

1 安・拉德克利夫（Ann Radcliffe，一七六四—一八二三），英國作家，哥德小說先驅和代表作家。代表作有《林中豔史》（*The Romance of the Forest*）、《奧多芙的神祕》（*The Mysteries of Udolpho*）和《義大利人》（*The Italian*）等。

2 伊麗莎白・英奇巴爾德（Elizabeth Inchbald，一七五三—一八二一），英國小說家、劇作家、演員。代表作有小說《一個簡單的故事》（*A Simple Story*）、《自然與藝術》（*Nature and Art*），及劇本《大屠殺》（*The Massacre*）、《像她們那樣的妻子》（*Wives as They Were*），和《像她們那樣的侍女》（*Maids as They Are*）等。她的小說是當時情愛小說的早期代表。

3 范妮・伯尼（Fanny Burney，一七五二—一八四〇），婚後名為達布雷夫人（Madame d'Arblay），英國小說家、劇作家。代表作有《埃維莉娜》（*Evelina*）、《西西莉亞》（*Cecilia*）、《卡蜜拉》（*Camilla*）等。她在二十六歲時寫出書信體小說《埃維莉娜》，主角是一個在社交場合缺乏自信的羞怯少女，一七七八年該書出版，立即轟動了倫敦，范妮・伯尼因此步入了英國的文藝圈。維吉尼亞・伍爾芙在後世曾稱她為「英國小說之母」。

說起拉德克利夫等作家的作品，奧斯汀本人也十分熟悉。在《曼斯菲爾德莊園》中，伯特倫家和克勞福德家的年輕人沒有演成的那齣戲，就是英奇巴爾德的《海誓山盟》[4]。在《諾桑覺寺》第五章，奧斯汀曾特別寫了一段話，談論當時閱讀小說的風氣，提到了范妮·伯尼的《西西莉亞》和《卡蜜拉》。不過，時至今日，中文讀者多半只能在奧斯汀的小說裡，才能一睹這幾位曾紅極一時的女作家的芳名。在自己的時代，奧斯汀沒有走紅，但她越過當時的知名作家，憑著六部長篇小說，獲得了後世的無數讀者，直到今天依然廣受喜愛。二十世紀美國著名的文藝評論家艾德蒙·威爾遜在談及英國文學的趣味流變時曾說：「文學口味的翻新影響了幾乎所有作家的聲望，唯獨莎士比亞和珍·奧斯汀經久不衰。」[5]

珍·奧斯汀的生平與創作

今人談及奧斯汀的寫作，常有一個印象，即在她的人生中，寫小說是「副業」，是她在從事一位淑女的日常活計之餘，小心進行的一種祕密活動。她的侄子詹姆斯·奧斯汀-利在為姑姑撰寫的《珍·奧斯汀傳》[6]中回憶了這樣的細節：

> 她很小心地不讓僕人、訪客或家人以外的人察覺她在寫作。她寫在小紙片上，這些小紙片好收納，還方便用吸墨紙蓋住。在雜役間和前門之間有一扇轉門，開門時就會吱呀作響，但她一直不讓人修理這個小毛病，因為門一響，她就知道有人來了。

這段描寫，為我們勾勒了一幅羞怯的，甚至有些偷偷摸摸的畫面，似乎奧斯汀是一個天生的小說家，僅僅利用茶餘飯後的碎片時間，就信筆寫就了六部傑作。事實上，如果對她的寫作生涯詳加考究，便能發現，她的絕大多數主要作品，都經歷了曠日持久的醞釀和改寫。

以《傲慢與偏見》為例。據奧斯汀的姊姊卡珊德拉．奧斯汀回憶，《傲慢與偏見》的第一稿寫作於一七九六至一七九七年之間，題為《第一印象》，是一本書信體小說。到一八一〇年，奧斯汀開始著手重寫該書，一八一二年完稿，定名為《傲慢與偏見》，即後來出版的版本。《理性與感性》的初稿《埃莉諾和瑪麗安》完成於一七九五年，比《傲慢與偏見》早些，起先也是以書信體寫作的。這本書後來經歷了兩度修改，之間間隔將近十年，最終形成一八一一年發表的版本。其他如《曼斯菲爾德莊園》、《諾桑覺寺》、《艾瑪》，都是幾易其稿、最後付梓的故事，與她最初寫作的版本相比，從標題、情節到結構，都有巨大的變動。

可見，在其短暫的一生中，奧斯汀其實在不停地思考和修改她的幾個故事。從初步構思，到最終

4《海誓山盟》（*Lover's Vow*），伊麗莎白．英奇巴爾德的劇作，一七九八年完稿。

5 見艾德蒙．威爾遜（Edmund Wilson，一八九五—一九七二）的《艾德蒙．威爾遜：一九二〇—一九五〇文學編年史》（*Edmund Wilson: A Literary Chronicle, 1920-1950*）。

6《珍．奧斯汀傳》（*A Memoir of Jane Austen*）是史上有關珍．奧斯汀的第一本傳記，作者為她的侄子詹姆斯．奧斯汀－利（James Austen-Leigh，一七九八—一八九四）。他是珍．奧斯汀的長兄詹姆斯．奧斯汀（James Austen）與第二任妻子瑪麗．勞埃德（Mary Lloyd）之子。這本傳記寫於一八六九年，在出版後的半個世紀裡，成為研究珍．奧斯汀生平的唯一權威的傳記資料。

定稿，她的作品往往要歷經十數年的反覆改寫。文學批評家Q．D．里維斯提出，奧斯汀「有些很奇特的寫作習慣」，並非「直接憑靈感下筆」：

> 一個習慣是接連搭起幾副龍骨，然後依次逐個充實內外，船臺上始終有不下三艘的船隻在施工，但是任何一艘總要建造好幾年才下水，並且至少要留出整整一年來把每艘最後翻修一遍。再一個習慣，是在長篇動筆之先，她已經醞釀很久了，比大多數小說家，也許比其他任何一個小說家都久得多。[7]

奧斯汀生前沒有成名，瞭解她的只有家人。在她身後，家人對她的形象極盡保護，形成一致的對外口徑。在她的哥哥亨利．奧斯汀的〈奧斯汀小姐傳略〉[8]中、在她的侄子詹姆斯．奧斯汀-利的《珍．奧斯汀傳》中，她都是一個善良、靈巧、樂觀、溫順、虔誠的淑女。她的姊姊卡珊德拉．奧斯汀甚至不惜毀掉一部分妹妹的書信，以保證作家的隱私在後世不被探知。由於奧斯汀這聰明伶俐的淑女形象太具壓倒性，世人很容易忽略她的另一面——一名嚴肅的小說家，常年腳踏實地、嘔心瀝血地寫作。

奧斯汀從十一二歲就開始寫作，早期作品帶有戲仿意味，主要寫來供家庭成員消遣。她出生於一個愛好文學的家庭。父親喬治．奧斯汀是漢普郡史蒂文頓地方的教區長，年輕時受過良好的教育，畢業於牛津大學聖約翰學院。母親卡珊德拉．利出身富裕的鄉紳家庭，其伯父西奧菲勒斯．利曾長期擔任牛津大學貝利奧爾學院院長。在父母的教導之下，奧斯汀家的孩子都具有高雅的文學鑒賞力。珍的哥哥詹姆斯和亨利均博覽群書，曾和父親一道引導妹妹的閱讀。珍在友愛而富於書卷氣的家庭氛圍中長大，經常用逗樂的詩歌、短劇、書信體作品去取悅家人，幾乎每一篇都題獻給某位家庭成員，文中充滿著只有親近的人之間才瞭解的玩笑。後來，她從這些少年時期的作品中挑出一部分，抄錄編纂成三卷[9]。

奧斯汀的長篇小說創作始於一七九五年，當時她也只有二十歲。到二十一歲的時候，她便寫出了《第一印象》。看起來她似乎是個早慧的作家，但正如前文提及的，《傲慢與偏見》直到一八一二年，即她三十七歲時才完稿，其間歷時十六年之久。當然，在這十六年中，她還陸續修改了《理性與

7 見《珍・奧斯汀〈傲慢與偏見〉：權威文本、背景資料、書評和評論文章》（*Jane Austen: Pride and Prejudice, An Authoritative Text, Backgrounds, Reviews and Essays in Criticism*, New York: W. W. Norton & Co., 1966）中收錄的Q・D・里維斯（Queenie Dorothy Leavis，一九〇六—一九八〇）的一篇評論〈《傲慢與偏見》和珍・奧斯汀早年的讀書與寫作〉（Pride and Prejudice and Jane Austen's Early Reading and Writing）。該標題為編者唐納德・格雷（Donald Gray）所加，注釋中說明，此篇摘自里維斯夫人的〈關於珍・奧斯汀作品的一個批評理論〉（A Critical Theory of Jane Austen's Writings）一文。

8 這篇〈奧斯汀小姐傳略〉（Memoir of Miss Austen）由珍・奧斯汀的哥哥亨利・奧斯汀（Henry Austen）撰寫，最初作為作家去世後出版的兩部小說《勸服》和《諾桑覺寺》的前言，發表於一八一七年。一八三三年，這篇前言又被賓利版珍・奧斯汀作品集收錄。

9 即珍・奧斯汀的「少年作品」（Juvenilia），共三卷，包括小說、戲劇、詩歌及各種隨筆，由作者本人抄錄在三本筆記本上。奧斯汀去世後很長一段時期，她的家人都不願將此作品公開發表。直到一九二二年，第二卷作品先行出版，題名為「愛與友情，及其他早年作品」（*Love and Friendship and Other Early Works*）。一九三三年和一九五一年，牛津大學克拉倫登出版社（Clarendon Press）又先後出版了由R・W・查普曼主編的第一卷和第三卷。一九五四年，三卷作品由牛津大學輯結出版。儘管R・W・查普曼促成了這一作品的面世，但他也坦言，自己不確定「像這類表述是否應該出版」。

感性》，寫作了《蘇珊》（即後來的《諾桑覺寺》）和未完成的《沃森一家》。我們很難界定，從哪一時期開始，作家不再僅僅把自己的作品看作遊戲和消遣，轉而以更嚴肅的態度對待它們。目前可知的是，一七九七年，《第一印象》完稿之後，她父親曾私下寫信給倫敦的出版商湯瑪斯．卡德爾[10]，詢問他是否會考慮出版一本小說，「共有三卷，長度相當於伯尼小姐（即范妮．伯尼）的《埃維莉娜》」。對方表示不感興趣。對父親的這番嘗試，奧斯汀本人可能並不清楚。一八〇三年，她將《蘇珊》手稿以十英鎊的價格賣給出版商班傑明．考斯比，但考斯比一直沒有出版該書[11]。直到一八一一年，《理性與感性》出版上市，她才終於獲得了除家人以外的讀者。

誠然，在作品發表的道路上，奧斯汀走得並不一帆風順，寫作也沒有改變她的生活。她終身未嫁，沒有財產。早年，她和家人一起住在史蒂文頓的牧師住宅。一八〇一年，她的父親退休，全家遷往巴斯。等到父親去世，她便始終和母親、姊姊住在一起，經濟上由幾位兄長供應。《傲慢與偏見》中班內特太太所擔憂的命運，正落在奧斯汀母女的頭上。好在她們還有體貼的兄長照顧。她們先在南安普敦，與法蘭西斯．奧斯汀同住。三年後遷往查頓，住在愛德華．奧斯汀提供的一幢宅子裡。珍．奧斯汀在這裡住了八年，得以潛心寫作。這也是她人生中最後一處住所。

經濟情況決定了奧斯汀的生活狀態。一七八五—一七八六年，她曾跟卡珊德拉一起就讀寄宿學校，但家裡無法負擔兩個女兒的學費，因此短短一年後，兩人就回到家中。此後，她始終在小家庭的圈子裡活動。直到生命的最後十年間，她才因為小說的出版，而獲得了一定程度的經濟獨立。不過，那本賣給出版商卻遲遲未出版的《蘇珊》的版權，最後仍是由她最親密的哥哥亨利．奧斯汀出錢贖回的。寫作沒有讓她進入文學界，也沒有擴大她的交際圈。她終身筆耕不輟，但從不曾以「專業作家」

自居，因為在日常生活中，她還得做不少必要的家事，例如管理僕人、照顧家人——均為她這個社會地位和年齡的女性須負責的工作。比起寫作才華來，她談論自己的縫紉手藝也許更多些。她和姊姊不但要根據潮流去製作、修改自己的衣物，還要為兄弟做襯衫。

因此，在身分認定上，珍・奧斯汀無疑是謙遜的。在談論自己的創作時，她也一向保持謙遜。她把自己的小說比做「小小的（約兩吋寬的）象牙微雕」[12]——這個比喻在後世一再被人引用，以說明她那種局限在「描繪一個村鎮上的三、四家人」[13]的選材和筆觸。用中文說，這就是「雕蟲小技」。她的謙虛之詞，會讓人以為她對自己的寫作評價不高，或不那麼看重寫作。但讀到這裡，你應該已經明白，事實並非如此。

謙遜的態度不會影響奧斯汀寫作時的判斷力。有一件事可以證明，對於寫什麼、不寫什麼，奧斯汀有她主動的選擇。當時的攝政王（即後來的喬治四世）很欣賞《理性與感性》和《傲慢與偏見》，

10 湯瑪斯・卡德爾（Thomas Cadell，一七四二—一八〇二），十八世紀英國著名書商。

11 班傑明・考斯比（Benjamin Crosby）在倫敦經營一家小出版社（Crosby & Co.）。據詹姆斯・奧斯汀-利在《珍・奧斯汀傳》中回憶，這位出版商在拿到書稿之後，「寧肯承受最初的損失，也不願再冒風險花費更多將它出版」。一八〇九年，奧斯汀曾寫信催促該書的出版，對方回答說這一交易並未規定必須將作品出版。直到一八一六年，才由亨利・奧斯汀以最初的十英鎊價錢贖回了這份手稿。此後書稿又歷經修改，改名為《凱薩琳》。作者去世後，亨利・奧斯汀將書名改為《諾桑覺寺》出版。

12 珍・奧斯汀在一八一六年給侄子詹姆斯・奧斯汀-利的一封信中提及了這一說法。她將自己的寫作風格，跟侄子那「強有力、男子氣，而生氣勃勃的描寫」相比較。她寫道：「我在這塊象牙上用一支細細的畫筆輕描慢繪，事倍功半。」

13 一八一四年九月，珍・奧斯汀在寫給侄女安娜・奧斯汀的一封信中說了這一點。安娜是詹姆斯・奧斯汀的女兒。當時她把自己寫的小說寄給姑姑看，於是引發了姑姑的一番議論。

但並不知道小說的作者是誰。一八一五年，奧斯汀到倫敦照顧病中的哥哥亨利，給他診治的醫生恰好也是攝政王的醫生之一，因此機緣湊巧，這位地位顯赫的讀者獲知了奧斯汀的真實身分，便邀請她前往其在倫敦的居所卡爾頓宮參觀。接待她的，是卡爾頓宮的圖書管理員詹姆斯．克拉克。此後，奧斯汀與克拉克先生有幾輪通信，詢問將作品題獻給攝政王的事宜。在回信中，克拉克先生曾兩度熱心地對她的寫作提出建議。第一次，他指出她「沒有刻畫好英國牧師這個形象，至少沒有刻畫過當代牧師」；第二次，他提議說，「描繪科堡家族的歷史傳奇應該會很有意思」。奧斯汀謙遜而鄭重地拒絕了這兩個想法。她表示：「我向您保證我真的沒有這個能力。」「除非是為了救自己的性命，我想不出還有什麼其他理由能讓我正襟危坐去寫一部嚴肅的歷史傳奇。」「不，我必須保持自己的風格，只能走自己的路。」[14]

與之同時代的大作家華特．史考特[15]以寫作歷史傳奇見稱，奧斯汀也喜歡讀他的作品。這位想像力豐富、筆觸雄健的小說家，曾在一八一五年寫過一篇未具名的評論，對《艾瑪》大加讚賞[16]。他把奧斯汀的小說與感傷和傳奇小說對比，稱「其特色有如麥田、農舍和牧場比之一所名勝邸宅中加意修葺過的園林，或一派茫茫山色中坎坷不平的奇峰」。他尤其指出奧斯汀所選的題材與現實生活的關聯：

……《艾瑪》的作者在完全依靠平凡事件和普通階層人物的同時，創作出了如此充滿生氣和獨特氣質的素描，使我們一點也不覺得欠缺了那種只有藉由描寫大大超乎我們自己之上的思想、習俗和情感所產生的異常事件才能得到的興奮感……她的全部小說的故事都是由一般人就能觀察到的普通事件所構成的。讀者會發現，她的登場人物的起心動念也正是他們自己和他們身旁大多數人的起心動念。

這段話，正好從一個擅長「大題材」的作家的角度，闡釋了奧斯汀本人「小小的（約兩吋寬的）象牙微雕」這一說法。不過，「麥田、農舍」與「名勝、奇峰」的比較，以當今的眼光來看，似有居高臨下之感。

其實，回過頭去看奧斯汀的三卷少年作品，會發現裡頭淨是些誇張、荒誕的故事。這是因為他們全家人經常在一起閱讀小說，對市面上流行的諸如范妮·伯尼、亨利·麥肯齊[17]等作家的感傷小說，形成了一致的看法。奧斯汀的寫作，便以對這類小說的戲仿開始。她用誇張的筆墨，去諷刺感傷小說那矯揉造作的章法和文風，引起家人的共鳴。卷二「一束信」的第五封，寫到一個青年為了催促他愛

14 珍·奧斯汀和詹姆斯·克拉克（James Clarke）自一八一五年年底至一八一六年有過通信。這幾句話摘自她一八一五年十二月十一日和一八一六年四月一日寫給克拉克先生的兩封回信。

15 華特·史考特（Walter Scott，一七七一—一八三二），蘇格蘭著名歷史小說家和詩人。他寫作了許多膾炙人口的歷史傳奇，如《艾凡赫》（*Ivanhoe*）、《威弗利》（*Waverley*）、《羅布·羅伊》（*Rob Roy*）等。

16《艾瑪》的出版者約翰·默里（John Murray）請史考特爵士撰寫了這篇評論。文章原載《每季評論》（*The Quarterly Review*）一八一五年十月號，是對珍·奧斯汀最早的一篇重要評論。

17 亨利·麥肯齊（Henry Mackenzie，一七四五—一八三一），蘇格蘭作家。他寫作了一系列感傷小說，如《多愁善感的男子》（*The Man of Feeling*），書中的男主角每逢感情激動，就會淚如雨下。

的姑娘下定決心，揚言要為她而死：「我死了以後，叫人把我抬去放在她腳下，也許她還不至於驕傲得不肯在我微賤的遺骨上灑一滴憐憫的眼淚吧。」像這樣的情節和措辭，在她的成熟作品中是絕對看不到的。起初可能僅僅出於孩子的遊戲動機而開啟的寫作，在經年累月的實踐當中，慢慢剔除了不屬於作家本人的成分，荒誕的調調不見了，文雅而幽默的筆觸則發展起來，最終形成了獨屬於珍．奧斯汀的寫作風格。

十九世紀上半葉的英國文壇，推崇的是像史考特、勃朗特、薩克雷的作品那樣大開大闔的風格。奧斯汀卻能不受干擾，開拓出自己的寫作道路。這份力量，不該被她的謙遜作風所掩蓋。

《傲慢與偏見》中的社會現實

在奧斯汀的六部長篇小說中，最為知名、最受歡迎的，應該就是《傲慢與偏見》。里維斯夫人指出，《傲慢與偏見》的書名和情節，其實也有對范妮．伯尼的《西西莉亞》的借用。伊麗莎白似乎是特意塑造出來，在性格和行為上充當西西莉亞這個角色的反面。西西莉亞是忸怩作態的，始終不讓男主角傾吐真情；伊麗莎白則敢作敢為，毫不規行矩步，鄙視一切造作的舉止，引得達西先生兩度向她熱烈表白。里維斯夫人說：「……《第一印象》原來的構思，無疑是要用現實主義筆法來改寫西西莉亞的故事……」[18]作者是否真有這一意圖，後人只能仁者見仁、智者見智，但故事的構思、人物的塑造、敘述的筆法，的確忠於現實，這一點沒有疑義。

奧斯汀是拿破崙的同時代人，她成年後的大部分年月，歐洲都處於拿破崙戰爭時期。英國與法國的爭端，更是從一七九三年一直持續到一八一五年。在許多讀者的印象中，這一大背景卻似乎完全從她小說中剔除了。她的人物和故事，似乎與戰爭絕緣。在戰爭時期描寫平靜的鄉村生活，故事中的男男女女僅僅為愛情和財產發愁，這是否表示，奧斯汀有意規避了一部分現實？班內特一家、盧卡斯一家，自始至終不曾面對生計的困擾，班內特家的母女只不過為遠在天邊的前途擔憂而已。這種看似田園牧歌式的寫作，通篇談婚論嫁，是否可稱為現實？奧斯汀本人對國家大事難道完全無視嗎？

不是這麼一回事。事實上，奧斯汀有一位表姊，名叫依萊札·漢考克，她的丈夫，法國的德·弗亞德伯爵，便是在大革命期間被推上了斷頭臺。當時這位表姊剛好在英國探親，逃過了這一劫。後來，她再嫁給亨利·奧斯汀，成為珍的嫂子。他們在倫敦的寓所經常招待來自法國的流亡者，珍前往拜訪時，也會與之交往。此外，珍有兩位兄弟加入英國海軍。在服役期間，他們也與家人保持通信，這些信件從東印度群島、西印度群島、中東、地中海、北海、波羅的海和北美海域寄出。珍和卡珊德拉遠在英國，始終密切關注著兄弟的行蹤。

奧斯汀不是托爾斯泰那樣的作家。在小說中，她沒有直接把目光投向戰場——顯然，那是她無從瞭解的現實。但是，她的作品裡沒有戰爭嗎？不要忘了，《傲慢與偏見》中的威克漢姆，一出場就是民兵，在小說的結尾，他又加入了正規軍。小說中軍隊駐紮的布萊頓和紐卡斯爾，都是當時英國的軍事重鎮。奧斯汀並非忽略戰爭現實，而是選擇以女性的日常生活的視角去表現它。為何莉迪亞等年輕

18 見Q·D·里維斯的評論〈《傲慢與偏見》和珍·奧斯汀早年的讀書與寫作〉。

女孩對穿紅制服的民兵那樣著迷，為了他們，甘願把富有的鄉紳拋諸腦後？軍人的威望和魅力，是戰爭帶來的。

當然，《傲慢與偏見》的戰爭元素，就像從半開的大門朝外一瞥時所見的車影，並非故事的主要內容，只是時代背景的一部分。在這背景前活動的，如我們所見，是赫特福德郡、德比郡和肯特郡地方上的幾戶人家——班內特家、盧卡斯家、賓利家、達西家、德．包爾家、柯林斯家。由於敘事的視角集中在一位女性——伊麗莎白．班內特——的身上，因此男性角色的社會事務也大多隱去，呈現出來的主題，便是婚姻大事。

在故事中，出現了幾組不同取向的婚姻：伊麗莎白與達西、珍與賓利的，取決於愛情的婚姻；夏洛特與柯林斯的取決於財產地位的婚姻；莉迪亞與威克漢姆、班內特先生與太太的，被肉體和物質欲望導向的婚姻。自然，選擇愛情而非財產的人，最終獲得了幸福。但是，如果把《傲慢與偏見》看作一本愛情小說，又太過片面。須知可愛的女主人公雖然排斥沒有愛情的婚姻，但也絕無意走入缺乏財產的婚姻。至於她那溫柔善良的姊姊，在接受心上人的求婚之後，首先想到的就是：「想想我這門親事能給最親愛的家人帶來多少歡樂！」從她的家人緊接著提出的一連串要求來看，這份歡樂自然關乎財產和物質享受。

這便是奧斯汀在小說中呈現的社會現實。在十九世紀初的英國，一個中上層階級的年輕女性，她的可選項少得可憐。財產能為她帶來一定的自由度，容許她適當地挑選婚姻對象，而不是等著別人來挑選——哪怕不嫁人，也不至於擔心生計。威克漢姆追求過一陣的瑪麗．金小姐，就屬於這類幸運兒。而一個沒有財產的年輕女子，比如班內特家的五個女兒，只有求神保佑，祈禱自己被富有的男性看中。如果嫁不出去，則父親過世之後，她們的出路有二：要嘛由好心的親戚資助、照料——班內特太太便曾向她弟弟提出這個要求；要嘛只有憑著鋼琴、繪畫、女紅等女性的「才華」，去尋找家庭教師一類的工作——凱薩琳·德·包爾夫人說過，她為不少女孩子找到了稱心的工作，指的就是家庭教師。

伊麗莎白·班內特，天性活潑，頭腦聰慧，但這改變不了她在婚姻市場上處於下風的現實。讀者須留意一個苦澀的真相：小說的前半部分，伊麗莎白始終在被人挑選。在舞會上，她聽到達西先生的評價，說她「不至於漂亮得令我動心」，不由勃然大怒，從此對他埋下了惡劣的第一印象。達西的言談舉止，流露出他的傲慢心態，即他未將鄉下舞會上的小姐當作同類看待，甚至將她們視為物件，挑挑揀揀。這是伊麗莎白首次體會到待價而沽的鬱悶，對方措辭直白，令她耿耿於懷。往後她又兩度落選——然而，當威克漢姆放棄她，轉而選擇繼承了遺產的瑪麗·金時，當菲茨威廉上校坦率地說明，自己不能娶沒有財產的小姐時，她非但沒有發怒，反而表示理解他們的立場。在理智上，她完全認同社會規則，也不曾質疑規則的合理性（從這一角度看，全書最有戰鬥精神的人是班內特太太）——這也是奧斯汀在後世遭到質疑的一個議題。在《傲慢與偏見》中，除了莉迪亞之外，沒有一個人不是站在一門好親事的出發點上來看待愛情的，伊麗莎白也不例外。她對達西的「第一印象」，被她對彭伯里的「第一印象」徹底扭轉了。行走在彭伯里美麗的園林中，她不止一次地幻想，如果自己是這裡的女主人，那該是何等光景？婚姻所帶給她的，絕不止愛情而已。

然而毫無疑問，在感情上，敏銳的伊麗莎白很難接受這種被動境遇。達西的傲慢引起她如此強烈的反感，原因正在於此。出於姊妹情深，得知達西也用同一套標準破壞了姊姊的姻緣，她更加義憤填膺。再回到理性層面，她又不得不為家人丟人現眼的舉止懊惱。她已認識到，家庭的缺陷，確實影響了她們姊妹幾個在婚戀市場的入選資格。文學界最知名的奧斯汀反對者，夏綠蒂．勃朗特，著實不能接受伊麗莎白及奧斯汀筆下一眾女主角的這種世俗之見，她譴責奧斯汀「全然不知激情為何物」，她說：「她的那些紳士淑女住在雅致但封閉的房子裡，我才不願意跟他們住在一起呢。」[19]勃朗特是一個富於激情和力量的作家，與奧斯汀的路數大相逕庭。然而事實上，當她筆下的簡．愛流著憤怒的淚水，要求羅切斯特先生把自己看作一個與之平等的靈魂時，這位女家庭教師的感情需求，與伊麗莎白一口回絕達西先生那居高臨下的求婚時的心境，幾乎是毫無二致的。

在勃朗特所不願去的那個封閉環境中，盧卡斯小姐選擇一樁有保障但又有明顯缺點的婚姻，莉迪亞跟隨虛榮的本能，糊裡糊塗地踏入了一樁看來一無是處的婚姻，伊麗莎白和珍成了幸運兒，被優秀的結婚對象挑中。看起來是幾乎別無選擇的人生——「但凡有錢的單身漢，肯定缺個太太。」但奧斯汀在極狹窄的空間和話題中，塑造出了個性迥異的人物，他們每一個——成天冷嘲熱諷的班內特先生、神經衰弱的班內特太太、頭腦空空的盧卡斯爵士、集傲慢與卑微於一身的柯林斯先生、頤指氣使的凱薩琳夫人、庸俗而聒噪的菲力浦太太、只知道物質享樂的莉迪亞、拚命用才學去彌補外貌不足的瑪麗——都酷似我們見過的某人。神奇的是，這些在十九世紀初誕生的人物，至今仍生活在我們之中。

與此同時，今天的許多女性，在婚戀問題上，依然面臨與伊麗莎白相似的困境。時隔兩百年，一位受愛情支配而甘願放下傲慢的達西先生，依然是女性夢寐以求的結婚對象。不必說，他之所以能自由地受愛情支配，也是虧得有巨額財產作後盾。

而作為男女主角，達西和伊麗莎白展現出了較其他人物不同的特徵——他們更加多面、更加複雜，優點和缺點都很突出。文藝評論家E．M．福斯特在《小說面面觀》一書中，以奧斯汀的作品為例，提出了「圓形人物」的概念，與「扁平人物」相對：

……她的人物雖說比狄更斯的要小，卻是高度有機的。他們全都極有彈性，哪怕她的情節對他們提出更高的要求，他們仍然能夠勝任。……所有珍．奧斯汀的人物都隨時準備好走進更加廣闊的生活，雖說她小說的主題極少給他們提供實際的機會，正是為此，他們的實際生活才過得如此令人信服。[20]

聰慧靈巧、生機勃勃的伊麗莎白，一度剛愎自用，將主觀感覺誤認作客觀判斷，對威克漢姆和達西得出了錯誤的印象。在得知真相之後，她那懊悔、窘迫的心態，刻畫得殊為逼真細膩。高貴正直的達西，剛上場時的談吐難掩勢利，談論起自己來，極其自以為是，叫伊麗莎白聽了好笑。正因為自信高人一等，他才會在第一次求婚時，自然而然地說出了一番傷人的言論。這兩個人物的交談，從頭到尾可見出他們心態的不同步，無論是談論音樂、跳舞、閱讀，抑或旅行，雙方耳朵裡聽到的話，往往

19 夏綠蒂．勃朗特（Charlotte Bront，一八一六—一八五五）和文藝評論家G．H．路易斯（George Henry Lewes，一八一七—一八七八）通信時，曾數度談起她對珍．奧斯汀的看法。路易斯非常推崇奧斯汀，曾撰寫評論稱其為「第一流的作家」。勃朗特表示不能理解。在一八四八年的幾封信中，她一再說自己無法欣賞奧斯汀，認為奧斯汀是「沒有詩情」的作家。

20 見E．M．福斯特（Edward Morgan Forster，一八七九—一九七〇）《小說面面觀》（*Aspects of the Novel*）第四章〈人物（下）〉。《小說面面觀》是福斯特一九二七年在劍橋三一學院克拉克講座的內容彙編。

有不同含義。伊麗莎白先入為主，常把達西的獻殷勤錯認為不懷好意；達西則會把伊麗莎白的譏諷當作活潑可愛，消受下來。奧斯汀特別擅長處理這些戲劇化的小細節，總能將虛構的場景和對話，寫得極為逼真、巧妙、耐人尋味。這一點，就留待讀者自行從書中發掘了。

《傲慢與偏見》的版本和中譯本

《傲慢與偏見》於一八一三年首度出版，出版商為湯瑪斯．艾格頓（Thomas Egerton）。兩年前，也是這位艾格頓先生出版了《理性與感性》。《傲慢與偏見》上市後大受歡迎，當年就印行了第二版，到一八一七年又發行第三版。一八三三年，出版商理查．賓利（Richard Bentley）推出了首部珍．奧斯汀作品集，史稱「賓利版作品集」（Bentley's collected edition）。一八八二年，賓利出版了一套精裝版珍．奧斯汀作品集，這也是奧斯汀的首部精裝作品集，名為史蒂文頓版作品集（Steventon Edition）。但直到一八九二年，首部有編注的奧斯汀作品集才告問世，編注者為R．詹森（Reginald Brimley Johnson），出版商為J．M．鄧特（J. M. Dent）。一九二三年，牛津大學的克拉倫登出版社出版了由R．W．查普曼編注的珍．奧斯汀作品集。這一版本至今仍被視為權威版本，除了一九九〇年代出版的，由克雷爾．拉蒙特（Claire Lamont）擔任文本顧問的企鵝經典版（Penguin Classics）之外，當代所有新版的奧斯汀小說均以查普曼版為基礎。

本譯本參照一九九六年企鵝出版社的企鵝經典版《傲慢與偏見》譯出。該書由研究十八世紀性別與文化議題的學者薇薇安．瓊斯（Vivien Jones）負責編輯注釋，文本盡量忠於《傲慢與偏見》初版，並添加了大量與時代背景和作者經歷相關的注釋，以便讀者理解。

《傲慢與偏見》譯介到中國，是在珍．奧斯汀離世一個多世紀以後。

一九三五年，中國內幾乎同時出現了兩個中譯本——一為董仲篪的譯本《驕傲與偏見》，由大學出版社出版，梁實秋作序，胡適題簽；一為楊繽的譯本《傲慢與偏見》，由商務印書館出版，吳宓作序。

一九八〇年代以後，《傲慢與偏見》的中譯本不斷湧現，目前傳播最廣的，一為王科一的譯本，一為孫致禮的譯本。較近者，則有李繼宏的譯本。本書譯者並非專業從事翻譯工作，純粹出於對珍．奧斯汀的喜愛而投入《傲慢與偏見》的翻譯，期間之誠惶誠恐、專心致志，無須贅言。其實我兒時所讀，正是王科一譯本，至今仍愛不釋手，在翻譯過程中，對以上提及的幾個譯本，亦多有參考。不求有所超越，但求盡力譯出我所領會到的，奧斯汀那種雅致平實，又機巧睿智的語言風格。

此外，原作中僅以數字標示章節，本書在每一章節前添加了標題，意在便於讀者查找內容。錯漏在所難免，懇請讀者諸君不吝指正。

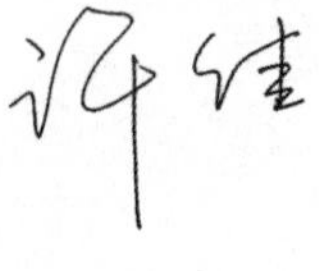

二〇二〇年六月二十七日

珍・奧斯汀生平年表[1]

一七七五年十二月十六日（誕生）

珍・奧斯汀出生在漢普郡（Hampshire）史蒂文頓（Steventon）的一棟牧師住宅。

她的父親喬治・奧斯汀（George Austen）是英國國教會的一位堂區長，母親卡珊德拉・利（Cassandra Leigh）出身牧師家庭。珍在家中排行第七。她有五個哥哥、一個姊姊。後來又有了一個弟弟。大她三歲的姊姊卡珊德拉・奧斯汀（Cassandra Austen）是她最好的知心朋友，兩人親密的關係持續一生。

奧斯汀的家庭不算富裕，但和上流社會來往密切。她的兩個兄弟法蘭西斯（Francis Austen）和查爾斯（Charles Austen）成年後都加入英國海軍，升至海軍上將。

1 由譯者許佳編譯。

一七八五年—一七八六年（十—十一歲）

珍・奧斯汀和姊姊卡珊德拉・奧斯汀一起去雷丁的寄宿學校上學。

一七八七年（十二歲）

十二歲的奧斯汀開始了文學創作，寫作帶有戲仿性質的詩歌、故事和劇本。後來她從自己在一七八七至一七九三年間創作的作品中選取了二十九篇，彙編成三本筆記本，成為她的「少年作品」。

當時她也經常和家人一起組織家庭劇場，這段經歷後來成為了《曼斯菲爾德莊園》（*Mansfield Park*）中的情節素材。

一七八九年（十四歲）

法國大革命爆發。

一七九五年（二十歲）

奧斯汀開始創作她的第一部長篇小說《埃莉諾和瑪麗安》（*Elinor and Marianne*）。《理性與感性》（*Sense and Sensibility*）即脫胎於此。在此之前，她寫作了短篇小說《蘇珊夫人》（*Lady Susan*）。

十二月，鄰居勒弗羅伊家的侄子湯瑪斯．朗格洛斯．勒弗羅伊（Thomas Langlois Lefroy）來史蒂文頓拜訪，和奧斯汀在社交場合被介紹認識，兩人展開了一段戀情。勒弗羅伊受愛爾蘭的伯祖父的經濟資助，當時正準備去倫敦研讀法律。因為男女雙方都沒有財產，結婚是不可能的。次年一月，勒弗羅伊在家族介入後離開漢普郡，兩人此後再不曾相見。

一七九六年（二十一歲）

拿破崙．波拿巴被任命為法國義大利方面軍總司令，取得義大利之役的勝利，成為法國人心目中的英雄。英國、西班牙、神聖羅馬帝國等國對法國的新政權和拿破崙十分忌憚。

奧斯汀開始創作《第一印象》（*First Impressions*），即《傲慢與偏見》的最初版本。

一七九七年（二十二歲）

《第一印象》完稿。奧斯汀的父親寫信給倫敦的出版商湯瑪斯．卡德爾，詢問他是否考慮出版這本小說，但遭到了拒絕。

十一月，奧斯汀開始修改《埃莉諾和瑪麗安》。

一七九八年（二十三歲）

奧斯汀完成《埃莉諾和瑪麗安》的修改，第二版已接近後來出版的《理性與感性》。

同年，她開始創作《蘇珊》（*Susan*），後來更名為《諾桑覺寺》（*Northanger Abbey*）。

一八〇一年（二十六歲）

奧斯汀的父親喬治．奧斯汀退休，全家遷往巴斯。

一八〇二年十二月（二十七歲）

法蘭西共和國改為法蘭西帝國，拿破崙．波拿巴為法蘭西人的皇帝，稱拿破崙一世。

哈里斯．比格-威瑟（Harris Bigg-Wither）向珍．奧斯汀求婚。比格-威瑟一家是奧斯汀家住在史蒂文頓時的鄰居和好友。奧斯汀當場接受了求婚，但考慮過後，第二天即反悔。

一八〇三年（二十八歲）

奧斯汀將《蘇珊》手稿以十英鎊的價錢賣給出版商班傑明．考斯比。但考斯比後來並未出版該書。

一八〇四年（二十九歲）

奧斯汀開始創作《沃森一家》（*The Watsons*）。這部小說最後沒能完稿。

一八〇五年（三十歲）

法國與以英國為首的第三次反法同盟再次爆發戰爭。法國和西班牙的聯合艦隊與英國艦隊在西班牙特拉法加爾角（Trafalgar）展開海戰，法西艦隊遭到致命打擊。

一月，其父喬治·奧斯汀於巴斯去世。

一八〇六年（三十一歲）

奧斯汀和母親、姊姊一起搬到南安普敦（Southampton），和新婚的哥哥法蘭西斯·奧斯汀同住。

一八〇九年（三十四歲）

奧斯汀母女三人搬到漢普郡查頓（Chawton）的一棟房子。這是奧斯汀的哥哥愛德華·奧斯汀（Edward Austen）的產業，屬於他的莊園。她餘生的大部分歲月在此度過。

四月，奧斯汀寫信給考斯比催他出版《蘇珊》，遭到拒絕。

一八一一年（三十六歲）

因喬治三世（King George III）精神失常，國事轉由威爾斯親王喬治以攝政王（The Prince Regent）身分代理。喬治三世於一八二〇年去世以後，攝政王即位為喬治四世（King George IV）。

十月，《理性與感性》出版上市。奧斯汀開始著手將《第一印象》改寫為《傲慢與偏見》。

一八一三年（三十八歲）

一月，《傲慢與偏見》出版。

七月，奧斯汀完成《曼斯菲爾德莊園》。

十一月，《傲慢與偏見》和《理性與感性》再版。

一八一四年（三十九歲）

奧斯汀開始創作《艾瑪》（*Emma*）。

五月，《曼斯菲爾德莊園》出版。

一八一五年（四十歲）

六月，英國的威靈頓公爵（Duke of Wellington）和普魯士的瓦爾施塔特公爵（Fürst von Wah-lstatt）指揮的英普聯軍在布魯塞爾南部的滑鐵盧擊敗了拿破崙指揮的法軍。這場戰役導致拿破崙戰爭結束，法蘭西第一帝國覆滅。

《艾瑪》完稿。

八月，奧斯汀開始創作《勸服》（*Persuasion*）。

十月，奧斯汀到倫敦照顧生病的哥哥亨利．奧斯汀（Henry Austen）。

十一月，奧斯汀被邀至攝政王在倫敦的居所參觀。攝政王是她的忠實讀者。

十二月，《艾瑪》出版，奧斯汀事先得到暗示，將此書題獻給攝政王。（這一版本的出版日期標為一八一六年。）

一八一六年（四十一歲）

奧斯汀的健康狀況開始惡化。

亨利．奧斯汀從考斯比處贖回《蘇珊》手稿。

八月，《勸服》完成終稿。《曼斯菲爾德莊園》再版。

華特·史考特在知名的文學政治期刊《每季評論》上發表評論文章，盛讚《艾瑪》。

一八一七年（四十二歲）

奧斯汀開始創作《桑迪屯》（*Sanditon*），三月因健康因素停筆。

五月，奧斯汀前往溫徹斯特求醫。

七月十八日清晨，珍·奧斯汀去世。遺體葬在溫徹斯特大教堂中殿北廊。

一八一八年

《諾桑覺寺》和《勸服》面市，上附亨利·奧斯汀所著的作者小傳。

一八三三年

出版商理查·賓利以插圖本的形式，分為五冊出版了奧斯汀的作品，稱為「賓利版作品集」。亨利·奧斯汀改寫原作者小傳為〈奧斯汀小姐傳略〉，發表在那一年再版的《理性與感性》上。

一八四五年

卡珊德拉·奧斯汀去世，將珍·奧斯汀的手稿和書信遺贈給各個家庭成員。

傲慢與偏見 / 珍・奧斯汀著；許佳譯. -- 初版. -- 臺北市：時報文化出版企業股份有限公司, 2021.05
440 面；14.8×21公分. --（愛經典；50）
譯自：Pride and Prejudice
ISBN 978-957-13-8936-3（精裝）

873.57 110006359

本書根據PENGUIN BOOKS出版社1996年版*PRIDE AND PREJUDICE*譯出

作家榜经典文库®

ISBN 978-957-13-8936-3

Printed in Taiwan

愛經典 0 0 5 0

傲慢與偏見

作者—珍・奧斯汀｜譯者—許佳｜編輯總監—蘇清霖｜編輯—邱淑鈴｜美術設計—FE 設計｜校對—邱淑鈴、蕭淑芳｜董事長—趙政岷｜出版者—時報文化出版企業股份有限公司　108019台北市和平西路三段二四〇號四樓　發行專線—（〇二）二三〇六—六八四二　讀者服務專線—〇八〇〇—二三一—七〇五、（〇二）二三〇四—七一〇三　讀者服務傳真—（〇二）二三〇四—六八五八　郵撥—一九三四四七二四時報文化出版公司　信箱—10899台北華江橋郵局第99信箱　時報悅讀網—http://www.readingtimes.com.tw｜電子郵件信箱—new@readingtimes.com.tw｜法律顧問—理律法律事務所　陳長文律師、李念祖律師｜印刷—勁達印刷有限公司｜初版一刷—二〇二一年五月二十一日｜初版二刷—二〇二三年八月二十八日｜定價—新台幣三九九元｜（缺頁或破損的書，請寄回更換）

時報文化出版公司成立於一九七五年，並於一九九九年股票上櫃公開發行，於二〇〇八年脫離中時集團非屬旺中，以「尊重智慧與創意的文化事業」為信念。